ハヤカワ文庫 SF
〈SF2158〉

ジャック・イジドアの告白

フィリップ・K・ディック
阿部重夫訳

早川書房
8106

CONFESSIONS OF A CRAP ARTIST

by

Philip K. Dick

Translated by
Shigeo Abe
Published 2017 in Japan by
HAYAKAWA PUBLISHING, INC.
This book is published in Japan by
direct arrangement with
THE WYLIE AGENCY (UK) LTD.

The official website of Philip K. Dick: www.philipkdick.com

テッサへ*
いちばん大変なとき、そして、いつも変わらず
私を気遣ってくれた黒髪の女性に
愛をこめて本書を捧ぐ

(＊)ディックの五番目の妻、テッサ・バスビー。一九七二年七月はじめにロサンジェルス近くのフラートンでディックと出会ったとき、彼女は十八歳で、短期大学でエレクトロニクスを学ぼうとしていた。七三年四月に結婚、同七月に男児（クリストファー・ケネス）を出産したが、七七年に離婚している。本書の執筆は一九五九年だが、出版は七五年で、献辞はテッサと結婚生活を送っているさなかに書かれた。彼女はチャップマン大学で英文学の修士課程を修了、十二年間教師を務めた。自作の詩や短篇などのほか、ディックを回顧する記事を書いている。ディック没後、未完の遺作『白昼の梟』と同タイトルの自作を「自らのインスピレーションに基づいて」出版したが、ディックの遺産管理団体から「著作権侵害」と抗議され回収する騒ぎを起こした。

ジャック・イジドアの告白

——ジャック・イジドア*（カリフォルニア州セヴィリア）
検証済のカガク的事実による年代史　一九四五〜一九五九

（＊）『アンドロイドは電気羊の夢を見るか？』で、火星に移住もできず、廃墟に取り残された「ピンボケ」の特殊人類、ジョン・R・イジドアの原型。これを原作とする映画『ブレードランナー』では、「セバスティアン」の役名でウィリアム・サンダースンが演じている。七世紀に中世の百科事典『語源』全二十巻を書いたセヴィリア大司教のイシドルスを現代に蘇らせ、暗愚の聖人にするのがディックの狙いだった。《補注1》参照。

1

ぼくは水物《みずもの》なんだ。[1] きみらは知らないだろ。だって、体内に水を密封してるからね。ぼくの友だちも水物だ。みんなそうだ。地面に水分を吸いとられないよう、そっと歩きまわらなきゃならないけど、ぼくらの問題はそれだけじゃない。生計も立てなくちゃならないってことなんだ。

ほんとはもっと大問題がある。ぼくらはどこに行っても足が地に着かない。どうしてなんだろう?

こたえは第二次世界大戦にある。

第二次世界大戦は一九四一年十二月七日[2]に始まった。そのころ、ぼくは十六歳[3]でセヴィリア高校[4]にかよっていた。ラジオでニュースを聞いたとたん、ぼくはピンときた。ぼくもいずれ巻きこまれる。大統領はいま、ジャップとドイツ人を懲らしめる好機をつかんだ。これでぼくら全員が一致団結するだろう。そのラジオはぼくが組み立てたお手製だった。ぼくはいつも、スーパーヘテロダイン方式[5]で真空管が五球[6]ある直交流受信機をこさえていた。ぼくの部屋はイヤホンやコイル、コンデンサーで溢れかえり、たくさんの機器が山積みになっていたんだ。

　ラジオの布告で、流れていた食パンのコマーシャルが途切れた。

「ホーマーってば！　ホームステッド[7]で食パン《ブレッド》をかわりに《インステッド》買ってきて」

ふだんから、ぼくはこのコマーシャルが嫌いだった。で、ひょいと背伸びをして、別の周波数に変えようとした。不意に、その女性の声が消えた。おのずとぼくも気づいた。なにか起きたんだ。あれこれ考えずとも勘でわかる。だって、ここにドイツの植民地切手があるだろ――皇帝《カイゼル》の快走船《ヨット》、ホーエンツォレルン号の図柄[8]だけど――その切手をちょっと日陰に干して、異変が起きないうちに、切手帳に仕舞わなければならなかったんだ。なのに、ぼくは部屋のまんなかで棒立ちになった。ただ息を喘がせるだけで、なんにも手につかない。もちろん、ほかの機能は正常だったけれど。その生理を維持したまま、ぼくは一心にラジオに耳を澄ましていた。

　ぼくの妹と母さん、そして父さんは、例によって日曜の午後は家にいない。だから、だれも話せる相手がいなかった。やたらと腹が立つ。ジャップの戦闘機が、ぼくらの頭上に爆弾の雨を降らせたんだ。そのニュースのあと、ぼくはきりきり舞いして、だれに電話しようかと考えた。とうとう階段を駆け下りて、リビングルームに飛びこみ、ハーマン・ホークに電話した。彼とはセヴィリア高校でつきあっていて、物理学2Aのクラスでは隣に座っている生徒だったんだ。彼に一報を教えたら、自転車で飛んできた。ふたりでラジオを囲み、続報を聞きながら、戦局を論じあった。

議論しながら、ぼくらはキャメルを二本ふかした。

「これはつまり、ドイツとイタリアも参戦するってことだよ」とぼくはホークに言った。

「要するに、敵はジャップだけじゃなく、枢軸国との戦争になるんだ。もちろん、ぼくらはまずジャップをやっつけなきゃならない。それから矛先をヨーロッパに転じるんだ」

「あのジャップをぶちのめせるなんて、願ってもないチャンスだな」とホークが言った。ふたりしてそれに同意した。「おれも出征したくてムズムズしてきた」ふたりで部屋のなかを歩きまわり、タバコをくゆらしてはラジオに耳を傾けた。「あの汚らしい、チンチクリンの黄色い餓鬼ども」とハーマンが言った。「なあ、やつらにゃ、固有の文化がないんだ。文明をまるごと、中国人からかっぱらったんだってさ。そう、実はエテ公の子孫と言ったほうがいい。ほんとは人間じゃないんだ。本物の人間と戦うなんてわけにはいかないのさ」

「ほんとうだな」とぼくは言った。

もちろん、これって今は昔の話でね、一九四一年のことだよ。非カガク的なもの言いだが、あのころは疑いもしなかった。今じゃ、ぼくらもわかってる。中国人だって文化なんかありゃしない。あいつらは蟻の群れみたいに、ぞろぞろアカになびきやがった。まさに蟻さ。それがあいつらにはごく自然なことなんだ。とにかく、そんなことはどうでもいい。だってどっちにしろ、遅かれ早かれ、ぼくらはあいつらと事を構えなきゃならない。ぼくらがジャップを叩きのめしたように、いつかあいつらもとっちめなきゃならない。そのときがくれば、ケリをつけるさ。

軍当局が電信柱に張り紙して、これこれの日付までにジャップはカリフォルニアから出ていけと通告したのは、十二月七日からほどない時期だった。[9] セヴィリアには――サンフランシスコの南、およそ四十マイル[10]だが――商売をしているジャップがたくさんいた。一人は花《か》卉《き》の栽培農家、もう一人は八百屋だった――連中の商いはたいがい零細で、爪に火を灯すような倹約ぶりだった。うじゃうじゃ十人もいるわが子に、仕事の手伝いをぜんぶやらせて、おおよそ一日一椀、ライスのドンブリ飯をかっこんで済ませている。タダ働きでもしゃにむに働くもんだから、白人じゃ太刀打ちできない。とにかく、当時は好むと好まざるとにかかわらず、ジャップは出ていかざるをえなかった。ぼくの見るところ、そのほう[11]がむしろやつらのためだったな。だって、ジャップは密かに妨害工作やスパイ活動をしてるって噂が立って、ぼくら住民の多くがいきり立っていたからだ。セヴィリア高校でも、ぼくらは徒党を組んで、ジャップの子を追いかけまわし、ちょいと蹴りを入れてやった。ぼくらの気持ちをみせつけるためさ。やつの親父は歯医者だったよ、思いだせばね。

ぼくが一人だけ顔見知りだったジャップは、うちの筋向いに住んでいるやつで、保険の外交員だった。ご多分にもれず、そいつも自宅の両脇と裏側に大きな庭があって、夕方や週末には、カーキ色のズボンにTシャツを着て、テニスシューズを履き、よく庭にのこのこ出てきたもんだった。腕いっぱい、植木用の水撒きホースと肥料の袋、熊手にシャベルを抱えていたっけ。ぼくの知らない日本の野菜をどっさり栽培していた。なにやら豆とか、緑のカボチャ[12]とか、メロンみたいなものに加えて、ありきたりの蕪《かぶ》や人参や黄のカボチャもこしらえていた。ぼくはよく、そのジャップがカボチャのまわりの雑草をむしっているのを眺めて、いつもこう呟いていたんだ。「ほらほら、またジャック・パンプキンヘッド[13]が庭にお出ましだぞ。できたてのカボチャ頭を探してるんだ」

ひょろりと痩せた首に、丸いヤカン頭を乗っけた彼は、『オズの魔法使い』のジャック・パンプキンヘッドにそっくりでね。今どきの大学生みたいに、頭をツルツルに剃っていたよ。で、いつもにたにた笑いさ。大きな出っ歯を突きだして、唇を閉めても隠しようがなかった。ジャップがカリフォルニアから追放される以前のことだけど、腐ったカボチャ頭のジャップが、新しい頭を探してうろつきまわるって想像は、常々ぼくに憑いて離れなかった。彼はえらく不健康そうに見えたから——おおよそは骨と皮、ノッポで猫背のせいだけど——なんの病を患っているのか、といろいろ臆測したよ。ぼくの診断《みたて》じゃ、あれは結核だな。ある日、あいつが庭に出てきて、小道を歩いて車に乗りこむはずみに、ぽきっと首が折れ、肩から頭がぽとんと落ちて、足元に転がりそうな気がして、ぼくはしばらく戦々恐々としていた——何週間もやきもきしたよ。そんなことがいつ起きるかと、心待ちにしていて、あいつの声がすると、いつも外を覗かなくちゃならなかった。あいつがうろつくたびに、ぼくは耳ざとく聞きつける。だって、ひっきりなしに咳払いして、唾をぺっと吐くからね。やつの女房も唾を吐く。とってもチビで可愛らしかったけどね。ほとんど映画スターみたいだった。でも、彼女のしゃべる英語ときたら、ぼくの母さんが言うにはとても下手くそで、だれが話しかけてもムダなんだそうだ。くすくす笑いしか返ってこないらしい。

ミスター・ワタナベ[14]がジャック・パンプキンヘッドに似てるって思いつきは、ぼくが幼いころ『オズ』[15]の本を読んでいなかったら、きっと頭に浮かばなかったろう。実は第二次大戦のときでも、ぼくの部屋にはまだ二、三冊残っていたんだ。ぼくのお宝のSF雑誌[16]や古い顕微鏡、鉱物標本のコレクションや、中学の理科の授業で組み立てた太陽系の模型といっしょに、その本もしまっておいた。『オズ』の第一巻が書かれたのは一九〇〇年ころだけど、だれもがみんなまったくの絵空ごとだと思っていた。ジュール・ヴェルヌやH・G・ウェルズの作品のたぐいだとね。でも、オズマ[17]や魔法使いやドロシーみたいな特定の登場人物は、作者ボームの想像の産物だとしても、この世界の内部にもうひとつの文明が隠れ潜んでいるっていうアイデアは、あながちファンタジーじゃないかもしれない。そうぼくらは考えはじめたんだ。最近、リチャード・シェイヴァー[18]が、世界の内部に潜むもうひとつの文明のことを微に入り細にわたり書いているだろ。ほかの探検家たちもそれに煽られて、似たような発掘をしようと躍起になってる。ムー大陸[19]やらアトランティス[20]やらの失われた大陸も、この地底内部の異界が主役を演じる古代文明の一部、ってことが判明するかもしれない。

いまは一九五〇年代だけど、だれもが上目づかいに天空をふり仰ぐ。[21]人は異星生命体が気がかりでならないんだ。それでも、いつなんどき、ぼくらの足もとで地面がぱっくり割れて、奇怪で得体の知れぬ種族が、ぼくらのまっただなかに、ぞろぞろ躍りだしてくるかもしれない。そいつは考えておいていいことだ。カリフォルニアはとりわけ、地震[22]があるし、状況は切迫している。地震が起きるたび、ぼくは胸に問うんだ。こいつは、とうとう地面が裂けて、内部の異界が曝《さら》けだされるときなのか? これが大地開闢《かいびゃく》の日なのかって。

ときどきランチタイムの休みに、職場仲間や会社のオーナーのミスター・ポイティーとも、ぼくはそんな議論を交わしたものさ。ぼくの経験だと、地球《ノン・テレストリアル》外の生物を気にかけているやつがいたとしても、頭に思い浮かべるのはUFOだとか、暗黙のうちに連想してるのは、天空の彼方で遭遇する生物でしかない。そういう態度って、ぼくなら狭量って呼ぶな。偏見でもあるよ。だけど、カガク的な事実が広く知れわたるには、時間がかかるんだ。現代みたいな時代でもね。科学者自身だって、こぞって宗旨替えするのには時間がかかる。だから、先兵になるのは、ぼくらのようなカガク的な訓練を受けた大衆なんだ。それでも、ぼくは気づいたよ。ぼくのそばにも、そんなことをまったく考えないやつがいっぱいいる。たとえば、ぼくの妹さ。ここ数年、妹とその旦那は、マリン郡の北西部で暮らしている。そこで夫婦が目を輝かせそうなものといえば、せいぜいが禅ブッキョーくらいだ。そう、まさしくぼくの家族のなかに、カガク的な関心を捨ててアジアの宗教に熱をあげる人間という、恰好な実例がみつかるってわけさ。その手の宗教は、ものを問いかける合理的な能力を、キリスト教と同じくらい、確実に埋没させる恐れがあるんだけどね[23]。

とにかく、ミスター・ポイティーが興味ありそうな顔をしたから、ムー大陸に関するチャーチワード大佐[24]の本を二、三冊貸してあげたよ。

ぼくが働いてるのは「一日《ワンデー》即席ディーラーズ・タイヤサービス」でね、おもしろい仕事なんだ。カガク的な訓練はほとんど役に立たないけど、道具を巧みに操って細工をほどこす仕事なのさ。ぼくはタイヤの彫り直し屋㉕なんだ。なにをするかっていうと、丸坊主のタイヤ、つまり、つるつるにすり減って、ほとんど溝がなくなってるか、すっかり消えちまってるタイヤを拾ってくるんだ。そいつに熱い針をあてて、ぼくと相棒の彫り直し屋とで切れ目を入れる。もとの溝跡に沿って、カーカス㉖ぎりぎりまで彫るのさ。そうすりゃ、タイヤにまだゴムが残ってるみたいに見えるだろ——ほんとはカーカスの繊維しか残っていないのさ。それから黒いラバーペイントで彫り直しタイヤの上から塗りこめとく。すると、見た目は、すげえ立派なタイヤに見えるんだ。もちろん、そいつをきみらの車に装着して、マッチの燃えがらのうえかなんかをバックしようもんなら、たちまちパン！　と、ぺしゃんこになっちまう。だけど、たいがい彫り直しタイヤは一カ月かそこらはもつんだよ。ぼくがこしらえているようなタイヤは、めったなことじゃ買えない。ぼくらは卸し専門なんだ。つまり、中古車売り場に直接卸してるのさ。

この仕事じゃ、ろくな収入にならないよ。でも、ちょっと楽しい。もとの溝の模様を探しだすってのは——ときどきは、ほとんど跡が見えないこともあるけどね。じっさい、名人芸でやるか、ぼくみたいな訓練された技術屋しか、透かし模様をたどれないんだ。しかも、完璧になぞらなくちゃならない。だって、もとの溝の模様を外れたら、でっかい丸鑿《のみ》の痕が残っちゃうからね。本来の機械彫りとは似ても似つかない、アホでも見抜けるような案配になる。このぼくなら、タイヤを彫り直せば、どこから見たって、それが手細工だとは思えなくなるのさ。まさしく機械彫りと思える出来ばえだ。彫り直し屋にとって、それはなによりも生き甲斐を感じることなんだ。

2

カリフォルニア州セヴィリアには、いい公立図書館がある。でも、セヴィリアで暮らしてなにより嬉しいのは、ほんの二十分も車を走らせれば、サンタクルーズ(27)に行けるってことだ。浜辺もあれば遊園地もある。しかも、ずっと四車線で行けるだろ。

とはいえ、ぼくにとってはその図書館が、自己啓発して自信をつけるには、なくちゃならない場所だった。日中が非番になる金曜日、ぼくは午前十時ころ図書館に出かけて、「ライフ」誌(28)と「サタデー・イヴニング・ポスト」誌(29)の漫画に目をとおすんだ。それから、司書の目を盗んで、ラックから写真マガジンを抜きだし、ぱらぱらっと繰ってみる。目を皿のようにして探すのは、女にとくべつ芸術的なポーズをとらせている写真さ。そういう写真マガジンの前と後ろの折に目を凝らすと、ほかのだれもが気づかないような広告、まさにきみの嗜好にぴったりの広告がみつかるんだ。でも、そのことば遣いには慣れておく必要がある。とにかく代金を振り込むと手に入るのは、「プレイボーイ」(30)や「エスクワイア」(31)みたいな極上の雑誌でお目にかかるのとはひと味ちがったブツでね。ある意味じゃ、ずっとソソられるやつだよ。たいがいは年増の女なんだけど——ときには、ぶよぶよのおババも登場する——そりゃあ、美人じゃないさ。サイテーなのは、脂肪のたるんだデカパイがべろっと垂れてるやつさ。でも、彼女たち、ほんとにケッタイなことしてるんだ。ふつう、そういう写真で見る女がしていそうなことじゃないよ——べつにいかがわしいことじゃない。だって、結局、そういう写真は、ロサンジェルスやグレンデール[32]から、連邦郵便局経由で郵送されてくるんだもの[33]——だけど、ぼくが覚えているのは、黒いレースのブラと黒いストッキングに、ヒールのくびれたフレンチヒールを履いた女が、一人で床に寝そべって、それを別の女が石鹸水に浸した濡れモップで雑巾がけしてるみたいな写真さ。そいつは何カ月もぼくの脳裏にこびりついてたよ。それからこんな写真も覚えている。いつもの衣裳——さっき書いたような半裸の女が、似たような装いの女をハシゴの下敷きにしてるんだ。責め苦に喘ぐ女は（もしきみがそう呼べばだけれど、すくなくとも、ぼくはいつもそう思っていた）、まるで腕も脚も折れ曲がったみたいに四肢をくねらせて、身悶えしているんだ——縫いぐるみの人形かなんかが、車に轢かれたみたいにね。

そして強そうな女、ご主人さまが、弱い女を縛りあげているような写真なら、いつだって手に入った。緊縛写真って呼ばれてたな。それよりずっとソソられるのは、緊縛女の挿絵のほうだった。そういうのを描くのはほんとに腕のいい画家で……一見の価値があるよ。ほかの写真は、実は大半ってことだけど、ありきたりの二流品だった。あんなもん、ほんとは郵送なんか許しちゃいけないよ。あんまり下品だもの。

何年もその手の写真を見ているうちに、ぼくは妙な気分がしてきた。猥褻っていうんじゃない――官能とか性交とかとは無関係なんだ。高い山に登って澄んだ空気を吸うのとおんなじでね、爽やかな気分になるのさ。セコイアの樹がそびえ立ち、渓流がせせらぐビッグ・ベイスン・パーク[34]の尾根から、眼下を見おろすような気分だよね。州立や国立の自然公園って狩猟禁止が当然なんだけど、ぼくらはよくセコイアの森のあたりへ狩猟に出かけたよ。ときどき、鹿を数頭仕留めた。だけど、使った銃はぼくのじゃない。ぼくの使った銃は、ハーヴェイ・セントジェームズからの借り物さ。

ふだんから、なにかちょいと乙なことをやる段になると、ぼくら三人は徒党を組むんだ。僕自身とセントジェームズ、それにボブ・パドルフォードの三人組[35]さ。繰り出す車は、セントジェームズが乗りまわしてる五七年型フォード・コンバーチブルだった。排気管は二本立て、ヘッドライトも二灯ずつで、後部がすとんと落ちていた。これぞ車ってやつさ。セヴィリアやサンタクルーズ界隈じゃ、そこらじゅうに知れわたっていたな。エナメルで光沢をつけた金色の車体に、手塗りで紫の装飾をしてやったのさ。あの滑らかな曲線を手に入れるために、ガラス繊維樹脂まで使ったぐらいなんだ。車というより宇宙船《ロケット》みたいに見えた。宇宙空間と光速に近い超高速を思わせる外観だった。

ほんとのバカ騒ぎにぼくらが行くのは、シエラ・ネヴァダ山脈を越えた先のリノ[36]だった。金曜遅くに出発する。セントジェームズは「ハプスブルグのメンズウエア」って店でスーツを売っていて、その仕事が終わってから、サンノゼへまっしぐらに飛んでいく。そこでパドルフォードを拾うんだ――あいつはシェル石油の設計図部門で働いていた。三人組がそろったら、いざ、リノへ出陣ってわけさ。金曜の夜は一晩中眠らない。夜遅くリノに着いたら、そのままカジノへ直行して、スロットマシンやブラックジャックで遊びまくる。で、土曜朝十時くらいに車の中で仮眠してから、髭を剃るトイレをみつけるんだ。そこでシャツとネクタイを着替えて、女漁りにでかける。リノ界隈なら、その手の女はいつだって手に入る。あそこはほんとに淫乱な町だからな。

　実を言うと、ほんとうはぼくにとっちゃ、あっちのほうはさほど楽しくないんだ。ぼくの人生にセックスの出る幕なんてない。ほかの肉体活動とさして変わらないからね。ぼくを一目見れば、主たるエネルギーが内面に注がれているのが、きみだってわかるはずだ。

　ぼくは六年生のときにメガネをかけはじめたんだけど、さんざん漫画本を読んだせいでね。「ティップ・トップ・コミックス」[37]や「キング・コミックス」[38]や「ポピュラー・コミックス」[39]……一九三〇年代半ばに登場したコミック本の走りさ。それからは雨後のタケノコのようにもっと出てきた。ぼくは小学校でそのぜんぶを読んだよ。ほかのガキと交換もした。後になって中学校にあがって、ぼくは空想カガク雑誌の「アストニッシング・ストーリーズ」[40]とか「アメージング・ストーリーズ」[41]とか「スリリング・ワンダー」[42]といったパルプ雑誌を読みはじめた。じっさい、ぼくがいちばんお気に入りの「スリリング・ワンダー」はほとんど全巻揃いで持ってら。ぼくが「ラッキー磁鉄鉱《ロウドストーン》」を手に入れたのは「スリリング」の広告からだったし、そいつはいまでもぼくの手もとにある。あれは一九三九年前後だった。

　ぼくの家族はみんな痩せている。母さんだけ例外だ。男の子は当時必ず銀縁のメガネをかけさせられたけど、ぼくがメガネをかけたとたん、たちまち学者みたいな顔になった。いかにも本の虫って感じさ。とにかく、ぼくは額が広い。で、そのあと高校にあがるころ、かなり頭垢《ふけ》だらけになった。おかげでじっさいより薄毛に見えちまう。ときどき吃《ども》りが出て悩みの種だったが、ふと気がついたんだ。ひょいと屈んで、脚からなにかを払い落とす仕草をすれば、つっかえずにしゃべれるってことがね。だから、そうするのが癖になった。ぼくの頬や鼻の脇にはそのころ痘痕《あばた》ができていた。いまでも残っているけど、水疱瘡[43]にかかった跡でね。高校時代はそればかり気になって、いつも弄《いら》ってたから、とうとう膿んじゃったよ。ほかにも面皰《にきび》タイプの肌のトラブルを抱えていた。皮膚組織に紫斑が生じるって症状で、皮膚科の医者が言うには、軽度の感染症に全身が冒されたせいだってさ。実のところ、ぼくはいま三十四歳になるんだけど、ときたま吹き出ものが噴火することがあって、それも顔じゃなくて、お尻や腋の下にできるんだ。

高校時代、ぼくはお洒落着を持っていた。それを着て外に出れば、ちやほやしてもらえたんだ。とりわけ青いカシミアのセーターがお気に入りで、ほとんど四年間、そればっかり着ていた。とうとう饐《す》えた臭いがしだしたもんだから、体育の教師に捨てさせられた。とにかくその教師がぼくに目をつけたのは、体育館で一度もシャワーを浴びなかったからなんだ。

ぼくがカガクに興味をもったのは、「アメリカン・ウィークリー」[44]のおかげさ。ほかの雑誌の影響じゃないよ。

たぶん、きみらも覚えてるだろ。一九三五年五月四日号には、サルガッソー海[45]の記事が載っていた。そのころ、ぼくは十歳で四年生だった。だから、漫画本以外でもかろうじて本が読めるくらいの年齢だったんだ。六色か七色のカラーで、見開き二ページを占める大きな挿絵が載っていたな。サルガッソー海の虜囚《とりこ》になって、何百年も幽閉されている船の大群が漂っている絵さ。海藻に覆われた船乗りたちの骸骨。朽ちかけた船の帆や帆柱。ありとあらゆる船がそろっている。古代ギリシャや古代ローマの船もあれば、コロンブスの時代の船や、北欧人のバイキング船もあるんだ。それがごた雑《ま》ぜの塊になって、微動だにしない。永遠にその海域にがんじがらめで、サルガッソー海に閉じこめられてる。

記事が語っているのは、どうして船がこの海に引きこまれ、囚われたか、どうしてだれも抜けだせなくなるかだった。虜囚の身となった船が夥《おびただ》しいものだから、何マイルにもわたって舳《へさき》と舳が接せんばかりに犇《ひし》めいている。ありし日のどんな種類の船でもここにあるが、後年、蒸気船が現れると、ほとんどこの海域で動けない船はなくなった。あきらかに蒸気船なら、風に頼らずとも自力で航行できるからだ。

この記事にぼくが夢中になったのは、いろいろな点で「オール・アメリカンボーイ」(46)の主人公ジャック・アームストロングのある逸話を思いだしたからだ。それは「失われた象の墓場」をめぐる冒険譚で、ぼくにはとても大事なことに思えたんだ。ぼくの記憶だと、ジャックが持ってる金属製の鍵は、それを差しこむと不思議な音色が響きわたって、その墓場へと導く鍵になる。長らくぼくは、なにか音が響きそうなものがあると、手あたりしだいに金属片で弾いてみて、その不思議な音色を鳴らそうとした。自分でも「失われた象の墓場」を探りあてようとしたのさ（その音を鳴らすと、どこかの岩壁がぱっくり開くことになってたからね）。サルガッソー海の記事を読んで、ぼくはそこに大事な類似点があることに気づいたよ。「失われた象の墓場」は、なんとしても象牙を手に入れたいハンターが探してやまない宝の山だ。サルガッソー海だって、囚われた船の積み荷には数百万ドル相当の宝石や黄金が眠っている。そのありかをだれかが突きとめて、おれが持ち主だと言いだすのをひたすら待っている秘宝なんだ。違いがあるとすれば、「失われた象の墓場」にはカガク的な事実の裏付けがなんにもなく、熱に浮かされた探検家や先住民が持ち帰ったただの神話にすぎないのに対し、サルガッソー海はカガク的に実証されているってことだ。

あのころ、ぼくら一家はイリノイ・アヴェニュー(47)の貸し家に住んでいて、リビングルームでぼくは記事を床に広げていた。母さんや父さんといっしょに、妹が家に帰ってきたから、ぼくは妹の気を惹こうとしてみた。ところが、そのころ妹はまだ八歳だった。兄妹でひどい口喧嘩になったあげく、父さんが「アメリカン・ウィークリー」をさっさと取り上げて、流しの下の紙製のごみ袋に放りこんでしまった。これにはぼくも頭にきたね。父さんのこと、あれこれ想像して、サルガッソー海と裏取引でもしてるんじゃないかと思ったくらいさ。あんまり腹が立ったもんだから、いま思っても地団駄を踏まずにはいられない。あれはぼくの人生で最悪の日だった。ぼくがずっと妹のフェイにむかついてるのは、あいつのせいで惨事が起きたからだ。ぼくの期待どおり、妹があの記事を読んで、素直に感想を語ってくれたら、あんなことにはならなかったのに。なにか大切なもの、いや、ある意味で美しいものがあると、あの日みたいに台なしにされちまうなんて、ほんとに気が滅入る。繊細な夢って必ず踏みつけにされ、破壊されてしまうみたいなんだもの。

　ぼくの父さんも母さんも、カガクなんてこれっぽっちも興味がなかった。父さんはもう一人のイタリア人の相棒と組んで、大工と外壁の塗装屋を稼業にしていた。何年もサザン・パシフィック鉄道[48]に勤めて、ギルロイ[49]操車場の保守部門にいた男だからね。父さん自身が読むものなんて、「サンフランシスコ・エグザミナー」[50]紙か、「リーダーズ・ダイジェスト」誌[51]か、「ナショナル・ジオグラフィック[52]」くらいなもんで、ほかにはなにもありゃしない。母さんも「リバティー[53]」の購読者で、それが廃刊になったら「グッド・ハウスキーピング[54]」に乗り換えていたよ。ふたりともカガクの教育どころか、教養のかけらもないんだ。いつも本を目の敵にして、ぼくやフェイが読書しようとすると水を差す。幼かったころは、ときどき父母ふたりでぼくの部屋を襲い、活字類を手あたり次第かっさらっては、なにもかも燃やしたほどだ。図書館から借りた本まで焚書にあったんだ。第二次大戦中、ぼくが応召して沖縄戦[55]に出征している留守に、故郷ではぼくの部屋、ぼくの私室が両親に侵略されてたのさ。秘蔵のSF雑誌類や、女の子の写真スクラップ帳、それにオズの本や「ポピュラー・サイエンス」[56]の雑誌まで、ごっそり持ちだされて焼却処分にされちまった。幼時に受けた仕打ちと変わらない。敵国から親たちを守る戦いを終えてやっと復員してくると、家の隅から隅まで探しても、ぼくには読むものが何もないことに気づいた。世にも不思議なカガク的事実を収集してたんだけど、その大切な参照ファイルがすべて永遠に消えてしまった。でも、あの数千点のファイルのなかで、おそらくもっとも驚くべき事実はいまでも忘れられないな。太陽からふり注ぐ日光の重みで、地球が毎年一万ポンドずつ重たくなっていることさ。その事実が頭から離れなくなった。最初に知ったのは一九四〇年だけど、それからどれくらい重たくなったか[57]をある日計算してみた。すると、日光が地球に積もり積もって、これまでに百九十万ポンドも重さが増した勘定だった。

ほかにもファイルには、今じゃ知識人にも日に日に知られるようになってきた事実が含まれていた。念力を集中させれば、遠くから物体を動かせるんだ！　ぼくはずっと知っていたよ。だって、子どものころから、よく念力を放っていたもん。じっさい、うちは一家で念力を凝らすんだ。ぼくの父さんまでね。とりわけ、レストランみたいな人の群がる場所に出かけると、一家で念力をかけるのが恒例になっていた。あるとき、グレーのスーツを着た男に、一家全員で念力を凝らしたことがある。はたして男は右手を後ろにまわし、ぽりぽりと首筋を掻いたんだ。バスに乗っていて、大柄な黒人のお婆さんに、ぼくら一家の念力を飛ばしたこともあった。するとお婆さん、起ちあがってバスから降りてったよ。だけど、そこまでいくにはいろいろ工夫したな。たぶん、えらくデブちん婆さんだったからね。でも、ある日、ぼくの妹のおかげで、念力が台なしになったんだ。待合室で向かいに座っていた男に、みんなで念力を凝らしていると、だしぬけに妹が吠えたんだ。

「このクソったれ」

母さんも父さんも血相を変えた。父さんは妹をがくがく揺さぶったよ。年端もいかないくせに（妹は十一歳くらいだった）、そんな口汚いことばをつかうなと窘《たしな》めたのかと思いきや、じつは念力の集中を邪魔したからなのさ。妹は当時五年生だったけど、どうやらミラード・フィルモア(58)小学校の悪ガキどもから、そういう罵詈《ばり》雑言《ぞうごん》を聞きかじったらしい。そんな幼いころから、妹はやんちゃなお転婆娘になっていた。キックボールや野球が好きで、女の子とママゴト遊びする代わりに、いつも男の子とばかり校庭で遊んでいたよ。ぼくとおんなじで常に痩せっぽちだった。ふだんから駆けっこは得意で、ほとんどプロのアスリート級だったな。始終なにかをかっぱらっていく。たとえば、そう、ぼくが小遣いで土曜の朝にいつも買っていた「ジュージュービー」(59)キャンデーさ。あれの週代わりパッケージをさっと掠《かす》めとってくと、どこかに駆けこんで食べちゃうのさ。妹はちっとも体に贅肉がつかないたちなんだ。三十歳を超えた今でもね。すらりとした長い脚で、弾むように歩いている。週に二度はモダンダンス教室に通って、そこでエクササイズに励んでるよ。体重はおよそ百十六ポンドってとこだね。

　きかん気なもんだから、妹はいつも男ことばを口にする。初婚の相手は、金属製の看板や門扉の製造で稼ぐ小工場主の男だった。心臓発作に見舞われるまでは、ちょいとしたタフガイだったよ。よく夫婦でレイズ岬(60)の断崖を登ったり降りたりしてたな。彼ら夫婦はマリン郡のそのあたりに住んでいて、一時は乗馬用にアラビア馬を二頭飼っていた。(61)奇妙なことに、妹の旦那はバドミントンの最中、心臓発作で倒れたんだ。たかが子どもの遊びでおシャカとはね。フェイが打った羽根《シャトル》が——ふわりと頭上を越え、彼が打ち返そうと後ずさりしたら、地《ゴーファー》リスの穴に足をとられた。仰向けに尻もちをついて起ちあがったら、ラケットが真っ二つだった。それを見て青筋を立てて怒りだし、別のラケットを取ってくるぞと家に駆けこんだ。で、また外に駆けもどってきたら、とたんに心臓発作でプッツンさ。

もちろん、彼とフェイはいつも夫婦喧嘩していて、それもこの椿事《ちんじ》に何がしか関係していたのかもしれない。かーっと頭に血がのぼると、とめどなく罵詈雑言を浴びせかける男でね。フェイもいつだって買い言葉に売り言葉だった——たんに口汚く貶《けな》すだけじゃない。容赦なく傷口に塩を揉みこみ、たがいの弱点をくどくど暴きたて、嘘もほんとも一緒くた、相手を傷つけることなら何でもあげつらう——言い換えれば、愛娘《まなむすめ》二人の耳にタコができるほど、大声でなんでも怒鳴りあっていたんだ。ありきたりの妻との会話ですら、夫のチャーリーはいつも下品なことばを口にする。コロラドの田舎町で育った男なら、さもありなんと思うようなところがあってね。フェイはいつもその口の悪さを嬉しがっていたよ。あのふたりは割れナベに閉じブタ、似合いの夫婦だったな。ある日のことを思いだす。ぼくら三人で寝そべって、家のパティオで日光浴を楽しんでいたんだ。たまたま、宇宙旅行にかかわることだったと思うけど、ぼくがなにか口走ったらチャーリーが言ったよ。

「イジドア、おめえはぜったい戯《たわ》けもん(62)だな」

フェイが笑った。ぼくがひどく気分を害したからだ。じぶんの兄のことなのに、妹はへっちゃらなんだ。チャーリーがだれを侮辱しようが、彼女は気にもとめない。あんなガサツな皮肉でもね。高校さえろくに出てない無学な男、ビールをがぶ飲みして太鼓腹を突きだす中西部の野郎が、ぼくを「戯《たわ》けもん」と呼んだんだぞ。それがぼくの記憶にまだ尾をひいている。だから、ぼくが書くこの告白録に、『ある戯《たわ》けもんの告白』という皮肉な原題を選んだんだ。ぼくはこの世のありとあらゆるチャーリー・ヒュームがありありと見える。そろいもそろって、ポータブルラジオのつまみをジャイアンツの野球放送に合わせてさ、口の端から大きな葉巻を突きだしちゃ、肥《ふと》った赤ら顔にでれっとした空ろな表情を浮かべて……いかにもこの国を牛耳り、実は大企業も陸軍も海軍もなにもかも思いのまま、といった顔をするガサツな連中さ。ぼくにとっちゃ、なぜああなのか、永遠の謎だよ。チャーリーなんて、たかだか鉄工所で七人の従業員を抱える小工場主だろ。なのに、じぶんを一丁前と思ってる。七人もの社員があんな百姓風情の男にぶら下がって、どうにか暮らしを立てているんだからね。ぼくらのように感受性も才能もある周辺の人間を、だれかれとなくチリ紙扱いして、ふんとばかりに洟《はな》をかむ。そんな立場に、ああいう男がなるとはあきれるな。

　マリン郡でも奥まったところにある妹夫婦の家は、自力で建てたもんだから、えらく維持費がかかるんだ。ふたりが初めて結婚した一九五一年に十エーカー[63]の土地を手当てしているけど、そのころ夫婦はまだチャーリーの鉄工所のあるペタルーマで暮らしていた。そこにいるあいだに建築士を雇い、新居のための設計図を書かせたんだ。

　ぼくに言わせれば、フェイがあの手合いとまずくっついたのは、彼女の究極の夢だったわが家を、最後は建ててもらおうって魂胆があったからだ。結局、あの男と出会ったとき、すでに彼は工場主だったし、費用を差っぴいても稼ぎが年四万ドルは優にあった（すくなくとも本人はそういう触れこみ[64]だった）からさ。ぼくら一家はカネに無縁の貧乏所帯で、安物《ダイム》ショップの青い山水画模様の皿一式を十年間使いつづけたくらいでね。ぼくの父さんなんて、生涯一度だって新しいスーツなんか着たこともない。もちろん、フェイは奨学金を授かって大学に進学できるようになると、良家の男たちと付き合いだした——ビッグ・ゲーム[65]に焚く篝火《かがりび》かなんかの行事には、いつもバカ騒ぎする友愛会の坊やたちさ。一年かそこら、法学部の院生になろうと勉強している青年と、彼女はずっとステディーな関係だったよ。ピンボールで遊ぶのが好きなやつで——数学の確率を学ぶためとか称していたけど、ぼくにはぱっと[66]しないオカマみたいな男[67]に見えたな。チャーリーと妹が出会ったのは偶然さ。フォート・ロス近くのハイウェー一号線沿いにあった食料品屋の店頭でなんだよ。並んだ列の前に妹がいて、ハンバーガー用のパンとコカ・コーラとタバコを買っていた。そのころ大学の音楽の授業で学んでいたモーツァルトの一曲[68]を妹が鼻唄で口ずさんでいたら、チャーリーがそれを聞いて、コロラド州のキャノン・シティにいたころ歌った古い讃美歌かと思ったんだ。で、妹に話しかけたのさ。彼は食料品屋の外にメルセデス・ベンツを駐めていた。妹の目にも入ったはずだよ。ラジエーターのうえに乗ってるあの三芒星のエンブレムがね。チャーリーも当然、シャツにメルセデス・ベンツのピンを刺していた。だから、妹でもだれでも、一目でその車の持ち主がわかったはずさ。妹はいつも高級車を欲しがっていた。とりわけ外車には目がなかったね。

あのふたりの会話を再現してみようか。両方をよく知ってるぼくが、公平にその会話を組み立てると、こんな具合かな。

「外に駐めてあるあの車、六気筒？　八気筒？」とフェイが彼に声をかける。

「六気筒さ」とチャーリーがこたえる。

「あ〜ら」とフェイ。「たったの六気筒？」

「ロールス・ロイスだって六気筒だ」とチャーリーが言う。「ヨーロッパのやつら、八気筒の車はつくらねえ。[69]なんで八気筒なんか必要なんだい？」

「あ〜ら」とフェイが言う。「ロールス・ロイスって六気筒なの」

フェイはかねてからロールス・ロイスに乗りたがっていた。一度、ロールスを見かけたことがあったな。サンフランシスコの洒落たレストランの縁石に横付けされていたんだ。ぼくら三人、妹とぼくとチャーリーで、車の周りをぐるぐるまわったよ。

「こいつは途方もねえ車だぞ」とチャーリーが言って、どんなメカニズムかをこまごまと講釈しだした。ぼくにはどうでもいいことだった。じぶんの好みから言えば、サンダーバード[70]かコルベット[71]のほうがいい。フェイは彼のことばに耳を傾けていた。三人でぶらぶら歩きつづけたが、彼女もあんまり気乗りしてないのがわかった。どこかしっくりこないところがあるんだ。

「見た目がケバすぎるよね」と彼女が言った。「ロールスって、見た目クラシックな車かといつも思ってたんだけど。第一次大戦の軍用セダンみたいな、将校専用って感じかと」

新型ロールス[72]をじっさい目にしたら、じぶんでよく考えるがいい。小ぶりでメタリックで流線型だけど、ぼってりしてるだろ。鈍重そうに見えるんだ。ジャガーのサルーン・モデル[73]あたりに似ているが、あれよりもっと目立つ。いま脳裏に浮かべるとすれば、英国式の流線型ってのかな。ぶっちゃけ、ぼくにとってはイマイチな車だった。フェイもおなじ反応だったが、内心葛藤しているのがわかった。そのロールスは塗装にたっぷりクロムメッキ[74]を施し、青みがかったシルバー仕立てになっていた。たしかに車全体が光沢を放っていて、メタル好きで木質やプラスチックが嫌いなチャーリーなら気に入りそうだった。

「本物の車ってやつがあるんだな」と彼が言った。その思いはどうせ、ぼくら兄妹のどっちにも通じない、と見てとったんだろう。彼にできたのは、いつものぶっきらぼうな口調でおなじ文句を繰り返すばかりだった。卑語以外に彼が使う言葉は、六歳の子ども並みのボキャ貧で、ほんの数語でなんでも言い表そうとする。「あれが車だ」三人で訪問する予定だったサンフランシスコ市内の家に着くと、彼は最後にぽつりと呟いた。「でも、ペタルーマじゃ場違いだろうな」

「あんたの工場の駐車場に置いたら、よけい場違いだろ」とぼくが言った。

フェイも加勢した。「とんだ無駄遣いだわ――車になけなしのお金を注ぎこんじゃうなんて。一万二千ドルもするのよ」

「ふん、ずっと割安な値段で一台買おうと思えば買えるんだ」とチャーリーが言った。「おれは知りあいなんだぜ。市内でブリティッシュ・モーターカー[75]の代理店を経営してるやつとはな」

　まちがいなく、彼はあの車が欲しかったんだ。ほっといたら、おそらくあの車を買っていたろう。でも、そのカネは家の新築資金にあてられた。チャーリーにとっちゃ否も応もなかった。フェイがそれ以上は彼に車を買わせなかったんだ。彼はメルセデスのほかに、すでにトライアンフ[76]を一台、スチュードベーカーのゴールデン・ホーク[77]を一台所有していたうえ、もちろん商用トラックも数台持っていたからね。フェイは新居に電熱線を張った熱輻射式ヒーターを備えつけてちょうだい、と建築士に注文していた。彼らが住むあんな田舎では、電気代だけで一財産吹っ飛ぶしろものさ。あの界隈のほかの家じゃ、どこもブタンガスか炉に薪《まき》をくべていたんだぜ。フェイときたら、牛を放牧する田園風景に、いきなりおしゃれでモダンなサンフランシスコ風の家を建てたんだ。埋め込み式の浴槽に、ふんだんにタイルやマホガニーの化粧板を張り、まばゆい蛍光灯照明やら、カスタム・キッチンやら、電気洗濯乾燥機やら――壁にぴったりスピーカーを嵌めこんだ、特注のハイファイ・コンビネーション装置まで、それこそテンコ盛りなんだ。家屋にはガラスの側壁があって、そこから広々とした敷地を見渡せる。リビングルームの中央に暖炉があった。円形のバーベキュー用タイプで、上に巨大な黒い煙突の天蓋がついていた。薪が転がり落ちることもあるから当然、床にはアスファルトのタイルを敷かなければならない。フェイは寝室を四つ、さらにお客も使える書斎までつくらせた。バスルームも全部で三つあって、一つは子ども用、一つはお客用、もう一つはじぶんとチャーリーの夫婦用だった。それに裁縫室、家事部屋《ユーティリティールーム》、家族団欒室、食

堂──冷凍庫専用の部屋まであった。そしてもちろん、テレビの間もだよ。(78)

家屋全体がコンクリートの厚板の上に載っていたからね。コンクリート板とアスファルトのタイルがひんやり冷たくて、家のなかは寒々としていたよ。暑い盛りの真夏を除くと、けっして熱輻射式ヒーターを切ることができない。寝るときにスイッチを切ろうものなら、翌朝、家は冷蔵庫みたいに冷えちゃうんだ。家が完成して、いざチャーリーとフェイと子ども二人が引っ越してみると、いくら暖炉を焚き、熱輻射式ヒーターをつけても、十月から四月までは家が凍えるほど冷えこむのに気づいた。しかも雨季になると、土の水はけが悪くなる。そればかりか、ガラスを支える窓枠やドアの下から、じくじく水が浸みてくるんだ。一九五五年は二カ月間も、家ごと水たまりに浮いていたよ。(79)請負業者がやってきて、家から水を汲みだす排水装置をそっくり新設しなければならなかった。一九五六年には、手動スイッチとサーモスタットのついた、二百二十ボルトの壁面ヒーターを各部屋に備えつけたんだ。それでも湿気と冷気のおかげで、衣類やベッドのシーツなどあらゆるものに白黴《しろかび》が生えてきたな。しかも、冬には数日連続で停電になると彼らは知ったのさ。その期間は電熱レンジで炊事ができない。水を汲みあげるポンプも電動だったから、ポンプも作動しないんだ。温水器も電気だから、炊事も暖房もすべて暖炉に頼らざるをえなかった。あのフェイも暖炉にブリキのバケツを据えて、せっせと衣類を洗濯する羽目になったよ。そして一家四人とも、あの家で暮らすようになってから、毎年冬に必ず風邪をひくようになった。別々に三つの暖房装置があるにもかかわらず、家のなかは依然すきま風が吹いていたな。たとえば、子ども部屋と家の正面のあいだの長い廊下にはヒーターがない。パジャマ姿の子どもたちが夜、はしゃいで飛びだしてくると、ぬくぬくとした部屋からいきなり冷気に飛びこみ、またリビングルームの暖気に復帰しなければならない。それを毎晩、すくなくとも六回は繰り返すのさ。

なににもまして困るのは、フェイがこの田舎ではベビーシッターをみつけられないってことだった。その結果、彼女もチャーリーも人を訪れることがしだいに間遠になった。客にお越しいただかねばならないのだが、サンフランシスコから近所のドレイクス・ランディング[80]まで、厄介なドライブを一時間半もかけてやっとたどりつく[81]長途だった。

それでも、彼らはあの家を愛していたよ。一家で飼っていたのは、ガラスの側壁の外[82]で草を食《は》んでる四頭の顔の黒い羊たちにアラビア馬、それから仔馬ほどの大きさのコリー犬で表彰されたのがいたな。そして世にも美しい、輸入したアヒルが数羽。ぼくが妹一家とそこでいっしょに暮らしたあのころは、ぼくの人生でいちばん愉快な時期だったよ。

3

フォードのピックアップ・トラックを彼は運転していた。横の座席に娘のエルシーを乗せている。アスファルトの路面から、路肩をまわって砂利道を横切る際、車が上下に踊った。丘の斜面で羊たちが草を食《は》んでいる。眼下には白壁の農家。

「ガム買ってくれる？」とエルシーが聞いた。「あのお店で、ブラック・ジャックのガム買ってよ」(83)

「ガムか」と彼は言って、ハンドルを握りしめた。速度をあげる。彼の手のなかでハンドルがスピンした。おれは箱入りの生理用品タンパックスを買わなくちゃならない、とじぶんに言い聞かせた。タンパックスとチューインガムか。メイフェア・マーケットじゃ、口さがないやつらになんて言われるかな。どうしたら買えるんだ？(84)(85)

彼は思った。女房のやつ、どうしてあんなものをおれに買わせるんだ？　女房のためにタンパックスを買ってやるだと。

「あのお店で、な〜にを買わなきゃならないの〜」とエルシーが高らかに歌った。

「タンパックスだよ」と彼が吠えた。「それとおまえのガムだ」怒りにまかせて怒鳴ったものだから、娘がこわごわ彼の顔を覗きこんだ。

「な、なんで？」と口ごもると、ドアに肩を寄せて身をすくませる。

「ママはな、じぶんで買うのがきまり悪いってさ」と彼は言った。「だからパパが代わりに買わなくちゃならんのだ。ママはね、パパに店に行かせて買わせるんだよ」そして思った。あのアマ、ぶっ殺してやる、と。

　もちろん、女房にはちゃんとした口実があった。彼は車を持っていて――オレマ[86]まで友だちを訪ねたんだから……彼女が電話で頼んできたのだ。帰りのドライブでちょっと寄って買ってきてよ、と。おまけに、メイフェアは一時間かそこらで閉店になる。五時か六時の閉店だったかな。よく覚えていない。ときどきは早じまい、かと思うと平日に――何日間も別時間になるからな。

　タンパックスが買えなかったら、どうなるってんだ？　彼は訝《いぶか》しくてならない。死ぬほど出血するのか？　タンパックスは止血するんだろ。コルク栓みたいに。それとも――彼は想像しようとしてみた。でも、どこから血が流れてくるのか、彼は知らない。あのあたりなんだろ。ちぇっ。そんなこと、知ったことかよ。そりゃ女の領分だ。

　だけど、と彼は思った。あれが必要だっていうんなら、女には必要なんだろうよ。そんなら女がじぶんで買うべきだ。

　看板のある建物が見えてきた。ペーパー・ミル・クリーク[87]の橋を渡って、ポイント・レイズ・ステーションの町に入った。左手には葦の湿原が広がっている……道が左へ折れて「チェダーの車修理ガレージ」や「ハロルドの市場」。そして廃業した古いホテルの前を通り過ぎた。

　メイフェアの駐車場になっている泥の更地に乗り入れて、荷台がからっぽの秣《まぐさ》トラックの隣に車を駐めた。

「おいで」とエルシーに言い、娘のためにドアを開けて押さえてやった。娘は動こうとしない。むずとその腕をつかむと、座席からひきずり下ろした。娘が躓《つまず》きかけたが、彼は手を放さず、車から街路へと追いたてた。

　しこたま買えばいい、と彼は思った。カートいっぱい買えば、だれも気がつくまい。

　メイフェアの入口で恐怖に襲われる。立ちどまって屈みこむと、靴の紐を結ぶふりをした。

「お靴のヒモがほどけたの？」とエルシーが聞いた。

「そんなことくらい、バカでもわかるだろうが」彼は紐をほどいて結びなおす。

「タンパックス買うの、忘れちゃだめだよ」とエルシーが念を押した。

「黙ってろ」憤然として彼は言った。

「パパなんか大嫌い」とエルシーが言って泣きだした。悲痛な声をふり絞る。「あっち行けえ」と彼をぴしゃぴしゃ打ちはじめた。彼が胸をそらすと、娘は後じさりした。まだ人をぶつ仕草をやめない。

　彼はまた娘の腕をつかんで、店内に引っ立てていく。木製カウンターの前を通って、缶詰類の棚に向かった。「いいか、このくそガキ」しゃがんで娘を諭した。「おとなしくして、パパにくっついてろ。さもないと、車にもどってから、たっぷりシバいてやるぞ。聞いてんのか？　分かったか？　おとなしくしてたら買ってやる。ガムが欲しいんだろ？」ドアのそばのキャンデー棚に娘を連れていった。手を伸ばして、ブラック・ジャックのガムのパックを二つ取ってやる。「さあ、いい子にしてな。そしたらパパも考えられる。ここは思案のしどころなんだ」そして付け加えた。「なにを買っていくべきか、思いださなくちゃ」

彼はパンとレタス一玉、それからシリアルの箱をカートに放りこんだ。ふだんづかいの必需品と知っている品をあれこれ買いこんだ。冷凍したオレンジ・ジュース、ポール・モールのタバコを一カートン。それから、タンパックスが置いてあるカウンターに行った。あたりにだれもいない。タンパックスの箱をさっと取ってカートに入れ、ほかの商品の下に忍ばせた。「オーケー」とエルシーに言う。「これで済んだぞ」そのまま歩度を緩めず、レジの台へカートを押していった。

レジの台には、青いスモックを着た女店員二人が立っていて、前屈みでスナップ写真を覗きこんでいた。女性の客、それも年輩の女が二人に見せているのだ。三人でスナップ写真に話の花を咲かせている。レジの真向かいでは、若い女がワインをあれこれ見比べていた。彼は怖気づいて、カートを店の奥まで後退させ、カートの中身を棚にもどしはじめた。が、そこではっとする。カートを押してるところを女店員に見られちまったから、カートをからっぽにはできん。なにか買わなくちゃ。さもないと、挙動不審と見られる。カートにせっせと品を詰めておきながら、少しあとで手ぶらのまま店を出ていくなんて。なんか感情を害したのか、と思われるかもしれない。で、タンパックスの箱だけ棚にもどし、あとはカートに入れたままにしておく。カートを押してレジの台にもどり、列にならんだ。

「タンパックスは？」恐る恐るエルシーが尋ねた。その声があまりに怯えていたので、意味するところを知らなかったら、彼には理解できなかったろう。

「いいから忘れろ」と彼は言った。

レジで店員に代金を払うと、彼は食料品の袋を抱えて街路を渡り、ピックアップ・トラックへすたすたと歩いていく。さあ、どうする？　彼は自棄《やけ》になって胸に問い返した。あれを買わなくちゃならない。店に舞いもどれば、おれはますます目立っちまう。たぶん、フェアファックスまで車でひとっ走りして、あの新しいドラッグストアの大型店で購入することもできるんだが。

そこに棒立ちになって、彼は決めかねていた。ふと目に入ったのが「ウェスタン・バー」だ。ちくしょうめ、と彼は思った。あそこでひと休みして、決めるとするか。エルシーの腕を取ると、街路を横断してバーへ引っぱっていく。待てよ。煉瓦の階段をあがりかけて思いだした。子連れじゃ、バーに入れない。

「おまえは車のなかで待ってな」と娘に言い聞かせて、踵《きびす》を返しかけた。たちまち娘が泣きだす。梃子でも動こうとしない。「ほんのちょっとの間だ――わかるだろ、子どもはバーに入れないんだ」

「やだ！」泣きわめく子どもをひきずって、彼は街路を渡った。「車で待ってたくない。パパといっしょがいい!」

彼はトラックの運転席に娘を放りこむと、ドアをロックした。くそったれども。彼は思った。母も子もだ。女ってのは、おれにゲスの勘繰りをさせやがるんだ。[88]

バーに入って、ジン・バック[89]を一杯あおった。ほかに客はいない。これなら寛《くつろ》げるし、思案もできる。バーはふだんのように薄暗く、がらんとしていた。

金物屋に行く手もあるな、と彼は思った。女房になんかプレゼントを買ってけばいいんだ。調理用ボウルとか。キッチンの小物類さ。

あのアマ、ぶっ殺してやる、という思いがまたぶり返してきた。家に帰って出会いがしらに、女房をぶちのめしてやる、と思った。殴りつけよう。おれはやるぞ。

二杯目のジン・バックをあおった。

「いま何時だ?」とバーテンに聞いた。

「五時十五分だよ」とバーテンがこたえた。ほかに数人の客がうろうろしていて、ビールを飲んでいる。

「メイフェアが何時に閉店するか、知ってるかい」バーテンに尋ねた。客のひとりが、六時閉店だと思うよ、と口を挟む。彼とバーテンのあいだで議論が始まった。

「もういいや」とチャーリー・ヒュームが言った。

三杯目のジン・バックをのみ干すと、彼は決心した。メイフェアに引き返して、タンパックスを買おう。勘定を払ってバーを出た。気がつくと、メイフェアに舞いもどっていた。棚のあいだをさまよい、スープ缶詰とスパゲッティーの包装の前をとおりすぎる。タンパックスのほかに、壜詰の牡蠣《かき》の燻製も買いこんだ。フェイの好物だ。それから彼がピックアップ・トラックにもどると、エルシーはドアに凭《もた》れてすやすや眠っていた。一瞬、ドアをひっぱり、開けようとして、ロックしていたことを思いだした。ちぇっ、キーはどこだ？　紙袋を地面に置いて、ポケットをまさぐる。イグニッション・スイッチに挿しこんだままじゃなかったか……ドアの窓に顔を張りつけた。なんてこった。車内にもない。じゃあ、どこに置き忘れたんだろう？　彼は窓ガラスをこんこん叩いて、娘に声をかけた。

「おい、起きろ、頼むから」もう一度、ガラスを小突いた。やっとエルシーが身を起こして、父親に気づいた。彼はグローブボックスを指さす。「そこにキーがあるかどうか見てくれ」金切り声になる。「つまみをひっぱるんだ」と声を張りあげ、ドアの内側のロックボタンを指さした。「そいつをひっぱれ、そしたらパパが入れる」

やっとエルシーがドアのロックを外した。「なにを買ったの？」と彼女が聞いた。紙袋に手を伸ばす。「あたいのも買ってくれた？」

フロアマットの下に、スペアキーがある。ずっとそこにキーを取り置いていた。スペアを使ってエンジンを起動する。キー本体はどこへ行ったやら、きっと見つかるまい。こっちのキーをコピーしとかなきゃな。もう一度、コートのポケットを探ると……なんと、ポケットのしかるべきところにもう一つキーがあった。じぶんでそこに入れたんだ。やれやれ、と彼は思った。おれは悪酔いしたにちがいない。駐車場からバックして道路に出ると、ハイウェー一号線をもと来た方角へ走りだした。

家に着いた。ガレージに車を乗り入れ、フェイのビュイック(90)の横に駐める。食料品の入った紙袋二つを抱えこんでから、車道を通って玄関へ向かった。ドアは開いていた。クラシック音楽が聞こえる。家の側壁のガラスを透かして、フェイが見えた。彼に背を向けて、食器乾燥機のまえで皿を拭いていた。コリー犬のビンが、彼とエルシーを出迎えようと、玄関前のマットからむくりと起きあがる。ふさふさした尻尾で、彼をかい撫でにしながら、大はしゃぎで飛びついてきた。彼はすんでに転びかけ、袋の一つを落としてしまう。足を横に払って犬を押しのけると、からだを横にして玄関のドアを潜りぬけ、リビングルームに入った。エルシーは車道で脇にそれ、裏のパティオに走っていったので、彼ひとりが取り残された。「ハ〜イ」と家の奥からフェイの声がする。音楽が邪魔で声がよくとおらない。一瞬、女房の声と聞き分けられなかった。ただのノイズ、演奏を妨げる雑音かと、一瞬思ったほどだ。そこに、皿拭きのタオルで手をぬぐいながら、フカフカと弾んだ足どりで、身を滑らす(91)ように彼女があらわれた。腰のあたりに広帯《サッシュ》を巻いて蝶むすびにしている。タイトなパンツにサンダルを履き、髪は梳かずにふわりとさせて。ほう、なんて別嬪《べっぴん》なんだ、と彼は思った。颯爽としてキビキビした歩きかた……いつでもくるりと身を翻《ひるがえ》せるよう、常に足もとを意識している。

彼は食料品の袋を開けながら、彼女の脚を見おろした。脳裏に浮かんだのは、朝のエクササイズで彼女がとるハイスパンの姿勢だ。床に身を伏せながら、片脚を高く上げると……上体を片側にねじり、指で踝《かかと》をつかんでいた。なんて強靭な脚の筋肉なんだろう、と彼は思った。大の男でも挟まれたら真っ二つ。一刀両断、去勢されちまう。あれは乗馬で学んだのさ。鞍なしで跨り、あの裸馬の胴を、太腿でぎゅっと締めて。

「見ろよ、おまえに買ってきたんだ」と言って、彼は壜詰の牡蠣の燻製を取りだした。

フェイが「まあ――」と言って壜詰を手に取った。わたしに買ってきてくれたのね、あなたのそのとっても深い思いやりに、感謝の意を表したいという願望、すっかりわかってるのよ、といわんばかりにそれを受け入れた。彼女は、贈り物の受け取りかたが天下一品なのだ。夫がどう感じているか、子どもや隣人、だれもがどう感じているかをたちまち見抜く。賛言は無用、誇張も禁物。いつもその贈り物の勘どころ、なぜじぶんにとって大切かの一点に絞って寸評する。彼女は上目づかいに夫を見ると、口を曲げてちらっと苦笑みたいな笑いを浮かべ――小首をかしげて彼を値踏みした。

「それからこれも」と彼は言って、タンパックスを取りだした。

「ありがと」と言って夫から受け取る。箱を手にするや、彼はふりかぶって息の音《ね》も荒く、どんと女の胸を突き飛ばした。夫に突き放されて、彼女は後ろへ吹っ飛ぶ。牡蠣の燻製の壜が床に転げ落ちた。その瞬間、彼は飛びかかる――彼女は滑ってテーブルの端にぶつかり、起き上がろうとしてランプを倒した――また拳骨。こんどは妻の顔からメガネが飛んだ。彼女がごろりと反転すると、テーブルの上に載っていたものが、がらがらとその上に落ちてきた。

戸口でエルシーが悲鳴をあげた。ボニーもやって来る――蒼白の顔、大きく見ひらかれた目を彼も見た――が、声を出さない。棒立ちになってノブを握りしめ……さっきまで寝室にいたのだ。「邪魔するな」彼は娘たちに怒鳴った。「うせろ」と叫ぶ。「ここから出ていけ」彼は数歩駆け寄るそぶりをみせた。ボニーが立ちすくむ。が、幼いエルシーは、くるっと背を向けて逃げ去った。

彼は膝をついて、妻をしっかりと抱きあげ、上体を起こしてやった。彼女お手製の陶器の灰皿が粉みじんだった。彼は左手で散乱したかけらを拾いながら、右手で妻のからだを支えていた。彼女は夫に凭《もた》れかかり、空ろな目を瞠《みひら》いたまま、ぽかんと口をあけていた。床に目を落とし、凝視するかのように。なにが起きたかを理解しようとするみたいに、額に皺を寄せている。やがて彼女はシャツのボタンを二つ外すと、手を差しこんで、胸をさすりだした。でも、まだ茫然としていて、ひとことも発しない。

彼は説明するつもりで言った。「ろくでもねえものを買わせやがって。おれがどんなバツの悪い思いをしたか、わかるだろ。どうしてじぶんで買いにいかない？　なんでおれがわざわざ行って、買わなくちゃならんのだ？」

彼女はぐらりと項《うなじ》をのけぞらせ、夫をひたと見つめた。その瞳に揺曳《ようえい》する暗い影に、彼はふと娘たちの瞳を思いだした。おなじ広がり、おなじ深さ。女ってのは、みんなこんな風に反応し、ひらりとおれを躱《かわ》して遠ざかるのか。どんどん遠くなっていく。彼には想像もつかず、ついていけない水脈《みお》だった。女三人がどれもいっしょ……そして、おれだけ放ったらかしだ。この外界の上っ面と対《む》かいあうだけか。あとはみんなどこに消えたんだ？　語りあい、話しあいに、席を外したのか。おれを槍玉にあげつらい……彼にはなにも聞こえてこない。でもよく見えるぞ。壁にだって目があるんだから。

するると、彼女が身を起こして、彼をふりほどいた。すんなりじゃない。手でぐいっと彼を押しのけ、指で突き放して、彼をつんのめらせた。いざ動きだすと、彼女は凄い力を発揮する。離れるために、夫を投げ倒した。ひょいと跳んで、彼を蹴りとばす。手刀と踵《かかと》の技――彼を跨ぎ越すと、大股で部屋を突っ切って出ていく。軽やかな足どりではなく、たっぷり牽引力をつけるよう弾みをつけ、蹠《あしうら》でアスファルト・タイルの床を踏みしめながら――この女、突き倒そうったってそうヤワじゃない。彼女は玄関口でノブを手にしたが、ドアの押し引きを間違えて一瞬立ち往生した。

すぐあとから彼が追いすがり、くどくどと掻き口説いた。「どこへ行く？」返事はまず期待できない。彼はすかさず言った。「おれがどんな思いをしたか、おまえだってみとめるだろ。どうせおまえは、おれが寄り道して、ウェスタン・バーで酒を何杯かあおったと思ってる。ふん、おまえに聞かせるニュースがあったんだ」

そうこうするうちに、彼女はドアをあけ、糸杉の小道に出ていった。彼には後ろ姿しか見えない。髪と肩、ベルトと脛《ふくらはぎ》と踵だけだ。一目散に逃げだしたか、と彼は思った。彼女が車に乗りこむ。ガレージに駐めてあった女房用のビュイックだ。彼は玄関に立って、彼女がバックで車を出すのを眺めていた。ほう、あの車だと、バックさせるのがなんて素早いんだ……細長いグレーのビュイックが、車寄せをさあっと下っていく。車の前部、グリルとヘッドライトが、彼の顔を照らした。開けっぱなしの門を抜けて路面に出る。向きはどっちだ？　保安官の家のほうか？　彼女は被害届を出すつもりだろう、と彼は思った。しょうがねえ。女房を殴りつけるのは重罪だ。

ビュイックが視界から消えた。あとに排ガスの煙を残して。エンジンの轟音がまだこだましている。彼は思い浮かべた。狭い道路を縫って疾走する車。右へ左へ曲がり、車と路面の両方がもつれる光景。あの道なら女房はよく知っているから、最悪の濃霧に包まれたって迷うはずがない。ほんとに手練れ(92)のドライバーだからな、と彼は思った。おれも脱帽するよ。さてと、彼女はチザム保安官を連れてくるか、頭を冷やして舞いもどるかのどちらかだろう。

ところが、思ってもいなかった光景が出現した。ビュイックが引き返してきて、危うく門をかすめ、車寄せに入ってきたのだ。なんてこった！　乗りこんできたビュイックが、彼の真ん前で停まった。

「なんでもどってきた？」できるだけそっけなく彼が言った。

フェイが言う。「子どもたちを置いときたくないの。ここであんたといっしょに」

「ふん」と呆れて言った。

「連れてっていい？」と面とむかって彼女が言った。「構わないでしょ？」ぽんぽん言葉が飛びだしてくる。

「勝手にしろ」と彼は言ったが、舌がこわばっていた。「いつまでのつもりだ？　ちょいの間ってことか？」

「知るもんですか」と彼女。

「このことはおれたち、ちゃんと話しあわなきゃならないと思うんだ」と彼は言った。「座って話すべきだよ。なかに入ろうや、いいだろ？」

彼のかたわらを通って、家のなかに入りながら、フェイが言った。「子どもたちの気を鎮めてあげてもいいかしら？」キッチン・キャビネットの角を回って、彼女はすがたを消した。やがて、屋内の寝室のあるあたりで、娘たちを呼ぶ彼女の声が聞こえた。

「もう心配せんでいい。乱暴なことはしないから」と彼は言って、彼女のあとを追った。

「なんですって？」と彼女の声がした。バスルームの一つからだ。彼女専用で、夫婦用の寝室から離れていて、娘たちがときどき使っている。

「おれもクサクサしてな、ああして吹っ切らなくちゃならなかったんだ」彼女がバスルームから出ようとすると、戸口に立ちはだかって彼が言った。

「娘たちは外なの？」

「たぶんな」と彼。

「よろしければ、あたしを通してくれませんこと？」その声から、神経をピリピリさせた彼女の緊張が伝わってきた。彼が見ると、彼女はシャツに手を差し入れて、胸を押さえている。

「肋骨が折れたと思う」と言って口で息をしていた。「ほとんど呼吸できない」それでも、立居は冷静だった。完璧にじぶんを抑えている。彼は見てとった。女房はおれを恐れちゃいない。隙を見せまいとしているだけだ。彼女のこの完璧な隙のなさ……とっさの反応の速さ。それでも、おれが腕をふりかぶって、飛びかかるのを許したんだ——警戒が足りなかった。そうさ、と彼は思った。彼女だって結局、万全の見本じゃない。あんなにみごとに鍛えたからだなら——毎朝励むエクササイズの効能があるんなら——おれの右の一発だって防げて当然のはずだろ。もちろん、と彼は思った。テニスもゴルフもピンポンも、彼女はかなりな腕前だ……だからオーケーなのさ。この界隈のどの女よりも、ずっと締まったからだを保ってる……マリン郡の全PTAを見渡したって、ぜったいうちの女房がベストの体形をしてるのさ。

フェイが子どもたちを見つけてなだめているあいだ、彼は家のまわりをうろついて、なにかやることはないかと探した。ボール紙のクズ入れを運びだして、焼却炉に放りこむと、火を点じた。それから工作室からネジ回しを取ってきて、女房の新しい革のハンドバッグのストラップを留めている大きな真鍮のネジをぎゅっと締めた……ときどき緩んで、不意にバッグの口が開いてしまう。ほかになにかあるかな？　彼はそう自問しながら、ひと息ついた。

リビングルームでは、ラジオのクラシック音楽が鳴りやんだ。夕餉《ゆうげ》のジャズかなんかが流れだす。彼は別の局に切り替えようとした。そして、ダイヤルをまわしているうちに、夕食のことを考えはじめた。ふと思いたってキッチンへ行き、なにを料理していたのか見てみた。

そうか、サラダをこしらえていたんだ、おれはそれを邪魔しちまったんだな。サイドボードに、半分開けたアンチョビの缶が置いてある。そのかたわらにレタスの玉、トマト、そして緑ピーマンもあった。電熱器のレンジのうえで――彼が指図して壁埋め込み式にしたのだが――湯沸かしが沸騰していた。彼はつまみを「高」から「弱」に回した。果物ナイフを取りあげて、アヴォカドの皮を剝きはじめる……フェイはアヴォカドの皮剝きが下手くそだった――せっかちすぎるんだ。その仕事はいつも彼の役目だった。

4

　一九五八年春、カリフォルニア州セヴィリアに住んでいる三十三歳のあたしの兄、ジャックが万引きで捕まった。スーパーマーケットで、蟻入りのチョコ(93)の缶をくすねて、店長にとっつかまり、警察に突きだされたのよ。

　あたしたち、つまりあたしの夫と二人で、マリン郡から車を飛ばして、無事かどうか確かめに行ったわ。

　警察は彼を釈放した。店が告訴しなかったからよ。もっとも、蟻を万引きしました、と認める始末書を書かせて、彼に署名させている。彼らの狙いは、これに懲りて二度と店から蟻の缶を万引きしなくなることだった。だって、もし累犯で捕まったら、この署名した始末書を盾に、市の刑務所に放りこまれる羽目になるからよ。これってなかなか抜け目のない取引だわ。兄は家に帰らざるをえない――頭が魯鈍《ピンボケ》だから、それしか考えつかないの――それ以来、スーパーは兄の来店を考えずにすむ――ぜったい店内では見かけないだろうし、店の奥の商品荷下ろし場のあたりで、オレンジの空き箱を拾い漁ることもなくなるから。

　ここ数カ月間、ジャックはタイラー近くのオイル・ストリートで、一部屋借りて暮らしていた。そこはセヴィリアでも肌の黒い人種が住んでる一帯だった。でも、肌の白黒にかかわらず、そこはこの町では数少ない興味津々の一角なのよ。ちっぽけな破屋《あばらや》の小店が、一ブロックに二十店ほど固まっていて、毎朝舗道に露店を広げては、ベッドのスプリングや、亜鉛メッキの鉄製の浴槽や、狩猟用ナイフの山を並べている。あたしたちが十代のころは、いつも想像してたわ。あの店もこの店も、何かの覆面の店じゃないかってね。あそこらあたりだと家賃も安いのよ。あのいかがわしいタイヤ業者んとこで兄がありついたのは、目を背けたくなるようなチンケな賃仕事でしょ。それに服を買ったり、友だちと外出する出費がかさむと、兄はいつもああいう場所で暮らすしかなかったの。

あたしたち夫婦は、一時間二十五セントの駐車場に車を駐めてから、信号を無視して道路を横断し、黄色のスクールバスの間を縫うようにして、彼の下宿に向かった。こういうドヤ街に来ると、チャーリーは過敏になる。なにか踏んづけやしないかと、ズボンの下を覗きこむんだけど、あきらかに気のせいよ。だって彼の仕事場じゃ、いつも削った鉄屑や火花やグリースまみれだったもの。街の舗道だって、ガムの包み紙やら痰やら、犬の尿《ゆばり》に使い古しの避妊具まで散らばっていたわ。チャーリーったら、苦虫を嚙みつぶしたプロテスタントのような顔をしていた。

「ここを出たら、ちゃんと手を洗っときなさいよ」とあたし。

「街灯や郵便ポストからも、性病ってうつるのかい？」彼があたしに聞いた。

「そんなこと気にしてたら、ほんとにうつるよ」と言ってやった。

二階の湿った暗い廊下で、あたしたちはジャックの部屋のドアをノックした。以前に一度しかここには来たことがない。それでも、天井に大きな滲みがあるから、兄の部屋と見分けがつく。たぶん、トイレがむかし溢れた跡だろう。

「蟻を珍味とでも思ったのかな？」とチャーリーが聞いた。「それとも、スーパーが蟻をストックしてるのが気に食わなかったのか？」

あたしは言った。「わかるでしょ、彼はいつだって生きものが好きなんだよ」

部屋のなかから、ごそごそ音が聞こえた。ジャックはベッドでお休み中だったみたいだ。時刻は午後一時半。なのに、ドアは開かなかった。じきに音がやむ。

「フェイだよ」ドアに身を寄せて声をかけた。

一瞬、間をおいて、ドアのロックが外れた。

部屋のなかは小ぎれいだった。もちろん、ジャックのねぐらなら、そうでなくちゃならないはずよ。なにもかも清潔なの。ものを見つけやすいよう、ぜんぶ整頓して積んであるのよ。むろん、彼は買い物情報紙にこのチラシの山を持ち込む。畳んだ紙もいちいち開いて折り目をのばし、窓のそばに平積みしてあったわ。兄はなんでも後生大事にとっておく。とりわけ銀紙と紐は捨てない。ベッドが風通しのため裏返しになっていた。彼は裸のシーツのうえに半身を起こし、膝に両手をついて、あたしたちを凝然と見上げていた。

逮捕で窮地に追いこまれたせいか、兄は幼児返りして、子どものころ家で着慣れた普段着にもどっていた。茶のコーデュロイのスラックスをまた穿いていたが、あれは母親が四〇年代早々に兄のために買ってやったものだ。それに青い綿シャツも——きれいに洗濯はしてあるけど、散々洗い晒したシャツで、漂白されて色が褪せていたわ。襟はほとんどもつれた糸屑になって、ボタンも残らず千切れている。前がはだけないよう、兄はペーパークリップで襟元を留めていた。

「このイカレポンチ」とあたしが言った。

部屋をうろつきながらチャーリーも言う。「こんなガラクタぜんぶ、なんでとっておくんだい？」水洗いした鉱石の小片《かけら》でいっぱいのテーブルに突きあたった。

「放射性の鉱石かもしれないから、拾ってきたんだってば」とジャックが言った。

それはつまり、職があるくせに、まだ長時間ほっつき歩いてるってことよ。たしかに彼のクローゼットには、ハンガーから滑り落ちたセーターの山に埋もれて、履き古した放出品の軍靴を入れたボール紙の靴箱があった。撚り糸で入念にゆわえてあって、ジャックのカナ釘流の文字が手書きされている。高校生だったころの兄は、一ヵ月かそこらで一足履きつぶすペースだった。上辺に金具のついた旧式のハイトップ・ブーツだったけど。

あたしにとっては、万引きなんかより、そっちのほうがよっぽど深刻だった。椅子に載せてあった「ライフ」誌の山を払いのけると、あたしは腰をおろして意を決した。兄と真剣に話しあうつもりなら、いまここで長居しなくちゃ。チャーリーは自ずと立ちんぼのままでいる。さっさと出ていきたいという気持ちを、そうやってあたしに気づかせようとしているんだわ。ジャックがいると、夫は眉間に青筋を立てる。ふたりは互いをまったく知らない。でも、ジャックが頭から無視するもんだから、チャーリーはいつも、なにかじぶんに不利なことが起きるんじゃないかと気が揉めてならないらしい。彼がはじめてジャックに会ったとき、あたしにむかって臆面もなく言ったわ。おまえの兄貴、おれが会ったやつのなかで、いちばんイカれた人間だぜ、と——チャーリーは肚にしまっておけない性分だもん。あたしが、なんでそんなこと言うのよ、って聞き返したら、彼はこう答えたわ。すっかりお見通しなんだ。どうせジャックは、じぶんの役まわりを考えなくていいウスノロだろ。好き勝手だから、ああいう振る舞いをするんだって。そう言われても、あたしにはその差なんて無意味だった。だけど、チャーリーはいつもそういうことにこだわる。

　長時間ほっつき歩く兄の癖は中学校から始まった。ずっと昔の三〇年代、第二次大戦以前からなのよ。あたしたち一家は、ガリバルディ(94)・ストリートという街で暮らしていた。スペイン市民戦争中は、ファシストのイタリアに市民の反感が募って、町名がセルバンテス・ストリートに変わったの。ジャックは早とちりして、すべての町名が変わると思い込んだのよ。しばらくは、新しい偉人の名前に囲まれて暮らす気になっていた——まちがいなく、それは古代の作家や詩人たちの名を冠した町名のはずだった——ところが、よその町名は変更なしと知ると、いっぺんに熱が冷めた。とにかく、そのせいで一カ月かそこら、世界情勢が彼にとってリアルに感じられたの。あたしたちは、それを少しはましなことと思った。だって、それまでの兄は、現実に起きている戦争も、ついでにいえば、戦争に突入する現実の世界そのものも、想像できなかったらしいの。彼は本で読んだものと、じぶんの経験の区別がつかない。兄にとってはワクワクするか否かが物差しであって、失われた大陸だの、密林の女神だの、新聞の日曜版が書きたてるおぞましいあの嘘八百のほうが、日々の紙面の見出しよりずっと蠱惑《こわく》的だし、信じるに足ることだったんだわ。

「まだ働いているのかい？」兄の背後からチャーリーが聞いた。

「もちろんよ」とあたしが応えた。

ところが、ジャックが言う。「あのタイヤの店はしばらく休むことにしたんだ」

「どうして？」あたしが聞き返した。

「忙しすぎて」

「なにをしてるの？」

兄はノートの山を指さした。何ページも手書きで埋まっているのが見えた。一時期、彼は暇つぶしに新聞への投稿に精を出していたことがあった。いままた、くどくどとひねくれた何かのプランに没頭してるんだわ。どうせサハラ砂漠を灌漑《かんがい》するとかなんとか、絵空ごとの計画を練ってるのよ。チャーリーが一冊目のノートを取って、親指でぱらぱらとめくってから、ぽんと放りだす。「日記か」と言った。

「ちがうよ」とジャックが言って起ちあがった。痩せた痘痕《あばた》だらけの顔に、冷ややかな優越感を浮かべている。素人を相手にする傲岸な学者みたいな茶番だった。「検証済の事実だよ」

あたしは聞いた。「生計はどうしてる？」兄がどうやって暮らしを立てているか、本能的にあたしは知っていた。どうせまた家から届く、親の仕送りに頼ってるんだわ——そろそろ老い先も短くなり、じぶんの口に糊《のり》するのがやっとで、子を養う余裕なんてない親に、まだ無心してるのよ。

「だいじょぶだよ」とジャックが言った。でも、もちろん、兄はいつもそうはぐらかす。だけど、仕送りが届くやいなや、たちまち使いはたしてしまう。たいがいはケバケバしい服を買って散財するのだ。さもなければ、失くしたり、人に貸したり、パルプ雑誌で目にしたバカげたバッタもんに投資してしまう。たぶん、ジャイアント・マッシュルーム栽培とか、家から家をまわって訪問販売するお肌を癒す軟膏とかなのよ。すくなくともタイヤの仕事のほうが、ペテンと紙一重だけど、安定していたわ。

「手持ちはいくらある？」彼の後ろについて、食い下がった。

「見てみよう」と彼が言った。衣裳だんすの抽斗《ひきだし》をあけた。なかから葉巻の箱をとりだす。兄はベッドに腰をおろした。またシーツのうえだ。膝に葉巻の箱をのせて、蓋をあけると、数十枚のペニー硬貨とニッケル硬貨が三枚、それ以外は空っぽだった。

「職探しはしてる？」とあたしが聞いた。

「ああ」と彼。

以前も兄は、クズ同然の日雇い仕事を転々としてきた。家電ストアで洗濯機の配達を手伝うとか、食料品屋で野菜を箱詰めにするとか、ドラッグストアで掃除係とか。あるときは、アラメダ海軍飛行場[95]で工具の支給係を務めていたこともある。夏になると、ときどき果物摘みの仕事にありつき、無蓋トラックに乗せられて何マイルも田舎まで運ばれていった。それが兄のお気に入り(96)だったのは、たらふく果物が食べられるせいだった。(97)秋になると、サンノゼ近くのハインツ缶詰工場に歩いて通って、缶にせっせとバートレット梨を詰めるのが、毎年恒例になっていた。

「じぶんが何者かわかってるの？」とあたしは食ってかかった。「兄さんはね、この地球でいちばん無知モーマイで無為無能のひとなんだから。あたしの人生を隅から隅まで見渡したって、頭のなかにこんなにガラクタが詰まってる人間なんて見たことがない。いったい、どうして生きてくのよ？　ぶっちゃけた話、どうしてうちの家族に、こんな出来損ないが生まれてきたんだか？　あんた以前にはうちの家族にバカなんかいなかったのに」

「まあ、落ち着けよ」とチャーリーが言った。

「ほんとよ」とあたしは夫に言った。「あきれちゃうわ。たぶん、彼は信じてる。ここが海《わだ》洋《つみ》の底だってね。あたしたちは、沈んだアトランティスが残したお城で暮らしているんだってさ。ことしは何年？」あたしはジャックに聞いた。「なんで蟻んこなんか万引きしたの？」と問い詰めた。「どうして？　言ってよ」彼をつかんで揺さぶりだした。あたしが子どものころ、まだちっちゃくて、幼かったころ、兄の脳みそにどっさりフン詰まった埒《らち》もないホラを聞かされると、そうして揺さぶったものだった。激情に駆られ――恐怖にも襲われて――あたしは気づいた。兄の脳はタガが外れてる。虚構《フィクション》から事実《ファクト》をえり分けるとき、つい虚構を選んでしまう。分別と愚劣の岐路に立つと、好んで愚劣を選ぶのだ。その違いは兄にも分かるけど——わざわざホラに軍配をあげるのよ。それを途方もない体系に捏ねあげては、脳内にぎゅうぎゅう詰めこむんだわ。宇宙をめぐる聖トマス・アクィナスのばかばかしい神学の体系[98]を、ことごとく諳《そら》んじてみせた中世の風狂人みたいにね。あのがたぴし軋む欺瞞の構築物は、最後にがらがらと崩れ去ったけど——例外は、ぽつんと残った知の湿地みたいな隠れ里、あたしの兄の脳みたいな領地なんだわ。

ジャックが言った。「ある実験をする必要があったんだ」

「どんな？」とあたしが迫る。

「ヒキガエルが、何世紀も泥のなかで冬眠して、生きていたって実例があるだろ」とジャックが言った。

ふうん、彼がなにを妄想していたか、それでわかったわ。チョコレート漬けの蟻は、香料で防腐処理して保存してあるから、生き返るかもしれないと思ったのよ。

「こんなとこ、もういられないわ」あたしはチャーリーに告げた。

ドアを開け放って、兄の部屋から廊下にとびだす。ほんとにからだが震えていた。もう我慢できない。チャーリーがあとから追ってきて、声をひそめて言った。「どうみても兄貴は、じぶんの面倒をみきれないぜ」

「そのとおりよ」とあたしは言った。ヤケ酒でも一杯あおれそうな場所に逃げこまないかぎり、じぶんの気が触れると感じた。マリン郡からわざわざ車を飛ばしてくるんじゃなかった。こころから後悔したわ。ジャックとは何カ月も会っていなかったけれど、いまは頼まれたって二度と顔も見たくなかった。

「なあ、フェイ」とチャーリーが言った。「彼はおまえの肉親だろ。ほったらかしにはできないよ」

「きっとできるってば」

「彼は田舎で寝起きすべきだよ」とチャーリーが言った。「清々しい空気がある。生きものといっしょに暮らせるしさ」

　何度かチャーリーは、ペタルーマ周辺の農場地帯に、兄を連れていこうとしたことがある。大きな酪農場のひとつで、兄に乳搾り人《ミルカー》の仕事をさせたかったのだ。ジャックのやる作業といえば、せいぜい木戸を開け、乳牛を一頭引き入れて、乳頭に電動搾乳機を取りつけ、あとは真空吸入器《バキューム》をスタートさせるだけ。頃合いになったらバキュームを止めて、乳牛の鼻輪を外し、次の乳牛にとりかかるくらいなものだ。それを何度も何度も繰り返す——これが創意工夫のできる仕事かとなると、最低のたぐいだが、ジャックにもこなせそうだった。時給は一ドル半。ミルカーには食事もつき、寝泊まりの小屋もある。あそこじゃダメかな。生きものといっしょに寝起きすればいい——糞を垂れて飼葉《かいば》むしゃむしゃ、尿を垂らして飼葉むしゃむしゃ、という汚らしい乳牛にまみれて暮らすなら。

「ダメとは言わないわ」とあたしは言った。牧場主なら大勢知り合いがいる。新米のミルカーとして、彼を雇ってもらうくらいなら簡単にできそうだ。

「じゃあ、彼を連れて車で帰ろう」とチャーリーが言った。

・・・

マリン郡に兄を連れ出すには、彼のお宝をぜんぶ荷造りしなければならなかった。蒐集した事実《ファクト》とやらのコレクション、鉱石のかけら、彼の書きものや絵のたぐい、それにボロ着や、週末にリノの無頼の徒の目を惹くためにめかしこんでいた、あのお上品なセーターやスラックス……残らず箱に詰めて、ビュイックの後ろの席に載せた。荷造りを終えたとき——といっても実際はチャーリーがやったんだけど、あたしは前の席に座って読みものをしていた。ジャックはだれか友だちにお別れしてくると言って、一時間ほど姿が見えなかった——部屋は空っぽになっていた。買い物情報のチラシしか残ってない。そんなものまで持っていけない、とあたしが拒んだからよ。

子どものころの兄の部屋みたい、とあたしは思った。戦時中、兄は何カ月か兵役に就いていたけれど、その留守にあたしたちは部屋に入りこんで、ガラクタをきれいに掃除して、なにもかもぶち壊したの。そこへ兄が帰ってきた——兵営で喘息の発作を起こし……アレルギーが理由で治療除隊になったんだけど、当然ながら、お宝が消えたと知った兄は激昂し、そして長らく鬱に落ちこんだ。失われたガラクタをひたすら嘆き悲しんでいたわ。それからよ、彼は大人になってまっとうなことに身を打ち込む代わりに、家を引き払ってじぶんの部屋を借り、また一からボロ屑集めをはじめたんだわ。

チャーリーが運転して、車はフリーウェー[99]を北へひた走っていた。彼の隣にはあたし、後ろの席にはジャックが荷物の箱ぜんぶといっしょに揺られていた。たとえ数日でも、この頓狂な兄と同居するとなったら、あたしの家はどうなるの？　背筋が寒くなった。でも、家事用の部屋があるので、そこに彼を住まわせればいい。うちの子だって、子ども部屋の一角は自ずと散らかし放題にしてるもの。たしかに兄のやれそうなことなんて、せいぜい壁をクレヨンで描きなぐったり、カーテンやソファのクッションに粘土を塗りこんだり、パティオのコンクリートに絵具をこぼしたり、先月履いた靴下を砂糖シェーカーに詰めっぱなしにしたり、スープを啜りながら嚏《くしゃみ》をしたり、ゴミバケツを運んでいて蹴つまずいたり、半狂乱になってイワシ缶の蓋で目を切ったりするくらいよ。子どもって、汚らしくて、良し悪しをわきまえず、分別の本能を欠いた生きものなのよ。隙ありとみれば、すぐ巣を汚す。子どもにそれを補う利点があるかと聞かれても、とっさには思いつかないわ。五体が小さいから、すぐ蹴飛ばせるけどね。チャーリーとあたしは家の前面で寝起きしていて、奥の間に子ども部屋があるんだけど、散らかす領分がじわじわ広がっている……ついには、親ふたりと手伝いのミセス・メディーニの三人がかりで子ども部屋に踏みこみ、きれいに片づけて、なにもかもうっちゃって、ガラクタをぜんぶ燃やすことになるんだわ。いつかと同じことをまた繰り返す。ジャックはその混沌《カオス》の付録なのよ。なにも新しいものをもたらさない。ただ同じものを付け加えるだけ。

　もちろん、からだは大人だから、子どもあしらいなんてできないわ。これにはぞっとした。

ある意味で、あたしは何年もそういう兄に怯えていた。あたしがいつも感じていたのは、兄が次に何をしでかし、何を口にし、どんな妙チキリンな考えが飛びだすのか、予想もつかないことだった――たぶん彼の目には、街灯の柱がだれかお偉いさんの姿に映り、警官は針金のオブジェに見えるんだわ。子どものころ、いろんな人の頭がぽろりと転げ落ちるって妄想にとり憑かれて、あたしたちにしきりと吹聴したのを覚えている。高校の地学の教師が実はスーツを着た雄鶏だと信じていたこともあるわ……古いチャーリー・チャップリンの映画を見て、そう思いついたのかもしれない。たしかに、その教師が教壇をのし歩くすがたは、さしずめ雄鶏みたいだったけどね。

もし、例えばだけど、兄が逆上して、隣家の羊を食べちゃったとしたら大変よ。田舎の農場地帯では羊殺しは大罪だもの。他人の羊を殺《あや》める者がいたら、常にその場で射殺される。かつてある農場の少年が、数マイル四方の生まれたての仔牛を襲い、ことごとく首の骨を折ってまわったことがある……その理由は不明だったが、都会の不良少年が窓ガラスを割ったり、タイヤをナイフで切り裂いたりする悪戯と五十歩百歩で、まちがいなくその地方版だった。でも、田舎の狼藉はしばしば殺生と切っても切れない。だって、農場の資産といえば、飼育しているアヒルや鶏の群れ、乳牛や仔羊や羊、山羊まで含めた頭数で表すんだもの。うちの右隣に住んでいるラードナー老夫婦一家は、山羊を飼っていて、しょっちゅう山羊を殺しては、シチューやスープにして食べてるわ。田舎の人にとって、品評会で表彰された羊や牛は、万難を排しても守らなければならない資産だもの。それゆえ、ふだんから殺鼠《さっそ》剤を撒き、柵をくぐり抜ける狐やアライグマや犬や猫を撃ち殺して駆除している。ある晩、ジャックが血だらけの仔羊を口に咥《くわ》えて、這って鉄条網の下をかいくぐろうとして、むざむざ猟銃で仕留められてしまう情景が、目にちらついてしようがない。

だから今、ドレイクス・ランディングへの帰り道、あたしは暗鬱で不穏な妄想をひとりで紡ぎはじめたのよ……たぶん、ジャックのせいだわ。車中の兄は、むしろ物静かで落ち着いていたから。

だけど、そんなのは田舎暮らしのほんの一面でしかない。あたしはリビングルームに座ってハイファイでバッハを聴いていて、窓越しに原っぱの彼方の山腹の牧場に目をやったら、そこで行われた鳥肌の立つような光景を見てしまった。肥やしが滲みついた青いジーンズに、ブーツと帽子という格好で出てきた老牧場主が、鶏小屋のまわりをくんくん嗅ぎまわる犬をみつけるや、斧でがつんと一撃、犬の脳天をかち割ったのだ。どうしようもない。あたしはそのままバッハを流しつづけ、『愛に憑かれて』(100)の小説を読んでるしかなかった。もちろん、あたしたちだって、飼っているアヒルの脂がのってくれば、食べごろと思って殺したわ。うちの犬も毎日のように地リス《ゴーファー》やリスを狩りたてて殺していた。すくなくとも週に一度は、半分食われた鹿の頭が玄関の前に転がっていたけど、あれは犬がどこか近所のゴミの缶から咥えて持ってきたのよ。

もちろん、単純に考えれば、ジャックみたいなあぶれもんが四六時中身近にいるってことが問題なのよ。チャーリーは呑気だわ。終日《ひねもす》、工場で過ごしているし、晩になれば書斎に閉じこもってせっせと書類をつくるだけ。週末はいつもアウトドアで、回転式の耕耘機かチェーンソーで野良仕事してるんだもの。朝から晩まで兄が家のまわりをうろつくのを眺めていたら、いつか思い知ることになる。田舎暮らしって、ほんとはどれだけカゴの鳥かってことよ。どこにも行く場所がないし、訪れる家もない。日がな一日、家に座っているだけ。本を読んだり、家事をしたり、子どもたちの面倒を見るくらいかしら。あたしはいつ外出するのかって？　火曜と木曜の夜よ。サンラファエル[101]の彫刻教室に通ってるの。水曜の午後は、パン焼きか敷物織りの「青い鳥《ブルーバード》」の集いがある。月曜の朝は、じぶんでサンフランシスコまで車を飛ばして、精神分析の主治医アンドリューズ博士[102]に診断してもらうの。金曜の朝はペタルーマまでドライブして、ピュリティー・マーケットで買いものしてるわ。それから火曜の午後は、地元のホールでモダンダンスの授業がある。それだけよ。あとはときたまファインバーグ家かメリタン家のディナーにお呼ばれするか、週末に海岸までドライブするくらいね。ここ何年かでいちばん興奮した出来事は、ペタルーマで荷を下ろした空っぽの秣《まぐさ》トラックが、アリス・ハットフィールドの運転するステーション・ワゴンと衝突事故を起こしたことよ。ワゴンにはアリスと三人の子どもたちが乗っていた。それと、四人の十代の少年たちが、オレマで二十人の木樵《きこり》たちに袋叩きにあったことくらいかな。ね、ここは田舎なのよ。都会じゃないんだから。

　あたしたちが住むこの地で、日刊紙の「サンフランシスコ・クロニクル」が読めたら、それはもうめっけものってことよ。配達されてないから——メイフェア・マーケットまで車を飛ばして、スタンドで買わなくちゃならないんだもの。

あたしたちの車がサンフランシスコ市内に入ると、ジャックがにわかに活気づいた。建物や往来をあれこれ寸評しはじめる。市街を見て刺激されたようだが、まちがいなく健全な反応ではない。ミッション通り沿いに、ごちゃごちゃとうずくまる露店が目に入ると、兄は車を停めてくれとせがんだ。幸いなことに、車はサウス・オブ・マーケット地区を出て、ヴァン・ネス・アヴェニューへ入っていった[103]。チャーリーのほうは、ディーラーのショーウィンドウに陳列してある輸入車に目を奪われていたけれど、ジャックはさっぱり興味がなさそうだった。ゴールデンゲート・ブリッジにさしかかったが、二人ともサンフランシスコ市街と湾とマリン郡の丘を一望できる信じ難い絶景に一瞥もくれない。この二人には、なにかを美しいと嘆じる度量がないんだわ――チャーリーにとって、ものごとには必ず金目の価値がなければならない。ジャックにとっては――何かしら？　だれもわからない。天から蛙が降る怪雨[104]みたいな超常現象かしら。奇跡とか、そのたぐいよ。この広大無辺な眺めも、この二人には無用の長物ってこと。でも、あたしは精いっぱい目を凝らした。とうとう車は丘を外れ、砦[105]も過ぎて、ゴミみたいな小さな郊外の町並み、ミル・ヴァレーやサンラファエルに舞いもどった――あたしに言わせれば、あそこは巣穴よ。ほんとにいつも低地で、土埃とスモッグだらけ。フリーウェーの新道を敷設しようと、郡の掘削機械が常時、道路を寸断しているんだもの。

車は速度を落とし、通勤族の渋滞と揉みあいながら、ロスとサンアンセルモを抜けだした[106]。

それからフェアファックスを過ぎ、商店やアパートを後にして、最初の田園地帯、最初の渓谷へ通じる広い阜《おか》に出る。たちまちガソリンスタンドに代わって、牛を放牧する野原が広がった。

「ここらって兄貴にはどう見えるんだい？」チャーリーが兄に尋ねる。ジャックが言った。

「さびれたとこだな」

皮肉をこめてあたしが言う。「そうよ、牛といっしょに、だれがこんな辺鄙《へんぴ》なとこに住みたがるもんですか」

「牛には四つ胃があるんだ」とジャックが言った。

ホワイト・ヒル[107]の急勾配とうねる山の背に、兄は感嘆していた。その向こう側がサンジェロニモ・ヴァレー[108]で、三人ともうきうきしてくる。チャーリーは直線路で車をすっ飛ばし、時速八十五マイルもスピードを出した。温かな昼下がりの風、清々しい香りのする田舎の風が、あたしたちを包むように吹きなびいて、黴《かび》の生えた紙や古い洗濯物の臭いを、車からきれいに浄めてくれた。左右の野原が、日射しと水不足のせいで褐色に変じる。でも、花崗岩の磊塊《ごろいし》と入り混じった常緑の樫[109]の木立のあたりに、青草と野生の花がちらほら見えた。

あたしたち夫婦は、サンフランシスコに近いこのあたりに住みたかったけれど、いかんせん地価が高すぎるし、夏になると渋滞がひどくて、それが減点の理由になった。行楽客はラグニタスやそこに点在する林間小屋をめざしてやってくるし、キャンプ客はサミュエル・テイラー・パーク[110]へ向かう途上にあたるので、道がごったがえすのだ。いま、あたしたちの車は、一軒しか雑貨屋のないラグニタスを通過したが、例によっていきなり道路がカーブして、チャーリーが急ブレーキをかけた。ビュイックがつんのめり、四輪のタイヤが一斉に悲鳴をあげる。暖かくて乾いた日の光が消えて、こんもりしたセコイアの森の奥に入った。匂いをかぐと、せせらぎや濡れた針葉、ひんやりした暗がりの香りがした。七月になると、ここでは羊歯《しだ》が鬱蒼と茂りだすんだわ。

ふと身を起こして、兄のジャックが言った。「ねえ、ここって以前、ピクニックに来たとこだろ?」首をのばして、キャンプ地のテーブルやバーベキュー用の穴を眺めていた。

「ちがうってば」とあたしが言った。「あれはミューアの森(111)よ。兄さんは九歳だったわ」

オレマとトマレス湾(112)を遠望する峠に達してから、ようやくジャックも意識しだした。すっかり市街地から遠ざかり、草深い田舎に入りこんだと感じ入る。みすぼらしく塗料の剝げ落ちた古い木の風車。板を打ちつけた廃屋。車寄せで地面を啄《ついば》む鶏たち。疑いようもなく田舎の風景だと、さすがに兄も気づいた。ブタンガスのボンベが各家庭に一つずつ据えてあるし、インバネス・ワイ(113)に着く手前には、道路の右手に「井戸掘りなら何某」と鄙《ひな》びた看板が立ってるもの。

ペーパー・ミル・クリーク沿いの道を車が走るあいだ、兄は川面《かわも》の釣り人を眺めていた。ひらりと羽を翻す白いダイサギ(114)が、湿地で魚を浚《さら》うのを、彼は人生で初めて目にしたのだ。

「ここらでは青サギ(115)にもお目にかかれるの」とあたしが言った。「それにいちど、野生の白鳥の群れも見たことがある。総勢十八羽、ドレイクス・エステロ(116)のそばの入江でね」

ドレイクス・ランディングの町を通り過ぎ、我が家をめざしてソーミル・ロードという狭いアスファルト舗装の坂道を登りだすと、ジャックが呟いた。「ここらはほんとにひっそりしてるね」

「まあな」とチャーリーが言う。「夜になれば、牛の鳴き声がうるせえけどね」

「沼にはまった恐竜のディノサウルスみたいな声を出すのよ」とあたし。

坂の上の最後の曲がり角の空を仰ぐと、ハヤブサが一羽、電信線にとまっていた。電線をいつも根城にしているそのハヤブサが、どんなふうに蛙やバッタを餌に啄《ついば》んでるか、ジャックに説明してあげたわ。ハヤブサはときに艶《あで》やかな羽色をしているけれど、羽が抜け変わってみすぼらしい姿をさらすこともあった。わが家から遠からぬハミルトン一家は、戸外の池で金魚を飼っていたが、近くの糸杉に宿るカワセミ[117]にさらわれてしまった。

トマレス湾を遠く望む丘のあたりを、黄尻鹿[118]や熊がうろついていたのは、それほど昔のことじゃない。この前の冬にチャーリーは、車のヘッドライトの端っこを、大きな熊の肢《あし》がよぎったと主張していた。なにかが森のなかへ逃げこんだっていうのよ。あれが熊でなかったら、熊の着ぐるみをかぶった人間だろうって。あたし、ジャックにその話は持ちださなかった。兄に片田舎の虚誕《そらごと》を教えたって、ろくなことにならないもの。どうせ兄はじきにじぶんで虚誕をひねりだす。暗くなってから菜園に忍びこみ、大黄《ルバーブ》の草を食い荒らすのは、黄尻鹿や熊じゃなくて——空飛ぶ円盤に乗って、インバネス渓谷に舞い降りた火星人だってことになるんだから。ふとあたしは思いだした。そうそう、インバネス・パークでは、空飛ぶ円盤の熱心な信者が活動しているんだそうよ。狂信的なグループがすでにあって、きっとジャックは渦中に引きずりこまれるわ。週二回は催眠術だの、霊魂復活だの、禅ブッキョーだの、ESP（超能力）だの、もちろんUFOだのを探究する集いの恩恵に浴すことになるのよ、きっと。

5

若い男女が、お揃いで赤錆色《べんがら》のタートルネックの毛糸のセーターを着て、ジーンズを穿き、二台の自転車を薬局の建物にもたせかけて、身を寄せあっていた。娘がひょいと指を立て、青年の瞼から塵を払う。ふとした折に、彼女と青年は話しこんでいたのだ。娘の横顔に栗色の髪の巻き毛がはらりと流れ、ひと昔まえの[119]硬貨に打刻された横顔に似ていた。たぶん一九二〇年代か、世紀の変わり目に出まわった硬貨の……古典古代風《アルカイック》な横顔、寓意画の肖像のようだった。穏やかで内省的で、没個性だが優しい顔立ち。青年の髪は、頭の形状に沿った刈り上げで、黒い帽子をかぶせたようだ。彼と乙女はふたりともほっそりしていたが、青年のほうがこころなしか背が高かった。

　夫の横に座っていたフェイが、肩を並べて自転車で去っていく男女を、車のフロントガラス越しに見まもっていた。「あのふたりと知り合いにならなくちゃ」と言いだした。「あたし、車から降りて声をかけるわ。うちに寄ってマティーニを一杯いかがって誘おうかと思う[120]の」車のドアをあけようとした。「あのふたり、綺麗じゃない？」と言う。「ニーチェの作品から抜け出してきたみたい」いても立ってもいられない、という顔だった。このままふたりを行かせる気になれない。彼女はふたりから目を離さなかった。見失うまいとするその姿を、かたわらで夫がちらと見た。こいつ、目をつけやがったな。みつけたってわけか。「あんたはここにいて」と彼女は言いおくと、地面に足を踏み出し、後ろ手にドアを閉めかけた。革紐のハンドバッグが宙に舞い、車体にあたった。歩きだしたとたん、紫外線カット加工のサングラスが、腕から抜けて駐車場の砂利にこぼれ落ちる。急いで拾い直したが、レンズが割れたかどうか、ほとんど目を遣ろうともしない。自転車の男女と接触したい一心で、彼女は小走りに駆けだした。それでもゆかしさを保ち、すらりとした脚で体裁をつくろって。じぶんを意識しつつ、その男女やこの場を見ているかもしれない他の連中に、はた目にどんな印象を与えるか、心しながらあとを追いかけた。

車から身をのりだして、夫が呼びとめる。「待ちなよ」

フェイが訝《いぶか》しげに立ちどまった。むっとしている。

「もどってこいや」という彼の声がわざとらしい。彼女が買いものに行こうとして、あたかも彼がなにかを思いだしたかのような響きだった。

彼女は首を振って、身ぶりで嫌とつっぱねた。

「いいからさ」と彼は繰り返し、こんどはじぶんも車の外に出た。

彼女は夫のほうに引き返すでもなく、遠ざかるわけでもなく、彼が近づいてくるのをただ待っていた。「なによ、いけすかない。邪魔しないでよ」彼が追いつくと、悪態をついた。

「ぐずぐずしてたら、ふたりともあのチャリンコに乗って、どっかに行っちゃうわ」

「ほっとけ」と彼が言った。「知りあいじゃねえだろ」あのふたりにちょっかいを出そうという決意、妻の顔に浮かんだ夢見心地の表情が、彼の猜疑心を呼び覚ました。「なんでおまえが気にするんだ」と問い詰めた。「ただのガキだろうが——せいぜいが十八歳ってとこだ。たぶん、ここの湾に泳ぎに来たんだろうぜ」

「ふたりは兄妹かもしれない」とフェイが言った。「あるいは、結婚していてハネムーンなのかも。ここらに住んでるはずないし。きっと立ち寄っただけよ。だれか知り合いがいるのかな。どっちのほうから来たか、あんた見ていた？　町のはずれから来た？」男女はすいすいペダルを漕いで、ハイウェー一号線のある丘のほうへ去っていく。その後ろ姿を彼女は見送っている。「たぶん、アメリカ全土を自転車旅行してる最中だね」と目庇《まびさし》に手をかざして言った。

彼らの姿が見えなくなると、彼女は夫といっしょに車にもどった。車に乗って家路につくが、まだあれこれ思案をやめない。

「郵便局長のピートに聞けばいい」と彼女。「あのふたりを知ってる人が、仮にいるとすれば彼だわね。それとも、フローレンス・ローズかな」

「しゃらくせえ」と彼が吠えた。「なんであのふたりとつきあいたいんだ？　あいつらと一発かましたいのかい？　どっちとだ？　両方か？」

「とっても愛らしいじゃないの」とフェイが言った。「天から舞い下りてきたみたい。何がなんでも、どうあってもお近づきにならなくちゃ」抑揚のないそっけない口調で、なんの感情もこめずに言っていた。「この次にふたりを見かけたら、そばに寄ってはっきり言ってやる。こんなに素敵なおふたりとお近づきになれないなんて、あたしは耐えられないってね。いったい、あんたがたはだれ？　なんでなの？　って」

「そりゃあ、ここで暮らしてちゃ、おめえも寂しいんだろうさ」彼はすぐ応じたが、怒りがこみあげて憂鬱になった。「なんにもやることがねえし、知るに値する人間もいねえような田舎暮らしじゃな」

「だれかとせっかく出逢えるチャンスなのに、それを見逃す気になれないってだけよ」とフェイが言った。「あんたもそうでしょ？　あたしの身になってみたら？　ディナーに客を招くのが好きだって知ってるよね――そんなことでもしてないと、子どもに食べさせたり、皿洗いしたり、マットを拭いたり、ゴミを捨てたりで、日が暮れていくからよ」

彼が言った。「おめえは社交したくてたまらんのさ」

すると、妻が笑った。「そうよ、気が狂いそうなほどよ。かっかして、ほとんど怺《こら》えきれない。あたしがたいがい庭ですごすのはそのせいよ。青いジーンズを穿いていつも駆けまわっているのも、そうだからなのよ」

「おめえはマリン郡の有閑マダムってわけか」半ば冗談、半ば憤って彼が言った。「コーヒーを啜って、ぺちゃくちゃゴシップかい」

「あんた、あたしをそんな風に見てんの？」

「もとはカレッジ・クイーンだもんな」と彼は言った。「元女子大生クラブのスケが、金持ち野郎の玉の輿に乗って、マリン郡にお引っ越しして、モダンダンス教室に通いはじめたんだ」彼は右方向に目をやった。ダンス教室が開かれる白い鎧張りの三階建てのホールがあった。「農場主やミルカーさんに、よろしく股ぐらを耕してもらうのかい」と言った。

「お黙り、ドスケベ」とフェイが言った。あとはふたりとも無言だった。前方をみつめ、自宅の車寄せに入って駐車するまで、たがいを無視しつづけた。

「ドアが開けっ放しよ。うちの子の一人の仕業だわ」車を降りながら、低い声で彼女が呟いた。家の玄関が開いたままになっていて、コリー犬の尻尾がみえる。夫が降りるのも待たず、彼女はさっさと歩き去って家に入ってしまう。彼だけ取り残された。

うっとうしいな、と彼は思った。あの若い男女に見せた女房の反応。あれは――何だってんだ？　どこか物足りないって様子だった。得るべきものを得ていないと言いたそうな。

ったくなあ、と彼は思った。おれたち夫婦はふたりとも、人とつきあいたくてどうもならん……最初にあの男女に気づいたのはこのおれだ。ふんわりした柔毛《にこげ》のセーター。暖かそうな色。無垢の肌。なんてみずみずしい。あんな小声で、ふたりは何を言い交していたんだろう。娘は青年の顔をやさしく撫でていた。なだめるように、いとおしむように……ふたりを結ぶ世界に深く浸りきっていた。土曜の午後のまっただなか、トマレス・ベイ薬局の前に立って、燦々と陽がふりそそぎ、ふたりは汗もかかず……。

おれたちとは、ほとんど袖を摺りあわせる縁もなかったが、と彼は思った。やつらだって気づいてない。おれたちは、あてどなく漂う、行方知れずの影なのだ。

翌日、彼は切手を買おうと郵便局にいて、またあの男女をみかけた。きょうはフェイを家に残し、彼ひとりで車を走らせてきたところだ。目にしたふたりは、街角で自転車に跨って、なにか決めかねている様子で、縁石のへりに自転車を停めていた。

一瞬、彼は郵便局から飛びだし、駆け寄ろうかという衝動に駆られた。道に迷ったのかい？ とでも聞くかな。お探しの家を見つけてあげようか？ この町はちっぽけ過ぎて、番地の標識もないから。

が、彼はそうせずに、郵便局に居残った。やがてふたりは自転車を押して縁石を離れ、車道に出ると、ペダルを漕いで視界から消え去った。

ふと、彼は空しさを感じた。

しまった、と悔いが生じる。せっかくのチャンスが失われた。フェイがここにいたら、ドアを蹴って外に出ていただろう。そこが女房とおれの違いだ。おれは思うだけ。あいつはさっと行動に移す。どうすべきか、おれが見きわめようとぐずぐずしているうちに、あいつはやっちまう。すかさず行動を開始するだけ——くよくよ考えない。

おれが女房に脱帽するのはそこだな、と彼は思った。おれより一枚上だ。そうさ、あのときだって……おれが彼女と出会ったときだって。おれはただ突っ立ったままで、彼女をみつめて、こんな女とつきあいたいな、と内心思っただけだ。でも、おれに話しかけ、車のことを聞いたのは、彼女のほうなんだ。あっけらかんとして。

ふと思った。もしフェイがあの日、一九五一年にあの食料品屋で、おれと立ち話をはじめていなかったら、おれたち二人の邂逅《であい》はなかったろう。いまみたいに結婚もしていなかったろうし、娘のボニーとエルシーも生まれてこなかったはずだ。あの家も建てておらず、おれがマリン郡に住むなんてこともなかった。彼女が人生を作り直したんだ。つくづくそう思う。人生を牛耳ってるのは彼女さ。おれはただゴミ缶のうえに座って、あいつのなすがまま、傍観しているだけだ。

やれやれ、と彼は思った。女房はおれをしっかりと尻に敷いてやがる。ことの成り行きをすべて操っていたのは、彼女じゃなかったか？　おれを虜囚《とりこ》にして、あの家を建てさせたのは？

おれが稼ぎだすカネはなにもかも、と彼は思った。あのしようもねえ家の維持と、あそこにあるもの一切につぎこまれている。費《つい》えのほうは底なしで、カネは湯水のごとく。おれとおれが得るすべてを貪り喰らってる案配だ。そこから、だれが利を得るかって？　おれじゃねえぞ。

おれの猫[121]を女房が始末しちまったときみたいだ。その猫は、工場の補給品倉庫の下に隠れていたところを、おれがみつけたんだ。ほぼ一年間、オフィスでその猫に餌づけをした。おれがキャットフードを買ってやり、昼飯を食った店から残飯をオフィスに持ちこんで食べさせたのだ。大きくてふわふわしたグレーと白の斑猫《ぶち》で、雄だったな。その一年で猫はすっかり彼になついて、しきりとじゃれついては、彼と従業員たちの目を楽しませた。ほかのだれにも、猫はつんとして目もくれない。ある日、なにかの所用があって、フェイがオフィスに立ち寄り、ふと猫に目をとめて、夫になついているペットと知った。

「どうして家に連れてこないの？」と女房が言って、猫を食い入るようにみつめた。猫は机のうえに心地よさそうに寝そべっている。

　彼がこたえた。「会社じゃおれの相棒でな。夜分、書類仕事をしてると、おれの夜伽《よとぎ》をつとめてくれる」

「名前はあるの？」撫でようとする女房を、猫がひらりとかわした。

「ポーキーと呼んでるんだ」と彼。

「どうして？」

「人がくれるものならなんでも食うからさ[122]」と彼が言った。まるで慎みのない、男らしくないものにハマっているような、バツの悪さを感じた。

「うちの娘《こ》たち、かわいがるわよ」とフェイが言う。「あの子たちがどれだけ猫を飼いたがっていたか、知ってるくせに。犬のビンじゃ、子どもには大きすぎるのよ。記念館で買ったあのモルモットも、しょっちゅうクソして隠れるしか、芸がないんだから」

「逃げちまうぞ」と彼は抗った。「あの犬に吠えつかれて」

「ダメ」と彼女がきっぱり告げた。「家に連れてきてよ。室内で飼うから。あたしが餌をやるわ。家のほうがずっと幸せよ。わかるでしょ。あんただって、週に一度しか夜の残業なんてないもん――さあさあ、猫の好きなぬくぬくとした家よ。うちなら三度の食事があるから、骨や残飯にはこと欠かないし――」猫にかまいながら付け加えた。「それに、あたしも猫が欲しいの」

結局、女房に説き伏せられた。それでも、猫を撫でつけようとする姿を見ていて、彼は確信した。ほんとうはこの猫を家に連れていきたいんじゃない。実は嫉妬に駆られているんだ。この猫を夫が好きで、女房から遠ざけて工場で飼いたがっているのが癪なのだ。彼は夫婦の生活から猫を隔離してきた。フェイにとって、それは許せないことだ。彼女の世界の一端に、しゃにむに猫を引きずりこみ、自ら哺育しようとしている。彼の脳裏に、たちまちイメージが浮かんだ。フェイが彼から猫を取りあげ、好きなように甘やかし、たらふく食べさせ、じぶんの膝のうえに乗せて寝かしつけている光景――でも、猫をかわいがっているからじゃない。猫を我がものにしたという思いが、彼女には大切だからだ。

その晩、彼は箱に入れて猫を家に持ち帰った。娘二人が大喜びして、ミルクやノルウェー産鰊《にしん》の缶詰を猫に出してやった。その晩、猫は家で一夜を明かし、ソファをねぐらにして、満足げにやすんだ。犬はバスルームに閉じこめておいたから、どっちも鉢合わせすることはない。一日かそこら、フェイは猫に餌をやり面倒をみていたが、ある晩、彼が家に帰りつくと、玄関のドアが開いているのに気づいた。

背筋が冷たくなって、彼は妻を探した。パティオで毛糸を編んでいるのをみつけて、「どうしてドアが開いてるんだ?」と責めた。「おい、あと一両日は、猫を室内にとどめておくことになってただろ」

「猫が外に出たがってね」とフェイが言った。大きなサングラスに隠れて顔の表情が見えない。「にゃあにゃあ鳴いたの。娘たちも外に出してやりたがった。で、出してやったのよ。どこかそこらをうろついてるわ。たぶん、杉の木立でリスを追っかけてる」

数時間、彼は懐中電灯をかざして付近を探しまわった。猫の名を呼び、姿をみつけようとした。影ひとつ見えない。猫は立ち去ったのだ。フェイは案じるけはいもなかった。黙って夕食の皿をならべている。娘ふたりも猫のことをひとことも口にしない。日曜の朝、どこかの少年にパーティーに招かれていて、娘たちはそっちに気を取られていた。彼は絶望と憤激のあまり、食事が喉を通らなかった。そこで席を立ち、探索を再開しようとした。

「だいじょうぶよ」デザートを食べながらフェイが言った。「すっかり大人の猫だもの。なにも起きてやしないって。朝になれば、ひょっこり出てくる。ここでなければ、古巣の工場にもどってるわ」

逆上して彼が言った。「ペタルーマまで、猫が二十五マイルも歩いていけると思ってるのか」

「猫は何千マイルも旅するっていうわ」とフェイが言った。

それからは二度とあの猫を見かけなかった。彼は地元紙「ベイウッド・プレス」[123]に、探し猫の広告を出したが、だれも見かけたと連絡してこなかった。毎晩、彼は家の周辺で車を徐行運転させ、一週間以上も猫を呼びつづけて探した。

そのあいだずっと彼の胸の奥で、ある直感が疼《うず》いていた。女房のやつ、仕組んだな。あの猫を始末しようと、家に連れてこさせたんだ。そして、わざと駆除したのは、おれの猫に嫉妬していたからだ。

ある晩、彼はおずおずとフェイに言った。「おまえ、さして気が咎めていないみたいだな」

「なんのこと？」陶芸に没頭していた彼女が、顔を上げて言った。ダイニングルームの大テーブルのうえで、せわしなく粘土を捏ねて鉢をこしらえていた。青いスモックにショーツ姿でサンダルをつっかけ、ちょっと艶《なま》めかしい恰好だった。テーブルの端に載せたタバコの吸いさしが、じりじり燃えてほとんど灰になっている。

「猫が消えちまったことだ」と彼が言った。

「娘たち、かなりしょげてたわ」と彼女が言った。「でも、言い聞かせたの。ほかのペットだって、ふらりと外に出ていなくなる。そういうどのペットよりも、猫はひとりで生きていくのが上手なんだからって。ここいらには地リス《ゴーファー》やリスもいるし――」髪を後ろに振りはらって言う。「たぶん、獲物のにおいを嗅ぎつけたのよ。いまごろは野生に帰ってる。外の森で思いっ切り楽しく過ごしてるわ。この界隈で育った飼い猫の多くがそうなんだってさ。獲物のにおいをかぎつけると、追いかけて出てっちゃうのよ」

彼は恐る恐る言った。「あの猫を家に連れてこさせたとき、おまえはそんなこと言ってなかったぜ」

そう言っても、彼女は馬耳東風で返事もしない。力強く巧みな指さばきで、粘土を盛りあげていた。彼は見ていて気がついた。この素材を捏ねまわすには、どれだけ力が要ることか。腕の筋肉が盛りあがって、隆々とかたちを変えた。ぴんと腱が張る。

「とにかく」彼がなにも言わず、居残っていると、とうとうフェイが言った。「あんた、あの猫にのめりこみ過ぎてたんだわ。たかが生きものにあんなに執着するなんて、健全なことじゃない」

「じゃあ、おまえはわざとあの猫を始末したんだな!」大声で怒鳴った。

「まさか、してないわよ。あたしはただ意見を述べただけ。たぶん、逃げてくれてよかったのよ。それって、あんたが深くのめりこみ過ぎて、抜き差しならなくなってることの証明だわ。ぶっちゃけた話、たかが猫でしょ。あんたには妻と娘が二人いるのよ。なのに、猫一匹にかかりきりなんて」その声に痛烈な軽蔑がまじって、彼はぶるっと身をふるわせた。いちばん癪に障る口調だ。めいっぱい威張りちらして。思いだすなあ。学校の先生や、おれの母親、そういう目上のやつらみんなを。

それ以上つづけられなくなり、彼はくるりと背をむけて、夕刊を取りに歩き去った。

そしていま、彼はこの郵便局にいて、失踪した猫のことを思いだし、身を嚙むような孤独と喪失感に襲われた。切手を買って外に出て、駐車してあった車にもどりながら、やっと腑に落ちた。あの男女と接触できなくて、それがあの猫の喪失と結びついてたんだ。生きとし生けるものとの関係断絶……彼と他の生きものを隔てる深淵。なぜなんだ? 車に乗りこみながらそう自問した。

ちくしょうめ。彼は苦虫を嚙みつぶした。

うわの空で車を動かしたものだから、駐車場から路上に出るのにひどく手を焼いた。そして、メイフェア・マーケットにさしかかると、荷下ろし場にレース用の自転車が二台、立てかけてあるのが目に入った。あのふたりの自転車か――メイフェア・マーケットに寄ってるんだな。迷うことなく、彼はさっと車を縁石に寄せた。車から飛びおりると、急いで道路を渡り、舗道を駆けて、開けっぱなしのドアを潜りぬけ、仄暗くてひんやりした古い木造の建物にとびこんで、野菜の棚や、壜入りワインの展示棚や、マガジンラックの列のあいだを探してみた。

店の奥のほう、野菜の缶詰の棚あたりを、あの男女ふたり連れがぶらついている。彼はつかつかと歩み寄った。なんとしても近づかねば。さもないと、また何カ月も良心の呵責に苛まれることになる。この機を逃したら、フェイが許してくれないだろう――背を押されるようにして、彼はふたりの真ん前にとびだした。男女は金網のカゴいっぱいに、缶詰や箱や食パン一斤を入れている。

「やあ」と彼は声をかけた。耳が赤く火照っている。ふたりは控えめながら、おやという顔をして振り返った。「あのう」と彼が切り出す。ベルトのバックルをぐいと締め、目を落として上目づかいになった。「きのう、うちの女房とおれが、あんたがたを見かけてね――いや、あれは別の日だったかな。おれたち、ここらの住人でね。ドレイクス・ランディングってとこなんです。ペーパー・ミル・クリーク沿いの道を、五マイルほど行ったところで、インバネス・パークの先でしてね。うちの女房、家に客を呼びたくてしかたがないもんで」それから付け加えた。「もし乗馬がお好きなら、うちには馬が一頭いますから。どうです？ちょっと立ち寄って気楽におしゃべりでも。なんなら、おしゃべりついでに夕食も？」

あっけにとられて、男女は目を見交わしていた。彼がそこに立ってると、ふたりはひそひそとことばを交わして、結論に達した。

「わたしたちはつい最近、ここに引っ越してきたばかりなんです」と、娘がやさしい小声で言った。

「おたくら、新婚さんかい？」とチャーリーが尋ねた。

ふたりがうなずく。男も女もはにかんで、人慣れしていないらしい。でも、声をかけてもらって嬉しそうだ。

「ここら界隈で人と知り合うって、なかなか難しくてね」そう言いながら、じぶんはこのふたりと近づきになれたので鼻高々だった。やったぜ、首尾は上々だ。フェイもおれに一目置くだろう。「車はあるのかい？」と言って「ああ、そうだった——あんたらは自転車だっけ。うちらもあの自転車に目をとめたんだが」思わずくすっと笑いが耳をくすぐる。「ま、車の後ろに放りこんじまえばいい」

男女はじっくり品定めして買いものを終えた。チャーリーは照れくさそうに片側に離れて立ち、タバコをくゆらしながら周囲を眺めていた。

やがて三人は駐めた自転車にむかって歩きだし、それから車に乗りこんだ。

青年の名はナット・アンテール。妻はグウェンだった。朝のうち、ナットはミル・ヴァレーにあるちっぽけでモダンな不動産屋に勤めている。午後はポイント・レイズ・ステーションに車で帰ってきて、孜々《しし》として勉学に励んでいた。いまはシカゴ大学の通信教育で自習する生徒で、公開講座の大学二年生になっていた。彼の説明だと、講座が修了すれば、史学の学士号がもらえるという。

「学士号を取ったら、その先はどうするんだい？」とチャーリーが聞いた。

すこし恥ずかしそうにナットが言う。「たぶん、勉強をつづけて、教える側になろうかと」

グウェンが言った。「むしろ、じぶんの向上心からなんです。おカネのためじゃありません。わたしたち二人とも、世界でなにが起きようとしているか、知っていたいんです」

「おれは鉄工関係の商売でね」チャーリーが言った。「でも、そう捨てたもんでもないぜ。うちの女房は、この地に文化ってもんをもたらした女でね。ここらでやってる文化行事はすべて手がけとるんです」

「なるほど」とグウェンが言ってうなずいた。

「たとえば、モダンダンス教室」とチャーリーが言った。「それに、おれもインバネス・ヨット・クラブ(124)の会員でね。うちにはハイファイ装置——壁にはめこみ式のやつもある。わが家は自力で建てたものなんだ。お抱えの建築士に設計してもらってね。やれやれ、ほとんど四万ドルは余計に散財しちまったな。まあな、見てのお楽しみさ。まだ築四年でね。土地は十エーカーほど買っといたのさ」車を走らせながら、羊のこと、コリー犬のこと、洗いざらい自慢話をぶちまけた。どんどん早口になって止まらない。

　アンテール夫婦はうっとりと聞き惚れている。

「うちに帰れば、バドミントンもできるんだ」糸杉が見えるところまで来ると、チャーリーが言った。「おれの家内、ちょいと見ものだぜ。ここらじゃ、ピカイチの別嬪《べっぴん》さんだ。あいつに比べたら、みんなドテカボチャさ。まったくのとこ、子どもを二人産んでも、まだサイズ十二[125]なんだから」そのサイズで正しい気がしたが、いやサイズ十六だったかな？「みごとな体型を維持してるんだ」と車を道路から車寄せに入れながら言った。

「なんて素敵な大木かしら」糸杉の木立に目を丸くしてグウェンが言う。「これ、おたくの樹？」はしゃいだ声で夫に言った。「ナット――あのコリーを見て。青色よ[126]」

「あの犬、五百ドルはするんだ」二人の反応に嬉しくなって、チャーリーが言う。ふたりが家屋を見ようと目を凝らし、野原で草を食《は》む馬のすがたに気づくのに、彼は目を細めていた。

「さあ、どうぞ」と言って、車のドアを開けてやった。「きっと家内は、あんたがたに会えて大喜びですよ」三人で家のほうへ歩きながら、フェイが彼ら夫婦をどう感じ、どれほどひどく会いたがっていたかを説明した。

6

じぶんの目がほとんど信じられなかった。車から降りて小道に立ったチャーリーが、嬉しいことにあのふたりを連れてくるのが見えたからだ。彼があたしに贈ってくれそうなもので、これ以上のプレゼントはないわ。すっかり彼を見直した。あたしは本を置いて、寝室に駆けこみ、鏡にじぶんの姿を映してみた。どうして？　よりによってこんなときに、フェアファックスのあのチビでオカマの美容師ったら、しくじって片側だけ髪を短く刈っちゃったなんて。クローゼットから青い縞のシャツをつかみだし、ホルタートップの上に重ねてボタンをはめ、裾をショーツに押しこんだ。

「ハニー！」リビングルームでチャーリーが声を張りあげている。「おーい、たってのお願いで、だれに来ていただいたと思う！」

鏡のまえで口紅をさし、端をぬぐって、髪をブラシでうしろに梳いた。外から室内に入りぎわに、かけっぱなしだったサングラスを外して、リビングルームに突き進んだ。

そこにあのふたりが立っていた。はにかんで、書架やレコード棚のあたりをのぞき見している。まるで歴史のある聖廟に足を踏み入れた二人の子どもみたい——あたしたち一家でソノマの伝道所[127]を訪れて、古い礼拝堂のなかに佇んで、壊れた廃墟の日干し煉瓦からのぞく藁を見たとき、あたしが感じたのとおんなじ思い[128]がした。もっけの幸いだった。お手伝いのミセス・メンディーニが、ちょうどその気になって、せっせと床を磨き、塵も払っといてくれたから。あたしがすこし散らかしてても、これならまあまあ家がきれいに見える。

　あたしがふたりにほほ笑みを送ると、ふたりもほほ笑み返した。これって歴史的な出会いだわ、とあたしは思った。ルイス[129]とクラーク[130]みたい。あるいは、ギルバートとサリバン[131]かしら。「はじめまして」とあたしが挨拶した。

　女がこたえる。「なんて素敵なお宅ですこと」

「ありがとう」とこたえた。バーのほうへ歩きだしながら聞いた。「なにか飲みもの、こしらえましょうか？」リカーを並べたキャビネットを開け、ジンとベルモットの壜をとりだした。どぎまぎして――どういうわけか――ミキサーにジンを注ごうとして、こぼしてしまったのに気づいた。「あたし、フェイ・ヒュームっていうの」と名乗った。「あなたがたのお名前は？　結婚してるの？　それともご兄妹？　それとなく察するようになるまで、あたし待てないわ。ぜひともすぐ知らなくちゃ」

「こちらが妻のグウェンです」と青年が言った。「僕の名はネイサン・アンテール」ふたりは数歩、キッチンに入って、マティーニをつくるのを照れくさそうに眺めていた。まるでお酒は飲みたくないが、どう断ったらいいか、わからないとでもいうように。だから、あたしもお酒をこしらえつづけた。既婚者なんだわ、とあたしは思った。

「あなた、あたしの兄弟みたい」と青年にむかって言った。われながらびっくりの発言だ。青年は兄のジャックとは似ても似つかなかった。月とスッポンよ。ジャックは外見が不体裁極まりないけど、この青年ははっとするほど美形だもの。あたし、どうかしてるのかな？

「彼、あたしの兄弟だって、おかしくないと思わない？」チャーリーに聞いた。

「さあて」とチャーリーが言う。「あんたら、そろって細身だからな」彼の顔にも不安の翳が差している。でも、ふたりを家に連れてきたので、素直に喜んでいるらしい。「あのデンマークのビール、何本か出そうや」と言いだした。アンテール夫婦に聞く。「船来の黒ビールかなんか、どうだい？」あたしの前を通って、冷蔵庫のドアを開けた。「ひと口、やってみるかい」と言って、栓抜きを手に取る。

やがてリビングルームにもどって四人が席に着いた。チャーリーとあたしは椅子に座り、お客のアンテール夫婦はソファに座った。グウェンとあたしはマティーニを啜り、男たちはビールの杯を傾ける。

「ナットは不動産が仕事なんだ」とチャーリーが言った。

すると、青年の表情が妙に引き攣った。彼と妻のふたりともむっとしたらしい。「それはちょっと誤解です」とグウェンが言う。「ナットは歴史学の単位を取ろうとしてるんです」とあたしに説明した。「やむなく身すぎ世すぎで、不動産屋の働き口をみつけただけです」

「不動産業だってべつに悪かないぜ」どうやらふたりを傷つけたと気づいて、照れ臭そうにチャーリーが言った。

「歴史ねえ」とあたし。これはいいめぐり合わせだわ、と思った。

「カリフォルニア大学で教鞭を執っていまは引退した歴史の教授が、このあたりに住んでるわ——桃を栽培してるのよ。あなたがたに紹介しなくちゃね。教授とあたしは月に一度、チェスを打ってるの。湾の向こうのポイント・レイズ・ステーションには考古学者もいるわ。(132) あなたがたはどこに住んでるの?」

「ポイント・レイズです」と青年がこたえた。「あそこで僕ら、小さな家を借りてるんです。乳製品工場の上にある丘ですが」

「南のオレマまで足をのばせば」とチャーリーが割り込んできた。「ハーパーズ(133)誌にいつも寄稿してるやつがいる。それからサタデー・イブニング・ポスト誌にまだ挿絵を描いてるご老体は——もとはオレマの市役所だった建物に住んでるぜ。四千ドルであそこを手に入れたってさ」

アンテール夫婦と喋っているうちに、ふたりがバークレーから引っ越してきたと知った。女の両親はインバネスに夏の別荘を持っている。(134) ふたりで——ナットと彼女で——そこに来て泊まっているうちに、だれもがそうなるように、自然にここが好きになった。この土地の顔見知りはごくわずかで、たいがいはインバネスの住人だった。ふたりはまた、公営の海水浴場と自然公園、そしてここでどんな鳥を観察できるかを知ったという。でも、プライベート・ビーチ(135)はどこも行ったことがなく、大牧場のオーナーは誰も知らない。ベア・ヴァレー牧場なんて聞いたこともなかった。

「あらまあ」とあたしが言った。「じゃあ、あたしたちが、あそこへ連れていかなくちゃね。道路[136]は閉鎖されてるのよ。南京錠をかけたゲートが三つもあってね。でも、あたしが鍵を借りてあげる。知り合いだもの。あの連中、あたしたちを車に乗せて、尾根を越えて海岸まで連れてってくれるわよ。とっても広大なところ。野生の鹿を六千頭くらい養っていけるような土地なの」

「そりゃもう、天涯までドデカいとこでな」とチャーリーが言った。

しばらく、土地の話題に花が咲いた。それからあたしが話題を変えて、大学で書いた論文のことをナットと語りあった。ローマの将軍スティリコ[137]のこと。

「ええ、そうなんです」とナットが言ってうなずいた。「あれは面白い時代なんです」

あたしたち、彼とあたしは滔々とローマを論じた。グウェンはリビングルームをぶらついている。ほんのしばらくだけど、ふたりを身近に見ていて、夫婦のあいだに違いがあるのに気づいた。はじめは見過ごしていた違いだ。最初、遠くからこっそりふたりの様子をうかがっているあいだは、心の底でふたりが一くくりに見えて、おなじように魅力的で好ましい人たちかと思いこんでいた。ところが、いまはグウェンがぼんやりもので、ほとんど退屈な女だと気がついた。彼女には夫のように、目から鼻に抜ける利発さがない。このふたりが似た者同士に見えるのは、偶然ではないとあたしには思えた。女のほうがわざと男に合わせているのだ。服装にしても、夫の服に合うようなスタイルにしていた。そしてまた、ふたりに共通な考え——知的な素材——の淵源は、彼に発していると思えた。議論していると、グウェンはほとんど加わらないか、素知らぬ顔をしている。ありきたりの妻たちのように、隅にひっこんで出しゃばることがない。

ナットはじぶんが抱えている問題に、ひとかどの意見を持つ女と語りあえて、嬉々としているように見えた。話しこむにつれ、彼はだんだん厳粛な顔になっていく。額に皺《しわ》を寄せ、声を低く落として、決めつけるような口調になった。周到にことばを選びながら、皇帝テオドシウス一世[138]治下で、ローマの経済状況がどうだったか、長大な議論を講じだした。思わず聞き惚れてしまったが、しまいにはあたしの注意力も散漫になってきた。

彼があるローマの行政区の名を思いだそうとして、話が頓挫したあいまに、つい半畳を入れずにはおれなくなった。「ねえ、あなたってまだ青いのね」

すると、彼は大きく目を瞠《みは》り、じっとあたしをみつめた。「どうして、そんなことを言うんです?」彼はゆっくりとそう言った。

あたしは言った。「そうね、あなたって、なにもかもあんまり生真面目に考えすぎてるのよ」

かなりぶっきらぼうに彼が言った。「これは僕の専攻なんです」

「ええ、わかってるわ」とあたしは言った。「でも、すごく思いつめてるのね。あなた、おいくつ?ね、教えて。あたしたちより、ずっと年下みたいだもの」

いかにも渋々だったが、ナットが白状した。「僕は二十八歳です」

はっとした。「あらら」とあたしは言った。「あなたたちおふたりとも、せいぜい十八歳か十九歳かと思ってたわ。てっきり、一世代違うと」すると、彼の顔が暗くなった。「あなたがほんとに二十八歳だなんて、とても信じ難いことだわ」と言ってから「あたしは三十一歳なの」と打ち明けた。「あなたより、たった三歳しか年上じゃないんだわ。びっくりねえ。それで世代が違うんだから」

　あたしたちは、もうしばらく土地の話をした。やがてアンテール夫婦が起ちあがって、そろそろお暇しないと、と告げた。あたしも疲れていた。でも、ふたりが帰らなきゃならないのは口惜しい。とどのつまり、こちらとあちらと夫婦二組がせっかく出会えたっていうのに、あたしには落胆しか残らなかったからだ。あたしがいったいなにを期待していたかは、神のみぞ知るだけれど、これといった成果はなにもない。週末の晩に夕食でもごいっしょしましょうと、日取りを仮置きしただけ。チャーリーの車に乗せて帰すため、家から送りだした。

　三人が家を出ていったあと、あたしはバスルームに飛びこんで、鎮痛剤のアナシン(139)を二錠嚥《の》みくだした。頭がズキズキする。たぶん、眼精疲労だわ。あたしはそう断じた。でも、とにかく、リビングルームにもどって、ローマ時代を舞台にしたロバート・グレイヴス(140)の本を書架からひっぱりだした。屋外のパティオに出て、背もたれ付の長椅子(141)でくつろぐと、本を再読しはじめた——もう何年も昔のことよ。あたしがローマ時代について読み耽ったのは。ナットとローマを論じる気なら、しっかり勉強しとかなくちゃ、と感じていた。

　なんて奇妙なんだろう……アンテール夫妻に会いたいと、あれほど思い焦がれて、あんなに強く惹かれていたのに、今や——たしかに退屈ではなかったけれど——なんだか期待はずれに終わってしまった。それでも、あたしはひどく緊張していた。全身の筋肉という筋肉が、ぴんと張ってしこっている。あたしは本を置いて、キッチンに飛びこみ、もう一杯、マティーニを喉にほうりこんだ。さあこい。頭がキーンと鳴り、過敏になってきた。ぎらつく日射しに眼底がきりきり痛む。それはいつだって、あたしが人に絡みだす兆しだった。それとも、また妊娠したのかな。たしかに両脚が痛いわ。ここ一時間かそこら、やけに重い荷を運んだみたいに、太腿がまるまる凝《こ》って筋肉痛がする。

屋外のパティオで、コンクリートに身を横たえ、エクササイズの柔軟体操を少しばかりはじめた。よしよし、前とおなじように、まだ脚は上に伸ばせる。でも、胃のあたりがだぶついてるわ。そこで園芸用の金《かな》ゴテを手にして、庭で草むしりをはじめた。しゃがんで草むしりするのって、いいエクササイズになるのよ。これがいちばん効くんだ。

一日かそこら経った午後、メアリー・ウッデンから電話がかかってきた。「青い鳥」の集いでピーナッツを売る資金集めをどうするかという相談だ。おしゃべりしているうちに、メアリーがふと口を滑らした。アンテール夫妻が、チャーリーとあたしに会ったと言ってたという。

「おやおや」とあたしが言った。「あなた、あのふたりを知ってるの？　どうして言ってくれなかったのよ？　あたしら、彼らとサシで会おうと、上を下への大騒ぎだったの――はじめてふたりに目をとめてから、ぜったい知り合いになって家に招いてやろうと、夫とあたしで誓ってたんだから。結局はあたしたち、いきなり歩み寄って自己紹介して、ようやく招待までこぎつけたっていうのに」

「感じのいい人たちよ」とメアリーが言った。「これまで何年もインバネスをよく訪れていたんだけど、いまは家を借りてずっと居続けなんですって。以前は夏だけ別荘の人だったから、あなたがたも見かけたことがなかったのよ。ふたりはいつもマクルーアズ・ビーチ(142)で過ごしてるってよ」それから、ぎょっとすることを口走った。だしぬけの不意打ちだった。

「どうやらあなた、彼をやりこめたくせに、なんとも思ってないのね」とメアリーが言った。

「どうして？」思わず身構え、不安に駆られて聞き返した。たちまち、体温が熱くなったり冷たくなったりしはじめる。「ふたりとも楽しそうな顔してたわよ――あたしたちだって、ふたりにくつろいでもらおうと気を遣ってあげたのに。なんてことよ、じっさいは街でふたりを拾ってあげたんじゃないの」

「彼女はあなたのことが好きだって」とメアリーが言った。「彼もそうだと思うんだけど。彼が言ってたのはね、わたしが正確に思いだせればだけど……あなたが威張りくさって、彼に難癖をつけた、とかなんとかよ」それから付け加えた。「じっさい、はっきり言ってたわ。あなたの態度、さほどそう気にしてないって」

「そうよ、あたしたち、歴史を論じあったの」と言いながら、項《うなじ》がかっと熱く火照るのを感じた。「たぶん、じぶんの得意な問題を論じている相手が、ただの女かと思うと癪に障ったんだわ」

あれやこれやとよしなしごとを喋ってから、電話を切った。回線が切れるやいなや、すぐ交換手にダイヤルして、アンテールの家の電話番号を聞きだす。その番号をダイヤルした。あたしはベッドに腰をおろし、手がわなわなと震えるのを目にした。現に憤怒に駆られ、ほかのさまざまな激情がどっと堰《せき》を切って、瘧《おこり》にかかったように全身がふるえだす。とりつくろう余裕などない。

青年本人が電話口に出た。「もしもし」

「いいこと」と言って、あたしは努めて落ち着いた声にしようとする。あたしの耳にも自制した声に聞こえた。「たぶん、あたしは男の心が読めなかっただけなのさ。でも、あたしの見るところ、人に背を向けて陰口をたたくようなやつ、肚の底で思っても面と向かって直言する勇気を持たないやつなんか——」なにを言わなくちゃならないのか、着地がおぼつかなくなってきた。「あたしらのおもてなし、ちゃんとしてなかったのかい？」啖呵を切ったが、そこで声がかすれてしまう。

「どなたです？」とアンテールが聞いた。

「フェイ・ヒュームよ」

一瞬、沈黙した。アンテールが言う。「どうやら会話でふと口にした、何かうっかりした発言が、めぐりめぐってあなたに逆流したらしい」

「そうよ」と言ったが、喉が詰まって息がつづかない。その苦しさを電話で気どられまいとした。

「ミセス・ヒューム」彼が暗い小声で呼びかけた。

「あなたのご気分を害したようで、申しわけありません。無用のお疑いとご放念ください」

「そりゃ気を悪くするってば」とあたしは言った。「せっかくのもてなしを喜んで受けたふりをしてたくせに、裏で陰口をたたくなんて、あんた何さまなのよ。あんたみたいに、あたしが裏表を使い分けたら、うんざりだっていうの？　あたしは歴史を副専攻科目に選んだざ。ローマを論じるのが好きよ。議論するだけの素養はないかもね。だけど――」

「こんなこと、電話で議論するのは無理です」とアンテールが遮った。

「じゃあ、あんたはどうしてくれるの？」とあたしは言った。「正直、あんたと歴史を論じようなんてもう思わない。気乗りしないわ。あたしはただ、この感情をあんたに知ってほしかっただけ」そこでいきなり電話をたたき切った。

　ほとんど寸刻も経たぬうちに、ひりつくような後悔に襲われた。あたしって、ヒステリーの性悪女だわ。もう電話であたしの言うことなんか、人は信用してくれなくなる。ひとりで呟いた。ベッドから起き上がると、寝室を歩きまわる。町中隅々まで知れわたる。つくづくそう思った。フェイ・ヒュームは、ポイント・レイズのだれかに電話して、酔っ払いみたいに怒鳴り散らしたって。そんな噂が立つんだろうな。あたしがへべれけの泥酔漢だって噂が立つ。あたしを連行するときは、保安官のチザムが付き添うことになる。たぶん、あたしがじぶんで保安官に電話して、仲裁人をすっ飛ばす羽目になるかも。

　どうしたらいいか分からない。でも、あたしはぴんと来たわ。ことをこじらせたまま、ほったらかしになってる。だれかが、どうかして、これを立て直さなきゃならない。それって、あたしの役目よ。女あるじ、この豪壮なお屋敷の女主人が、人に食事をふるまい、談笑する場を提供してるんだって、懸命に力説しているのよ。みなさん、それは忘れないで……でも、こんな風な失態を二、三度やらかせば、だれかに女主人顔することなんか、もう考えられなくなる。ああ、なんて faux pas（失礼）な真似をしたんだろう。ただのガキ。二歳児だわ。じぶんを叱りとばした。エルシーやボニー以下よ。犬だってもうすこし自制する。ずっと上手に人の顔を見るのに。

その晩、グウェン・アンテールが玄関のまえに姿をみせた。チャーリーとあたしはお皿を洗っていて、子どもたちはテレビを見に奥にひっこんでいた。「お邪魔してすみません」とグウェンが言った。しとやかだが、どこかうつろな面立ちだ。「ちょっと入ってよろしいですか」ポーチの縁に自転車が立てかけてある。カプリパンツにスウェットシャツを着ていた。髪はひっつめにしていて、顔がほんのり上気している。たぶん、自転車を漕いできたからだ。「どうぞ」とチャーリーが言った。あたしは、メアリーの電話のことも、アンテールにかけた電話のことも、夫にまだ言ってなかった。で、ちょっとうろたえた。グウェンが現れたのは、あたしと彼女の主人のあいだの諍いのせいにちがいない。すぐそう察した。これはややこしいことになりそうだわ、と思った。チャーリーを閉め出さなくちゃ。で、こう言った。「ハニー。これはあたしたち、女だけの内緒ごとなの。男には縁がないことよ」彼の肩に手を置いて、書斎のほうに追いたてた。「ちょっとだけ席を外してくれる？　いいでしょ？」

なにが起きたか、夫が察するまえに書斎に押しこんで、後ろからドアを閉めようとした。

むくれて彼が言う。「おまえら女の密談なんて、どうせ埒もねえ話だろ」が、すでにデスク灯のスイッチを入れていた。「彼女、ひとりで来たのかい?」と彼が言った。「ナットが来たら、こっちに寄越してくれ」さらに不平をこぼしかけたが、彼女は後ろからドアを閉めて、グウェンのほうに向き直る。夫のことは頭から消した。

「あんたのご主人にお詫びしなくちゃね」とあたしのほうから言った。

グウェンが言う。「そのことで、私もこちらに参上したんです。ナットはじぶんの一言が奥様の気を損ねたのかもしれないと、ひどく思い悩んでいます。先日のお呼ばれでは、おふたりから何くれとなく歓待されたのに」彼女は座ろうとする仕草を見せない。学校で罰に立たされた生徒みたいに、ドアのそばに突っ立ったまま、台本どおり復唱していた。「取り繕いにこうして私が参上するなんて、じつは夫に言ってきてないんです。第三者が挟まったら、大げさに騒ぎたてて、なにもかもぶち壊しになりかねませんから。だけどナットは、奥様とご主人おふたりに好意を抱いています。この脱線をどうにか修復しようと気を揉んでるんです」さらに付け加えて「私、マックレーご夫妻のところに行く、と彼に言ってきました。奥様もよくご存じの方とお見受けしたものですから」

「ええ」とあたしはうわの空でこたえた。彼がグウェンを使いに出したのか、それともこれはグウェンの発案なのか、それを見さだめようとしていた。これが彼女ひとりの発案なら、彼のほうは仲なおりにさほど真剣でないのかもしれない。こんな片田舎で、ほんのひとにぎりの人家しかないんだから、こういう軋轢《あつれき》で村八分にされたらかなわない、と彼女が思っただけかもしれない。とりわけ、引っ越してきたばかりの新婚カップルが、地元の住民たちに認められ、受け入れられようとしているさなかだから。結局、あのふたりにとっては、近所づきあい全体が、この手の悶着を収拾できるかどうかにかかってるんだわ。あたしは彼らを厄介払いできるけど、彼らはヒューム夫婦をハブできるかしら？　きっとそんな風な考えが、グウェンの胸のなかに芽生えたのよ。どっちかというと鈍そうなあの顔に、そんな思いが去来するのを、あたしはすべて読みとった。「あんたのご主人と仲よくやっていけたら、あたしだって幸せだよ」と言った。「彼って強情だから、じぶんのことやじぶんの考えになると、聞く耳を持たなくなるんだと思う。でも、おふたりとも素晴らしい人だよ。これはただの誤解だったんだって」と彼女にほほ笑んだ。

ところが、ほほ笑み返すかわりに、グウェンが告げた。「ただ大邸宅をお持ちというだけで、人に威張りちらすなんてことは、よくよく慎むべきだと思います」それ以上ひとこともなく、大手を振って家から出ていった。自転車に跨ると、ライトをつけ、走り去った。なんてこと。

あたしは戸口で立ちすくんでいた。彼女の後ろ姿を目で追い、どっちが常軌を逸しているのか、と考えた。彼女か、あたしか。それから走ってハンドバッグを取って、ビュイックまで駆け下りると、車に飛び乗った。エンジンをかけて、彼女のあとを追う。やっぱり、彼女が見えた。目いっぱいペダルを漕いでいる。彼女の脇に車を寄せて、同じ速度で並走する。

あたしは身を乗りだして声をかけた。

「いったい、あたしが何をしたっていうの？」

　彼女は無言で、ただペダルを漕ぎつづけた。

「ねえ」とあたしが言った。「こんなちっぽけな町なのよ。みんな、仲よくしなくちゃ。都会のようにはいかないんだよ。あんたたちもいずれ分かる。そんなにえり好みできないのよ。あたしがなにを言ったっていうの？　わけがわかんない」

　しばらくしてグウェンが言った。「奥さまはさっさと大邸宅にお帰りになればいいんです」

「わかるでしょ。わが家は、あんたたちを歓迎してるのよ」

「はい」と彼女が言った。

「ほんとなの？」とあたしは言う。「ほんとに分かってるの？　それを証明するには、あたし、何をしなくちゃならないの？　ひざまずいて、家に引き返してくれ、って頭を下げなくちゃならないの？　いいわよ、しなくちゃならないんなら、するわよ。お願い、もどってきて。大人らしく話しあいましょ。子どもみたいに、我を張るのはやめて。あんたたちふたりとも、どうしたのよ？　大人でしょ。既婚のカップルでしょ。それとも、二人暮らしのお子チャマ？」そこで声を張りあげた。「こんなこと、とてもあたしには耐えられない」彼女に呼びかけた。「あたしたち、どうしてお友だちになれないの？　あたしはね、あんたとご主人にお熱なだけ。どこでどうしてこんな反目が芽生えたのかしら？」

長らく黙してから、グウェンが口をひらいた。「ええと、たぶん、私たちふたりとも、すごく若く見えることに、過敏だったのかもしれません」

「まあ！」とあたしは言った。「あんたみたいに若く見えたら、こんないいことないと思うわ。そんなに若く見えて、羨ましいかぎりよ。あんたたち二人とも愛らしいんだよ。天から舞い下りてきたみたい。ぎゅっと抱きしめたいほど——あんたたちを養子かなんかにしたいわ。おねがい、もどってきて。ねえ」そう言いながら、できるだけ自転車にぴたりと車を寄せた。「あんたのご主人も拾ってあげるわ。あんたたちを『ウエスタン』まで乗せてくの。そこでシーフードのディナーでもどうかな。もう夕食は召しあがったの？　さもなきゃ、ラウンジの『ドレイクス・アームズ』に行って、そこでお食事してもいいな。おねがい、あたしにディナーを奢らせて。それで顔が立つんだから」とって置きの猫撫で声を使う。

とうとう彼女も折れてきた。「私たちをわざわざディナーに連れださなくても」

「ドレイクス・アームズって行ったことある？　ダーツで遊べるわ(143)——教えてあげる。一ゲームに一ドル賭けて、あんたたちに挑戦しようかな。あそこにいるオコ以外はあたし、だれにでも勝てるんだから」

結局、グウェンは屈した。あたしが自転車を車の後部に放りこみ、助手席に彼女を座らせてから——自転車を漕いでたから、汗が湯気になって全身を包んでいたが——スピードをあげた。いま、あたしは胸が躍っている。ここ数カ月ではじめて、ほんとに幸せな気分を味わった。嘘じゃなく、なにかを達成し、壁を突破したと感じたわ。この繊細で美しい人たち、とっても内気で、感じやすく、すぐ傷つく人たちに、親しくまみえたんだもの。こころの底で誓った。もっと気を遣わなくちゃ。いつもみたいに人を見下す態度で、ふたりを傷つけちゃいけない。腰を低くして——じっさい土下座するように——やっと交友を再開してもらったんだもの、これを投げだしたくない。

思い知ったかい、フェイ。じぶんがどんな女か。そうじぶんに言い聞かせた。わかったかな。じぶんのガサツなもの言いが、どれだけ厄介を引き起こすか。おまえはいつも、思いつくまま、結果がどうなるかも考えずに、ぽんぽん口にだすもんだから。

「あたしって人物がもっと分かってくれれば」と彼女に言った。「あんたも学ぶでしょうよ。そんなに気にしなくていいってこと。あたしって礼儀知らずの俗物なの。いつだったか、公立図書館の司書のまえで、ひとこと『ファック』と口走ったのを覚えているわ。恥ずかしくて死にそうだった。穴があったら入りたいくらい。以来、あたしは二度と図書館に足を踏み入れてない。あの女性司書に顔見せできなくなったのよ」

グウェンが微かに笑みを浮かべた。あたしはちょっと不安を覚えた。

「ああいう卑猥なことばは、チャーリー直伝なのよ」と説明し、夫の工場の様子を彼女に教えてやった。従業員を何人雇っているか、年間の純利がいくらかなどだが、彼女も興味を持ってくれた気がした。すくなくとも、ある程度までは。

7

マリン郡の妹夫婦の家まで、ずっと車に揺られっ放しだったから、ぼくは車酔いになっちゃった。サミュエル・P・テイラー・パークにさしかかったあたりで、ヘアピンカーブのつづら折りに目を回してたんだよ。急ハンドルを切るたび、チャーリーが道路にほっぽりだされるんじゃないかとやきもきした。彼も妹のフェイも道を熟知しているので、カーブを曲がるたびに、どれだけアクセルを踏みこめばいいか、ばっちり頭に入っていた。時速であと一マイル速く走ったら、車は路肩からクリークに飛びだしていただろうな。時速六十マイルに達したこともある。大半のドライバー、とりわけ、のんびり走る週末の観光客ドライバーは、時速二十五マイルに落とさなくちゃならんところだ。チャーリーは道幅いっぱいを使って、車線内に収まらない。路肩から反対車線まで、右へ左へ車を振る。ぼくの目には木立しか映らないのに、対向車が来るか来ないか、彼は見透かしてるみたい。前の助手席に座っているフェイも、さほどハラハラしている風を見せない。じっさい、妹は半分うたた寝してたよ。

でも、ぼくの周りでは、お宝が滑ったり踊ったりしていた。なんて変テコな気分だろう。引き払ってきたあの部屋にいるんじゃなく、こうしてお宝といっしょにガタピシ揺られてるなんて。あらゆる見地から見て、ぼくはじぶんの部屋を捨てたあげく、妹とその旦那の屋敷で居候の身になるんだ——ぼくにはもう、じぶんひとりで生きていく場所がない。幼年時代に舞いもどったみたいだ。気が滅入って落ち着かなかった。でも、風景を眺めてウキウキしてきた。どんな家なのかは、妹夫婦に吹き込まれてとうに分かってる。最先端のガラクタで埋まったやけに派手な家なんだろ。

気分を高揚させようと、生きもののことを考えた。高校生のころ、一時期、獣医のもとでバイトしたことがある。掃除係になって、檻をきれいにして、預かった生きものに餌をやり、死んだら片づける役目だった。生きものの世話は楽しかった。だって、ずっと昔、ぼくがまだ十一歳だったころ、虫をつかまえては、そいつを解剖するのに、長時間費やしていたんだもの。でっかい黄色のナメクジを切り刻んだこともあったっけ。いつも蠅を捕えては、糸の輪に首を突っこんで吊るしてやった……でも蠅の胴ってちっぽけすぎて、吊るし首にできないんだ。で、いつもぼくは蠅の首をぐいと絞めなくちゃならなかった。すると、蠅の頭からぴょんと目玉が飛びだし、頭がちょんぎれちゃったよ。

妹夫婦の家に着くと、チャーリーが手伝ってくれて、ぼくのお宝の箱を家のなかに運びこみ、ぼく専用と決めてあった一室に収納してくれた。どうやらそこは物置に使ってたらしい。かわりに、庭仕事の用具や、子どもたちがお払い箱にしたゲームや玩具類、コリー犬が寝床にしていたペット用ベッドまで、次から次と腕に抱えて運びださなくちゃならなかった。

部屋を閉め切りにしてから、ぼくはクローゼットに服を吊るしはじめ、私物を取りだして、この新しい部屋をなじませる工夫をしたよ。スコッチテープでいろいろ重要な事実を壁に貼りつけたし、部屋の隅にはぼくの鉱石コレクションの標本を押しこんだ。最後に、牛乳壜の蓋のコレクションが入ったバッグに、しばらく頭をつっこんで、蓋の発する馥郁《ふくいく》とした甘酸っぱい匂いに浸りきったんだ。小学四年からずっとおなじみのこの芳香。それでぼくは気が奮い立ち、はじめて窓の外に目をやった。

その晩の献立には、妹の暮らしが今やどんなゼイタク三昧に達しているかを、ぼくも意識させられたな。屋外のパティオで、チャーリーに炭火でTボーン・ステーキを焼かせながら、妹は屋内でせっせとオードブルをこしらえている。すり身の蛤《はまぐり》に、クリームチーズを焙《あぶ》って、英国風マフィンにのっけてた。マティーニ、アヴォカド・サラダ、焦がしポテト、そして冷凍庫から出した自家製のイタリア豆(144)……おまけにデザートに、岬近くのどこかで昨夏摘んできたハックルベリー(145)が出るんだ。夫婦はコーヒーを啜り、子ども二人とぼくはミルクをちびちび。それからいっしょにハックルベリーにホイップクリームをかけて食べるのさ。

夕食が終わると、ぼくは娘たちをおぶって、ぐるぐる回ってあげた。そのあいだ、フェイとチャーリーは、リビングルームでくつろいで、二杯目のマティーニのグラスを傾け、ハイファイ装置でインテリの音楽を鑑賞していたな。暖炉に揺らめく炎は、家の側壁近くに積み上げた薪《まき》の山から樫の丸太を運んで焚いている。こんな逸楽を堪能できるとは思っていなかったから、ぼくは一心になって幼女《おさなご》たちと遊んだ。二人をぶんぶん振り回したり、高い高いと放りあげて受け止めたり、隠れんぼして二人を鬼にしたりしたら、えらくはしゃいでいたよ。その歓声がフェイの癇に障ったらしい。だしぬけに起ちあがると、自動食器洗い機に皿を入れに行っちまった。

あとでぼくは、子どもたちを寝かしつける手伝いをした。『オズ』の本を娘たちに読んでやったのさ。ぼくがよく知ってるお話のひとつ……ぼくの人生の一部になった本を読んであげると、不思議な気になってきた。この子たちは、一九五〇年代が来るまで生まれていなかったんだ。第二次大戦のあいだ、この世に生きていなかったとは。

はっとした。ぼくが子どもと付きあったのはこれがはじめてだ。

「たしかにいい子たちだな」子ども部屋を出たあと、ぼくはフェイにそう褒めてやった。

フェイが言う。「みんながそう言ってくれるわ。だから、きっとほんとなんだろ。あたし個人は、子育てにふりまわされて四苦八苦してる。兄さんは子どもと遊んで喜んでるけど、明けても暮れても何年間も、やいのやいのと子どもに責めたてられたあげく——毎朝七時に起きて、朝食の支度だなんて、やってらんないわよ」

朝食の支度は、妹が嫌いなことのひとつだった。朝は遅く九時か十時までベッドで寝坊するのが好きなんだが、娘たちが通学する年頃になっては早起きするしかない。チャーリーはもちろん工場に出勤するから、娘たちに服を着せ、髪にブラシをかけ、お弁当を用意して、教科書がそろっているかどうかを見るといった役目となると、責任を持てない。一週間かそこらして気がついてみると、ぼくが早起きして、テーブルを整える役になっていた。精製小麦粉の「クリーム・オブ・ホイート[146]」に湯を注ぎ、ピーナッツ・バターとゼリーを挟んだサンドイッチをこしらえ、保温用の魔法瓶をトマトスープで満たすと、カーテンをさっと開けて、ベーコンをいためめ、グレープフルーツを二つに切り、娘たちの服のボタンをかけるのさ。それから、朝食の給仕を終えると、テーブルを片づけ、皿を洗い、生ごみや紙屑を外に出し、朝食用テーブルのまわりを掃除して、ひと通りの仕事が終わるんだ。そのあいだ、チャーリーは髭を剃り、服を着て、半熟卵にトーストを食べ、コーヒーを啜ってから、ペタルーマへお出ましになる。九時くらいに、フェイが起きだしてシャワーを浴び、服を着てから、コーヒーカップとアップルソースを一皿持って屋外のパティオに出て、食べながらクロニクル紙に目を通す――だれかが思いついて、彼女のために新聞を買ってきてくれればだけど――それから、ひとりで座ってタバコを一服吸うのさ。

ぼくは朝食の支度ばかりでなく、晩にベビーシッターをつとめるのも楽しかった。こいつはフェイにとって渡りに舟だったたね。また晩に外出して、人を訪ね歩けるってわけだからさ。サンフランシスコ湾地域まで遠出して、映画や芝居を観たり、教室にも通えるだろ。だって、サンフランシスコの精神分析医にも、これまでは週に一度だったけど、週三度は通える。だって、十代のベビーシッターなら、帰宅が遅くなってはいけないと気を遣うけど、ぼくなら深夜まで居残りの心配をしなくていいもん。夫婦連れでパーティーやバーに出かけて、好きなだけ遅くまで市内にいられる。金曜の朝、ぼくは妹にくっついてペタルーマまで買いものに行き、買った食料品を彼女に代わって運んでやった。家に帰ると、不要なものをぜんぶ捨てる。使い残しの袋や段ボール箱を、焼却炉で燃やすことまで請け負った。

こういう家事いっさいの見返りに、ぼくは日々の美食に舌鼓を打てたんだ。乗馬や子どもたちとのゲームもこなさなくちゃならない。屋外にテザーボール[147]用の金属ポールを立てて、子どもたちとぼくはほとんど毎日、午後はテザーボールで遊んだものさ。おかげですっかり上手になったよ。

「いいかい」あるときチャーリーが言った。「兄貴は商売を間違えたんだ。遊園地の支配人か、ＹＭＣＡで働くべきだったな。こんなに子ども好きなやつは見たことがねえや。ガキが騒いでも気にならないたちなんだな。おれはうんざりだが」晩になると、彼はいつもくたびれた顔をしていた。

ぼくは言った。「親って、もっと子どもといっしょに過ごすべきだと思うな」

「親がしゃしゃりでて、どうなるっていうの？」とフェイが言った。「ああ、どんくさ、子どもなんて四六時中まつわりつくだけよ。大人があれこれ余計な口出しをしないほうが、子はよく育つのよ。ほっとけばいいんだわ」ぼくにベビーシッターをやらせ、娘たちの遊び相手を任せられるもんだから、妹はほくそ笑んでいるのだ。でも、娘たちが始終起こす姉妹げんかに、ぼくが口出しするのをよしとしない。娘たちが諍いをはじめても、妹はいつも最後までほったらかしにしているだけだ。じきにぼくにも分かった。年長の子のほうが、知能も進んでいて体重も重たいから、つねに喧嘩に勝ってしまう。こいつはフェアじゃない。ぼくは割って入るべきだと感じた。

「大人が教えてやらなきゃ、正しいことがなにかを子どもは学べないよ」とぼくはフェイに忠告した。

「正しいことですって？　あんたになにが分かってるっていうの」とフェイが言い返した。「あたしの家に居候して、タダ飯食いのくせに。とにかくどうして、いっぱしの口がきけるのよ？」半ば真剣、半ば冗談という、ぼくがもう慣れっこになった忿怒《ふんぬ》の形相を浮かべて、妹がはっしと睨みつけた。彼女はこうやって皮肉まじりに紛れもない本音を吐くので、言うことがどこまで本気なのか、なかなか見とおせない。「だれがあんたをここに連れてきたと思ってるの？」と啖呵《たんか》を切った。

心中、ぼくに後ろめたさはなかった。ぼくが受けた恩は、たっぷりおまけをつけて返してるだろ。ぼくがベビーシッターをしているからこそ、妹夫婦はかなりの手間賃が節約できるんだ。おしなべて子守りを雇うだけで一晩三ドルかかる。一カ月を超えれば、ときに月六十ドルか七十ドルは超える計算だ。こういう数字はぜんぶぼくの帳面につけてある。ぼくがどれだけ彼らの出費になり、いくら彼らの節約に寄与してるかを、ちゃんと計算してあるのさ。その差し引き勘定にかかる唯一の実費は、ぼくの食費だけなんだ。だけど、ぼくは一カ月に六十ドル相当も食べてやしないよ。だからベビーシッターひとつで、ぼくの生計が立つことになる。ぼくの光熱費や水道代だって、さしたる出費にはならない。もちろん、ぼくだって風呂に入るし、洗いものもするし、ぼくの衣類は洗濯機に入れなきゃならないけどね。ぼくは不必要な電灯を消してまわるし、無人の部屋のサーモスタットは温度を下げてるよ。だから、ぼくなりの計算だと——この手の計算って当然ながら難しいんだけど——じっさいは彼らの支払う公共料金を節約してるってことになる。おまけに乗馬して馬の寿命まで延ばしてやった。だって、乗らなきゃ馬が体重過多になって心臓に余計な負荷がかかるんだから。だけど、ほかの何にもまして、ぼくはドルやセントに勘定できない貢献をしたんだよ。子どもたちの身のまわりの雰囲気をよくしてやったことさ。ぼくが思い浮かべる子どもたちって、面倒をみてあげて、いっしょに楽しく遊び、話に耳を傾けて、愛情を注ぐ相手であって――それを義務だとか雑用だとかなんて考えたこともなかった。ぼくは子どもたちを連れて長時間散歩して、お店で風船ガムを買ってやったり、いっしょにテレビで『ガンスモーク』[148]を見たりしたし、子ども部屋も掃除してあげたさ。

それとは別の効能もあった。床磨きのような家事の重労働をぼくが肩代わりしてあげたから、フェイは掃除婦のミセス・メンディーニをお払い箱にできたんだ。フェイはいつも彼女がいるとぴりぴり神経を尖らせていた。ミセス・メンディーニがなんでも聞き耳を立てていて、だれかのしゃべったことをあらいざらい外で吹聴しそうな気がしてたからさ。フェイはいつだってプライバシーを守りたがる。田舎にぽつんと孤立した大きな一軒家が欲しくなったのも、主たる動機のひとつはそこにある。

ある土曜の午後、フェイがサンラファエルへ買いものに出かけ、娘たち二人はエディス・キーヴァーの家に遊びに行ってしまうと、チャーリーがぼくに話しかけてきた。屋外の芝生に立つ鳥小屋のそばで、彼はアヒルの水やり場に新しくパイプを通す作業をしていた。

「兄貴はさ、家事が苦じゃねえのかい？」と彼が聞く。

「うん」と僕は言った。

「あの手のことはな、男のやる仕事だとは思えねえな」と彼が言った。あとからこうも言う。「男がああいうことまでする姿なんて、娘たちに見せるべきじゃないと思うんだ。女どもを勘違いさせる。男は女の尻に敷かれるもんだって思われちまう」

そう言われてぼくは黙っていた。なにもつけ加えることばを思いつかない。

チャーリーが言った。「あの女、おれをしょうもねえ使いっ走りにしたがるが、そうはいくもんか」

「そうですか」ぼくは品よくこたえた。

「男ってもんは、自尊心をもたなきゃならねえ」とチャーリーが言った。「家事にかまけてたら、男らしさが失われるぜ」

ぼくは気づいていた。ほとんどここに引っ越してきてすぐのころだったけど、チャーリーがどれだけ女房にいきり立っているかを一目で察したんだ。妻からなにかしてくれと頼まれると、それが庭仕事の手伝いであっても、彼はすぐ癇癪《かんしゃく》を起こす。ある晩、妹が缶詰か瓶の蓋を開けてちょうだいと頼むと――ぼくはちゃんと目撃したわけじゃなく、なにが起きたかとじぶんの部屋から飛びだしてきたんだけど――彼はかっとして、瓶を床に放り投げ、彼女を糞ミソに罵倒しはじめたんだ。ぼくはそれを備忘録に書いといたよ。あるパターンがそこに読みとれたからね。

週に一度かそこら、チャーリーはひとりで外出して、たいがいはウエスタン・バーか、お気に入りのオレマのバーにしけこみ、ビールをガブ呑みした。そうやって女房への鬱憤を発散させるのが、彼の流儀らしい。そうでもしないと、怒りが内に籠って煮えたぎり、喧嘩腰になったり、塞ぎの虫にとりつかれる。でも、二、三杯程度の酒量だと、妹に対し鉄拳を振るいかねないんだ。じっさいに彼が妻を殴るところを、ぼくもこの目で見たわけじゃないけど、彼がバーから帰宅したときの妹の反応を見ていると、そういうときの夫の狼藉にびくびくしているのがわかった。なんで夫が酔っぱらうのか、それがたまりにたまった憤懣の憂さ晴らしだってことが、妹に見抜けたとは思えない。むしろ彼の側に性格的欠陥があって、たぶん、それはどんな男にも共通する欠陥だと思ってたんだ。

彼が酒を呑みに出かけるたびに、妹はどんどん夫に事務的に接するようになった。口数を少なくして、理詰めで責めてとっちめる。夫が外に出かけてへべれけになり、家に帰るや妻を二、三発殴りつけるなんて、これは彼の落ち度なのだと、ある時期、妹はなんとか夫に思わせようとしていた。それを単なる鬱憤晴らしの手段と見るかわりに、彼の内面深くに潜む倒錯した――危険ですらある――心的奇形の徴候と考えたがるんだ。

あるいは、そう思っているふりをしたかっただけかもしれない。いずれにしろ、彼を適正化すべき心的奇形の人間と決めつけるのが妹の戦術だったな。この策略に沿って散々触れまわったから、彼が泥酔するたびに着々と得点を稼がれることになった。彼が妻に抗って外で酔っ払い、帰宅して拳骨を振りまわせばまわすほど、妹は暴力夫の絵を塗りあげていく。

素面《しらふ》にもどれば、さすがの彼もこの絵を受け入れざるをえなかった。冷徹な大人の女と、ケダモノの衝動に屈する男。その対峙の雰囲気がこの家庭に充満してるんだ。妹はサンフランシスコの精神分析医アンドリューズ博士のもとに通い、夫の酒乱とその敵愾《てきがい》心について、博士が下すご託宣を微に入り細にわたり夫に報告していた。妹はチャーリーの金を使ってアンドリューズ博士に診察代を払い、夫の異常性格のカタログをつくらせていたことになる。もちろん、チャーリー当人は、医師から直に診断を聞かされたことなど一度もない。妹のほうは、都合のいいことを報告し、都合の悪いことは伏せていたけれど、そんな恣意的な取捨を防ぐ手だてはなにもなかったんだ。医師もまた、妹の言うことがほんとうかどうか、確かめる手段を持っていない。まちがいなく妹は、じぶんの描いた絵に合う事実しか医師に打ち明けていなかったさ。だから、チャーリーに対する医師の診立ては、妹が医師に知ってもらいたかったイメージが土台になっている。このころは、その取捨選択を彼女が一手に握っていたから、その目を盗んで彼が口をはさむ余地なんてほとんどなかったな。

どんなガサツものもそうだけど、チャーリーも女房の医者通いにぶつくさ言いながら、同時に彼女がなにを報告しようと、ありがたいご託宣と崇め奉っていた。一時間二十ドルもふんだくる医者なら、だれであろうと、ご立派にちがいないってわけさ。

ときどきぼくは自問した。妹のやつ、それどころか、なにを企んでるんだろう。ランチの皿洗いを済ますと、午後はなんにもすることがなかったので、ぼくはあちこち座る場所を変えながら、妹が粘土で壺をこねるか、編み物をするか、本を読んでいるのをじっと観察していた。妹は胸のふくらみがほとんどないか、ペチャンコなのに、見ばえのする女だと分かった。しかも、こんな大きくモダンな邸宅を持ち、十エーカーの土地とその他の資産があるのに——まちがいなく不幸だった。でも、妹はじぶんに足りないものが欲しいのさ。一ヵ月かそこら経って、ぼくは結論に達した。妹はただ、チャーリーにいまとは違う人間になってほしいだけなんだ。夫はいかにあるべきか——妹はいつもえり好みしていたけれど——深く沁みこんだイメージが妹にはある。ある面でチャーリーは妹の要求を満たしていたが、別の面では満たしていない。たとえば、彼はこの屋敷を建てられるだけの金持ちだったし、妹の望みの大半をかなえてやった。おまけに彼はそこそこ顔立ちもいい。だけどひとつ、粗野、という難がある。フェイには常に貴族的というか、難癖をつけては採点する癖があった。その傾向があらわになったのは、大学に進学しようと猛勉強をはじめた高校生のころだな。妹は文学と歴史を課目に選んだけど、それは料理を習う家政科の女子生徒たちを——店の売り子を養成する実習科の男子生徒たちも——この世の屑《リフラフ》と感じていたからなんだ。

　妹が洗練された人生のたしなみとみなすもの、たとえば、ハイファイ装置で聴くインテリの音楽に、間違いなくチャーリーはなんの関心も抱かない。ぼくも、彼が粗野だってことはみとめるよ。だけど、彼が粗野だったのは、妹と結婚したからさ。道ばたの食料品屋で出逢って、モーツアルトの曲を讃美歌と聞き違えたあの日、彼はまさに粗野だった。でも、そうと知りながら妹のやつ、結婚してから、隠していた秘密の遺伝形質が、あとで発覚したみたいな言いがかりをつけて、彼を責めるなんてひどいよ。あんまりだ。チャーリーはいつだって、妻に対してはあくまでも誠実だったよ――彼の力の及ぶ限り、与えられるものはなんでも妻に与えた。いまじゃ、メルセデスの代わりに、ビュイックに乗ってるけど、あれだってビュイックの配色とオートマチック装備が妹のお気に入りだからさ。自動車のような男の領分になると、妹より彼のほうがずっとよく知ってる。妹のほうこそ野蛮人で粗野なんだ。でも、それじゃ彼の応援にならない。妹はこの分野を重視する気がないからね。いくら旦那がちゃんとアヒルの水やり場にパイプを敷いてやっても、妹は有難味を感じていない。そういう作業がうまいのはガサツもんだけよ、とうそぶいて、鬼の首を取ったような顔をしている。

それでも夫の野卑な罵詈雑言は受け入れ、自ら口にすることさえしたんだ。

どうも妹は、夫に相反する思いを抱いているようだ。一方で、彼を荒っぽくて猛々しい存在と認め――それも妹には不可欠な要素だった――性的にもマッチョな男として遇してる。けれど、ぼくの目に、妹の願望は相矛盾したパラドクスと映っていたね。夫に対して男であってほしいと望むと同時に、妹自身の基準に合わせてほしいと望んでいたからさ。この基準は妹一人のために設けられているから、男の基準じゃない。その点になると――つまり自身の性になると――妹も多少混乱しちゃう。家事を忌み嫌うのは、家事にかまけていると、じぶんの女らしさを感じるせいだと思う。妹にはそれが耐えられない。妻に代わって雑事をこなすのを、チャーリーが嫌がるのは無理もないことだろう。妹が家事専業の主婦なんて女の堕落だというなら、主人たる彼にはなおさら屈辱的なことだ――それは彼が雑用をどう感じているかではなく――一時期、彼は気にしていなかったかもしれない――妹が家事をつまらぬ瑣事《さじ》としか見ないからだ。雑用に齷齪《あくせく》してるってことは、その人が苦役の奴婢《ぬひ》、下僕、召使、女中であることのあかしになる。妹はどうしても家事にじぶんを投じることができなかった。で、夫に雑用をさせようとつい仕向けてしまう。たとえば、坂を下りて店に入り、じぶんのタンパックスを買うなんて、妹にはとても我慢できないことなんだ。女であることを示す必要条件を満たしてしまうからだ。だから夫を買いにやらせたのさ。

彼が家に帰るや、妻をぶん殴ったのは当然だろう。

でも、ぼくは家事に追われたってべつに苦にならない。だってそれはぼくの仕事であって、生きざまのシンボルじゃないからさ。ぼくはその見返りに食事にありついてるんだ。暖かな家にも住めるし……ぼくはなにかお返しをしてあげる。ぼくにとっては、ただそれだけのことにすぎない気がした。妹一家といっしょに暮らして、ぼくの人生でこれまでになく幸せと満足を感じた。ぼくは子どもたちや生きものたちといっしょに過ごすのが好きなんだ。暖炉で火を熾《おこ》すのも好きだし——バーベキュー・ステーキも好物だ。タイヤの彫り直し屋でポイティーのために働くほうが、よっぽどこれより堕落じゃないだろうか。

なにより奇妙なのは、われこそはこの家の持ち主だ、というフェイの感覚だった。夫のチャーリーは、ただ家に入ってきて、どっかと椅子に座り、椅子を汚すだけのお邪魔虫だった。汗っかきだからすぐ椅子が濡れてしまう。でも、これまた、本気で妹が見せた態度じゃなかったのかもしれない。むしろポーズだったろう。ここが本来は彼女の家であり、家のなかは彼女の掟が支配しているという思いを、ずっと人に吹き込みたかっただけなのかも。妹だって心の底では、チャーリーとそのカネがなかったら、家など建っていなかったことくらい、百も承知なのかもしれない――でも、あの酒乱の一件のように、ある特定の理屈がじぶんの必要に合致すると、妹はその理屈を弄《いじく》りまわすのだ。この家は彼女の小宇宙《スフィア》だ、と夫に思い知らせる……では、彼になにが残るのか？　工場には夜鍋仕事のオフィスがあり、加えて工場本体も……そしておそらく家の周囲《まわり》のアウトドア、まだ開墾していない裸土の野原がある、と。

そしてこんな仕打ちにあっても、チャーリーは受け入れてしまいそうだった。だって、なによりもまず彼は口下手で、妻に吠えつかれるとまるきり歯が立たない――そして、究極のところ、女房のほうがじぶんより知的で教育もあるので、夫婦で意見を異にしたときは、きっと彼女のほうが正しいにちがいないと想像してしまうんだ。彼は女房の意見を書籍や新聞とおなじだと思っていた。いくら不平を漏らし、非難はしても、結局、やつらの言ってることは正しいんだろ、と。彼はじぶん固有の考えに執着していない。ほかのみんなとおなじように、彼もじぶんのことは第一級のガサツものと卑下していたからだ。

たとえば、友人を見てみよう。アンテール夫妻はどうか。グウェンとナットのふたりとも、あきらかに大学の連中だ。文化的、学問的な問題ではフェイと興味が共通している。ここに男がひとり、別の客がきたとする。女じゃない。彼が現れて、席に着いて議論する――ビジネスや耕作技術の話題じゃなくて――中世の宗派の話だ。フェイとアンテール夫妻なら意見を交わせる。そこで三対一になる。一対一じゃない。チャーリーはいつも、しばらく耳を傾けているが、やがて立ち去って書斎にひき籠り、書類仕事に没頭する羽目になる。こういう光景はアンテール夫妻だけじゃない。ファインバーグ夫妻やメリタン夫妻、その他のみんな――インバネスに引っ越してきた芸術家や服のデザイナー、大学人たち……一人残らず妹に属していて、彼はお呼びじゃない。

8

凧《たこ》揚げに一時間もかかりきりだった。彼の凧はふわりと地面を離れたものの、宙に浮いたきり、落ちもせず颺《あが》りもしなかった。彼は泥を撥ね散らし、牧場の泥濘《ぬかるみ》をどたどた走ったが、リールの糸を緩めても、凧は依然おなじ高さのまま。とうとう糸が出尽くしても、凧は地面と並行に泳ぐばかりだった。

遠くの馬の厩舎《きゅうしゃ》の向こうでは、フェイが池を滑走するアメンボみたいに、すいすい駆けていく。脚を上下に弾ませ、猛スピードで風を切っていた。凧が垂直に浮く。フェンスの前で立ちどまると、彼女は振り返った。ふたりとも最初は凧を見失ってしまう。あまりに高く舞い上がって一瞬、ふたりのどちらも行方が分からなくなった。凧は彼らの頭上、天心にあった。地球の重力から解き放たれた真の天体。

子どもたちが歓声をあげた。凧の糸を持たせて持たせて、とフェイにせがむ。彼女が子どもたちに任せず、じぶんで凧を泳がせたものだから、駄々をこねだした。でも、それと同時に、うまく凧を揚げた母親に目を丸くしている。称賛半分、悔しさ半分……父親は息を喘がせながら、糸の弛んだわが落第の凧を手にかかえていた。

　フェイは子どもたちに凧の糸を譲ると、ジーンズの前ポケットに両手を突っこんで、彼のほうへ歩いてきた。真昼の強い日射しを背に、笑みを浮かべ、彼の前に立ちどまると、こう言った。

「こんどは糸の端にあんたを括りつけて奴凧《やっこだこ》にしようか。あんたも飛ばしてあげるわ」

　かっと頭に血がのぼった。全身が怒りで煮え滾《たぎ》る。ところが同時に、凧揚げでひどく息が切れ、くたびれきっていたので、それを口にできない。怒鳴りつけることすらできなかった。くるっと背を向け、ものも言わず、家のほうへゆっくり歩き去る。それしか彼にできることはなかった。

「どうしたの？」フェイが声をかけた。「またキレたの？」

　彼は依然、口をきかない。すっかり落ち込んで、絶望の極にあった。突然、死ねたらと思った。くたばったほうがましだ。

「冗談を受け流すこともできないの？」と彼に追いついてフェイが言う。「ねえ、あんた、具合が悪そうに見えるわよ」子どもたちの熱を測るように、彼女は手を挙げて彼の額にあてた。「たぶん、風邪をひいたのよ」と言った。「どうしてあれが癇に障ったの？」

　彼が言った。「知るか」

「思いだしてよ」彼と肩をならべて歩きながら言った。「あんたがアヒルの餌をやりに、鳥小屋に入ったときのこと――アヒルを飼いだしてから、あんたが餌をやったのって、あれが初めてにちがいないわ――あたし、鳥小屋の外に立って、あんたを見ていた。思わず、あたしが言ったのよ。『ねえ、あんたって、ペットのアヒルみたい。どうしてそこに棲まないの？ あたしが餌をあげるわ』って。あんた、あれを連想したんじゃない？ あたしが凧のことで軽口をたたいたら、あれを思いだしたんでしょ？ そうよ、あのときだって、あんたはぶちキレてたわ。ほんとにとんだ失言だったわよ。なんであんなこと言ったのかわかんない。あたしって、なんでもぽんぽん口に出しちゃうのよね――口を慎むってことができなくて」彼の腕をつかむと、身を寄せて言った。「わかるでしょ、あたしがなにを言おうと、無意味なのよ。正しい？ 間違い？ その中間？」

「ほっといてくれ」と言って彼は身をふり払った。

「家に入らないで」と彼女が言った。「おねがい。せめてちょっとでいいから、あたしとバドミントンしてよ……覚えてる？ 今夜はアンテール夫妻がディナーに来るのよ。いまバドミントンをしないと、あたしたち、やる時間がないわ――あしたは、あたし、市内に出かけなくちゃ。だから、ほんのちょっとだけ、やらない？」

「おれはへとへとなんだ」と彼が言った。「気分もよくない」

「やれば気分がよくなるわ」と彼女が言い張る。「ちょっとでいいから」彼を追い越すと、芝生からパティオを突っ切り、家のなかに消えた。彼が家に着くと、そこに彼女が立っていた。バドミントンのラケットとシャトルを抱えている。

娘二人もやってきて、いっしょにわめきだす。「あたいたちもやっていい？ ほかのパドルはどこ？」フェイはラケットをぜんぶで四つ持っていたから、子どもたちは先を争うように二つをもぎとった。

結局、一家でバドミントンをした。片や彼とボニーの組、片やフェイとエルシーの組。彼は腕が疲れて重く、シャトルをはたこうにも、ほとんどラケットを振りかぶれない。とうとう、長いショットを追って、後ずさりしながら駆けたが、力なく脚がもつれ、腓《こむら》がつって、仰向けにひっくり返った。子どもたちがわっと叫んで駆け寄ってくる。フェイはそこに立ったまま傍観していた。

「だいじょうぶ」と言って彼は起ちあがった。が、ラケットが真っ二つに折れている。きれっぱしを手にしたまま立って、息を整えようとした。胸がきりきり痛む。肋骨が肺に突き刺さったみたいだ。

「家のなかに、もうひとつラケットがあるわ」とネットの向こうでフェイが言った。「ほら、レスリー・オニールがうちでバドミントンをしようと持ってきて、置き忘れたのよ。書斎の食器棚のなかに入ってるわ」

彼はそれを取りに家のなかに入った。探すのに手間取ったが、ようやくみつかった。外のコートに引き返すと、頭がふわふわと浮遊する。両脚もまるで宙を踏むようだ。安手のプラスチックさながらだ。タダでくれる玩具によくある、ふにゃふにゃのガラクタ。シリアルの箱のおまけか、店で配るような玩具……。

そして俯《うつぶ》せに崩れ落ちた。倒れて地面に突っ伏す。手をぐっと沈め、泥をつかんだ。もがいて土を割き、頬ばり、齧《かじ》りつき、嚥《の》んでは、胸に吸いこむ。息が詰まった。吸おうとしても——体内に、肺に入らない。その後、なにもできなくなった。

次に気がつくと、大きなベッドに寝かされていた。顔も体軀《からだ》もつるつるに剃りあげられている。ベッドのシーツのうえに置かれた両手の指が、ピンク色の豚足みたいに見えた。おれは豚になったか、と思った。やつらは除毛して、剃り残しを巻毛にしたんだ。おれ、長時間きいきい喚《わめ》いてたんだろうな。

彼は喚こうとしたが、かすれ声しか出てこない。

ぬっと人影があらわれた。義兄のジャック・イジドアが上から覗きこんでいる。布地のジャケットに、ぶかぶかの茶のズボンを穿いて、ナップザックを背負っていた。洗いざらしの顔をしている。

「閉塞症を起こしたんだ」とジャックが言った。

「そりゃ、何のこった?」と彼が言う。だれかに殴られたせいかと思っていたのだ。

「心臓発作だよ」とジャックが言って、それから専門用語で細々《こまごま》とまくしたてた。やがて彼が消え、代わりに看護婦が現れ、最後に医師が来診した。

「おれの具合はどうなんだ?」とチャーリーが聞く。「年齢の割には丈夫なほうだがね。からだは寄る年波でも、まだぴんぴんしとるだろうが。そうだろ?」

「ええ、体調はまずまずですね」と医師は言って立ち去った。

ひとりになって、仰向けのまま思案をめぐらし、だれかが来るのを待っていた。結局、さっきの医師がもどってきた。

「なあ」とチャーリーが言う。「おれがこんなところに寝かされてるのは、女房のせいなんだ。最初っから、あいつが仕組んだことだ。女房はあの家と工場が欲しい。おれが死にさえすれば、あれが手に入るのさ。だから、小細工しやがって、女房の計画どおり、おれは心臓発作でくたばるってわけだ」

医師は身を屈めて聞いていた。

「あのアマ、ぶっ殺してやる」と彼は言った。「くそったれ女め」

医師が出ていった。

長い時間が経った。何日も過ぎたらしい——病室が暗くなり、明るくなり、また暗くなった。毛を剃り、温水とスポンジで体を洗浄し、排尿させ、食事を摂取させられた——見舞い客が何人も部屋に入ってきて、立って喋っていた。とうとう、彼のかたわらに、フェイがあらわれた。

妻は青いコートに厚手のスカートとレオタードを着て、先の尖ったイタリア製の靴を履いていた。顔は黄ばんで血の気がない。早朝はいつもそんな顔だ。瞳と髪まで黄ばんでいた。頭部が前後によじれたみたいに、首筋に皺が寄っていた。小脇に大きな革のハンドバッグを抱えている。ベッドに近づくと、革の匂いが鼻孔を刺した。

妻の顔を見るや、彼は嗚咽《おえつ》を漏らしはじめた。瞼から溢れた温かな涙が頬をつたう。フェイがハンドバッグから、クリネックスを取りだした。バッグの中身が床にこぼれる。上体を屈めて、荒々しく彼の顔を拭った。ひりつくほどこすりつける。

「おれは病気だ」と彼女に言う。手を伸ばして、妻を撫でたくなった。

フェイが言った。「娘たちが、あんたのために灰皿を捏ねてくれたよ。だから窯で焼いてあげたわ」彼女の声も、彼とおなじくかすれていた。またタバコを吸い過ぎてるみたいだ。いつものようにゴホンと咳払いしようとしなかった。「なにか持ってこようか？　歯ブラシとかパジャマとか？　あんたに聞くまでは勝手にできなかったから。あんた宛の郵便物を持ってきたわ」彼の胸のうえ、右手のそばに手紙の束を置いた。「みんなから手紙が届いてる。ワシントンDCの叔母さんまで書いてきた。うちの犬は元気よ。馬も元気よ。子どもたちはあんたがいなくて寂しがってるわ。でも、怖がったりは全然してない。羊が一頭迷子になったから、しようがなくトム・シブリーに頼んで、ピックアップ・トラックで捕まえてもらったわ」彼の様子をうかがいながら首を回していた。

「工場はどうだ？」

「社員一同、よろしくですって。順調ってことよ」

もうしばらく経ち、翌週かそこらになれば、半身を起こして、曲げたガラス製ストローからミルクを吸い飲みしても構わないほど、容体がよくなるとされた。彼は枕で上体を支え、陽光を浴びる。病院は彼を車椅子に乗せ、押してまわった。体を起こしたり、寝かせたり。いろいろな人、彼の肉親、工場の人たち、友人、フェイと子どもたち、地域の人たちが、見舞いに来た。

ある日、サンルームに横たわり、二重窓を透《とお》して日向ぼっこをしていると、ネイサン・アンテールとグウェン・アンテールの夫婦が、アフターシェーブの乳液壜を持って、見舞いにあらわれた。彼は壜のラベルに目をやる。英国製の舶来品だ。

「ありがとう」と礼を言った。

「ほかになにか持ってきましょうか？」とナット・アンテールが尋ねた。

「べつに」と言ってから、「そうだな、クロニクル日曜版のバックナンバーでも持ってきてもらうか」

「オーケー」とナットが言った。

「あそこは荒れ放題かな？　わが家のことだが」

「ローター芝刈り機で、雑草を刈っとく必要がありますね」とナットが言う。「それくらいかな」

グウェンが口添えした。「ナットは、草刈りをして欲しいのかどうかと尋ねてるんです」

「ローター芝刈り機ならフェイでも扱えるだろう」と彼はこたえた。しばらく考えていた。雑草のこと、無鉛ガソリンのガロン瓶、そしてあのローター芝刈り機を最後に起動してから、どれだけ経ったかといったことを。「気化器(149)は女房の手に余るな」と彼は言った。「たぶん、あんたに起動してもらえるとありがたい。しばらく使ってねえと、適当な混合気にするのが難しいからな」

「お医者さんたちは、あなたの容体が良好だとおっしゃってます」とグウェンが言った。

「もうしばらく入院しなくちゃならないけど、やがて全快して、それで退院だと」

「オーケー」と彼が言った。

「病院はあなたの体力を回復させようとしているんです」とグウェンは言った。「それほど長くはかかりません。ほんとにここはいい病院ですから。ここカリフォルニア大学付属病院[150]は、すごく評判のいいところで」

彼はうなずいた。

「サンフランシスコでも、ここらあたりは冷えこみますね」とナットが言った。「霧が出ます。でもポイント・レイズほど風は強くない」

彼が聞き返した。「おれがこんな状態でも、フェイは持ちこたえられそうかい？」

「奥様はすごくしっかりしてます」とグウェンが言った。

「とても強い女性ですね」とナットも言う。

「ポイント・レイズからここまでのドライブは、かなり骨です」とグウェンが言った。「とりわけ、子ども連れで車を走らせるのは」

「そりゃそうだな」と彼も言った。「おおよそ八十マイルの走行距離になる」

ナットが言った。「奥様は毎日、通っていらした」

彼はうなずく。

「あなたに会えないとわかっている日でも」とグウェンが言う。「後ろの席に子どもたちを乗せて、せっせと車を走らせてますわ」

「わが家はどうなってるんだ？」と彼が聞いた。「あんなでかい屋敷、女房にうまく切り盛りできるかな？」

グウェンが言った。「私に言っていました。あんな大きな家だと、夜ひとりぼっちでは、ちょっと不安なんですって。何度か悪夢に魘《うな》されたそうです。でも、身辺に犬をはべらせ、子どもたちも彼女の寝室でいっしょに寝るようにしたんですって。最初はドアというドアに鍵をかけ始めたんだけど、アンドリューズ博士に諭されたそうです。いったんそんなことを始めたら、きりがなくなるって。だから、なんとか恐怖を忘れるようにしたんです。いまはどのドアにも鍵はかかっていません。ぜんぶ鍵をかけないことにしたんです」

彼は言った。「あの家に入るドアは十カ所ある」

「十カ所」とグウェンが驚いた。「そんなにあるんですか」

「リビングルームに三カ所だろ」とチャーリーが数えだす。「家族部屋に一カ所。女房の寝室に三カ所ある。それで計七カ所だ。子ども部屋に二カ所。それで九カ所だろ。てことは、十カ所以上だな。廊下にも二カ所、家の両側についてるからな」

「それだと十一カ所になります」とグウェンが言った。

「家事部屋に一カ所」とチャーリーが言った。

「十二カ所」

「書斎にはないな」とチャーリーが言った。「たぶん十二カ所だろうな。すくなくとも十二カ所だ。つねに一カ所は熱を逃がすために、ドアを空けっぱなしにしてるが」

「フェイのお兄さんが、ずいぶんと手伝ってましたわ」とグウェンが言った。「買いものからお掃除まで、奥様に代わって彼がぜんぶやってました。彼女の使いっ走りまで、ありとあらゆることを」

「そうだった」とチャーリーが言った。「兄貴のこと、すっかり忘れてたな。何が起ころうと、彼がいることはいるんだっけ」彼の脳裏に浮かんでいたのは、フェイと子どもたちがぽつんとあそこに孤立していて、女子どもしかあの屋敷に住んでおらず、大の男が不在ということだった。アンテール夫妻も彼のことは見過ごしていた。だれひとり、それは家に男がひとりいるのと同じだとは考えていなかったし、あきらかにフェイも同じように感じていた。けれども、とにかくジャックが雑用をこなしてくれるおかげで、彼女は家まわりの苦労や心配事の重荷を免れていられるのだ。

「あんたら、女房がこぼすのを聞いただろうが、家計のやりくりだって、なんの問題もないだろ?」と彼が聞いた。「あるわけがない。女房には夫婦共同名義の口座があるからな。おれは保険にも入ってる。そろそろ保険金がおりるはずだ」

「家計の問題はあったにしても彼女、何もおっしゃってませんでした」とグウェンが言う。

「おカネはありそうでしたよ」

「奥様はいつも、メイフェア・マーケットで小切手を換金してました」とナットが言って笑みを浮かべた。

「それでなんとか出費を賄っているんだろう」とチャーリーが言った。

「ええ、うまく切り抜けているみたいです」とナットが言う。

「請求書も忘れずに処理しといてくれるといいがな」とチャーリー。

グウェンが言った。「請求書をぜんぶ収める箱がひとつあって、書斎の机のうえに置いてあるのを見かけました。奥様はそれを調べていて、どれから支払うべきか、決めようとしていましたよ」

「いつもはおれがやってるんだ」とチャーリーが言った。「女房に言っといてくれ。公共料金から払えとな。それがルールだ。いつも最初に支払ってるからな」

「ええ、だいじょうぶです。そうなんでしょう?」とナットが言った。「奥様はツケを全額支払うだけの余裕はあるんじゃないですか?」

「たぶんな」とチャーリーが言った。「このしょうもねえ入院費で、途方もなくボッタクられねえかぎりはな」

「奥様はいつでも銀行から借りられますし」とグウェンが言った。

「ああ」とチャーリーが言った。「でも、そんな余計なことはしなくていい。うちにはたんと資産がある。女房が暴走しなければだが」

「奥様はかなりしたたかな人ですよ」とナットが言った。「とにかく、常にそういう印象を与える人です。やはりしたたかなんだと思いますよ」

「そうさな」とチャーリーが言った。「修羅場には強いんだ。いざとなれば最強の胆力を発揮する。いつか、ヨットでふたり、トマレス湾に出たんだが、水を汲みだせなくなってな。

ポンプが故障したんだ。どんどん浸水してくる。女房が舵をとり、おれが手で水を掻きだして窮地を脱したんだ。彼女はびくともしなかった。でも、ほんとうは船が沈んでもおかしくなかったのさ」

「そのお話、うかがったことありますわ」とグウェンが言ってうなずいた。

「あいつはいつだって、だれかに手伝わせる」とチャーリーが言った。「路上で車が故障すれば、いつも通りすがりのだれかを呼びとめるんだ」

「女性はたいがいそんなものです」とナットが言った。「そうせざるをえない。タイヤ交換を女性にさせるのは、ほとんど不可能ですから」

「タイヤを交換するなんて、あいつ、はなからその気がないのさ」とチャーリーが言った。「手あたり次第にだれか拾って、代わりにタイヤを換えてもらうんだ。あいつがじぶんでタイヤを換えると思うかい？　冗談だろ？」

ナットが言った。「奥様は確かに運転が上手ですよ」

「ああ、いいドライバーだよな」と彼は言った。「車を走らすのが好きなんだ」そして付け加えた。「あいつは、好きなことはなんでも上手だよ。だがな、好きでないことになると、じぶんでは手を出さない。だれかにやらせるのさ。あいつがしたくないことを泣く泣くしている姿なんて、おれは見たことがない。それがあいつの哲学なんだ。あんたもそれは心得ておくべきだよ。いつだって女房と哲学談義を戦わせているからな」

「ここまで奥様の車に乗せてもらいましたが」とグウェンが口を挟んだ。「ちっとも楽しいことなんかありませんでした」

「そりゃあいつが運転したんだろうけど」とチャーリーが言った。「女房がこれまで何をしようとしなかったか、これから何をしようとしないか、あんたらに分かるかい？　じぶんの身代わりにだれを据えようかと考えてるのさ。どいつもこいつも、じぶんの代役でなにかをしてくれる人でしかないのさ」

「あら、私、そんなことを申し上げるつもりでは」とグウェンが言った。

「おれの女房の話はもう勘弁してくれ」と彼は言った。「分かってるんだ。結婚してもう七年も経つからな。この世のだれもが、あいつは召使のつもりでな。他人はみんなそうさ、召使なんだよ。おれも召使、あいつの兄貴も召使なんだ。あんたらも、いずれ彼女に仕えて傅《かしず》く羽目になる。あいつはでんと鎮座して、あんたらを顎で使うのさ」

医師が入ってきた。そろそろお引き取り願わないと、とアンテール夫妻に告げた。いや、看護婦だったかもしれない。彼の目には、白い人影が近づくのが見えた。なにやら喋っていた。それから、アンテール夫妻が慌《ぎょうが》ただしく、さよならを告げて立ち去った。

ひとりになって、彼はベッドに仰臥したまま、考えこんだ。

それから数日間、何度かフェイが見舞いにきた。子どもたちや、ジャック、それに友だちが、いたりいなかったりだ。

アンテール夫妻の次回の訪問は、ナットひとりだった。彼の説明では、グウェンはサンフランシスコの歯科医に行かなければならない用事があり、カリフォルニア大学病院には彼だけ行かせることにしたという。

「この病院はどこにあるんだ?」とチャーリーが聞いた。「ここはサンフランシスコのどのあたりだい?」

ナットが言った。「パルナッサスのあたり、四番アヴェニューです。太平洋岸に近いですね。高台にあって、ゴールデンゲート・パークの突出部を見渡せます[151]。ここらを歩きまわると、坂道がきついですね」

「なるほど」とチャーリーが言った。「家並みが見えるんだが、市内のどこらへんか、見当がつかなくてな。サンフランシスコはよく知らんのだ。おれが見た緑地、あれは公園にちがいない」

「公園のはじまりです」とナットが言った。

しばらくしてチャーリーが言った。「なあ、女房はあんたをいろいろこき使い始めたか?」

慎重にナットはこたえた。「おっしゃる意味がよく分かりません。グウェンも僕もできることならなんでも喜んでさせていただきますよ。奥様のためだけじゃなく、あなたのためにも、あなたがたおふたり、ご家族のためにもね」

「うちの女房があんたにあれこれ指図しても、言いなりになるなよ」と彼が言った。

ナットが言った。「頼みごとを聞いてあげるのはあたりまえです。とにかく、ある程度は手を貸して当然でしょう。もちろん、限度はあります。僕らふたりとも、グウェンと僕は奥様のことなら分かってます。ジャジャ馬ですよね。歯に衣着せず、本音をぶつけるかただ」

「性根が駄々っ子みたいなんだ」と彼が言う。「欲しいものがあると、しゃにむに追いかける。人にノーと言わせない」

ナットは返事をしなかった。

「あんたには面倒な話かい？」とチャーリーが言った。「おれがこんなこと言って？　まったくなあ。あんたが女房の使いっ走りになり下がり、ちょこまかするのなんか、おれは見たくないんだよ。あいつに自尊心を奪われてるあんたなんて、目も当てられねえや。男ってもんは、女のお先棒をかつぐようになっちゃいけない」

「わかりました」とナットが声を落とした。

「こんなことであんたを煩わせて悪いな」とチャーリーが言う。

「いえ、だいじょうぶです」

「ちょっとあんたに警告しときたいだけさ。女房は人をわくわくさせる女でな、みんな、あいつに魅せられる。おれは女房のことを腐すつもりはないよ。愛してるからな。もし結婚しなくちゃならんのなら、またあいつと結婚するさ」いや、と彼は内心思った。できれば、あいつをぶっ殺したい。このベッドから出ることができたら、あいつを殺してやる。彼は声を荒らげた。「くそったれ女め」

「もういいです」病人の長広舌を止めようと、ナットが言った。

「いや」と彼がつづける。「よかない。あの牝犬め。欲の皮のつっぱった莫連女《あばずれ》だ。おれを食いものにしやがった。うちに帰ったら、あのアマ、八つ裂きにしてやる。ふん、あんただって、あいつに最初は反感を覚えたんだろ。聞いたぞ。あんた、ベティー・ハインツに言ったんだってな。フェイがどこの何さまかと思うような口やかましい女で、じぶんは好きになれないって」

「僕がメアリー・ウッデンに申しあげたのは、奥様はとても一本気なので、付きあいかたが難しいってことでした」とナットが言った。「それから、態度が偉ぶってるとも言いました。そこは僕ら、謝って仲直りしたんです」

「ああ」とチャーリーが言った。「女房はむくれてたよ。急所を突かれて耐えられないんだろ」

「奥様と交際させていただき、僕らはなんの支障もきたしてません。奥様とはとても公平な関係でしたからね。僕らはそれほど親密じゃないですけど、お仲間になれて嬉しい。お子さんたちもあの家も、僕らは楽しんでいます――あちらにお伺いするのが楽しみで」

チャーリーは黙したままだった。

「あなたのおっしゃること、ある程度は分かります」ナットはすぐ取り繕った。

「とにかく、そんなことはどうでもいい」とチャーリーが言った。「なぜかというと、ここから出たら、おれはあいつをぶっ殺すつもりだからさ。だれに知られようと構うこっちゃない。チザム保安官に知られたっていい。女房が宣誓して告訴し、おれの逮捕状を請求したって構わん。一度、おれが女房を殴ったこと、あいつが言ってただろ?」

ナットがうなずく。

「妻に対する傷害罪の容疑で、女房はおれの逮捕状を請求できるんだ」と彼は言った。「おれにとっちゃおなじことだ。あいつはどうせ一時間二十ドルもふんだくる精神分析医に法廷で証言してもらい、なにもかもおれの被害妄想に仕立てるだろうさ。ただ女房に敵意を燃やすばかりで、それも高尚な趣味を持ち、洗練されている妻への僻《ひが》みからだってことにするんだろ。知ったことか。なにがどうなろうとクソっくらえだ。子どものことだって構うもんか。二度と娘のどっちにも会えなくたっていい。どうせおれはあの家に帰れない。それは請け合ってもいい。たぶん、あの子たちには会える。女房が連れてくるからな」

「ええ」とナットが言った。「奥様は定期的に、お子さん同伴でお見舞いに来てますから」

「おれは二度とこの病院から出られない」とチャーリーが言う。「わかってるんだ」

「きっと出られますよ」

「女房に言っとけ。おれは分かってるんだって」と彼が言った。「だから、ケツをまくるのさ。言っとけよ。どうせおなじことだって。どうなったってクソくらえさ。あいつはあの家が手に入る。だれとでも好きな男と再婚できる。やりたいことがなんでもかなう」

「しばらくしたら気分がよくなりますよ」とナットは言って、病人の腕を軽くたたく。

「いや」と彼は言った。「よくならねえ」

9

その晩、ネイサン・アンテールは、寝室が一つしかない自宅のキッチンテーブルに座り、勉強に余念がなかった。リビングルームとの間仕切りドアを閉じていたのは、グウェンがテレビで『プレイハウス90』[152]を視ていて、その雑音を遮断するためだった。オーブンを開け放って、その熱気でキッチンの暖房にしていた。手もとにはすぐ啜れるようコーヒーカップが置いてあったが、一心不乱に勉強していたから、コーヒーはとうに冷めていた。

グウェンがドアを開けて、キッチンに入ってきた。彼はぼんやり気配を察した。「なんだい？」ついにそう言ってボールペンを下に置いた。

グウェンが言う。「フェイ・ヒュームから電話よ」

電話が鳴っていたのに、彼は気づきもしなかった。「なんの用？」と聞き返す。この前、彼女に会ったとき、今週はずっと勉強で忙しい、とわざわざ断っておいたはずだ。試験があるからで、サンラファエル公立図書館[153]で行われる筆記試験だった。

「彼女、銀行から通知をもらったんだけど、小切手帳の控えと帳尻が合わないんですって」とグウェン。

「で、僕らのどちらかに来てもらって、手伝ってほしいってわけかい」

「ええ」とグウェンが言った。

「無理だと言ってくれ」

「私が行くわ」とグウェンが言った。「あなたはいま勉強中って言ったんだけど」

「彼女だって百も承知さ」ペンを取りあげて、また抜き書きをはじめた。

「ええ」とグウェンが言った。「あなたがそう口にしていたって、彼女も言ってる。たぶん、私なら行けると思ってるのよ。彼女はあの手のことができないの――知ってるでしょ、おカネの勘定はからっきしだもの」

「彼女のお兄さんはできないの？」

「昼行灯《ひるあんどん》よ」

「きみが行ってやってくれ」と彼は言った。でも、自分の妻に無理なのは分かっていた。小切手帳の帳合《ちょうあい》なんて、グウェンだってフェイ・ヒュームと五十歩百歩だろう。いや、おそらくもっと役に立たないかもしれない。「頼む」と彼は言ったが、苛立ちを隠せなかった。

「僕が無理なのはわかってるだろ」

ためらいながらグウェンが言う。「彼女は車を飛ばして、あなたを迎えにこようかと言ってるの。私もほんとうは、あなたが行くべきだと思うわ……ほんの半時間もあれば片付くことでしょう――あなたもそれは分かってる。彼女、あなたにステーキ・サンドイッチをこしらえるって約束してるわ。お願い。あなたが行くべきだと思う」

「どうして?」

グウェンが言った。「あのね、彼女、毎晩、あの家でひとりぼっちなのよ。神経が高ぶってるんだわ。病院でも、ご主人にどれだけ神経を尖らせてるか、あなたもご存じでしょ。おそらく誰かに来てもらって、話相手を務めてもらうための、ただの口実よ。ほんとうは人恋しいのよ。いまでは、週三回もあの分析医のところに通ってるんですって。あなた、知ってた?」

「知ってるよ」と言いながら、彼はペンを走らせつづけた。それでも、グウェンは部屋から出ていかない。「電話はまだ話し中なのかい?」と問い返した。「彼女、まだ待ってるの?」

「ええ」とグウェンが言った。

「オーケー」と彼。「彼女が車で送り迎えしてくれるんなら」

「もちろん、そうしてくれるわ」とグウェンが言った。「彼女、とっても喜ぶわよ。ほんの十五分で済むことだって。あなた、数学は得意だから」部屋から出ていった。リビングルームでフェイ・ヒュームにこたえる妻の声が聞こえた。主人は喜んでお手伝いさせていただくと申しております、と。

彼は考えていた。もし人恋しくて、だれかを呼びよせる口実にすぎないのなら、どうしてグウェンじゃいけないんだ? だって、と彼は思いさだめた。人が恋しいとしても——ある意味ではそっちのほうが口実で——だれかに小切手帳の帳合もしてほしいんだ。一挙両得。

一石二鳥とは虫がいい。

ペンを置いて、クローゼットにコートを取りに行った。

「あなた、嫌々行くんじゃない？」とグウェンが言った。彼は玄関のドアのそばに立って、曲がり角にフェイのビュイックのヘッドライトが閃くのを待っていた。

「僕は忙しい」

「でも、ときどきは、忙しくたって構わず、勉強を中断して面倒をみてるわ」

「ちがうよ」と彼は繰り返した。「ちょっとかかわっただけさ。ほんとは人に邪魔されたくないんだ」でも、彼女の言うことはただしい。言外の含みがあった。

ビュイックのクラクションが鳴って、彼は家からポーチに出た。彼が玄関のステップを下りはじめると、フェイが車から身を乗りだして呼んだ。

「なんていとしい人――あんたが勉強中と知ってたんだけど。でも、ほんのチョイの間よ」

彼のためにドアを開けてくれたので、彼は車に乗って助手席に腰をおろした。エンジンをスタートさせながら、彼女は喋りつづける。「ほんとは、じぶんでやれると思ったんだけど。問題の小切手が一枚あって――どうやら控えにマークを付けるのを忘れてたのよ。ペタルーマのピュリティー・マーケットで振り出した百ドルの小切手なんだけど」

「そうですか」と彼が言った。とりたててお喋りしたい気分ではない。窓の外を暗色の木立や茂みが飛びすさっていくのを眺めていた。彼女の運転は巧みだった。カーブをすいすい縫っていく。

「まだお勉強のこと、考えているのね?」

「多少はね」

「できるだけ早くあんたを返してあげる」と彼女が言った。「誓うわ。あんたにそうお手間は取らせない。電話をかけるのも、長いあいだためらってたのよ——事実、ほとんど電話をとりやめるところだった。お勉強中に邪魔をするなんて嫌だもの」グウェンにはひとことも触れない。それに彼は気づいた。まちがいなく、グウェンなんて埒外だと、とうから思っているんだ。

彼は思った。こんなことすべきじゃない。

ある日の午後、彼女の家に立ち寄ると、彼は偶々《たまたま》リビングルームのコーヒーテーブルの上に、封を切った請求書が載っているのに気づいた。請求書はサンラファエルの衣料品店からで、子どもたちの服の代金だった。その合計額は、なんと彼とグウェンが一カ月に支払う請求書をそっくり晦えた。しかもこれはほんの一端、娘たちの服代にすぎない。

彼のパートタイム勤務の収入と、サンアンセルモで週に二日勤務というグウェンの収入を足し合わせても、稼ぎはせいぜい月二百ドル。二人で口に糊《のり》するのがやっとで、一銭たりとも余裕のないかつかつの金額だ。ヒューム家にとっては、二百ドルなんて屁でもない額なのだ。フェイが精神分析医に支払う診療代が、しばしば月間でそれを凌駕していることを彼は知っていた。そしてあの家の暖房費——公共料金でさえも法外だ、と彼は思った。あの公共料金ひとつで、僕らは悠々暮らしが立つ。しかも、その彼女が僕に、今月の小切手帳の控えを検分してほしいと言っているんだ。僕は小切手を一枚一枚洗い直さなくちゃならない。あの家計のすべて、浪費のすべて。彼らには無用の品々を。

ある晩、彼とグウェンがヒュームの家でディナーをふるまわれたとき、フェイがTボーン・ステーキを飼い犬にくれてやるのを、彼は立って眺めていた。ほかの肉といっしょに解凍したのだが、サイズがバーベキューの窯の網に合わなかっただけで、犬の餌になってしまった。彼はじぶんの感情をつとめて隠そうとしながら、彼女に聞いてみた。調理もせず、食べもしないステーキは、そのまま冷蔵庫にもどして、翌日あたりに食べればいいのに、なぜそうしないんですか。フェイはあっけにとられて言った。

「あたし、食べ残しって我慢できないの。カップの底にちょっと残ってる滓なんて大嫌いよ。ディナーの食べ残しはいつも犬にあげちゃうの。犬が食べないなら生ゴミだわね」

彼女が牡蠣の燻製やアーティチョークの芯を焼却炉に放りこむのを、彼は目撃していた。どっちも犬がそっぽを向いたからだ。

いま彼は大きな声で彼女に言っていた。「奥様が振り出した小切手の一枚一枚に、控えを取っておくべきなんです。なにがなんでも」

「あら、わかってるわよ」と彼女が言った。「ときどき銀行の残高より二、三百ドル使い過ぎちゃうだけよ。でも、銀行はいつもあたしの小切手を通してくれる。突っ返されたことなんてないわ。銀行は知ってるのよ。あたしが信用できるって。ええ、もし小切手を突っ返されたら、二度と口をきいてあげませんからね。銀行でわいわい大騒ぎして、グーの音も出ないようにしてやる」

「残高がないなら」と彼は言った。「銀行は小切手を送り返さなければならないんです」

「どうして？」と彼女が聞いた。

「信用できないから」と彼が言った。

「あら、信用できるってば」と彼女が言った。「あなた、知らないの。どういう意味、信用できないって？　あたしが信用できる女だと思ってないの？」

お手上げだった。沈黙に舞いもどる。

「なんで黙ってるの？」と彼女。

「銀行は奥様だから小切手を通したんです。僕が残高不足だったら、通してくれません。小切手を送り返してきます」

「あんた、なぜだか知ってる？」とフェイが言った。

「なぜです？」

彼女が言った。「銀行では、あんたなんか名もない裸虫《おけら》だからよ」

彼は向き直って、彼女の横顔をまじまじと見つめた。が、その顔にはなんの悪意もない。ただ、前方の道路に気をつけて、目を光らせているだけだった。「そうですか」と彼は渾身の皮肉を放った。「それって、しがない人間が支払うべき対価なんですね。この地域社会では、大物じゃないってことの代償なんだ」

「あなた、知ってるの？　あたしがこの地域社会にどれだけ貢献してきたか」とフェイが言った。「あたしはね、ほかのだれよりもこの地域のために奔走してきたのよ。ここの小学校の校長のクビをすげかえようとしたときだって、あたしがサンラファエルに行って、うちの弁護士をつかまえ、おカネを払って法律を見てもらったのよ。どうしてミスター・パースが、理事会の意志に反して、校長の椅子に座っていられるのよ。あたしたち、六つか七つは追い出す手を見つけたわ」

「それはなによりでした」と彼。

「きっとあんたも納得するわよ」とフェイが言った。「それにあたし、街灯を設置してくれって陳情して、請願書を回覧させたわ。あたしたちがここに引っ越してきたとき、ドレイクス・ランディングには、ひとつの街灯もなかったわ。正式な地方自治体じゃなかったし。古い消防署を取り壊して新築するのだって、猛烈に働きかけたのよ」

「それはご立派なことで」

「なぜ、そういう言いかたをするの？」ちらっと鋭い視線を投げた。

彼が言う。「奥様はじっさい、がむしゃらにこの地域をつくり直してきたんですね」

「癪に障ったみたいな言いかただわ」

「癪に障るのは、奥様がいろんなことを手柄にしすぎてるからです」

そう言われて、彼女は押し黙った。たじろいだかに見えた。が、いきなりビュイックのハンドルを切り、屋敷に通じる糸杉の並ぶ車道に突っこむと、こう言った。「いいこと、あんたはうちに来なくてもよかったのよ。あたしのこと、どう思ってるか分かったわ。どうせ無神経で、恩着せがましくて、他人の暮らしには無関心な女と思ってるんだわ。でも、この界隈じゃだれよりも、あたしは他人の暮らしに貢献してるのよ。あんたなんか、ここに引っ越してきてから、地域のためになにをしたっていうの？」口ぶりは冷静そのものだったが、気が動顛《どうてん》していると知れた。「どうなのよ？」と彼女が詰めよる。

彼が言っていたとおりだ、とナットは思った。

じゃあ、どうして僕はここにいる？　彼女の正体は駄々っ子で、チャーリーの女房評はあたっている。すくなくとも、ある程度までは。彼女の正体は駄々っ子で、いわば厚かましいんだ。

僕は彼女にノーと言えないのか？　彼は胸に問い返した。

「家に帰りたいんでしょ？」とフェイが言った。車を停めると、オートマチックの変速レバーをバックに入れた。タイヤが軋り、尻から車道の外に出すと、乱暴に車体を振って向きを変え、路面に到達した。車の先端が飛びだして、支柱に載ったメールボックスに、あわや数インチに迫る。木と金属がぶつかる音がするかと、彼は反射的に身を硬くした。

「車で送り返してあげるわよ」と彼女は言って、ギアを前進にシフトさせ、来た道を引き返しはじめた。「あんたがしたくないこと、あたしだって、してもらうつもりはないわ。どっちか決めるのはあんたよ」

むずかる幼児をあやすような気分になって彼は言った。「請求書のお手伝いくらい、どうってことありませんが」

すると、驚いたことに、彼女がこう言ったのだ。「請求書の手伝いをしてくれなんて、一言もあんたに頼んだ覚えはないわ。請求書なんかうんざり」甲高い声になる。「なんであたしが請求書の面倒を？　知ったことかい。払うのはあいつの役目だよ。たまんないねえ、クソ請求書めが。あんたに来てほしかったのは、寂しいからなんだよ。忌々しい――」声が嗄《しやが》れてきた。「チャーリーはもう一ヵ月以上も入院してるしさ。あたしは悶々として家で喞《かこ》ち顔だろ。いまにも気が変になりそうだわ。ガキといっしょだと阿呆になっちまう！　おまけにあの薄バカの、ろくでなしの兄貴もいてさ。あいつはオカマなのよ」

あまりの乱心、憔悴、憤慨の奔流に、かえって彼は可笑しくなった。彼女の執拗にわめきちらす激語……それは彼女の外見、すらりとして華奢《きやしや》で、ほとんど未成熟な肢体にそぐわない。ついに彼女は咳きこみはじめた。胸深く吠えるような咳。横に座った男がいきなり荒い咳に見舞われたようだ。それは男の咳だった。

「一日三箱もL&M⒁を吸ってたのよ」と彼女が打ち明けた。「ああ、やだ。これまでの人生で、こんなにタバコを吸ったことなんてないよ！　肥れないのも道理だわ。まったく」そう言ってから、ふと茫然として「あの田舎もんの精神分析医に、あたし、なんで月三百ドルも払ってるんだろう？　あの藪めが……」

「落ち着いて」と彼が諭した。「お宅に車をもどしてください。請求書を片づけて、それからお酒かコーヒーでも一杯飲みましょう。僕は勉強しにもどらなくちゃなりませんから」

「どうしてあんたは本を持ってこなかったの？　このドジ」と彼女が食ってかかる。

「仕事をしにうかがうつもりだったからです」

「ふん」と彼女が言った。「おめでたいねえ。あたしの一生で、こんな滑稽な話、聞いたことないわ。なんてこと」すっかりめげたような顔をした。「とんだ厄介の種を撒いちゃったよ。あんたが一九二六年型の古めかしい奥さんを連れださないよう、口実をでっちあげてやったってのにねえ。奥さんのこと持ち出して、あんた、気に障らない？」車の速度を落とし、片手で運転しながら、彼のほうに顔を向けて言う。「わかるよね。はじめて目をつけて以来、あんたってあたしをたまらなくソソるんだ。あんたもそうじゃない？　ねえ、何度も何度もあんたに言っただろ。覚えてる？　あたし、あの晩、あんたとレスリングしたがったでしょ。なんのために、レスリングしたがったと思ってんのよ？　あんたの奥さん、きっとピンと来たわよ。なのに、まったくあんたときたら、あたしを床に投げ飛ばして、さっさと歩き去っちゃうなんて。あたしは置き去りよ。そのあと一週間も、お臀に青と黒の痣が残ってたわ、あんた分かってるの？」

彼は無言だった。頭がくらくらする。

「あ〜あ」今度はずっと抑制した声で、彼女が言いだした。「あたし、男にこんなに惚れたことってないの。あんたがた二人に魅せられたんだわ。大きな古い茶のセーターを着たあんたら……どこであのセーターを買ったの？」間を置かずに聞く。「なんで自転車なんかに乗ってるのよ？　子どものころ、自転車に乗ったことないの？　家族が自転車を買ってくれなかったの？」

彼は言った。「大人が自転車に乗っても、べつにおかしくないですよ」

「いつか、あたしも乗れるようになるかな？」

「ええ」と彼が言った。「もちろん、乗れますよ」

「難しい？」

彼が聞いた。「自転車に乗ったことがないんですか」

「うん」と彼女。

「僕のはギアシフトがあって」と彼は言った。「英国製なんです」

もう彼の説明など聞かずに、そっちのけらしい。うわの空で運転している。顔つきがこわばっていた。「いいこと」しばらくして彼女が言った。「あんた、どうせ家に帰ったら、奥さんのもとに馳せ参じて、あたしがあんたを誘惑したって告げ口するんだろ」

彼が言った。「あなたは僕を誘惑してるんですか？」

「ちがうさ」と彼女が言った。「もちろん、ちがうってば。あんたがあたしを誘惑したんだよ。覚えてないの？」絶対の確信を持ってそう言った。「それがウチに来た理由じゃないか？　やだねえ、だから、あんたをあえてウチに入れなかったんだよ。だから、こうして車で送り返してるんだろ」車はほとんど彼の家に着きかけていた。突然、彼は悟った。彼女は本気で僕を放りだすつもりだ。「もうあんたなんか、ウチに入れてやるもんか」と彼女が告げた。「奥さんを同伴しないならお断りよ。ウチに来たいんなら、女房を連れてきな」

怒りに駆られて彼は大声を発した。「あなたは狂ってる。ほんとに邪悪だ」

「なんですって？」と言って彼女がたじろいだ。

「口からどんなでまかせを言っても、知ったことじゃないんですか？」

その一言でぎゃふんとなったらしい。「あたしをいじめないで」と言った。「いじめっ子になっちゃいや。なんであたしをいじめるの？」その口調は、いたいけな子どもが、めそめそしながら、じぶんを憐れむ素振りを思わせた。たぶん、計算ずくで、子どもの口真似をしてるんだ。彼はそういう効果を直感で悟った。これは揶揄《やゆ》かつ剽窃《ひょうせつ》なのだ。彼女はこの手を使って同時に揶揄しながら、僕がどう反応するかをうかがっている。

「あなたはほんとにジャジャ馬だと思うな」と彼は言った。本気でそう思った。ころころ豹変するむらっ気で、彼の気をソソるのだ。彼女が次にどっちに跳ぶか、彼はまるきり予測できなかった。無限にエネルギーが横溢しているかに思えた。ひた走りに走って、彼女は疲れを知らない。

「あんた、あたしの言うこと、真剣に聞いてないのね」と彼女が言った。それから、にっとほほ笑みかける。機械仕掛けのような、よそよそしい笑みだった。「ま、あたしを手伝おうとしてくださって、ひとことお礼を申しあげるわ」彼の家に着いて彼女は車を停めた。どうやらかなり立腹しているようで、冷ややかに言い放つ。「あたし、ほんとにあんたにカンカンなんだからね。この仕打ちは金輪際許さないよ。尻尾を巻いてお帰り」身を倒して車のドアをつかんだ。「あばよ」

「ではまた！」と言って、彼は足を踏みだした。

ばたんとドアが閉まる。車は轟音をたてて走り去った。茫然として彼は、家のポーチへステップをあがりだした。

翌日、彼はフェイに電話した。家からではない。勤め先の不動産屋のオフィスからだ。「やあ、フェイ」と彼。「忙しくて、つかまらないかと思ったよ」

「べつに」と彼女が言った。「忙しくないけど」電話を通して聞く彼女の声は、か細いが快活だった。大口の電話取引に慣れっこの女と対話しているみたいだ。「そちら、どなた？ あの密告男のネイサン・アンテール？」

彼は考えた。これが三十二歳の女とは。彼は言った。「フェイ、あなたは僕の知るかぎり、最高に口汚い女だよ」

「なにさ、このどんだくれ！」にわかに勢いこんで彼女が言う。「もっとあたしをいじめようかと思って、電話してきたのかい？ そうよ、なんで電話してきたんだ？ ちょっと待ってな」受話器が投げ出され、ドアを閉めにいく音が聞こえた。またもどってくると、耳を聾さんばかりの大声でがなった。「ここに座ってあたし、考えていたんだよ。昨夜、起きたことをね。どうやらあたし、男の心理が分かってないんだ。あんたに何がとり憑いたんだい？ ついでに言えば、あたしに何がとり憑いたんだろう？」

きょうの彼女はあっけらかんとしていて、何を言っても馬耳東風だった。彼女にしては、比較的ご機嫌のいい日らしい。「今夜、ちょっと立ち寄っちゃいけませんか？」と彼は言った。じぶんが緊張しているのを感じる。「ほんのちょっとですが」

「オーライ」と彼女が言った。「車で迎えにきてほしいのかい？」

「いや、結構」と彼は言った。彼には古いスチュードベーカーがあった。ミル・ヴァレーまで仕事に行く際につかう車だ。

「奥さんは連れてこないだろうね。なんて名だっけ？　どうでもいいけど、ふん、とにかくなんて名だったか、度忘れしたよ」

「じゃあ、後刻」と彼は言って電話を切った。

電話の相手がだれかを悟り、電話してきた理由を知った途端、彼女の声は硬直し、やたらと声を張りあげた。彼女はわかってるんだ、と彼は思った。僕らふたりともわかってる。なにを僕らはわかってるんだろう？

彼は考えた。なにかが起きかけている、という自覚だ。僕らはなにかをしようとしている。僕の妻や彼女の夫は、そこには含まれない。

それは何だろう？　彼は自問した。僕のこころの底になにが潜んでるんだ？　僕はどこまで深入りしたいのか？　フェイ・ヒュームはどこまで行きたいんだろう？

たぶん、と彼は思った。僕らはふたりともそれを知らない。

それからまた、彼はじぶんに問いかけた。なんでそんなことをするんだろう。僕にはほんとうに素晴らしい妻がいる、と彼は思った。僕はチャーリーが好きだ。それに、と彼は考えた。フェイは人妻で、二人の子どもがいる母親だ。

じゃあ、なぜ？

僕が欲しているからだ。彼はそう断じた。

その日も遅くなって、北西マリン郡へ帰る車を運転しながら、彼はふと思った。そして彼女も欲しているからだ、と。

10

カリフォルニア大学附属病院は、サンフランシスコ市内のパルナッサス四番アヴェニューにあるんだけど、入院患者のチャーリーをお見舞いするには、午前六時二十分インバネス発のグレイハウンド・バスに乗らなくちゃならない。サンフランシスコ到着は午前八時ちょうどだ。いつもぼくはまずサンフランシスコ公立図書館[155]に立ち寄ると、そこで新刊の雑誌を読み、チャーリーが好きそうな本を漁って調べまわる。彼が心臓発作を起こしたので、循環器系をあれこれ調べては、ノートにカガク的情報を書き写した。で、貸出可能なら、記事が載っている参考書そのものを借りて、彼の病床に持ちこんで読ませるんだ。

図書館の貸出本や技術系の雑誌がいっぱい詰めてあるナップザックを背負って、ぼくが病室に入ってくるのを見ると、ほぼ毎度、彼は声をかけてきた。「よう、イジドア、おれの心臓の最新情報は？」

彼の病状や、いつごろ退院できて家に帰れるかについて、病院スタッフからどうにか聞きだせた情報をぼくは耳打ちする。ぼくの話は些末だったけど、彼は耳寄りと思っていたらしい。ぼくがいなけりゃ、じぶんの病状について、ありふれた決まり文句しか聞けなかったろう。だから、ある意味、彼はぼくに頼っていたんだ。

彼にカガク的情報を提供したあと、ぼくはドレイクス・ランディングの現状報告用にしためたノートを取りだした。

「わが懐かしき家作《かさく》のほうも、最新の情報を聞かせてくれ」とこれまたほぼ毎度、彼はせがんだ。

今度ばかりは特別な場合なので、準備万端、事実をそろえて、そのノートを読みあげた。

「あんたの女房は、ネイサン・アンテールと婚外交渉に入り始めている」

もっと先をつづけたかったが、チャーリーが制した。「なんだと？」と聞き返す。

「この四日間ずっと」ぼくの調べた事実をチェックしてから言った。「ネイサン・アンテールは、じぶんの妻を伴わずに晩にひとりでやって来る。彼とフェイは、二人の間にロマンスが芽生えたと思えるほど、なれなれしく話しこんでいる」

ぼくはこんな告げ口をしてほくそ笑んでいるわけじゃない。でも、留守家族の状況を彼に報告しつづけようと決心したからだ。ぼくは住まいも食事も彼の世話になっているんだもの、お返しにそれをじぶんの仕事にすることにした。ほかの雑用もこなしながら、彼に家庭の様子を明かすのは、ぼくの義務ってわけだ。こいつは入念にやらなくちゃならない。もっぱら正確かつ完璧を期して。

「木曜の夜、二人はマティーニを舐めながら、午前二時までいっしょに過ごしていた」ぼくは彼の耳に吹きこんだ。

「うむ」とすぐ彼が言った。「つづけろ」

「ある時点で——二人はいっしょのソファに座って肩を並べていた。彼は彼女の背に腕をまわし、彼女にキスした。唇に」

チャーリーは黙っていた。でも、明らかに聞いている。で、ぼくもつづけた。

「じっさいのところネイサンは、あんたの妻を愛していると、告白もしていなければ、口にもしていない——」

チャーリーが制した。「おれの知ったことか」

「それってどういう意味？」とぼくは聞いた。「こういう特ダネを聞いても、気にならないってことなの？　それとも——」

彼がまた制した。「このこと全体が、屁でもねえってことだ」長いあいだ、黙りこくっていたが、やっと口をひらく。「今週、わが懐かしき家作では、ほかになにが起きてるんだ？　彼と女房の話はもういい。アヒルのことも教えてくれや」

「アヒルは」とノートに目をやってぼくは言った。「前回の報告以来、計三十個の産卵があった。ペキン種[156]が最多で、ルーアン種[157]が最少だった」

彼はなにも言わなかった。

「ほかに何か知りたいことは？」とぼくが聞いた。「産卵促進剤《エッグ・グロー》の消費量とか？」ぼくは消費した重量と容積の両方を知っていた。

「オーケー」と彼が言った。「そいつを教えてくれ」

痛恨の極みだった。彼の女房とネイサン・アンテールの情事という、すごく機微に触れる話題を持ち出したのに、さっぱり彼の関心をひかなかったのは、ぼくがちゃんと説明できていないからだ。あきらかに、目配りのきいた、納得できる構図を描きだせなかった。彼が家にいたら、すぐこの浮気に反応しただろう。でも、いま彼の手掛かりになるのは、ぼくが口にしたそっけない陳述でしかない。新聞や雑誌なら、読者の感情に訴え、反響を呼びたいと思えば、気をソソる話題に仕立てあげるくらい朝飯前だろう。ぼくは単に起きた事実を時系列で並べがちだけど、そんなヘマはしないんだ。

即座にぼくは、じぶんの体系立った手法の限界を見抜いた。重大なデータを記録する手段としては、これに優る手法はない。でも、他人にデータを伝える手段としてはなんの取り柄もない。いままで、ぼくが重大なデータを記録し保存してきたのは、じぶん一人の私用目的だったけど……いまは他人のために事実を収集している。今回の場合は、カガク教育をほとんど受けていないか、まるきり皆無の男のために収集しているのだ。振りかえってみれば、過去にぼくが目を瞠《みは》った数多《あまた》の事実は、高度にドラマチックな色づけをされた記事、たとえば「アメリカン・ウイークリー」の記事を介して届いたものであり、他の事実もフィクションの形式で書かれていて、たとえばぼくが愛読していた「スリリング・ワンダー」や「アストニッシング」に載っているような物語だったことを思いだした。

どうやらぼくは学ぶべきことが一つ二つあるらしい。悔しさに歯軋りしながら、ぼくは病院をあとにした。ここ数年ではじめて、じぶん自身とじぶんの手法に、ぼくは根本的な懐疑を感じたんだ。

・・・

一両日経った午後、家で独りつくねんとしていたら、ドアベルのチャイムが鳴った。ぼくは衣服の乾燥機から取りだした洗濯物をたたんでいた。テーブルに積みあげた衣服の山を置いて、ドアを開けに行く。たぶん、フェイが町からもどってきて、車からなにかを運んでもらいたいんだろうと思った。

ドアを開けると、面前にひとりの女が立っていた。見知らぬ女だった。

「ハロー」と彼女が挨拶する。

「ハロー」とぼくも応じた。

女はかなり小柄で、やけに大きな黒いポニーテールを下げていたが、ひどくずっしりした髪なので、異邦人にちがいないとぼくは思った。顔もイタリア人みたいに浅黒い。でも鼻梁はアメリカ先住民さながら、つんと骨ばっている。かなりがっしりした顎をしていて、大きな褐色の瞳でぼくを睨みつけていた。その眼差しがあまりに怖くて、穴のあくほどみつめているので、こちらがいたたまれなくなった。ハローと言ったあと、彼女は一言も発しなかったが、微笑を浮かべていた。野蛮人みたいな尖った鋸歯《のこぎりば》で、それがぼくを不安にさせた。男物のような緑のシャツを着て、裾を腰の外にひらつかせ、ショーツ姿で金色のサンダルをつっかけている。肩にハンドバッグを提げ、手にはマニラ紙の封筒、目にはサングラスをかけていた。車寄せを見ると、真っ赤な塗装のフォード製ステーション・ワゴンが停まっている。見ようによっては、はっと息を呑むほど美しい女だが、同時にぼくは気がついた。どこかプロポーションが変テコなのだ。肩幅に比べると、頭がちょっと大きすぎる——ずっしりした黒髪のせいかもしれないが——しかも、胸がいくらか凹んでいて、実際に胸郭が空洞なのか、女らしい胸のふくらみがまるでない。また臀部は肩幅に比べて不釣り合いに小さく、それにつれて脚も尻から先細り、足先も脚から寸詰まりになっている。つまり、彼女は倒立したピラミッドに似ていた。

ふとぼくは思った。この女、年のころは三十代だが、いくらか痩せぎすなので、十四歳の美少女みたいな風貌《ふうぼう》をしている。からだは未成熟で、顔だけ大人びていた。ある時点から発育が止まったんだ。頭でっかちの印象は、あながち錯覚ではない。彼女の顔だけ見れば、うっとりするほど絶世の美女だが、全身をまじまじと見てしまうと、彼女がどこか畸形で、根本的に異常なプロポーションであることを意識するようになる。

その声は耳障りだがハスキーで、ひどく低音だった。瞳とおなじく、有無を言わさぬ強烈な威圧感がある。そして彼女に見つめられると、ぼくは金縛りにかかったように身動きがとれないのに気づいた。以前、ぼくと会ったこともないのに——あの眼差しでひたとみつめられると、人が言うとおり——さもぼくに会いにやってきたかのように思えるし、ぼくとは顔なじみだった気がしてくる。そのほほ笑みには、意味ありげな確信が宿っていた。しばらくして、彼女がぐいと前に歩を進めたので、ぼくは脇に退いた。彼女は家のなかに入りこむと、小刻みに滑るように足を運んで、ひとつも音を立てなかった。どうやら以前にもこの家に来たことがあるらしい。迷わずリビングルームに向かうと、そのテーブルのひとつにぽんとハンドバッグを置いた。それはいつもフェイがハンドバッグを置くテーブルだった。それから彼女はくるりと向き直って、ぼくに言った。

「最近、あなた、なにか頭痛がしてない？　顳顬《こめかみ》のあたりで？」手を挙げると、眼から眼へ額のうえに横線を引いた。「わたしは頭痛がするの。その正体がなにか知ってる？」すっと身を寄せて、触れる寸前で止まった。「それは荊《いばら》の冠なのよ」と彼女が言う。「わたしたちはみんな、冠をかぶらなければならない。この世が終末を迎え、新しい世界と入れかわる前に。わたしはいま冠をかぶっているの。先週の金曜、わたしが十字架上の人となり、磔刑《はりつけ》に処せられ、お墓で一夜を過ごして以来、冠をかぶっているのです」ほほ笑みながら、大きな茶色の瞳をぴたりとぼくに据えている。彼女は語りつづけた。「わたしはまる一晩、屋外の冷気に身をさらして眠っていたのに、意識しなかった。夫も子どもたちも、わたしが失踪していたことを知らなかったわ。まるで時が流れなかったかのよう。わたしは変身して永遠と化していた。家全体がおののいて――家が顫《ふる》えるのをわたしは見た。ああ、まるで家が宇宙船みたいに、宙に浮かんで飛び去ろうとしているみたい」

「なるほど」とぼくは言った。彼女から一瞬も目が離せない。

「家の上空から」と彼女はつづけた。「壮大な青い光が降りてきた。ぱちぱちと音をたてる電気の火花のように。わたしは地面に横たわり、その宇宙船から射す火花で、身を灼き尽くされたの。家全体が、宇宙に飛び立とうとする宇宙船と化していたわ」

ぼくはうなずくしかなかった。

おなじ声の調子を保ちながら、彼女はつづけて言う。「わたしはミセス・ハンブロー、クローディア・ハンブローよ。インバネス・パークに住んでるの。あなたはフェイのお兄さんじゃない？」

「ええ」とぼくは言った。「フェイは留守なんです。町に出かけていて」

「知ってるわよ」とミセス・ハンブローが言った。「けさ、目覚めたとき、とっくにわかってたことよ」窓のほうへふらりと歩いていき、柵のそばを逍遥している羊の群れを眺めていた。振り返って椅子に腰かけると、むきだしの脚を組み、ハンドバッグを膝に載せた。バッグを開けると、タバコの箱を取りだし、火を点じる。「あなた、どうしてここに来たの？」と彼女。「ここドレイクス・ランディングに。その理由をご存じ？」

ぼくはかぶりを振った。

「わたしたちみんなを引き寄せる力が働いたからよ」と彼女が言った。「この世界に充満しているの。全土でグループが生まれているんだもの。真言《メッセージ》はどこもおなじよ。この世を救わんがため、汝苦患《くげん》して死処を得るべし。キリストはわれらの罪を贖《あがな》わんがために艱難《かんなん》に遭遇せしにあらず。この道をわれらに啓示せんがために、艱難を受け賜《たま》いしものなり。われらみな、艱難を耐え忍ぶべし。人みな、おのがじし永遠の生を得んがため、十字架上にのぼらねばならぬ」彼女は鼻孔からぼくにふうっと紫煙を吹きつけた。「キリストは別の惑星から来たのよ。人類よりもっと進化した種なの。地球は宇宙でいちばん遅れた惑星なのよ。夜になると、わたしは心を澄まして横たわっている——ときどき、それはほんとうに怖い——彼らが話しているのが聞こえる。ある晩、彼らはわたしの頭を切開しはじめた。こんな風に次々と輪切りにしていくの」手刀で頭をスライスしてみせた。「すると、恐ろしいノイズが聞こえてきたわ。これまで聞いたこともない割れ鐘のような大音響。耳を聾さんばかりの万竅《ばんきょう》怒号よ。それが何だったか、わかる？　アーロンの杖[158]が降臨してきたのよ。眼前の天空に現れたわ。以来、わたしは太陽を正視できなくなった。宇宙線の強度が強すぎて。あたしたちの心が焼え尽きてしまう。科学者によれば、五月の終わりころ、それが極大化して世界は終末を迎えるのよ。北極と南極が座を入れ替える。それってわかるかしら？　サンフランシスコがロサンジェルスにもっと近くなるのよ」

「はい」とぼくはこたえた。新聞でそんな記事を読んだのを思いだした。

「あらゆる生命体のうち、もっとも進化したものは太陽のなかに棲んでいる」ミセス・ハンブローは説きつづけた。「彼らはいまでは毎晩、わたしの頭のなかに入ってくる。わたしは新入りなの。やがてわたしは、その謎のすべてを知る。わくわくするわ」突然、尖った鋸歯を剥きだしにして、からからと笑った。「わたし、気が狂ってると思う？　フーテン病院に電話したい？」

「いえ」とぼくは言った。

彼女が言う。「わたしは苦患の淵にいた。でも、それだけのことはある。わたしたちは誰ひとり、隠れていられないの。運命なのよ。あなたはこれまでの人生、ずっと人前から隠れてきたんじゃない？　でも、運命があなたをここに連れてきた。これを見て」コーヒーテーブルの縁《へり》にタバコの吸いさしを置くと、マニラ紙の封筒を開けて、畳んだ紙を取りだした。それを広げると、中国人の老翁の繊細なペンシル画が出てきた。「これがわたしたちの教祖《グル》よ」と彼女が言った。「拝謁を賜《たまわ》ったことは一度もないの。でも、われらを導きたもうお方に一目なりと、とお願いしたら、バーバラ・マルチーに催眠術のお諭《さと》しがあってこれを描いた。だれも経文は読めなかったわ。どんな既知の言語も及ばないほど太古のものだから」彼女は絵の下辺にある漢字風の文字を指さした。「彼はドレイクス・ランディングにあなたを招き寄せた」と彼女が言う。「これまであなたの全人生を導いてきたのは彼なのよ」

いろいろな点で、彼女の言っていることは腑に落ちない。でも、ぼくがじぶんの人生の真の目的を見失っていると感じていたことは、たしかにほんとうだ。ぼくはきっとじぶんの自由意思でなく、ドレイクス・ランディングに連れてこられたんだ……。

「わたしたちのグループは、科学的な裏付けのある視霊《みたま》に何度も成功したの[159]」ミセス・ハンブローはまだ説きつづけた。「この進化した優生の御霊とのコンタクトを、わたしたちは確立したんだわ。それはこの宇宙を統べていて、わたしたち自身が産み落とした反キリストからわたしたちを救うために、宇宙線の地上放射を命じた御霊なのよ。わたしは昨夜、反キリストをこの目で見たわ。だから、ここに来た。そのとき分かったの。わたしはあなたにコンタクトして、わたしたちのグループに加入させなければならない、とね。先週あたり、いろいろと新聞に載った記事のおかげで、わたしたちは十一人か十二人とコンタクトできた。ふざけた口調の記事も多少あったけど」彼女はマニラ紙の封筒から、新聞の切り抜きを抽きだして、ぼくに手渡した。

切り抜きにはこう書いてあった。

当地の空飛ぶ円盤グループ曰く
優生の御霊が人間をコントロール
第三次世界大戦へ導く

【インバネス・パーク発】第三次世界大戦が五月末までに勃発する。マリン郡インバネス・パーク在住のミセス・エドワード・ハンブローによれば、人間を破壊するためではなく、救済するためだ。ミセス・ハンブローの言葉に従えば「わたしたちの生命をコントロールする優生の御霊」であり、かつ「精神的救済をもたらすために、物質的破壊へとわたしたちを導く」この存在と、彼女がスポークスマンを務める空飛ぶ円盤グループは、何度か心霊でコンタクトが取れたと宣した。グループはUFO、すなわち未確認飛行物体の目撃《サイティング》報告のため、週に一度会合を催している。グループのメンバーは、インバネス・パークや北西マリン郡周辺の町々から来る十二人で、ミセス・ハンブローの家に集まっている。「科学者たちは、世界がいずれ炸裂することを知っている」とミセス・ハンブローは宣した。「内圧が高まって地球が破裂するか、人為的な放射能被曝のどちらかだが、とにかく人間は世界の終末に備えなければならない」

切り抜きの紙片をミセス・ハンブローに返すと、彼女は封筒にもどした。「これはサンラファエル・ジャーナルの記事よ」と彼女が言った。「ペタルーマの新聞数紙、サクラメントの数紙にも掲載されたの。わたしが言ったことを公正に伝えるものではなかったけれど」

「ええ」とぼくは言ったが、奇妙な感覚に襲われて気が萎えてきた。彼女の強烈な眼差しに、ぼくの頭がぶーんと鳴りだす。いままでこんな人と出会ったことがない。クローディア・ハンブローほど、ぼくを震撼させた女はいなかった。陽の光が彼女の瞳に達しても、常人のように反射せず、飛散して光の塵になってしまう。[160] ぼくは魅入られた。彼女の真向かいに座って、ほど遠からぬ位置にいると、その瞳に部屋の一部が映っているのが見える。それは原像とおなじではなかった。[161] 一枚の鏡に映った現実ではなく、断片と化していた。彼女がしゃべっているあいだ、ぼくは鱗片に砕けた光の飛沫をじっと見まもっていた。一度たりと、しゃべっているあいだもずっと、彼女は目ばたきをしなかった。

「最近、奇妙な感覚に襲われない？　あなたの胃が絹糸でひっ攣《つ》れるみたいな」と彼女が尋ねた。「それとも、ぴいっと大きな口笛とか、ざわざわした人声が聞こえるとか？　わたしにはこう言ってるのが聞こえるの。『クローディアを目覚めさせるな。まだ目覚めるときじゃない』って」

「なんだかそんな感じがしました」とぼくはこたえた。このひと月、鉄輪《かなわ》みたいにぎりぎり頭を締めつける激痛を感じていた。まるで額が破裂しそうな痛みだ。おまけに鼻がぐずぐずつまって、ほとんど息ができなかった。フェイが言うには、ありきたりの副鼻腔炎だという。海辺近くの住民が、強い風に吹きっさらしになったうえ、ありとあらゆる花や木の花粉を吸って悩まされる炎症だそうだ。でも、ぼくは納得がいかなかった。

「その違和感はどんどん強くなる?」とミセス・ハンブローが聞いた。

「ええ」とぼく。

「金曜の午後、来たらどう?」と彼女が迫った。「グループの集いがあるの」

ぼくはうなずいた。

すると、彼女は起《た》って、タバコを揉み消した。「フェイが来たいんなら」と彼女が言った。「どうぞいらして。いつでも歓迎よ、そう言っといてね」あとは一言も残さず立ち去った。すっかり気圧《けお》されて、ぼくはそのまま椅子にへたりこんでいた。


その晩、クローディア・ハンブローが家に来たことを知ると、フェイは烈火のごとく怒りだした。

「あの女、狂ってる!」と叫んだ。妹がバスルームの洗面台で髪を洗っていたときだ。ぼくはかしずいてスプレーを持つ役で、妹はシャンプーを洗い流していたんだ。娘たちはテレビを見に子ども部屋に引き揚げていた。「あの女、ほんとに頭がおかしいんだから。そりゃそうよ、数年前にショック療法を受けたんだって。一度は自殺未遂を起こしてるのよ。火星人が地球人と接触してると信じてるんだ――インバネス・パークに集う狂人グループを率いて――やつらは人を催眠術にかけるの。あの女の父親は、マリン郡随一の大物反動主義者で、レイズ岬の大酪農場主のひとりよ。西部十四州で最低の高校がこの郡にできたのも、そいつのせいなんだから」

ぼくは言った。「彼女はぼくを誘いに来た。金曜のグループの会に参加しないかって」

「もちろん、そうでしょ」とフェイが言った。「ここにだれか引っ越してくると、相手構わず追いまわすの。きっと、兄さんにも言ったでしょ。『あなたをここに連れてきたのは運命です』とかさ。図星じゃない？」

ぼくはうなずく。

「あいつら、じぶんたちを優生の御霊《みたま》が差すゲームのひとコマだと信じてんのよ」と妹が言う。「ほんとうは、逆上したじぶんの無意識に操られているゲームのコマにすぎないくせに。あの女、さっさと施設に放りこむべきだわ」タオルをつかむと、乱暴にぼくを押しのけた。バスルームを飛びだして、リビングルームまで廊下を駆けていく。あとから追いかけると、暖炉の前に膝をついて、髪を乾かしている妹をみつけた。「どうせ毒にも薬にもならない連中よ」と妹は言った。「たぶん、優生の御霊とやらの妄想の形をとったほうが、被害妄想型のパラノイアが発症して人に殺されかけていると邪推するよりましなのよ。あいつらの集団性の統合失調症にとってはね」

　フェイが滔々とまくしたてるのを聞いていて、なるほどかなりツボを得ている、とみとめざるをえなかった。ミセス・ハンブローが言ったことの多くは、ぼくの頭にすんなり入ってこない。そこには心的な障害があるように聞こえた。

　でも他方で、あらゆる預言者、あらゆる聖人が、自らの生きた時代に「狂人」呼ばわりされたんだ。預言者が狂人に見えるのはあたりまえだろ。だって、余人には聞くことも見ることも理解することもできないようなことが、彼にはできるんだもの。まさにキリストがそうだったように、彼らの生涯は石打ちの刑に立たされ、さんざっぱら嘲笑のまとになった。だから、フェイの言う意味はわかるけど、クローディア・ハンブローの言ったことにも、少なからず理があると思えた。

「兄さんは行くの？」とフェイが聞いた。

「たぶんね」とぼくはこたえたが、それをみとめるのは気まずかった。

「こうなるだろうと思ってたわ」それしか妹は言わなかった。その晩は、それから一言もぼくに声をかけてくれなかった。じっさい、翌日の朝まで無言だった。ようやく彼女がぼくに声をかけたのは、メイフェアまで買いものにつきあってほしかったからだ。

「あの女の家族は、みんなああいう風なんだよ」とフェイが言って、クローゼットでスエードの革ジャケットをはおった。「あいつの姉妹も、父親も、叔母も——あれは血なんだね。いいこと、狂気は感染するのよ。見てごらん、この全域、トマレス湾一帯に、どれだけ蔓延していることとか。グループの連中全員が、あの狂人に感化されてる。三年前、あたしが彼女に初対面で会ったとき、思ったわ。おやおや、なんて魅力的な女だろうって。ほんとに美人だもの。どっかのジャングルの王女さまかなんかみたい。でも、あたしには、冷たい女って印象だったよ。あの女には感情がない。正常な人間の情を感じる能力がないんだ。そうよ、六人もの子持ちのくせに、子どもが嫌いなのよ。実の子にも夫のエドにも、なんの愛情も抱いてない。しかも、しょっちゅう妊娠している。あの女はイカレてんのよ。世界を牛耳ってるのは、二歳児の心なのよ」

ぼくは無言だった。

「あの女、マリン郡のどっかの成り上がりで、郊外暮らしの上流中産階級《アッパーミドル・クラス》、バーベキュー・パーティーで人をもてなす主婦みたいに見えるでしょ」とフェイが言った。「ところがどっこい、第一級の阿呆なんだから」

玄関のドアを開けて、妹は出ていきかけた。

「あたし、サンフランシスコに行ってくる」と妹が言った。「チャーリーを見舞ってくるからね。娘たちが帰ってくるころには、ちゃんと家にいてよ。家に帰ってだれもいないと、あの子たちがどれだけ怖がるか、知ってるでしょ」

「オーライ」とぼくはこたえた。父親が心臓発作に倒れてから、子どもたちは二人とも夜分ひどく怯えるようになった、たとえば悪夢に魘《うな》されたり、手に負えないほどむずかりだすのだ。エルシーはまたおねしょが始まった。二人ともいまは毎晩、寝る前に飲み物を一瓶飲みたがる。たぶん、おねしょの癖がついたのは、それが大いに響いているんだろう。

ぼくは知っていた。ほんとうは妹のやつ、チャーリーのお見舞いにサンフランシスコに行くんじゃない、ナット・アンテールと密会するんだ。たぶん、ポイント・レイズとミル・ヴァレーの間のどこか、フェアファクスあたりで、ランチをいっしょに楽しむのさ。あのふたり、逢曳《あいびき》には苦労していた。だって、彼の妻のグウェンが、ふたりだけの時間に内緒で何をしているのかと疑いだして、晩に訪問するときはじぶんもいっしょに連れていけと言い張ってるからだ。彼がひとりでフェイに会うのは、もう妻に許してもらえなかったので、彼とフェイは厄介な事態になっていた。

それに、だれもが顔見知りのちいさな町で男女の秘め事なんて、不可能とは言わないまでも、難事中の難事だよ。きみが人妻とバーに寄ったら、そこにいる客の誰にも顔が知れてしまう。そして翌日、地元紙のベイウッド・プレスに書かれるんだ。きみがガソリンを買おうと車を停めれば、スタンダード・オイルのガソリンスタンド店主、アール・ファンキースが、たちまちきみの顔と車を見分けるさ。郵便局に立ち寄れば、やっぱり面が割れちまう。だって郵便局長は、この地域の住人全員を知ってるからね。それが仕事だもん。理髪店主だって、きみが窓の前をとおれば、あ、あの人だと気がつく。食料品屋の親父なんて、デスクに座って、ひねもす街路を眺めているだけだろ。メイフェア・マーケットの店員は全員が、どの客の顔も覚えている。客がツケで買うからね。だから、フェイとナットが逢曳するとすれば、この地域の外で密会しなくちゃならない。それでもふたりの情事がみんなに知れ渡ったとしたら、それはぼくのせいじゃないよ。

ところが、ふたりはかなりうまく人目に触れないようにして、密事《みそかごと》をバレずにすませてきた。ぼくがダウンタウンに買いものに行っても、メイフェアにしろ、郵便局にしろ、ドラッグストアにしろ、だれかがふたりの噂を口の端に乗せる場面には遭遇したことがない。チャーリーの病状はどうだい、と何人かに聞かれただけだった。彼らは詮索しなかったよ。結局、ナットの奥さんも突き止めたわけじゃない。彼女が確実に知っていたのは、夫とフェイが彼女の邸宅で何度もいっしょに過ごしたことだけだ。ぼくもそこに同席していたと、ナットが奥さんに説明しているのはまちがいない。たぶん、二人の娘もいっしょだと言ってるね。どうせ彼とフェイは、もっともらしい話をでっちあげてるんだ——たとえば、フェイの書棚には、ブリタニカ百科事典の揃いのセット(162)と、分厚いウェブスターの英語辞典(163)があるけど、ナットはいつだって、それを参照しに行くという口実にできた。フェイのほうも、小切手帳を処理するのに手伝いが要る、という言い訳を先にこしらえている。彼女がだれにでもすぐ電話して、あれこれ人を顎でつかう女だっていう評判は、北西マリン郡じゃみんなに知れ渡ってるし。ナット・アンテールが彼女の屋敷に車で乗りつけるにしろ、車に乗せられて行くにしろ、それを人に見られたって、それだけなら四の五の言われることじゃない。ただ単に、彼女の口車に乗って、仕事をやらされるお人よしがもう一人ってことだからね。そのあいだ、彼女のほうはパティオに座って、のんびりタバコをふかし、ニューヨーカー誌でも読んでいるのさ。

ほんとのことを言うと、あれだけ溌溂と跳びはねて、崖に攀じ登ったり、庭で園芸に励んだり、バドミントンに走りまわったりしながら、ぼくの妹はいつだって怠惰《なまけもん》だった。できれば、昼まで寝坊していたいのが本音さ。彼女が考える仕事っていうのは、週に二晩は——四時間もかけて——粘土をこねて壺をつくることなんだ。「青い鳥」のご婦人がたも、午後はおなじようにせっせと励んでいたけどね、彼女たちは趣味の楽しみと割り切っていたよ。屋敷のなかには、フェイがこしらえた六つか七つの塑像を飾っていたけど、ぼくの目には度し難いガラクタに見えたな。ぼくは高校時代、ＴＲＦチューナー[164]を組み立てるのに、休みなしに十時間ぶっ通し、よくまる一日つぶして作業したよ。だけど、フェイがなにか一つのことをするのに、一時間以上も費やすのなんて見たことがない。飽きっぽくて、すぐ別のことをやりだすんだ。たとえば、服のアイロンがけをしていると我慢できなくなる。妹には退屈すぎる家事なんだ。で、やってみないか、としきりにぼくを促す。でも、ぼくはただ、どうにもコツがのみこめないだけで終わってしまう。そこでえんやこらサンラファエルまで持っていって、洗濯屋に頼まざるをえなくなるのさ。[165]妹が仕事っていうのは、クリエイティヴな仕事のことで、三〇年代に通った進歩的な保育園で習い覚えたものなんだ。妹はもう働かなくてもいいのさ。ぼくがやってるもん。いまでもそうなんだ。

でも、ぼくは妹の代わりが嫌だってわけじゃない。チャーリーは嫌がってたな。ナットもある程度は渋々だった。ナットが肚の底でどう感じていたのか、彼女と情を通じたうえ、ほかのだれともおなじように、下男同然にこき使われていることを理解していたかどうか、ぼくにはわからない。じっさい妹は、立ってるものは子まで使え、の主義だった。娘たちを説き伏せて、土曜と日曜の朝食づくりは子どもの仕事にしていたのさ。ぼくが来るまでは、子どもたちがどんなに腹を空かせていても、週末にこどもの朝食をつくることだけは頑として拒んでいた。いつも子どもたちは、じぶんでココアを溶き、ゼリー・サンドイッチをこしらえて、あとは午後までテレビにかじりついていた。ぼくはもちろん、そんな悪習に終止符[166]を打ち、平日にぼくがこしらえる朝食より、もっと心のこもった食事をつくってあげたよ。とりわけ日曜は、ほんとにちゃんとした朝食を摂るべきだってぼくには思えたので、子どもたちにベーコン添えのワッフルをつくってあげたんだ。ときにはナッツ入りのワッフルか、苺のワッフルにしたよ――言い換えれば、本物の日曜の朝食らしい献立にしたのさ。心臓発作で倒れるまえは、チャーリーもそれを喜んでくれた。だけど、フェイはぶつくさ言うんだ。ぼくがたっぷり朝食をつくるもんだから、肥っちゃったわよってね。現に彼女が朝食のテーブルに現れて、それまでのグレープジュースとトーストとコーヒーとアップルソース[167]の代わりに、ぼくの用意したベーコン・アンド・エッグスかハッシュ・ブラウン・アンド・エッグスにシリアルやロールパンを目にすると、ふくれっ面を見せるようになった。じぶんでも涎《よだれ》を垂らしそうになったから、よけい腹が立つんだ。といって朝食抜きにする度胸はない。遅かれ早かれ、ぼくが料理したものを食べるんだが、食事中はずっと下唇を突きだして仏頂面をしているんだ。

ある朝、ぼくはいつものように誰よりも早く起きた――朝七時ころだね――寝室を出てキッチンまで歩いていった。カーテンをさっと開けて、フェイのためにコーヒーのお湯をわかし、いつもはそれから朝食の支度をはじめるんだけど、そこでぼくは見たんだ。書斎のドアが閉まっていて、内側からロックがかかっていた。一目見ただけで、ロックしてあると知れたのは、もしそうでなかったら、そのドアはすこし隙間があいてるからなんだ。だれかが中にいるにちがいない。ナット・アンテールじゃないか、とぼくは思った。案の定、七時半ころ、子どもたちが起きてきて、フェイがじぶんの髪を梳いていると、ひょっこりナットが玄関のほうからあらわれた。

「やあ」と彼がぼくらに言った。

娘たちは目を丸くしていた。で、エルシーが聞く。「どっから来たの？　きのうの晩、ここに泊まったの？」

ナットが言った。「いや、ちょっと玄関から入ってきたんだ。僕の足音、だれにも聞こえなかったんだね」朝食のテーブルに腰をおろして言った。「僕もなにか朝食をいただけるかな？」

「もちろんよ」とフェイが言った。彼を見ても驚いた顔を見せない。なんで驚く必要があるんだい？　あっけらかんとして、その場をとり繕う素振りさえみせなかった。なぜこんなに朝早くやってきたのか、彼に聞こうともしない……どっちみち、朝の七時半に他人の家を訪れるなんてありえないことだから。

ぼくは彼のために、予備のお皿と銀食器とコーヒーカップを出した。やがて彼はいっしょに朝食を食べはじめた。グレープフルーツとシリアルとトースト、それにベーコン・アンド・エッグスだ。彼はいつものように食欲旺盛だった。他人《ひと》さまの朝餉《あさげ》に舌鼓を打っている。病に倒れて入院しているチャーリー・ヒュームのお相伴にあずかるようなものなんだが。

ぼくはテーブルを片づけて皿洗いを済ますと、すぐ自屋に引きこもってベッドに腰をおろし、ネイサン・アンテールが一夜を過ごした、とノートに記録しておいた。

朝も遅くなってナットが立ち去り、ぼくがせっせとパティオを掃除していると、フェイが近づいてきた。「迷惑だった？」と聞く。「彼のために朝食を用意させちゃって」

「べつに」とぼくは言った。

動揺を隠し切れず、ぼくが働いているあいだ、彼女はうろうろとつきまとう。突然、怺《こら》えきれなくなり、感情を爆発させた。「兄さん、きっと気にしてるんだね。彼が書斎で一晩過ごしたんじゃないかって。彼は昨夜、論文を書いてたんだ。ひどくくたびれて帰れなくなったのよ。で、あたしが言ってあげた。書斎で寝なさいって。きれいさっぱり、それだけのことよ。でも、チャーリーのお見舞いに行っても、なんにも言うんじゃないよ。よけいな心配で機嫌を損ねたら、からだに毒かもしれないから」

ぼくは働きながらうなずいた。

「いいね？」と彼女が念を押す。

「ぼくには関係ないことさ」と言った。「ぼくの家じゃないし」

「そのとおり」と彼女は言った。「でも、兄さんは素っ頓狂だからね、なにをするか分かったもんじゃない」

そう貶《けな》されても、ぼくは何も言わなかった。でも、ぼくは身を動かしながら、懸命に頭のなかで組み立てていた。チャーリーにこの真実を生き生きと伝える手立てはないものか。ドラマ仕立てがいい。ほら、アナシンやアスピリンの効能の宣伝《メッセージ》に、テレビでやっているようなやつだよ。有無を言わさず、しっかり彼にその真言をぶちこめるようなやつさ。

11

ナット・アンテールの心にひとたび猜疑が芽生えると、彼はそこから逃れられなくなった。フェイ・ヒュームがみずから彼とわりない仲になったのは、夫が死にかけていて、もし死んだら、その後釜に座る別の男を確保しておきたい、という下心からではないか。彼にはそう思えた。

でも、と彼は思った。それのどこがいけないんだろう。世話をしなくてはならない二人の子を持ち、おまけに大きな家があって、飼っている生きものやら、土地やらをふんだんに抱えている女が、その重い責任を肩代わりしてくれる男を求めても、それは不自然なことだろうか？

悩ましいのは、そこに仕組んだ跡があることだった。彼女のほうが彼を見つけ、彼を選び、彼が既婚者で、すでにじぶんなりの人生設計があることを知っていながら、彼を奪い取ろうと仕掛けたのだ。彼が学位を取りたいと思っていようが、今のような地味な暮らしでじぶんと妻の生計を立てていきたいと願っていようが、そんなことは彼女にとってどうでもよかった。じぶんの生活の利便《よすが》としてしか彼を見ていない。あるいは、すくなくとも、それは彼の猜疑心のせいだったのか。彼女のむらっ気はピンで留めておけない。彼女は純粋に激情に駆られて、彼と深みにはまったのだ。おそらく意志にも抗《あらが》えずに。煎じつめれば、彼女は恐ろしいリスクに身をさらしている。彼と逢曳を重ねれば、彼女の邸宅と家族、その全人生を失いかねないのだから。

彼は思った。ことここに至ってみると、僕には彼女の本心が十分見えていないようだ。どこまで彼女が予《あらかじ》め仕組んで行動しているのか、じぶんの行動の結果をどれだけ意識しているのか、僕には知るすべがない。見た目の彼女は、せっかちで、子どもっぽく、なんでもすぐ手に入れたがり、将来のことなどに何の関心も払わない。目先の遊びに夢中なのだ。たしかに、彼女は僕とグウェンを見かけるや、どうしても会ってみたいと思った。そこは一点の疑念もない。彼女はじぶんでも、あたしは我がままよ、すぐかっとするの、とみとめている。僕と情事を重ねるなんて——地域社会では社交の中心であり、こんな大きくて大切な家を持ち、だれとでも顔見知りで、学校に通う二人の子持ちの身なのに——それだけで、彼女がいかに近視眼かを物語っている。これが、長い目で結果を考える女の仕業だろうか？

それでも、と彼は考えた。僕はじぶんを、成熟した責任感のある人間だと考えている。なのに、彼女と浮気している。僕には妻があり、家族もあり、考えるべきキャリアもある。それでも、僕はこの浮気ですべてを崖っぷちに追いこんでいるんだ。僕は将来を投げ捨てようとしている——おそらく——いまあるなにかの代償として。

僕らはじぶんでじぶんの動機を知ることができるのだろうか。

彼は考えた。実のところ、人間というのは、だれもがしょっちゅう本能の力に衝き動かされ、生々流転している生命組織なんだ。その力の目的が何か、めざすものがなにかを、人は感知できない。人が意識するのは、本能の力がもたらすストレス、そのプレッシャーだけだ。その力はなにかをしろと人に強いる。でも、なぜなのか……その時点で、しかとは分からない。たぶん、後になってから知る。いつの日か、僕は過去を振り返り、なぜフェイ・ヒュームとの情事に巻き込まれたのか、なぜ彼女が僕との情事にすべてを賭けたのか、きちんとその理由を突きとめるのかもしれない。

とにかく、と彼は思った。僕は確信している。理由がなんであれ、このことは真剣そのものので、とことん責めを負うべきものだが、どこか打算のまじったできごとなんだ。一時の火遊びじゃない。彼女は僕よりずっと、じぶんのしていることを把握している。

そして、と彼は思った。彼女は僕を利用している。彼女こそ、この情事の原動力だ。常にそうだったんだ。僕は彼女の道具以外のなにものでもない。で、そのあげくに僕はどうなるんだ？　僕の出口はどこにある？　僕の人生は一転して、赤の他人に奉仕する人生になるのか？　じぶんの家族さえ無事ならそれでよし、他人の結婚生活をぶち壊そうが、その未来も夢も台なしにしようが、目的さえ遂げればいいと肚を据えている女に、僕の人生を捧げるのか？

でも、彼女がそれを意識していないんなら、ただ本能に従って行動しているだけだとしたら、僕は彼女に道義的な責任を問えるのだろうか。

僕はいかにも大学生らしく、青臭い考えかたなのかな？

ここ何日も、そんなふうに悶々として胸を痛めていた。純粋理性の堂々めぐりの泥沼にいよいよ深くはまりこんでいく気がする。もう一度、最初から哲学の授業のやり直しだ。なんの解にも洞察にも達しないが、ひたすら論議のための論議を重ねていくんだ。言葉が言葉を生む。思索が思考そのものを生み、論理そのものに人を激しく没入させる。

だれが解を得るんだろう？　フェイか、あの兄か、チャーリーか？

たしかに、解を得る人がいるとすれば、それはあの病院のベッドに横たわっているチャーリー・ヒュームだろう。

あるいは、とナットは考えた。たぶん、チャーリーはもう万事休すかもしれない。フェイが言っていたことから察すると、どうやらチャーリーは彼女に愛憎半ば《アンビバレンス》のようで、彼女を身も世もあらず愛しているときもあれば、彼女の罠にかかり、その犠牲になって、体面を傷つけられたと感じているときもあり、次から次と彼女の頭にものを投げては、ただはね返される存在になり下がったと思うときもあった。チャーリーは病院に身を横たえながら、以前よりずっと事態を見渡せるようになったのだ。彼にはぼんやりと直感が働いている――ときどきだろうが――彼の妻がまんまと彼を利用して、自身のために大邸宅の新居を建てさせ、わが子もほかの人もこき使っていると。が、やがてその直感は薄れて、烈しい愛情しか残らないのだ。これは、男と女のあいだで歴史的に繰り返されてきたパターンだろうか？　女たちは狡《ずる》く立ちまわって、それとなく男を尻に敷くのか。

そこに火種がある、と彼は思った。いったん、その筋に沿って考えはじめ、じぶんが利用されている徴候を探しはじめると、いたるところで証拠がみつかるからだ。パラノイア。彼女がペタルーマまで車に乗せてってくれる？　と頼んできたとしよう。アヒルの飼料百ポンド入りの袋を買いにいくためだ。あきらかに彼女はじぶんでそんな重いものを運べない。それはつまり、相手を男でも人間でもなく、ただ百ポンドの荷を運び、車の後部に放りこめる機械にすぎないと思っている徴候ではないか？

だれだって役に立つからこそ、友人を選ぶのではないか。男が女と結婚するのも、女がおだててくれて、彼のためにお料理や、服の買いものまでしてくれるからではないか？　それって不自然だろうか？　愛が自然なのは、それがお互いを拘束するからで、それがないとお互い何の実用的な価値もなくなってしまうからではないか？

あれこれと彼は思案した。

ある日曜の午後、彼とフェイは車に乗って、レイズ岬のマクルーア牧場までドライブした。この一帯はいつの日か州立公園になるかもしれない。荒寥とした曠野の台地で、海側は切り立った崖になっていた。[168]アメリカでもっとも寂寞とした地のひとつで、カリフォルニアのどの地域とも天候が異なる。でも、現在、そこはマクルーア一家[169]の子孫が所有する土地になっていて、レイズ岬の土地の大半とおなじように、第一級の酪農牛の放牧用につかわれていた。マクルーア家はすでに海際の渚を州に寄贈していて、そこが一般人用の海岸になっていた。

でも、州は残りの牧場も欲しがっていた。マクルーア家はこの地に愛着があり、牧場業も好きだったから、土地をめぐる角逐がしばらく続いて、まだ決着を見ていなかった。この地域のほとんどだれでも、マクルーア一家が牧場を維持してくれることを望んでいたのである。

その当時は、牧場を横切って海岸まで行くには、マクルーア家のだれかが友だちでないと許可してもらえなかった。牧場を突っ切る道は――十二マイルほどだろうが――赤茶けた割石の砂利道で、冬の雨でぬかるみ、深い轍が刻まれていた。車輪が滑って、その轍か草地にはまりこむと、車は身動きできなくなる。ＡＡＡ（米国自動車協会）を呼ぼうにも、あたりに電話などなかった。

車を走らせるというか、がっくんがっくん跳ねて、右へ左へ揺られながら、ナットはこの大地の無人の寂しさをいやというほど痛感した。ふたりになにか事故が起きても、ここでは助けも呼べない。道の両側に、なかば野生と化した家畜たちがうろついている。電信柱は一つも見えず、電線も電器の徴候もない。ただ突兀《とっこつ》とした転蓬《てんぽう》の丘ばかり。前方のどこかに海原が広がっていて、そこで道も途切れる。彼はこんなところまで遠出したことがなかった。

フェイはもちろん、鮑《あわび》を拾いに何度もここに車で来ている。悪路も平気らしい。手慣れたハンドルさばきで、あれやこれや彼とお喋りしながら運転していた。

「フォルクスワーゲンとか、スポーツカーとかを、この界隈で持ってると厄介なのは」と彼女が言っていた。「もし鹿と衝突したら、車がひっくり返っちゃうからよ。こっちが死んじゃうわ。雌牛でもそうよ。雌牛のなかには、ワーゲンとおなじくらい体重があるのだっているんだから」

彼には誇張がすぎると思えた。でも、口を閉ざしていた。揺られているうちに車酔いになり、母親の車に乗せられた子どもに帰ったような気分だったからだ。

ある意味で、それは彼女との間で彼が抱える問題の典型だった。彼女は男たちに対して、母親が幼児をあやすような態度で臨むのだ。男というものは女よりひ弱で、短命で、ものごとを片づけるのが下手だと、当然のように考えている。現代の神話に染まっている、と彼は思った。あらゆる消費者向けの商品が、女性市場をめざしている……財布の紐を握るのは女であり、メーカーもそれを知っているのだ。テレビドラマだって、女性はしっかり者に描かれ、男たちはドジなダグウッド・バムステッド[170]だし……。

僕だって実家と縁を切って——とりわけ母親から離れて——自らの足で立ち、経済的にも独立して、じぶんの家庭を築くのはひと苦労だった。それがいまは、パワフルで口やかましく、計算高い女に翻弄されている。僕がまた昔の坊やに逆もどりしたって、顔色ひとつ変えない相手なのだ。じっさい、男にお節介を焼くのは、彼女にとって至極あたりまえのことと思えたろう。

ふたりでいっしょにどこか人前に出るときは、いつもフェイが彼の服選びにじっくり時間をかける。じぶんがいいと思うかどうか、それを見極めるのが役目と心得ているのだ。「ネクタイを締めたほうがいいと思わない？」と彼女はよく言う。でも、彼のほうは、彼女が何を着ようが、それを品定めしようという気持ちはさらさらない。たとえば、ショーツとタンクトップのあられもない姿でスーパーマーケットに行くべきではないとか、スエードの革コートに黄緑《シャルトリューズ》のスラックスを穿き、黒いサングラスにサンダルをつっかけるなんてグロテスクな装いで、どこかに外出するなど論外だ、と彼が思ったとしても、彼女にそんな忠告をする気はまるでなかった。場違いな服を着ていても、それも彼女の一部だと思って、彼はただ受け入れるだけだ。そうやって自我を主張していると考えたのだ。

車が進んでいく轍《わだち》の深い砂利道は、海辺の崖際に生えた糸杉の木立で行き止まりだった。その木立の真ん中に、ちいさな古い農家が見える。よく手入れされていて、正面に庭と棕櫚《しゅろ》の木があった。脇に建つ納屋は、今ではもちろんすべて史跡になっているスペイン時代の日干し煉瓦の建物を除けば、カリフォルニアで見たどの建物よりも古そうに見えた。母屋と脇の納屋は——彼が見た他の農家と違って——黒っぽいペンキ塗りだった。庭も褐色で、棕櫚の木はその手の熱帯樹によくあるように、もっさりして毛むくじゃらだった。建物はがらんとしている。まったく人けがないので、先月までここに誰かいたかどうか、怪しいものだと彼には思えた。それでも、すべてが整然と保存されている。車の往来や人ごみから遠く離れたこの地では、だれも家を荒らしに来ないのだ。こんな僻地では、空き巣狙いが出るはずもない。

「百年前の建物もあるのよ」とフェイが言って、道路から車を乗り入れると——閉じたゲートで道が途切れている——ちいさな草っ原に出た。鉄条網のフェンスの前で車を停め、エンジンを切った。「ここから先は歩きよ」と彼女が言った。

ふたりで車からフェンスの前まで、釣り道具とランチボックスを運んだ。フェイは有刺鉄線のひとつをぐいと持ち上げて、下の有刺鉄線との隙間をやすやすと抜けだす。が、彼女ほど細身でない彼は、ゲートを迂回するのもしかたがない[171]と思った。フェンスの向こうに出ると、二人で草原を縫う小径《こみち》をたどって、アイスプラントの生い繁った砂の斜面を下りはじめる。いま、彼の耳にも大洋《わだつみ》の潮騒《しおさい》がとどろいてきた。風が颼々《りょうりょう》と吹きわたる。彼の足裏で砂が崩れて、窪みに足を取られた。思わず倒れこみ、アイスプラントの葉叢《はむら》をつかむ。彼の前方をフェイがスキップしながら、こけつまろびつ、立ち直れば一瞬も休まず、斜面を下りながら、のべつ喋りちらしていた。彼女とチャーリーと娘たちが、雑多な顔あわせの友人たちといっしょにこの岸辺を訪れたとき、下りるのがどれだけ大変だったか、みんなが何にすがったか、なんで肝を冷やしたか、だれが怖がってだれが平気だったか……彼女のあとを彼はそろそろと下りながら考えていた。女はきっかり二つの部類に分けられるのかもしれない。登山家の才のある一握りの女と、その他大勢の足弱な女たちだ。登り下りの上手な女は、ほかの女たちと似ても似つかない。たぶん、その違いが肉体と精神の装備のすみずみまで行きわたるんだ。現時点で彼にとってそれは純粋な啓示、まさに急所と思えた。

もうフェイは、岩の突端とおぼしきあたりに達している。その先に見えるのは、急峻な崖らしい。遥か眼下に、兀々《ごつごつ》した岩礁と怒濤。フェイは身をかがめると、ひと足ずつ岩棚へ下りていった。その先の滑り落ちた砂と岩の狭間《はざま》で、岩盤に打ち込んだ鉄鉤《ハーケン》から垂れているロープを手にとった。

「これから先は」と彼女が呼び返す。「ロープづたいよ」

やれやれ、と彼は思った。

「娘たちだってやれるわ」と彼女が大声で励ます。

「正直言うとね」と彼は言い、大股をひろげて足をとめる。こわごわバランスをとった。

「下りられるかどうか、こころもとないな」

「荷物はなんでも運んであげるわ」とフェイが言った。「パックと釣り竿をおろして」

おっかなびっくり、荷物を彼女におろした。彼女はパックを紐で背中に縛りつけると、ロープをつたってひょいと消えてしまう。しばらくしてまた姿が見えた。今度は遥か下のほうで、岸辺に立ってほぼ真下で彼をふり仰いでいる。岩陰にぽつんと小さな人影。「だいじょぶよ～」と口に丸く手をあてて叫んでいた。

彼は立ちくらみに怯えながら、ロープを頼りに岩嘴《いわはな》を半分滑り、半分踏みしめながら下りていく。擦り切れかけたロープと知って、気は滅入る一方だったが、崖がそう急でないことがはじめて分かった。足場はすぐみつかる。ロープはただ安全確保のためだった。いざとなればロープなしでも海辺まで一歩ずつなら下りていける。彼が渚に着くころには、彼女はとっくに去って、釣りのできそうな深い潭《ふち》を探していた。彼が下りてくるのをただ眺めているのが、じれったかったのだ。

そのあと、二人は岩場に釣り竿を立てると、潮が引いた跡の潭で釣りをする。[172]水中に蟹が数匹這っていた。これまで見たことがないほど、うじゃうじゃ腕の生えたヒトデも見えた。

腕が十二本……しかも鮮やかなオレンジ色だった。

「あっちは海鼠《なまこ》よ」とフェイが言って指さしたのは、なんとも形容しようのないブヨブヨの塊だった。

　餌には紫貽貝《からすがい》をつける。フェイが言うには、その餌を使えば、海で鮭も釣れるという。しかし、潭に魚影は見えず、彼も彼女も釣れそうになかった。とにかく、ここにいるだけで楽しい。こんな人里離れた海辺、ロープ(173)づたいでしか行けない崖の下で……捨てられたビール缶やオレンジの皮の芥《あくた》も見えず、ザル貝や鮑の貝殻が散る黒くぬるぬるした岩礁だけ。ここでは生きたザル貝や鮑もみつかる。

　彼が言いだした。「ひとつ聞きたいことがあるんだけど」

「どうぞ」と彼女が眠たそうにこたえた。岩に寄りかかって、うつらうつらと微睡《まどろ》んでいる。彼女は綿シャツに、海水に濡れたキャンバス地のズボン、破れかけた古いテニスシューズを履いていた。

「僕らの関係はこの先どうなるんだろう？」

「時が解決するわ」とフェイが言った。

「きみはどうしたいんだい？」

　彼女は片目をあけて、彼の様子をうかがった。「あんた、幸せじゃないの？　ふん、なにさ——あんた、うちでご馳走を食べさせてもらって、あたしの車やクレジットカードを使わせてもらってんでしょ。あたしが自腹を切って、そこそこのスーツも買ってやったじゃないの。二年と流行遅れでないのを——あげくにあたしとヤったんだ。ちがう？」

そのむきつけな一語を、彼女が最初に口にするのを聞いてから、彼は辟易していた。もちろん、いまも口汚い言葉をやめようとしない。彼がたじろぐのは百も承知なのだ。

「これ以上、なにが欲しいのさ？」と彼女。

彼は切り返した。「でも、きみはここから何を得たいんだ？」

「いい男を手にいれたのさ」と彼女が言った。「とっても素敵な男をね。わかるでしょ。あたしがこれまで会った男では、あんたがいちばん素敵なのよ。あの日、あんたを目にしたとたん、ベッドに引きずりこんでヤりたくなったのさ。それ、言わなかったっけ？」

彼は辛抱強く食い下がった。「先々起きそうなことを見てみようよ。なによりもまず、きみの夫が全快するのか、しないのか、どっちかだ。それはつまり、彼が退院してこの家に帰ってくるかどうかだ。分かっているのかい？　きみが彼のことをどう感じてるのか、僕はなにも知らないんだよ。きみは彼に帰ってきてもらいたいのかい。そして、もし彼が帰ってきたら——」

彼女が遮った。「ねえ、砂に横になって、あれヤろうよ」

「ばかな」と彼が言った。

「どうして？」と彼女が言う。「あんたとおんなじ言葉を使えばいいってのかい？　あれをあんた、何て呼んでるんだ？　どう呼ぶにしろ、あんた、ヤってるでしょ。あたしをヤってるんだ。ヤってきたさ……五回も。いいかい」と彼女が言って、急に真顔になった。「最後にあれしたとき、あとでペッサリーを洗ったんだけど——あんたに言ったっけ？」

「いや」と嫌な予感に駆られて彼は言った。

「破れてたんだよ。腐蝕してね。あんたの精液、きっと硫分かなんか入ってんじゃない？ やんなっちゃうよ、すっかり傷んでてさ、車でフェアファックスまで飛んでって、別のを買わなきゃならなかった。つまり、また膣口の寸法を測らなきゃならなかったのよ——女医が言ってた。新しいペッサリーを買うときは、必ず寸法を測るべきだって。あたし、知らなかったんだよ。寸法を測らずに六、七回ペッサリーを換えたんだよね。女医が言ってた。あたしが使ってるペッサリーは、小さすぎるんだってさ。すり減っちまって、ま、よかったんだけどね」

一瞬、息を呑んでから、彼はなんとか元の話題にもどそうとした。「僕が知りたいのは、この先もずっと僕に関心があるのかだよ」

「ないと言ったらどうするんだい？」と彼女が言った。

「そうだな」と彼は言った。「ちょっと気になって」

「どうでもいいことなのかい？ なら、なんでこんな大げさな返事が要るのよ？」

「いいかい、僕には妻がいるんだ」と言ったが、むらむらと怒りがこみあげてきた。「きみと僕がどういう立場になるのか、僕にとっては大事なことなんだ」

「つまり」と彼女が言った。「あたしが本気かってこと？」

「そうだ」やっと彼は言った。

フェイが言う。「あんたを愛してるわ。どれだけあんたに惚れてるか、わかるでしょ。あたしのこれまでの人生で、こんなに惚れた男なんていないよ。だけど――要するに、あんた、結婚のことを考えてるんじゃない？　あんたのその腕であたしを食わせていけるの？　年に一万二千ドルはかかる家を持ってるのよ……わかってる？」

「ああ」と彼が言った。

「あんたの給料じゃ、あたしと二人の娘を養えないよ」

「おそらく何らかの調停に持ちこまれるだろう」

「家の半分はあたしのもんよ」と彼女が言った。「夫婦の共同財産だからね。あたしの保有株は一万五千ドル相当になる。おまけに、チャーリーがあたしにプレゼントした資産もあって、……フォード・モーターの株式さ。そこから月におよそ百ドルの配当収入がある。ほかに、フロリダ州タンパにあるアパートから、さらに月百五十ドルが入ってくる。だから、月に二百五十ドルの収入さ。あたしの財産はそれだけ。ビュイックは別だよ。あれはあたしのもんだからね」

「チャーリーと別れようって考えてるのかい？」と彼が聞いた。「彼が全快した暁には」

「そうね」と彼女が言った。「娘たちはあんたを好いてるよ。あたしが夫に殴られる場面を見てるもんだから、チャーリーを怖がってるのよ。あんたはぜったい、あたしを殴らないよね。そうでしょ？　あれにはほんと耐えられない。二、三度、家出しかけたわ。くそっ、あわや車を飛ばして、チザム保安官んとこに駆けこみ、妻虐待の重罪で逮捕状を出してもらうところだった……たぶん、ほんとはそうすべきだったのよ」一息ついて考えこんだ。「ほんとうにあたし、あの家を手に入れるべきだわ。現にあたしのものだもん。うちの夫は家をあたしにくれるべきよ」

「いい家だ」と彼は言った。この先、どうなりそうかを胸のうちで考えた。一部は——いや、大半は——フェイのカネに依存して、フェイの家で暮らすことになるんだろう。子どもたちはフェイのものだ。車もそうだ。もちろん、彼はご馳走にありつける……チャーリーとの調停が、彼女に有利になればだが。でも、チャーリーが弁護士を雇って、密通の廉《かど》で彼女を追及したら？　母親失格の行状を責めてきたら？　たぶん、調停不成立で終わって、彼女は別居手当なし、子どもの養育費もなしになるかも。

「うちの子、あんたが養う必要はないんだよ」と彼女が言った。「いつだって、チャーリーが面倒を見るってわかってるからさ」

彼はうなずいた。

「あたしのカネを使ってさ、あんた、どう感じてるんだい？」と彼女が言った。

「きみはどう感じてるんだ？」と彼が聞く。

「べつに、なんとも思わないよ。おカネはおカネさ。それ以上のもんじゃない。どうせチャーリーからせしめたカネだしね」

彼は言った。「ことがうまく運ばなくて、そのカネが手に入らなかったら。結果としてきみが無一文になり、僕の賃仕事が頼りっていう羽目になったらどうする？」

「あんたが勉強をやめればいいのよ」と彼女が言った。「フルタイムで働きに出ればいい。不動産のゲームで、あたしたちを養えるほど稼げないの？　知ってる男がいるよ。サンフランシスコの男で、不動産で年に約一万四千ドルも稼いでるわ。男って不動産で身代を築くのよ」それから、滔々とまくしたてて、彼女が不動産屋や土地の投機家たちにまじって耳にした事例を洗いざらい披露した。土地取引であっという間に長者になって、快適な暮らしを送っているという例だ。たとえば、タンパにある彼女のアパート。タダ同然で手に入れた。チャーリーは鼻が利くので、資産を安く仕入れるのがとてもうまい……このマリン郡の十エーカーの土地も、たいした出費じゃなかった。一時はえりぬきの土地も含めて、マリン郡じゅうのあらゆる不動産取引に、優先交渉権《オプション》を持っていたこともある。

「僕は思ってるんだ」と彼は言った。「このまま勉強をつづけて、単位を取ったほうが、やがては結果オーライになるだろうとね」

「アホらしい」と彼女が言った。「ふん、あたしだって学位は取ったさ。でも、それじゃあ、一銭も稼げなかった。やってみたのよ。ペイのいい仕事や専門職の仕事を探したけど、ぜんぜんお呼びじゃなかった。ビジネス専門校あがりならお似合いの、ありきたりな仕事はそりゃあるさ——でも、タイプやら速記やら事務職やらに応募すると、あたしがなまじっか学士なもんだから、怪訝そうな顔をされるのよ。やつらに言われたっけ。貴女には『さぞ不本意でしょうが』ってね。それって結婚前のことよ、もちろん。ほんとに極楽トンボの暮らしができるのに、そのチャンスを捨ててオフィスで働くなんて死んだほうがましよ。あたし、この田舎が大好きなんだ。とっても美しい場所だもん。なにがあったって、市内にもどるなんて嫌よ。都会暮らしなんて、あたし死ぬわ」

彼は考えた。メッセージは明らかだ。彼女は僕を学校に通わせるつもりなぞない。暮らしの水準を下げる気はないんだ。マリン郡からも彼女の家からも、引っ越すことなんか論外なのだ。彼女の望みは――期待しているのは――そっくり現状のままでつづけていくことだ。ただし、チャーリーの代わりに僕を夫に据えることなんだ。

じっさい、彼女はチャーリーから得たものをぜんぶ、チャーリー抜きで独占していく気だろう。彼はもう、どうでもよくなった部品にすぎない。僕を彼の身代わりにしたいんだ。それ以外はすべて居抜きにして。

偕老同穴、お互いを支えあう生活なんて、僕と彼女にはどだい無理なんだ。チャーリーがひょいと押し出されたあとの空所に、ただすっぽり僕がはまるだけ。彼女の人生に飛び移って、僕はそこで一定の場所を占めるだけだ。

でも、と彼は考えた。それって悲惨な人生なんだろうか？

彼の限られた収入では、こんな豪邸をじぶんで買ったり、建てたり、借りたり、所有したりすることはおぼつかない。それに彼女はたしかにケタ外れな人間だ。男にとっては蠱惑的な伴侶だろう。悪態はつくわ、崖は攀じ登るわ、スポーツはするわ――彼女はなんでもやってみる。真の意味で冒険家であり、探検家なのだ。

ある日、新鮮な牡蠣を一クオート買おうと、ふたり連れ立って牡蠣《かき》(174)の養殖場に行った。牡蠣を採集する舟と熊手を見たとたん、彼女はたちまち漁師たちといっしょに牡蠣を採りに棚に行きたいと言いだし、舟はいつ出るのか、じぶんも同乗できるのか、と聞いた——舟といっても二、三人乗りで、採集用の道具を載せただけの艀《はしけ》なのだ。殼剝きのメキシコ人や艀の持ち主、そして彼自身も、そこにいた男たちみんなが啞然とした。この細身の女があっけらかんとして、怖がるそぶりも見せなかったからだ。

いっしょにいるとやたらと楽しい女だ、と彼は思った。どんな状況でも快楽をみつける。車を走らせていても、彼が見過ごしたものにたくさん気づく……彼女は目いっぱい楽しんで生きていた。もちろん、彼女が生きているのは現在だけ。後から省みる能力はない。ついでに言えば、本をじっくり読んだり、あれこれ熟考したりする力はない。彼女は子どもみたいに、気遣いの範囲が限られている。でも、子どもとは違って——まるっきり違って——彼女にはこれと思った目標を、長い時間かけて追いかける能力が備わっていた……そこでふたたび、彼は我とわが胸に問うじぶんに気がついた。どれだけの期間だろう？　何年も？　生涯ずっと？　なにかを手に入れたら、そこで一旦あきらめるのか？

直感が働いた。彼女はけっしてあきらめないだろう。匙を投げたようにみえても、機が熟すのをしばらく待っているだけだ。

僕らはみんな、彼女が欲するか、欲さないかのどちらかに属しているんだ、と彼は思った。僕はたまたま、彼女が欲するものに属している。僕を夫として欲しているのだ。

僕はラッキーじゃないか？　自らの燻《くす》んだ限られた人生を歩むかわりに、このワクワクさせられる女に牛耳られて、充実した幸せな人生を送ることだって、男にはできるのではないか？　これこそ現代社会の新潮流、男が演じる新しい役割じゃないか？　じぶんひとりでじぶんのために設けた目標を、ひたすら追っていく人生なんて僕に必要だろうか。なにを目標とするかは他人に任せ、もっと潑溂とした威勢のいい人に委ねちゃいけないのか？　そのどこがいけないんだろう？

それでも、彼は過ちを犯している気がした。ほんの些細なこと……たとえば、夕食どきがそうだ。彼が好きでないサラダでも、食べるべきだと信じて、彼女はテーブルに出す。好物は出してくれない。この一事でも、彼女は僕を子ども扱いして、食べなさいと押しつけてくるのだ。

「ポテトにはね、ビタミンとミネラルが含まれているの」とエルシーが教えてくれた。娘たちは二人とも、からかうように彼を「とっちゃん坊や」と呼んだ。図体のいちばん大きな坊や——たったひとりの男の子——が、一家と肩をならべて食べている。じっさい、ダディーではない。入院している男とは似ても似つかない。

結局、僕も彼女を殴りつけるようになるのだろうか、と彼は思った。彼はこれまで一度も女を殴ったことがない。でも、彼はすでに感じていた。フェイという女は、男が殴りつけざるをえなくなるようなタイプなんだ。男はほかにどうしようもない。まちがいなく、彼女はじぶんが見えてない。見えたところで、なんの得にもならないから……。

あげくに心臓発作か、と彼は思った。いずれ時が来れば、僕だって彼女が欲したものを与え終わってしまう。僕に飽きるか、僕を怖がるようになって、彼女は僕を捨てたくなるだろう。そうしたら、僕も心臓発作を起こすのか？

いくらかは、彼女に恐怖を覚えた。

ここまで僕を引きずりこむことができる女なら、と彼は思った。僕に妻を失うリスクを冒させ、密夫と不義を働くような女なら、きっとそれから後だって僕を言いなりにできるだろう。なぜできない？　グウェンと離婚して、フェイと結婚するだけだ。もちろん、チャーリーはいま以上に未来永劫、不在だと仮定してのことだが。もし僕がそこまで煮え切らず、なんとかこの腐れ縁を断とうとしたら。

ま、あまり勝ち目はなさそうだ、と彼は思った。

現実を直視しよう――たぶん、今からじゃ遅すぎるんだ。もう彼女とは別れられない。だけど、なんで別れられない？　彼女と会うのをやめればいい、それだけのことだ。僕は気弱な男だから、その禁を貫けないだろうか？

どうせフェイは、と彼は断じた。僕を取り返す気になれば、どこかで手づるをみつけだす。ある晩、電話をかけてきて、なにか言ったり、断りきれないようなことを頼んだりするんだ。つまり、どうせこっちも断りたくない、と身透かして。

なんて変テコな女だろう、と彼は思った。やたらと複雑だ。一方では、すごく敏捷で運動神経がよさそうだけれど、でも、僕にはえらく不器用に見えたこともあって、途方に暮れてしまう。彼女は突慳貪《つっけんどん》で打算の塊といった印象を与えるが、ある状況になると思春期みたいにウブになる。古風な中産階級めいた杓子定規、じぶんでものを考えられず、因循姑息な信条に頼る……人が怖気《おぞけ》をふるうものに怖気をふるい、人がたいがい欲しがるものを欲しがる。そういう実家の躾《しつけ》に飼いならされた生贄。彼女が欲しいのは、一軒の家、一人の夫なのだ。彼女が考える夫とは、所定の金額の収入を稼ぎ、庭仕事を手伝い、皿を洗ってくれて……日曜版雑誌「ディス・ウィーク」[175]の漫画に出てくるような良き夫のことなのだ。いちばんありきたりの社会層の常識。世代から世代へ受け継がれてきた、どこにでもあるブルジョワの家庭生活の世界。あの野卑なことば遣いは別だけれど。

どうせ、ただの主婦よ――ある日、彼女はじぶんをそう呼んだ。僕と寝ようとして、服を脱ぎすてながらだった。彼女の兄さんがどこか、ペタルーマにでも買いものに出かけていた日の昼下がり。彼女がそうじぶんを卑下するものだから僕は笑った。

どうして僕はこんなに彼女に惹かれるんだろう？　われながら訝《いぶか》しい。肉体的魅力？　これまで彼は痩せた女に惹かれたことなどなかった。なのに、どうみても彼女は痩せている。ときには骨張ってみえた。たぶん、痩身を保つのが、中産階級の価値観なのか？　彼女には、確固とした分別らしきものが根を張っている。彼にはそう思えた。おそらく僕はその価値観に惚れているんだ、と彼は思った。彼女はいい妻になる気がする。彼女自身がそう信じているからだし、中産階級そのものだからだ。これはとても非革新的、かつ保守的な態度だ。結婚なんてもともと保守的なんだから。

心の奥深くで、僕は彼女を信頼している。彼はそう断じた。つまり、彼女に刻みこまれた躾、その遺産を信頼しているんだ。彼女が自ら発明したものでも、思いのままにしているものでもない。でも、あのド派手な贅沢三昧の陰に、ごく普通の人間——最上の意味での普通人が隠れているんだ。彼女はそれが分かっている。彼女は尋常ならざる刺激的な人間だから魅力的だ、というのではない。ありふれたもの——すなわち、自らの内部に刺激を見いだせるからこそ、人を魅了するんだ。

彼女に彼は聞いた。「きみは堅気《スクエア》なんだ。ちがうかい？」

フェイが言った。「知らなかった？　おやおや、あたしを何と思ってたのよ？　ビートニク[176]とでも？」

「なぜきみは僕に関心を持ったんだ？」と彼は迫った。

「あんたがいい夫になれそうな素材だからよ」とフェイが言った。「あたし、そこは抜け目がないんだ。これにロマンチックな要素なんてないよ」

切りかえす言葉もない。彼女は岩に背をあずけて平衡を保ち、目を閉じて、日の光と岩場の潮騒を愉しんでいた。午後の残りはふたりでそうして過ごした。

12

金曜、例によって妹には糞ミソに罵られたけど、ぼくは道路を徒歩でインバネス・パークまで行って、クローディア・ハンブローの家で開かれたグループの集いに加わった。

その家は谷津《やつ》のひとつに建っていて、斜面の中腹、車では通れないほど狭く曲がりくねった杣道《そまみち》の端にある。家の外壁はじめじめして、鬱蒼とした森のようだ。ペンキで塗装してあるものの、地面や木立から湿気が滲みこんでいた。家屋の大半が谷津に埋もれるように建てられているので、湿気が乾くことなどない。ハンブローの家の四方は、羊歯《しだ》が伸び放題だった。なかに丈が高く、びっしり生い茂った羊歯の一群があって、家の側壁を包みこみ、家ごと丸呑みしそうに見えた。が、実は大きな家だったんだ。三階建てで、手すりのついたポーチが家の一面を占めている。それでも、こんもりした葉群に覆われて、家が谷津の崖に紛れこみ、見分けがつかない。家の正面の路肩に、何台か車が駐まっているのが見えた。おかげで、お目当ての家のありかがどこかすぐ目星がついたよ。

ミセス・ハンブローが玄関でぼくを出迎えてくれた。彼女は中国製の絹の褲子《ズボン》と拖鞋《スリッパ》を穿いている。今度は後ろ髪をお下げ髪みたいに、黒い光沢のある 辮《あみひも》 にしていて、腰のあたりまでぶら下げていた。ふとぼくは気づいた。銀色のエナメルを塗った指のネイルが、細長く尖っている。顔はかなり厚化粧していたな。真っ黒な目張りを入れた大きな瞳、ほとんど茶に近い朱の口紅を塗った唇。

書籍類をもたせかけた二枚のガラス戸をくぐって、リビングルームに入った。壁も天井も黒檀調《こくたん》で、いたるところに書棚や椅子やソファが置いてある。片方の壁に暖炉があって、そのうえにハンブロー家が架けているのは、遠景に木の枝と峨々《がが》たる山岳を描いた中国山水画の掛け毯《タペストリー》だった。六、七人の客が椅子に座っていた。ぼくはうろうろと歩きまわって、テープレコーダーが一台、テープのリールが数本、それに異常なカガク的事実を集めた専門誌「フェイト」(177)が何冊か置いてあるのに気がついた。

部屋にいた人びとに緊張が走り、なんでぼくたちがここに集まったのか、考えあぐねている様子だったけれど、ぼくも彼らを咎めるわけにはいかない。ミセス・ハンブローがぼくらに、ぼくを紹介した。最初の男は年輩で、煤けた色の服を着ていたが、ポイント・レイズの金物屋で働いているという。第二の男は、インバネスから来た大工だった。最後の男は、ぼくと同じくらい年若で金髪だった。スラックスとローファー(178)を履き、髪を短く刈っている。ミセス・ハンブローによると、彼はトマレス湾の対岸、マーシャル近くにある小さな酪農場の持ち主だという。ほかの客は女性たちだ。一人は五十代半ば、大柄で正装していて、インバネス・パークにコーヒーショップを構えている男の妻だった。もう一人は、レイズ岬のほうに住んでいるRCAトランスミッター(179)の技術者の妻で、あと一人はポイント・レイズ・ステーションにある自動車修理屋の工員の妻だった。

ぼくが席に着くと、中年の夫婦が入ってきた。ミセス・ハンブローが説明する。おふたりは最近インバネスに引っ越してきたばかりで、ご主人は風景画家、奥様は服の寸法直しをしておられます。ふたりは健康上の理由から、北西マリン郡に移り住んだそうだ。どうやらこれで、グループ全員がそろったらしい。ミセス・ハンブローが最後のカップルの背後でガラス戸を閉め、部屋の真ん中にじぶんも陣取った。

会が始まる。窓掛《シェード》を下ろしてから、ミセス・ハンブローは大柄な正装の女を呼び——ミセス・ブルースという名だったが——ソファに横たわらせると、催眠術をかけた。この霊媒に過去の人生をあれやこれや思いださせるのは、内なる人格との交信《コンタクト》を確立するためだった。この人格はめったに表に顕《あらわ》れないが、ぼくらの生命を統《す》べたもう進化した御霊《みたま》の情報を受信する能力があるんだ。新参のぼくと、ぼくの後から来たカップルへの説明では、グループはミセス・ブルースのこの内なる人格を通して、地球とその住民を最終処分するために御霊がどんな計画を立てられたか、正確な情報を集められるというわけだ。

間欠的にため息をついたり、ぶつぶつ呟いたりしたあとで、ミセス・ブルースが霊の口寄せをはじめた。進化した御霊は断固、この地球を滅亡させる決心をしたぞよ。救われるのは、宇宙の純粋な力との交信を確立した者のみじゃ。この世が紅蓮《ぐれん》の炎に包まれる一日かそこら前、空飛ぶ円盤に乗って大地を離脱するのじゃぞ。その後でミセス・ブルースは昏睡状態に入り、しばらく鼾《いびき》をかいていた。最後にミセス・ハンブローが十数えて、ぽんと手をたたき、彼女を目覚めさせた。

ぼくら全員が、当然ながらこの知らせに昂奮した。ぼくも以前は半信半疑だったが――じぶん自身が目撃して――他の惑星にいる優生の進化した御霊から直接発信された真言《みことば》に、ミセス・ブルースの内なる人格が反応する現実の光景を目のあたりにして、ぼくのこころは決まった。とうとう、ぼくはいま経験的な実証、この世で最高のカガク的な証拠を得たんだ。

いまや、グループの前に立ちはだかる問題は、この世が終末を迎える正確な日付を解読することだった。ミセス・ハンブローは、それぞれ一年の各月の名を記した十二枚の紙切れと、それぞれ一から三十一までの日付の数字を記した三十一枚の紙切れを用意した。紙切れの山を二つ、テーブルに置く。それからまたミセス・ブルースを失神《トランス》させると、紙切れを選ぶ手引き役を誰にすべきか、と問いかけた。

ミセス・ブルースが言った。その役を果たすべき人は、今日このグループに入ってきたばかりの新参で、ひとりで来た者だという。あきらかにそれはぼくのことだった。ミセス・ブルースを目覚めさせると、ミセス・ハンブローはぼくに命じた。目を閉じたまま、テーブルに行き、二つの山から紙切れを抽《ぬ》いてきなさい、と。

だれもがみつめるなか、ぼくはテーブルまで歩いて、紙切れを二枚選んだ。最初の紙切れには四月とあった。二枚目は二十三だった。じゃあ、この宇宙を統べたもう優生の進化した御霊によれば、四月二十三日に世界は滅びるんだ。

その日を決める大役に選ばれ、世界滅亡の日を宣言するのがぼくだなんて、奇妙な感じがした。でも、ぼくだって認めるよ。この優生の力にずっと、ぼくはコントロールされてきたんだ。その力がぼくを、セヴィリアからドレイクス・ランディングまで連れてきた。それはまちがいなく、このためだったに違いない。だからある意味で、ぼくがテーブルに行って日付のクジを引いたことは、なんにもおかしくない。じっさい、この時点でぼくらは落ち着いていた。その部屋にいただれもが、感情を抑えていた。コーヒーを啜って、口数少なく座りこみ、瞑想に耽っていた。

サンラファエル・ジャーナルか、ベイウッド・プレスにこれを告知すべきかどうか、すこしばかり議論が交わされた。結局、公開したところでなんの利もない、ということで衆議一決した。優生の進化した御霊（superior evolved beings）――ぼくらはSEBという略称で呼ぶが――彼らに救われる人びとは、心霊交信のテレパシーによって直にそれを告知してもらえるからだ。

一種茫然として雲を踏むような心地がして、ぼくらは会を切りあげ、ミセス・ハンブローの家を三々五々立ち去った。教会を去っていく信徒の群れのように、しめやかな忍び足で。グループの一人で金物屋で働いている男が、ぼくを車に乗せて家まで送ってくれた。家の前でぼくを降ろしてくれたが、彼の名を聞き忘れた。車が走っているあいだ、二人ともうわの空で一言も交わせなかったからだ。

家に入っていくと、リビングルームでハタキをかけているフェイが見えた。どんな会だったのか、と聞きだそうとするかと思ったけど、ぼくなんかに目もくれない。バタバタしゃにむにハタキがけしていたので、ぼくにもわかった。ははあ、妹もじぶんの問題に深く囚われているんだな。だから、ぼくがどうなろうが、なにを告げなくちゃならないかなんて、どうでもいいことなんだ。

「病院から電話があったのよ」とうとう妹が白状した。「あたしに来てほしいんですって。チャーリーのことで、なにかあたしに告げたいことがあるのよ」

「悪いニュース？」とぼくは聞いた。それがどんなニュースにしろ、ぼくが告げなくちゃならないことに匹敵する大凶報なんて、まずありえないだろう。ぼくらにはあと一カ月しか残されていないと、こうしてぼくが知ったいまとなっても、それでもチャーリーの容体を告げるニュースに胸を痛めるじぶんがいた。「病院はなんて言ってるの？」と妹の寝室までついていって、ぼくは問い質した。

「あら」と妹は曖昧に言い紛らした。「あたし、知らないのよ。チャーリーを家に帰らせるかどうか、議論したいんだって」

「ぼくもいっしょに迎えに行ってほしいのかい？」とぼくは聞いた。

フェイが言った。「あたし、車を運転する気になれないの。アンテール夫妻を呼んだわ。夫妻があたしを連れてってくれるのよ。いまのこの状態じゃ、ハンドルなんか握れないもの」バスルームに姿を消した。後ろ手にドアを閉め、鍵をかけてしまう。水の流れる音が聞こえた。シャワーを浴びて、服を着替えてるんだ。

「そんなに悪いニュースとは思えないな」妹がふたたび姿を見せたとき、ぼくは言った。

「彼を家に連れ帰るってことなら――」

「お黙り」と妹が言った。娘たちを叱る声の調子だった。「あたし、考えたいの」それからふと立ち止まり、ぼくを睨みつけて言った。「あんた、ネイサンがここに来ていたこと、チャーリーに告げ口しなかったろうね？　したの？」

「してないよ」とぼくは言った。

「この糞ったれ」と言って、まだぼくを睨みつけていた。「きっとバラしたんだ。わかってるわ、あんたが密告したんだ」

「カガク的な事実を報告するのが、ぼくの仕事なんだ」とぼくは言った。「彼がここに来たってこと、ぼくがチャーリーに言って、どこがいけないんだい？　結局、ここは彼の家だろ。ここでなにが起きてるか、彼には知る権利がある」

ぎらりとした眼差しでぼくを見ると、じぶんの胸をたたいて大声を発した。「ここはあ、い、しの家だよ。これはあたし個人のことなんだ」

妹の顔に浮かんだのは、懊悩と敵意の表情だった。それを見て、ぼくはいたたまれなくなった。なんと言えばいいか分からず、ひとりで戸外に出て、犬とじゃれついた。次に気がつくと、アンテールのスチュードベーカーが、ひょっこり車寄せに来ていた。ネイサン・アンテールと妻が車に乗っていて、ネイサンがハンドルを握っているのが見える。クラクションが鳴ると、フェイが出てきた。スーツにコート、ハイヒールを履いている。車に乗りこんだ。

車をバックさせはじめると、フェイが横の窓を手まわしで下げ、ぼくに大声で叫んだ。

「娘たちが帰ってくるころには、必ず家にいてちょうだい。五時までにあたしが家にもどらなかったら、夕食の支度を始めてよ。冷凍庫からステーキ肉を出して、解凍しといたほうがいいわ。それにポテトもある」それから車は走り去った。

すっかり落胆した。あの会合のこと、ぼくらが決心したこと、世界滅亡の日付のクジ引き役にSEBがこのぼく個人を選んだのに、彼女に明かすチャンスがとうとう来なかったこと。はぐらかされたような気がして、とぼとぼと家に舞いもどり、昨夜の新聞でも読もうかと、リビングルームに腰をおろした。しかも、フェイに散々責めたてられて、苛立ちと罪の意識を覚えた。もちろん、ぼくがチャーリーに明かしたのは、義務感のプレッシャーに駆られてのことだ。にもかかわらず、フェイがあんなに腹を立てたとなると、内心忸怩《じくじ》たるものがある。たとえ、彼女のほうが間違っているにしろ、こいつは嬉しい状況じゃない。だれかを怒らせちゃうと、ほとんどぼくはいたたまれないんだ。

フェイが外出しているあいだ、ぼくは書斎で過ごした。チャーリーが知っておくべきだとぼくが感じた事実を、もっと新しく生々しい報告文に仕立てようと、タイプライターで紙に打ち込んでいたんだ。結局のところ、知識がなければ、人間は選択しようがない。知識が完璧で、カガク的に整理されてはじめて、まっとうな選択が可能になるのだ。それがぼくら人間と動物の分かれ目になる。

参考文献として——見本、あるいはお手本として——ぼくは残部わずかなスリリング・ワンダー・ストーリーズ誌を取り出し、かつてぼくを感嘆させた物語を選びだした。それらを眺めているうちに、作者が言わんとするポイントを、ドラマ仕立てにするコツが見えてきた。そこでぼくは座右の書のように、横に雑誌を開いて作業にとりかかった。

チャーリーがじきに家に帰ってくるのなら、間髪入れず、彼のまえにノベライズした書きものを差し出すことが不可欠になる。状況に鑑みて彼が行動する足がかりとして、こいつが必要になるだろう。

その晩、フェイは帰宅すると、チャーリーが一週間以内に家に帰ってくると告げた。幸いにも、ぼくの執筆作業は日中大いに捗《はかど》っていたので、これならきっと完成にこぎつけられると確信した。実を言えば、脱稿は翌日だった。そして金曜日、ぼくはバスに乗って、サンフランシスコに出かけた。例の草稿を丸めて輪ゴムで留め、小脇に抱えていった。

公立図書館で新刊の雑誌類を読みに短時間立ち寄ったあと、バスでカリフォルニア大学付属病院に向かった。チャーリーは日光浴のデッキに出て、バスローブ姿で車椅子に座っていた。

「やあ」とぼくは声をかけた。

彼がじろりとぼくを見る。たちまち、ぼくが持ってきた草稿の巻物に目を移した。とっさに彼が理解したのが分かった――すくなくとも一般論だが――彼のためにぼくが書いたものがなにか、一目見るや察したのだ。彼はなにかを言いかけて、ふと気を変えた。

「もうじきですよね」とぼく。「退院して家に帰れるのは」

軽く彼がうなずいた。

椅子を引きよせて、彼の向かいに座った。

「そいつをおれに読んで聞かせるな」と彼が言う。

ぼくは告げた。「これはドラマ仕立ての事実なんです」

「ここから出ていけ」と彼が言った。

ぼくは仰天し狼狽《うろた》えた。座って輪ゴムをいじりながら、じぶんが木偶《でく》の坊に思えた。せっかく書きあげたのに、なんのためだったんだろう。ついにぼくは口をひらいた。「ぼくら人間と動物の違いは、ことばが使えるか否かにあります。ちがいますか？」

露骨に顔を顰《しか》めて彼がうなずく。

「ぼくら人間は環境を広げてきた」とぼくは言った。「書かれたことばを通じて、ものを学んだんです。ものを読めなかったら、シャムのような遠く離れた土地のことなど、ぼくらは知るよしもなかった」続けてその考えを展開させた。彼は黙って聞いている。ひとわたり話し終えても、彼はまだ無言だった。しばらく待ってから、ぼくは巻物から輪ゴムを外し、草稿の紙を平たく伸ばすと、こわごわ読みあげはじめた。

最後まで読み終えてから、座って彼の反応を待った。

「おまえ、そんなものをどうやって切り貼りしたんだ？」と彼が聞く。その声のトーンはいまにも爆発しそうな笑いを嚙み殺しているようだ。と同時に、癇癪《かんしゃく》を起こしたみたいに、顔全体がよじれて歪んで見え、目がぎらついている。わなわなと震える手が見えた。「昔の猟奇雑誌《パルプマガジン》から拝借したみたいだぞ」と彼は言った。「『ホイップ・クリームのふくらみのごとき乳房』だとか、『ぽっちり赤い苺をのせた、晴れやかな恍惚の円錐』だとかの言いまわし、いったいどこから持ちこんだんだ？」

これほど途方に暮れたことはなかった。ぼくは草稿を脇に押しのけて、ぼそぼそ弁解した。

「ぼくはただ、生き生きと書こうとしただけだ」

彼は顔におなじ錯綜した表情を浮かべて、ぼくを凝視している。みるみる顔が紅潮して、息が荒くなってきた。一瞬、嚔《くさめ》をするのかと思ったが、げらげら笑いだした。ぼくは屈辱で顔を火照らせた。チャーリーは腹を抱えて笑い転げている。

「もういちど、そのくだりを読んでみろ」とうとう声を詰まらせて言った。「『ガウンがはだけた彼女の腰に目をやった。その臍にはただ一顆《ひとつぶ》、しがみつくかのような宝石のみ』だとさ」そして、ふたたび笑いの発作に襲われた。

彼の反応にぼくは愕然とした。まさか、こんな反応を引き起こすとは予想もしていなかった。完膚なきまでに打ちのめされる。気がつけば顔が痙攣《けいれん》し、もぐもぐ咢《あぎと》うだけで、なにも言葉にならない。

「それに、こういうくだりもあったろうが――」彼は空覚えで言おうとしていた。彼の唇が動くのが見える。「ほら、『彼女の熱い甘い唇にキスしながら、ソファに押し倒す。ようとばかり女体が屈して――』とかさ」

ぼくは遮った。「個々の表現をくどくど咎めるのはフェアじゃないよ。大事なのは全体の出来ばえさ。この草稿でぼくは正確無比であろうと努めたんだ。こいつはあんたが行動できるよう、存分に活かすべき生《なま》の情報だよ。そうじゃないかい？　行動するには情報が必要だろ」

「行動だと」と彼が言った。「それはどういう意味だ？」

「あんたが家に帰ってからのことさ」とぼくは言った。そこはなにも複雑なことはない。

「いいか」とチャーリーが言った。「こいつはすべて、おまえの頭がでっちあげた妄想だろ。おツムがイカれてるんだ。おまえは精神異常《サイコ》だよ。じぶんの妹のことをこんな風に書くやつなんて、だれだって精神異常なんだ。現実を直視しろよ。おまえには分からねえのかい？　じぶんが邪《よこしま》なアンポンタンで、クソ野郎のたぐいだって事実に、面と向かったことがあるのかよ？」

用務係か看護婦か――だれかが――廊下を近づいてくる。チャーリーは声を張りあげて、彼らに向かって叫んだ。

「このクソ野郎をつまみだせ！　こいつのせいでおれは気が触れちまう！」

ぼくはじぶんから起ちあがって辞去した。あそこから出て気がせいせいする。バスに揺られて家に帰るあいだも、ぼくはずっと憤怒と不信に身を震わせていた。ぼくの人生で最悪の一日だった。生きているかぎり、ぼくは二度とこの日のことは忘れないだろう。

バスがサミュエル・P・テイラー・パークを通りすぎたとき、まるで無関係な人に訴えかけてみようかという考えがふと浮かんだ。この全体の状況、ぼくの懸命の努力とチャーリーの反応――それをそっくり無関係な人の前にさらし、ぼくのしたことが絶対に正しいことではなかったのかどうか、公平に判断してもらおうじゃないか。

最初に思いついたのは、地元紙のサンラファエル・ジャーナルか、ベイウッド・プレスのどっちかに手紙を書くことだった。ぼくは頭のなかでその思いつきを捏ねくりまわし、手紙を組み立て始めるところまでいった。

が、もっといい手を思いついた。ぼくは草稿の巻物をほどいて、丹念に読み直し、チャーリーが注意を促したくだりを抹消した。それから紙を巻き直して、クローディア・ハンブローの宛名と住所をそこに記した。

バスがインバネス・パークに着くと、ぼくはバスを降りて、ミセス・ハンブローの家に通じる道を歩いて登っていった。家内の住人を驚かさないよう、ぼくは音も立てずに家に近づき、ドアの下にそっと草稿を忍びこませた。そして立ち去る。

インバネスまでほとんど全路を歩き通してから――バスを使うより歩くほうがずっと時間がかかる――突然気がついた。あの草稿にはぼくの署名が入っていない。一瞬立ちどまって、引き返そうかという気になりかけた。でも、ミセス・ハンブローなら、だれから届いたか察しがつくだろうと思い直した。あの草稿を目にするや、彼女とぼくのあいだにテレパシーの交信が通じるだろう。しかも、草稿自体にはもちろん、フェイとナット・アンテールの名が入っている。だれがあれを置いていったかを突き止めるくらい、彼女には朝飯前のことだろう。

ぼくは気が軽くなり、足を速めて家に着いた。じっさいに玄関のドアを開け放ち、家のなかに入りかけたとき、突然思いだした。あと一ヵ月だ。ぼくが決めた日付限りで、世界は滅亡する。この人たち全員、チャーリーもフェイもナット・アンテールもグウェンも、どっちにしろみんな死んでしまうんだ。だから、ある意味ではどうだっていいことだ。チャーリーに知らせたことの中身が事実だろうが事実でなかろうが、大差ないことなのだ。その事実を知った結果、チャーリーがどうするかも、どうでも構わない。だれが何をしようが、もう手遅れなんだ。彼らもそろって、どうせ放射能の灰と化すだけさ。ほんの一握りの、黒い放射性の灰塵に帰すんだ。

そうと悟って思い浮かべた、彼らのなれの果ての光景が、それから何日も心に生々しく残っていた。振り払いたいと思っても、どうしてもこころから拭い去れない。なにか別のことを考えようと何度も試みた。でも、その光景がすぐ引き返してきた。

13

ある日の午後、ナット・アンテールが車でヒュームの家に行って車を駐めると、娘たち二人がはしゃいで出迎えた。

「羊が赤ちゃんを生んだよ！」彼が車を降りると、ボニーが叫んだ。「ほんの数分まえ、赤ちゃんを生んだんだ」

「窓からみてた！」とエルシーも彼に叫ぶ。「青い鳥の会もみてたんだ。パンを焼いてたら、黒い四本のアンヨ(180)がみえた。で、ほら、赤ちゃんだよって言ったの。やっぱり、そうだった。マミーは雌の赤ちゃんだって言ってる。女の子の赤ちゃんなんだ。それを見ようと、パティオにみんな出てきた」娘たちはスキップして、彼の横についてくる。彼は家のなかを通り抜けて、パティオに通じる裏口のドアを開けた。

　鉄枠に帆布を張ったパティオ用の椅子に、フェイが腰掛けていた。黄のショーツにサンダルを履き、ホルター付のタンクトップを着て、マティーニを啜っている。「雌羊《めひつじ》の一頭が出産したのよ」と肩越しに言う。「青い鳥の会の連中が、まだうちにいるあいだにね」

「子どもたちが教えてくれたよ」と彼が言った。

彼女はフェンスとバドミントンのネットの彼方、遠くの野原に目を凝らしつづけた。一瞬ののち、彼もその雌羊の姿を見分けることができた。グレーと黒の大きな袋のように、雌羊が横になっている。彼の目には仔羊《こひつじ》が見えなかった。動きといえば、雌羊の片方の耳が、ときおりぴくっとひき攣《つ》るくらいだ。

「あれは羊たちが昂奮しているしるしよ」とフェイが言った。「耳をぴくぴくさせるときはね。羊が苦痛に耐えてるからなんだわ」

やがて雌羊は起ちあがろうともがきだした。草のうえにちっぽけな黒い点が見えた。それが仔羊だった。雌羊は仔羊をつつきだす。最初は鼻づらで、それから前肢《まえあし》の蹄《ひづめ》で。仔羊は起ちあがると、ぶるっと身を震わせた。雌羊が鼻で押して乳房をあてがう。

「もう授乳させてる」とフェイが言った。「犬はバスルームに閉じこめといたわ。だから、トイレに入ったら、犬を出しちゃだめよ。去年はあのバカ犬、仔羊をみんな殺しちゃったから。生まれたての仔を見つけてね。あきらかにまだ血で濡れていたの。ただの肉の塊かと、犬は思ったらしいのよ」

「なるほど」と言って、彼は籐椅子に座り、彼女といっしょに眺めた。娘たち二人は、しばらくまわりをうろついていたが、やがて三輪車に乗って消えてしまう。

フェイが言った。「あの雌羊、もう一頭産みそうに見えるわね。見てよ、まだ腹が膨らんでるでしょ」

「あれってただの乳房だと思わないかい？」と彼が言った。

「いいえ」と彼女。

しばらくして日が沈み、女の子たちの三輪車を家に入れようとして、あの雌羊がまた横臥しているのが目に入った。今度は臀部が律動して震えている。フェイが言ったとおりと知った。彼は室内に入りキッチンへ行った。ガスレンジのまえで、フェイがサラダをまぜている。

「きみが言ったとおりだ」と彼は言った。「雌羊が分娩中だよ」

フェイが言った。「死産になるわね。分娩の間隔が一時間を超えると、二頭目は死産と決まってるの」彼女はサラダを置いて、コートを取りに行った。

「たぶん、そうはならないよ」と彼は言った。羊のことなどなにも知らなかったが、彼女を慰めるようなことを言いたかった。

ランタンを手にして――空が暗くなり、星が瞬きはじめた――ふたりは草原をよぎって、雌羊のそばまで歩いていく。羊はいま、起ちあがって草を食んでいた。近くに寝そべる仔羊が、頭をもたげている。

「獣医を呼ぶわ」とフェイが言った。

彼女は獣医に電話をかけ、長いあいだ話しこんでいた。ナットは家のまわりをうろうろして、ときおり野原のほうに目をやる。いまは暗くて、ハイウェー沿いのユーカリの木立の輪郭しか見えない。

寝室から現れたフェイが言った。「獣医が言ってたわ。一時間してなにも起きないようだったら、もう一度電話をくださいって。たぶん、あたしたちふたりで、雌羊にそこらを歩かせるようにすれば、分娩が早まるかもしれないって。でも、みとめてたわ。これが長びくようだと、見通しは暗いそうよ」

彼らは夕食を摂った。そして、テーブルを片づけるまえに、ふたりはまたコートをはおり、ランタンを提げて野原に出ていった。

ランタンの光が一頭の雌羊を照らし、また別の羊をかすめた。「それじゃない」とフェイが言って歩きつづけた。「むこうを照らして」と言って指さす。

光のなかに浮かんだのは、起きあがった雌羊だった。黯《くろず》んだ胎盤を尻から引きずっている。布地のハンモックみたいに垂れた胎盤が、草のうえのべっとりした黒い水たまりに繫がっていた。彼にとってそれは、汚物のような、なにかの排泄物に見えた。ところが、フェイは歩み寄ると、平然として非情な声で言った。「死んだ仔羊よ。大きな仔だったのね」屈みこんで言う。「五体満足だわね。雄だったみたい。産み落とされたばかりよ」血まみれのべとべとした胎盤を両手で剝がしはじめる。糸をひく粘液が仔羊の顔を覆っていた。「やっぱり雄だわ」仔羊を裏返してから、彼女が言った。

「残念だな」と彼は言ったが、なんの感情も湧いてこなかった。ただ、生理的な拒絶反応だけで、血と粘液まみれの胎盤への嫌悪感しかなかった。思わず目を背け、触りたくないと思ったことが、いまは後ろめたい。

フェイは死んだ仔羊の口に手を差しこみ、顎をこじ開けていた。それから胸骨を圧迫して蘇生を試みはじめる。何度も何度も繰り返した。「まだ温かいわ」と彼女が言った。「いつもあたしが外でみつけるのは、硬直した死骸ばかり。この仔は大きすぎたのね。五時間も分娩にかかった。あまり長く中断していたから」いま彼女は仔羊を後肢《あとあし》でぶら下げて、ぴしゃぴしゃ叩いていた。「仔犬の赤ちゃんだと、こうするのよ」と彼女は言った。「だめね」と彼女。「どうしようもないわ。残念だけどね。五体満足の大きな雄の仔羊だったのに。これってておかしくない？　ここまで五カ月もおなかで育って、それから死んじゃうとは。なんてひどい話」彼は仔羊をマッサージして、顔を拭いてやり、ぴしゃぴしゃ叩きつづけた。雌羊は生き残った仔羊を連れて、遠くに立ち去っている。「仔が死んだときは、親もわかるのよ」とフェイが言った。「ときどきは彼らも仔羊を起たせようと、一時間も鼻をこすりつけてるわ。でも、こいつはもう死んでるってわかったのよ。起たせようとしていないもの」とうとう彼女も起ちあがった。「あたしの手を見て」と言った。「そこらじゅう血だらけ」

彼が言った。「ぼくがこいつをゴミの缶に捨ててきたほうがいいかい？」

「埋葬しなくちゃ」と彼女が言った。

いまの彼は、さほどむかつきを感じなくなっていた。後肢をつかんで死骸を拾いあげる。なんて重いんだ。前に提げて運びながら、彼は家まで歩いていく。一、二歩あとからフェイがついてきて、彼のためにランタンの灯をかざしてくれた。

「どっちにしろ、あの雌羊じゃ、仔は一頭しか育てられないわ」と彼女が言った。「あの羊たち、まだひ弱で起ちあがれないころ、うちに持ちこまれたの。からだを洗って乾かして、カロ・シロップ(181)や水をあげてから、送り返したわ。雄の仔羊は助からなかった。雄はとっても弱いのよ。雄の仔が死産になる確率は常に高いの――大きすぎて産道から出てこられないのよ」

彼はピッチフォークとシャベルを振るって、糸杉の根元近く、泥の湿ったあたりに穴を掘った。

「とにかく」と彼は言った。「きみには、仔羊がまだ一頭残ってる」

彼女はなにも言わなかった。

「あれを見て感動したよ」と彼は言った。「きみがつかつかと近寄って、怯むことなく、あの汚物を取り除きはじめたから」農婦みたいだ、と彼は思った。しかも、ショーツとサンダルを履き、青いコール天のコートをはおったままだ。怯えも見せず、嘔吐も催さない……彼女の剛毅な性分には、彼も頭を下げるほかなかった。彼女にあると知ったこの芯の強さは、最上の資質のひとつだ。むろん、こういう状況にでもならないと、それは表に出てこない。尻込みするなんて、彼女はこれっぽっちも思ったことがないのだ。

彼女が言った。「仔羊の口に息を吹きこんで人工呼吸すべきだったけど(182)。あれはたまらないな。ねばねばの粘液だらけだもの。獣医に電話して、なにが起きたか、説明しといたほうがいいと思うの」彼のためにランタンを立てかけておくと、家のなかに消えた。

彼は仔羊を埋め終えると、戸外の水道の蛇口で手を洗い、彼女を追って家に入った。娘たちはテレビを見ようと、子ども部屋にさがっていた。ダイニングルームのテーブルには、さっきふたりが出ていったときのまま夕食の皿が散らかっている。彼は皿を何枚か手にして、流しに運んだ。ジャックはどこだろう、と思った。たぶん、じぶんの部屋か。彼がフェイのもとを訪れていっしょだと、いつもあの兄は姿をくらまして、ひとりぼっちになる。一家と食事さえいっしょにしない。

「あたしがやるわ」フェイが現れて、そう言った。「そのままにしといて」タバコに火をつけた。「ちょっとリビングルームでひと休みしようよ」

「きみの兄さんはどこ？」それぞれ腰をおろしながら、彼がそう聞いた。

「クローディア・ハンブローのとこよ。グループの集いなの。特別緊急会合ですって」もの思わしげにタバコをふかしていた。

「気が滅入ってるのかい？」と彼が聞く。

彼と肩を並べて、彼女がびくっと胴震いした。「ちょっとね。考えるだけで気が滅入ってくる」

「あの仔羊のことなら、だれだって気が滅入るさ」と彼は言った。

「仔羊のことじゃない」とフェイが言った。「あんたが、皿洗いしようとしているのを見たからよ。あんたがやるべきことじゃない」

「どうして？」と彼は言った。

「男は皿洗いみたいなことをすべきじゃないの」

彼は言った。「僕に洗ってほしいのかと思ってたよ」彼女がどれほど皿洗いを毛嫌いしているか、彼はよく知っていた。じぶんの代わりに、いつもだれか人にやらせている。兄がいないなら、彼自身の出番だろう。

「あたしは一度だって、あんたに皿を洗ってもらいたかったことなんてないよ」フェイはそう言って、吸いさしをぐいと揉み消した。「あんたはノーと言って断るべきなんだ」たまらず起ちあがると、歩きまわりだした。「行ったり来たりしても、気にならない？」と言って、ちらっとぎごちない笑みを浮かべた。ほとんど顔を歪めている。

戸惑って彼は言った。「きみは僕に頼んでおきながら、僕に拒絶してほしいと言いだす。きみは僕にノーと言ってほしいんだな」

「あたしにあれこれ指図されないようにすべきだ、と言ってるのよ。だって間違ってるでしょ――男はもっと強くなくちゃ。男は権威で押し切るべきなのさ。結婚生活って究極の男尊女卑だもん。女は男の指図に従うもの……男が女にことの是非を教えなければ、なにが善でなにが悪か、女はどうやって知るっていうの？　あんたに教えてもらいたい。あたし、あんたが頼りだもの」

彼が言った。「きみが頼んでることを、きみのためにしてやって、あげくに僕がきみを落胆させるとはね」

「あんたがじぶんで男を下げたのさ」と彼女が言い直した。「だって、仕方なく唯々諾々なんて、それじゃ、あたしも女がすたるよ。あたしを手助けするつもりなら、最上の方法はあんたがじぶん自身のままでいることとさ、あんたが正しいと思うとおりにやることだよ。わが道徳こそ権威あり、堂々とそう断言するんなら、もっとあんたを尊敬してやるよ。子どもたちにはそれが必要だもの」

彼は言った。「男が皿洗いする姿なんか、子どもに見せちゃいけないってこと?」

「女が命じたことを、男がなんでもやるのはダメだってこと。何をすべきか、男が女に命じる姿こそ、子どもに見せてあげなくちゃ。それがあんたに望んでる原則だよ——盤石の道徳の重み。あんたがこの家に持ちこむべきはそれなのよ。うちのみんなにそれが必要だからね」

「その『盤石の道徳の重み』とやらは」と彼は言いかけて息苦しくなった。「つまり、僕が断固たる態度で、きみに逆らうって意味なんだろう。ちがうかい?」と彼は言った。「僕がきみに逆らったらどうなる? きみはどうするんだ?」

「あんたを尊敬するわ」と彼女がこたえた。

「いや」と彼が言った。「きみはむくれる。その逆説が分からないのかい? きみの言うとおりに僕がすれば——」

彼女が口を挟んだ。「いいわよ。あたしの責任にしなさいよ」

「なんだって?」と彼が聞き返す。

フェイが言った。「どうせ咎はあたしにあるんだろ」

彼は相手をじっと見つめた。こうも気が変わりやすくては、とてもついていけない。「そうじゃない」と彼はやっとの思いで言った。「これは僕らがおたがい関わりあってることだ。僕らふたりで努力すべきことなんだ。責任も権威も相身たがいだ。片方が他方をいいように操るって話じゃない」

フェイが言った。「あんたがあたしを操ってるんだ。あたしを変えようとしてるのさ」

「いつ？」と彼は迫った。

「いまよ。あたしをいま変えようとしてるんだわ」

「僕が分かってもらいたいのはね、きみの願ってることは、あちら立てればこちら立たずだってことだけだ」

「分かってるさ」と彼女が言った。「あんたはあたしに腹を立ててる」

ナットが言った。「きみは喧嘩したいのか、そうだろう？」

「あんたのそのしたり顔の敵意に、むかついてるだけさ」と彼女が言った。「もっと率直になったらどう。そういう回りくどい責めかたでなく、もったいぶって偉そうに言うんでもなくて、あんたの敵意をあからさまに吐きだせばいいのに」

しばらく彼は黙っていた。

「さっさと失せろってば」と彼女が言った。「いつでもどうぞ。ここをうろつかなくてもいいよ。なぜかって？　どっちにしろ、ここはあんたの家じゃないからさ。あたしの家だ。あたしの家で、あたしの食べもので、あたしのカネなんだ。とにかく、あんた、ここで何してるんだい？　どうやってここに入りこんだのさ？」

信じられなかった。聞いた風なせりふだが、まさか彼女の口から聞くとは。

「分かってるさ。あんたはあたしが嫌いだろ」とフェイが言った。「あんたはちらちらと形を変えて千度もそれを仄めかしてきた。あんたは感じてるんだよ。このあたしが無責任で、やいのやいのと口やかましく、我がまま放題で、子どもっぽい女だとね。いつも我流でやりたがり、発育不全で、ほんとはあんたを愛してるんじゃなくて——人をこき使いたいだけなんだってね。図星だろ？」

やっと彼はこたえた。「そう――ある程度は」

「どうして、あたしに立ち向かえないのさ？」と彼女。

「僕は――『立ち向かう』ために、きみと関係したわけじゃない」と彼は言った。「きみを愛してるんだ」

そう言っても、彼女はなにもこたえなかった。

ナットが言った。「さっぱり分からない。いったい全体、これはどうしたことだ？」起ちあがって、彼女のほうへ近寄った。背に腕をまわしてキスしたかったのだ。「きみはどうして、こんなにいきり立ってるんだ？」

「ああ」と彼女は言って、彼の肩に頭をあずけた。「これって、アンドリューズ博士がきょう言ってたとおりだよ」彼の背に腕をまわす。「博士はこう言ってたわ。あんたのことを語りだすと、いつもあたしはまともなことが言えなくなる。まるであんたが見ず知らずの人みたいにね。あたしにとっては、だれも現実じゃないみたいになる。あんたが言ってたことにそっくりなの――たぶん、あれはほんとなのよ。ああ、一瞬でも、あれがほんとだと分かっていたら――」すっと身を引いて、彼をまじまじとみつめた。「チャーリーがいつもあたしに言っていたこと、あれがほんとだったらどうしよう。あたしは一度もみとめなかった。それはつまり、あたしが欲しいものを手に入れるために、彼を腑抜けにして、顎で散々こき使い、とうとうしゃぶり尽くしたってことよ。あたし、駄々っ子みたいに甘やかされてきたから……いつだって、欲しいものは手に入れる。得られないと癇癪を起こしちゃう。だから、彼だって、酒をあおって帰宅すると、あたしを殴らずにはいられなかった。それしか仕返しする手段がなかったのよ」険しい目で彼をみつめた。「あげくに彼を病気に追いやった。そして——たぶん、あたしは彼に死んでほしいんだわ。彼にはもううんざりしてるから。彼にとって、あたしはもう必要な女じゃない。だから、あたしはわざとあんたと寝て、あんたの結婚をぶち壊した——あんたをつかまえることができれば、グウェンがどうなろうが、あんた本人がどうなろうが、知ったことじゃない。あんたは良い夫になれそうなタマだからね。古い夫は使い切って、新しい夫が必要なんだよ。あんたがあたしといっしょになれば、彼とおなじように遇されるだろうな。また、おんなじことの繰り返しだ。あんたはあたしの使いっ走りになる。あたしに代わって雑用をこなし——あたしに腑抜けにされ、やがて酔っ払って、あたしを殴るしか鬱憤のやり場がなくなる」ふと口をつぐんだ。そして立ったまま、彼をかすめて虚ろな眼差しを宙に投げた。

「僕はぜったいきみを殴らないよ」と彼は言って、彼女の乾いた短髪を優しく撫でた。

「チャーリーだって、あたし以前はだれも殴ったことがなかったさ」と彼女が言った。

「このことは」と彼は言う。「きみと僕とで話しあえばいい。僕らふたりなら議論できる。

おなじ言葉で表現できるんだ。彼にはそれができない」

彼女がうなずいた。

「僕らは怒りを表現できるだろ。きみが今しているみたいに。僕らはこれをサシで処理できるんだ」

「現実を見なよ」とフェイが言った。「あたしはぶきっちょで、ことばも蓮っ葉な女だ。どうしてあたしが欲しいの？」

彼が言った。「だって、きみは頭のいい、勇ましい女性だから」髪を撫でながら言った。

「開拓時代の女性を思わせるんだ」仔羊を救おうとした彼女のことを考えた。

「あたし、あんたをうちの下男に蹴落としちまうって思わない？」彼から離れて、薪《まき》を取りに行き、暖炉の火にくべた。「それがあたしの望みだもん。大勢の付き人に傅《かしず》かれたいの。室内の色彩を配合する装飾家、外壁のペンキ屋、庭師、電気屋、あたしの髪に鋏を入れる美容師、キッチンの改装業者――工房が欲しくなったら、家に新しく一室を増築してくれる人も要るわ。粘土を捏ねる工房よ。あんた、あたしに作業部屋を一つ建ててくれる？　轆轤《ろくろ》が据えられる場所よ」

「いいよ」と言って彼はほほ笑んだ。

「それであんたが腑抜けになったら」と彼女が言った。「学校へ行く望みを断念させ、あたしと娘たちを食わせるために……家計の責任を背負わせて、これから一生あんたをがんじがらめにしたっていいのかい。あたしはもっと子どもが欲しい。できるだけ早くよ。たまたまだけど、あんたにペッサリーの話をしたっけ？」

「ああ」と彼は言った。

彼女はつづけた。「あんたをむりやり不動産業に縛りつけておく。あんたがほんとになりたいのは――」彼女はそこでためらった。「なんであれ、専門職に就きたいのよね」両目をぱちくりさせて聞く。「何になりたいって言ったんだっけ？」

「たぶん、法律家」と彼が言った。

「あら、そんならあたしを告訴できるわね」と彼女。

「僕はきみと結婚したいんだ」と彼が言った。「グウェンと離婚して、きみと結婚したい」

「チャーリーはどうするの？」

「きみは彼に離婚したいと言えないのかい？」と言ったが、じぶんが全身隈なく緊張しているのを感じた。

「それはいけないことだよ。わかってる、そこがあたしのブルジョワ性なんだ――あたしがいかに、いけすかないブルジョワ女かってことよ。離婚しちゃダメなんだ。ただそう感じるだけ。結婚したら一生別れちゃいけない」

「へえ」と言ったが、彼は空しくなってきた。「それなら、これっきりだ」

「これって、見当違いの貞操観だと思うけどさ」と彼女が言った。「でも、あたしにはどうにもならないことよ。あたしが彼と結婚したとき、良し悪しは別として、結婚したことはしたんだよ。あの誓いのことば、あたしは本気だった」

彼は言った。「じゃあ、きみが彼と別れる唯一の道は、彼が死んだらってことになる」

「彼が死んだら」と彼女が言った。「あたしは再婚しなければならない。娘たちのためにもね。子どもたちには父親が必要だからよ。家の大黒柱は父親なんだ。父親こそが家族を外の世界、社会に結びつける絆だもん。母親なんて、みんなに食べさせ、服を着せ、暖めてやるしか能がないんだよ」

ひと息置き、いくらか不安を覚えながら、彼は言った。「どうして彼に聞かないんだい？」

「聞くってなにをさ？」

「どっちを選ぶのかって」そう言ってから、しまったと思った。でも同時に、こうも聞いてみたかった。「死ぬのがいいのか、それとも離婚するのがいいのかって」と。

すると彼女は、冷たい悪鬼の相になった。これまで、そんな顔は一、二度しか見たことがない。ところが、語りだすと、声は完璧に抑えられ、相変わらず冷静だった。じっさい、彼女の知恵と経験の深み、究極の学識で鎧《よろ》った部分から語りかけるみたいに、奥ゆかしげで理路整然とした口ぶりだった。感情の発する言葉などかけらもない。もっともありきたりの常識、金甌《きんおう》無欠、異論を挿む余地のない知識から発せられていた。「そうね」と彼女は言う。

「子どもたちの面倒をみる責任、とりわけ、それが他人の男の子どもとなると、その責任を負えって男に求めるのは大変なことよ。あんたを非難しないわ。いまのところ、あんたは比較的楽な暮らしをしてる。長い目で見れば、あんたが一家を養っていけるかどうかは疑わしい。ほんとにあたしは、わが家を支えていける男と結婚しなくちゃならない。現実を見て。あんたはその能力を欠いている」彼にほほ笑んだ。ちらっと、よそよそしい笑み。かろうじて彼も気づいた。ほとんど恩を着せるような笑みだ。

これ以上、何をかいわんやだ。彼はクローゼットに行ってコートを取った。

「あたしを捨ててくのかい?」と彼女が言った。

ナットが言う。「ここにいたって意味がないから」

「さっさと立ち去ったほうがいいよ」と彼女。「たぶん、長い目でみれば、あんたにとってもそのほうがいい。とにかく、そのほうが楽だろ?　ちがう?」

「いや」と彼は言った。「楽じゃない」

「あら、楽だってば」と彼女は抗った。「いちばん楽な道だよ。あんたがしなくちゃならないことは、コートをはおって、グウェンのもとに帰るだけ」玄関まで彼についてきた。顔は内面が疼《うず》いて蒼白だった。「さよならのキスくらいしてくれないの?」と言う。

彼はキスした。「じゃあね」と彼は言った。

「グウェンによろしく」と彼女は言った。「たぶん、みんなでいつか、晩にディナーをいっしょにどうぞ。チャーリーは、あと一週間かそこらで退院するはずだから」

「オーケー」と彼は言った。こんな結末になるなんて、ほとんど信じられなかった。彼は後ろ手にドアを閉め、砂利道と糸杉の木立を抜けて車にもどった。彼が車寄せからバックで車を出すまで、照明が灯っていた。車が路上に出たとたん、明かりが消えた。

茫然として、彼は家路についた。

僕が夕食の皿を洗おうとしなかったら、どうなっていたんだろう。彼は考えた。こういう結末になっていただろうか？　結局、こうなったんだろうな。彼は踏ん切りをつけた。遅かれ早かれこうなったんだ。僕らがたがいに抱く敵意と猜疑が、積もり積もって衝突したんだ。しょせん時間の問題だった。避けられなかったんだ。

それでも、まだ信じられなかった。そしていま、車を走らせながら、これを信じるようになったとき、どういう感情に襲われるのか、背筋が冷たくなりはじめた。これが現実になりはじめたら、それは僕にどう影響するんだろう。

じぶんの家の前に来たとき、見知らぬ車が駐まっているのが目に入った。彼は車から降りると、ステップをあがって家に入る。

キッチンにグウェンが座っていた。前のテーブルには、ワイングラスが置いてある。彼女の向かいに、見知らぬ男が座っていた。眼鏡をかけた金髪の青年。テーブルのふたりがぎょっとしたような顔で目をあげた。でも、ほとんどすぐ、グウェンは気を取り直した。「早いお帰りね」といまにも壊れそうな、棘のある声で言った。「どうせ向こうで長っちりかと思ってたわ」

「こいつはだれだ？」とナットが言って青年を指さした。動悸がして胸が苦しい。「こんな目には遭いたくない。家に帰ってきたら、他人の車が家の前に駐まってるなんて」

「あ〜ら」とグウェンが言ったが、おなじ声の調子だった。そこに含まれた毒、溢れんばかりの憎悪に、彼はたじろいだ。これほど皮肉たっぷり、音節ひとつひとつに嫌味をこめ、彼に対する満腔の敵意、森羅万象への怨念をむきだしにして、彼女が言いだすなんてこれまでなかったことだ。いまこの瞬間、彼との関係でグウェンは、憎しみしか感じることができないみたいだ。ほかには何の感情も残っていない。これが彼女の全感情なのだ。「ごめん遊ばせ」と彼女が言った。「あなたとフェイは、今晩もずっとごいっしょかと思ってたわ。たぶん、夜もごいっしょにお過ごしかと」

青年が起ちあがりかけた。

「出ていかないで」とグウェンが言って、青年に目を移した。まださっきと同じ口調だった。「どうして出ていかなくちゃならないの？」ナットに向かって言う。「私たち、ちょうど共同作業をしようとしている最中だったの。どうして、あなたのほうが席を外して、あとで戻ってこないの？」

「なんの共同作業だ？」と彼が聞いた。

「相互理解よ」と彼女が言った。「私たちふたりのあいだの。こちら、ロバート・アルトロッチ。この道路の奥に住んでるの。小鳥がいるところよ。インコを飼っていて、サンフランシスコの安物《ダイム》ショップに卸してるのよ」

ナットは黙っていた。

「いいでしょ？」とグウェンが言った。「私たち、ここにいても？」夫を追い払う仕草をみせた。「そっちが車で立ち去れば」と促す。

青年に対《むか》って、ナットが啖呵《たんか》を切った。「家から出てけ」

アルトロッチはわざとゆっくり恭《うやうや》しく起ちあがると、ワイングラスを押しのけて言った。

「出ていくところだったのさ。仕事に行かなきゃな」玄関口で立ちどまって、グウェンに言った。「じゃ、またな。いつもの時間に」

はなからナットなど無視して彼女が言った。「いいわ。電話して。あるいは、こっちから電話する」そこで彼女の声に忍びこんできたのは——まちがいなく気配りしてだが——仲睦まじそうな声音《こわね》だった。「おやすみ、ボブ」

「おやすみ」とアルトロッチも言った。残ったふたりの耳に、やがて玄関のドアが閉まる音が聞こえた。そして、男の車が走り去る音。

「フェイは元気？」とグウェンが聞く。まだテーブルの前に座っている。ワインを啜って、グラス越しに彼をみつめた。

「元気だよ」と彼は言った。

「彼女といっしょだと、あなたは嬉しくても」と声をわななかせて、グウェンが言う。「私は面白くないの」

「家に帰ったら、他人の車と鉢合わせするなんてこと、僕はご免だね」と彼は言った。「僕はフェイをこの家に連れこんだことはない」と言う。「だれかをここに連れこむなんて間違ってる。フェアじゃない。きみは外に出かけて、だれとでも好きな人と会えばいい。ここにはそういうやつを連れこむな。ここは僕の家でもある」

「私たち、彼の家には行けないの」とグウェンが言った。声が上ずっている。「彼は結婚していて、六カ月の子どもがいるから」

それを聞いて彼は打ちのめされた。気が塞いで遣るせなくなる。そうだ、これがフェイとの情事の結末なんだ。自らの結婚を傷つけ、破綻させたばかりじゃない。これまでの人生で袖さえすりあったことのない赤の他人、新生児を抱えた男の結婚まで、ぶち壊したのだ。

「あなたにとっては嬉しくても――」とグウェンが言いかけた。

「あてつけなんだ」と彼が遮った。

彼女はなにも言わない。

「僕への仕返しなんだ」と彼は言った。「これが僕の受ける報いなのか。見知らぬどこかの間男。そいつの妻と子だって、苦しまなくちゃならないだろ。そうやって、きみは僕に報復することができる。僕はフェイと結婚したいし、本気でそう思ってる。きみはそうじゃないだろ？　じぶんでもつまみ食いと分かってるんだ」

グウェンは無言だった。

「これってあんまりだよ」と彼が言った。「こんな仕打ち、聞いたことがない。どうしてこんな真似ができるんだ？」

妻の顔にみるみる、苦悶と決意の表情が浮かんできた。彼がなにを言っても、火に油をそそぐだけだった。

「僕たち、どっちかが出ていくべきだ」と彼が言った。

「いいわ」と彼女。「あなたが出てって」

「よし、出ていく」と彼が言った。寝室に行って、ベッドに座りこむ。「今すぐって気分になれない」と彼が言った。「あとだ」

「いやよ」とグウェンが言い張った。「いま出てって」

「地獄に落ちろ」と叫んだが、額に汗がにじむのを感じた。「うるさい」と言いながら、声を落とす。「もう僕に四の五の言うな。さもないと、あとは責任を負えない」

グウェンが言った。「私を脅さないでよ」それでも、彼に食ってかかるのをやめ、ひとり背を向けてリビングルームに消えた。ソファにどさりと腰をおろす音が聞こえた。

家のなかが森閑とする。

なんてことだ、と彼は思った。これでおしまいだ。僕の結婚は壊れた。僕はどこにいるんだ？　なにが起きたんだ？

彼がそこにへたりこんでいると、グウェンが再びあらわれた。「私が出ていくわ」と彼女が言った。「だから、彼女と別れなくてもいいってことよ。私はサクラメントに身を寄せて、実家に泊まるつもりよ。車を持ってっていい？」

「車を持っていかれたら」と彼は言った。「僕はどうやって勤めに出るんだ？」心臓が早鐘を打つように激しく鳴って、肩で息をしないと言葉にならなかった。全身のエネルギーを注いでも、一語一語休みを入れなければならない。

「じゃあ、サクラメントまで私を車に乗せてったあと、ここにもどればいい」と彼女が言った。

「オーケー」と彼。

「なにを持っていくか、見てくるわ」と彼女が言った。「今夜、私物をぜんぶ運びだすつもりはないの。明日、もどってくる。たぶん今夜、サクラメントに行くのはやめにしとこう。あそこは遠すぎる。たどり着くまで一晩かかるわ。モーテルに泊まる。この界隈でも、ポイント・レイズに一軒あるでしょ」

「いや」と彼が言った。「サクラメントまできみを連れていく」

彼女はじっと彼の顔色をうかがう。やがて、ひとことも言わずに、またもや別室に立ち去った。はじめはなんの音も聞こえなかったが、そのうちに彼女が荷造りをはじめたと気づいた。クローゼットからスーツケースを引きずりだす音が聞こえる。

「やっぱり、きみの言うとおりだ」そのまま寝室にいて、彼が声を張りあげた。「今夜、きみをサクラメントまで連れていくのは無理だな。明日まで待とう——今夜はここで寝て、明日話しあおうよ」

グウェンが別の部屋からこたえた。「今夜、あなたと寝るのなんてまっぴらよ。あなたのほうが、彼女の家に行ってあちらで休んだら。私をこの家に泊めたいんなら」

「きみはソファで寝ればいい」と彼が言った。「さもなきゃ、僕がソファで寝る」

「どうしてあちらにもどらないの？」グウェンが戸口にすがたを見せた。「なぜこんなに早く帰ってきたの？」

　彼はこたえた。「喧嘩したんだ」彼女に目を向けなかったが、射るような妻の眼差しを感じた。「つまらん諍《いさか》いさ。羊が死産してね、彼女、とり乱したんだ。おぞましかったよ。どろどろのタールの塊みたいだったから」それから彼はくどくど説明しはじめた。彼女はしばらく聞いていたが、やがて消えた。聞き飽きて、荷造りを再開したのだ。彼はかっと頭に血がのぼって、ベッドから跳びあがると、彼女を追いかけた。「聞きたくないのかい？」と詰めよった。

「いろいろ考えることがあるのよ」とグウェンが言った。

「聞いてくれてもいいだろ」と彼は言って、彼女が荷造りしているあいだ、部屋の真ん中に仁王立ちした。「なぜ聞こうとしない？　僕にとっては、地獄のような光景だった。きみが聞いたこともないような、この世の地獄のひとつさ。ほんとに嘔吐しそうになった」

「ご愁傷さま。仔羊の死産とはお気の毒ね」とグウェンが言った。「でも、それがどうしたっていうの？　あなたが出かけて彼女と泊まっても、私は黙っていたでしょ。なにひとつ文句を言わなかった。あなたの好きなようにやらせてきたわ。知り合いが来て、ご主人はどこですかって不思議そうな顔をしても、ミル・ヴァレーで夜遅くまで仕事をしてるんですと言い繕ってきた。あなたと彼女のこと、私はだれにも打ち明けてないのよ」

「ありがとう」と彼は言った。

「私にはわからない。彼が退院したら、あなた、どうするつもりなの？」とグウェンが言った。「どうする気？　彼にみつからないとでも？　だれかが告げ口するわ――こんなちっぽけな町では、だれも密事《みそかごと》なんて保てないのはわかるでしょ。みんながみんなを知ってるんですもの」

「きみが出ていったら」と彼は言った。「秘密を満天下にさらすにひとしい。太鼓判を押すようなものだ」

「あなたが私に残ってほしいのは」とグウェンが言った。「じぶんを守るためでしょう？　彼があの家に帰ってきたとき、あなたを殺すとかなんとか、彼はどんなことでもしかねないから」

「彼はなんにも手を出さないさ」と彼は言った。「病人だもの。まだ全快するまで、何カ月もベッドから離れられない身だ。彼はあやうく死ぬところだった。依然、頓死してもおかしくない。そう寿命は長くないよ」

苦々しそうにグウェンが言った。「たぶん、妻の浮気を知ったショックで十分よ。そうなったら、あなた、しめたものね」

「僕は彼女を愛している」と彼が言った。「彼女と結婚したいんだ。それは、僕が誇りに思うことのすべてなんだよ。信じ難いことに思えるのはわかるけど――」

「いいえ」とグウェンが言った。「信じ難いこととは思わない。あなた、あの子どもたちを見て、彼女にこころを奪われたのよ。あなたが子どもを欲しがってること、私も知ってるから。でも、あなたの勉強のせいで、私たちは子どもを産めなかった。彼女はあなたを学校に行かせるつもりなの？　それがつまり、あなたの一石二鳥なのね――学校に行けると同時に、大豪邸の持ち主になり、子どもたちもいて、そのほかに欲しいものがなんでも手に入るご身分になれる。ディナーにはTボーン・ステーキか。そうでしょ？」

「僕は安定した家庭と家族が欲しいんだ」と彼が言った。

「彼女と結婚したら、あなたがどうなると思っているか、私の見立てをご存じ？」

思わず聞かざるをえなかった。「どうなると思ってるんだ？」

「あなたは便利屋の下男におちぶれる。あそこを切り盛りして、家事をこなす身分に甘んじるんだわ。家計をやりくりして、暖房費の請求額を減らすために、せっせとサーモスタットを消してまわるようになる――」

「違う」と彼は遮った。「別れたんだ。僕は二度と彼女に会わない。僕らの関係は切れた」

「どうして？」

彼がこたえた。「たったいま、きみが言っていた理由さ。僕は下男で終わりたくもなければ、彼女の代わりに皿洗いする気もない」そう言いながら、ずしりと重く感じたのは、これこそ背信行為だという思いだった。妻への裏切りではない。フェイへの裏切りだ。彼がいま貞節を守り、倫理的にも義務感を抱いているのはフェイだった。じぶんの妻とともに、ここ自宅のリビングルームに立って、フェイとの仲は終わったと、わが妻に打ち明けながら、内心は知っていたのだ。こうなるほかなかったとしても、まだ終わっていないことを。吸いこむ力が強すぎる。彼女が無性に恋しい。あの家にもどって彼女といっしょにいたいのだ。その灼けるような渇望。あとは口先でしかない。

「私はそんなこと信じない」とグウェンが言った。「彼女と手が切れるほど、あなたって強い人じゃないわ。彼女は完璧にあなたを縛りつけてる。いつでも思いのまま。二歳児のような心で——目につくものをやたらと欲しがり、誰に何と言われようとしゃにむに手に入れる女だわ」

「彼女も自覚している」と彼は言った。「アンドリューズ博士のもとに通っているのもそれが理由なんだ。彼女も葛藤してるんだよ」

グウェンが笑った。「おやまあ」と言う。「あなたって極楽トンボなの？　そんなら、どうして彼女と別れようとしているの？」

それにはこたえられなかった。

「あんな女に、どうしてあなたが溺れたのか、私には分からない」とグウェンが言った。「これからの人生、あなたは尻に敷かれて過ごしたいの？　子と親のもたれあいの世界に、もどりたくてしかたがないの？」

「そんな言葉はもう聞き飽きたよ」と彼は言った。

「あなたが聞き飽きていたとしても、べつに驚かないわ」とグウェンが言った。「私が知りたいと思うのは、そんな生きかたをしていたら、あなただって飽きてしまうんじゃないかってこと」

彼は家の外に出て車に乗りこみ、彼女が荷造りを終えるのを待つことにした。

14

病院のベッドに横たわっていたチャーリー・ヒュームは、ネイサン・アンテールが病室に入ってくるのを見て、驚いたように身を起こした。

「ハロー、チャーリー」とネイサンが挨拶した。

「こりゃ驚いた」チャーリー・ヒュームがそう呟いて、またどたりと背をあずけた。

ナットが言う。「お目汚しに雑誌を二冊ばかり持ってきました」彼はライフ誌とトゥルー誌[183]をベッドの脇に置いた。「あと数日で床払いしてご帰宅の予定だって、病院側は言ってますが」

「そのとおり」とチャーリーが言う。「待ちに待った瞬間だ、おれもそろそろ心がまえしてるよ」仰臥したままネイサンを見つめている。「お見舞いありがとな。何の用でサンフランシスコに出てきたんだい？」

「ちょっと立ち寄ろうかと考えて」とナットが言った。「ふと思ったんです。僕はお見舞いに一、二度しか来てないなって。それもほかの人といっしょでした。お元気そうに見えますね。ご存じですか？」

チャーリーが言った。「これからダイエット療法だとさ。あれって結構辛いんじゃないかい？　ほんとにうんざりだな。体重を落とすためなんだが」手を伸ばして雑誌を取りあげたが、そのライフ誌はすでに読んだ号だと途中で気づいた。義兄のジャックがこの前の見舞いのとき、図書館から借りてきてくれたやつだ。それでも、ぱらぱら流し読むふりをしてみせた。「どうだ、万事順調かい？」最後にぽつりと聞く。

「ええ」とナットが言った。

「あんたの世評は大丈夫かい？」

「文句を言う筋合いではありません」とナットが言った。

「いいかい、坊や」とチャーリーが言う。肚を決めて本題に踏みこんだ。「知ってるんだぜ。貴様と女房のことは」

真向かいのネイサンの顔が、衝撃でみるみる紅みがさすのが見えた。「そうですか？」とネイサンが呟く。組んだ両手を握りしめ、指をよじらせ……力んで指が白く血色を失った。しばらくチャーリーをまともに見ようとしなかったが、顔をあげると言いだした。「だからなんです、僕がここに来たのは。ここに来て、あなたと話をしたかった。面と対《むか》って」

「バカ言え」とチャーリーが言った。「貴様がここに来たのは、そんな理由じゃない。おれが家にもどったらどうするか、そいつを探るためにわざわざやって来たんだろ。おれがどうするか、言ってやろうか。家にもどったら――」声をひそめると、ネイサンの肩越しに、開けっぱなしのドアの向こうの廊下を通りかかる人がいるか、こっそり様子をうかがった。

「あのドア、閉めといたほうがいいかな？」と彼が言う。

ネイサンが立って、戸口まで歩き、ドアを閉めると椅子にもどった。

チャーリーが言い放つ。「おれがドレイクス・ランディングにもどったら、あのアマ、ぶっ殺してやる」

長らく押し黙っていたが、ネイサンが唇を舐めてから言った。「なぜです？　僕のせいですか？」

「バカ言え」とチャーリーが言った。「あの女がアバズレだからだ。心臓発作のあと、ここに担ぎこまれたとたん、おれは決心したんだ。この夫婦はな、どっちかが一方を殺さなきゃなんねえ。わからなかったかい？　あいつもそう言ってなかったか？　あの女も分かってるさ。ふん、おれたちゃ、一つ屋根の下じゃ暮らせねえ。どっちかを追いだす唯一の手は、死なせて厄介払いしちまうことさ。おれにはそうやってしか、あいつを追いだせない。あいつもそうさ。貴様とは何の関係もないことだ。おれの名誉に賭けて言うがな」

ネイサンはことばもなかった。床をじっとみつめる。

「あいつがおれをここに幽閉しやがった」とチャーリーが言った。「あいつのせいで心臓発作を起こしたんだ。また発作に襲われたいとは思わんな。次の発作でおしまいだ」

ナットが言った。「あなたがほんとうに彼女を殺すとは思えませんね。殺してやりたい気がするだけだ。でも、それは大きな違いですよ」

「これまでだれもしたことがないような、最大の贈り物を貴様に授けてやるんだぜ」とチャーリーが言った。「逆らうなよ。いつか、おれに感謝する日がくる。あの女から解放されたことをな。貴様には、じぶんからあいつと手を切る度胸《ガッツ》なんかありゃしねえ。わかってるのさ、貴様を一目見るだけでな。やれやれ、貴様はそこに座って、じっさいはおれにあいつを殺《や》ってくれと頼んでるのさ。あんた、おれに殺ってほしいんだろ——だって、貴様もよおくわかってるはずだ。おれが殺らなかったら、この泥沼——あの女と——一生のたうちまわることになる。二度と安らぎは来ないんだぜ」そこで一息ついて休んだ。長広舌をふるったものだから、息切れがして疲労を覚えた。

「あなたが殺すとは思えない」ナットが繰り返した。

チャーリーはなにも言わなかった。

「根本的には彼女、健全な性質ですよ」とナットが弁護した。

「クソったれめ」とチャーリー。「甘く見んなよ。あの女はな、だれかに色目をつかって引きずりこむ以外、これまで指一本動かしたことがねえんだ。あの色目だって、あとで人をこき使えると思ってのことさ」

ネイサンが言った。「僕なら彼女と取引できると思う。彼女になんの幻想も抱いていませんから」

「貴様には一つ幻想がある」とチャーリーが言う。「いや、二つ幻想があるんだ。第一は、あの女に勝つ気でいること。第二は、千に三つはチャンスがあると信じてることだ。善は急げだぞ、あと数日でチャンスをつかんだほうがいい。それしかないからな。あの女もわかってる。そうでなかったら、おれが思ってるより頭の鈍い女ってことだな」

ネイサンは食い下がった。「もし僕らが別れたら。僕が彼女に会うのをやめてしまえば」

「なんにも事態は変わんねえな。こいつは貴様とは関係ないことだ。おれは貴様が好きだ。なんにも怨んでないぜ。あの女が貴様と青姦《あおかん》をやりたがったところで、どうしておれが気にする？　おれにとっちゃ、あの女は無意味なんだ。あいつはな、おれとたまたま結婚しちまったが、嫌になるほど不愉快で、うんざりさせられる女のクズなんだ。心臓のおかげで、今やおれも悟ったのさ。早晩、おれはあの世行きだろ。だから、いつまでも待ってられねえや。あんまり長くこいつを先延ばしにしてきた。何年も前に殺っちまうべきだったんだ。でも、おれは先送りしつづけてきた。すんでのところで、殺るチャンスを失うところだったよ」そこで息継ぎに話を打ち切った。

「まさか、そんな考えが胸に芽生えていたなんて、とても信じられない」とネイサンが言った。「彼女と僕がこんな仲になる前から、彼女を殺そうと思っていたとは」

「おれが嘘つきだっていうのか？」とチャーリーが言った。

手を振るしぐさを見せてナットが言った。「僕のせいだってことは分かってます」

「そいつは、貴様の見当違いだ。おれを信じろ。貴様におれが嘘を言うか。どうして嘘をつかなきゃならん？」

ネイサンが言った。「もしもあなたが彼女を殺したら、僕自身の責任だと肝に銘じて、墓場で死出の旅に出ますよ」

それを聞いて、チャーリーは笑わずにいられなかった。「貴様が？　この件でじぶんを何様だと思ってるんだ？　貴様が巻き添えになったのはいつのことだ？　言ってやろうか。およそ十分前だぞ。いや、十秒前さ！　このクソったれ野郎が」それから、ふっと沈黙の帳《とばり》が下りてきた。

「僕が彼女と深い仲になったせいだってことは、これから常に僕も思い知ることになるでしょう」ネイサンは繰り返した。「この件ではあなたが血迷って、ご自身の心理プロセスを制御できなくなっただけなんです。ごじぶんの動機がなにか、ほんとは分かっていない」

「おれの動機くらい分かってら」とチャーリーが言った。

その瞬間、看護婦が申しわけなさそうに笑みをたたえて、病室に入ってきた。なにかを探すようにテーブルの周辺を見まわす。二人にほほ笑みを投げると、ドアを開けっぱなしにしたまま出ていった。ネイサンが起ちあがってドアを閉める。

「じゃあ、言っておきます」もどりながら、彼はゆっくりと言った。「あなたが彼女になにか危害を加えようとすれば、僕が盾になって彼女を守ることになります」

「キリストを守るみたいにかい？」とチャーリーが言った。

ネイサンが言う。「あなたの凶行を阻むために、僕はなんでもできることをします」

「さあ、すっかり聞いたぞ」とチャーリーが言った。「おい、ほんとに聞いちまったぜ。この洟垂れ小僧の青二才、大学のクソガキが、ここに来ておれにこう抜かしやがった。おれと女房の間でケリをつけなきゃならん修羅場に差し出口を挟み、その喧嘩、買ってみせますだとさ。なぜだ？　このクソったれの菜っ葉クズめ、数にも入らねえガキが、え、貴様となんの関係がある？　てめえはいったい、じぶんを何様だと思ってやがるんだ？　おれがここで横になって養生する身でなけりゃ、さっさと病院を飛びだして、ドレイクス・ランディングに舞いもどり、貴様の睾丸《きんたま》を蹴飛ばして、廊下から階段、玄関フロアまで引きずりまわしてやるところだ」

ネイサンが言った。「それはお生憎《あいにく》さま。でも、僕に関するかぎり、あなたは非合理的な強迫神経症の――」そこで言葉を探しあぐねた。「とにかく」と彼は言い直す。「時が経てば、きっと僕はあなたを手玉にとれるようになります。女を殴るような暴力男のタイプなんて、要するに鼻つまみのクソ野郎だと、僕の本には書いてある」起ちあがって病室から出ていこうとした。

「あの女、よっぽど貴様を虜囚《とりこ》にしたんだな」

戸口に立ってネイサンが言った。「ではまた」

「坊や、ほんとにあの女の餌食になるぜ」呆れたと言うかわりに、からかいの口笛を吹こうとした。だが、唇がこわばって吹けない。「いいかい、あの女の正体を明かしてやろう。おれだって本は読んだ。知的なことを語ったり議論したりできるのは、貴様だけじゃないぜ。おあんたみたいな連中が車座になって、ピカソやらフロイトやらを論じている光景くらいおれも見たさ。よく聞いとけよ。あの女は精神病質《サイコパス》(184)なんだ。知ってるかい？　フェイはサイコパスだ。それを考えろ」

ネイサンは無言だった。

「サイコパスとはなにか、知ってんだろ?」チャーリーが嵩《かさ》にかかって攻めた。

「ええ」とネイサンが言った。

「いや、知っちゃいねえな。知ってたら、あいつこそぴったりあてはまる、とわかったはずだ。おれがわかるのは、アンドリューズ博士に相談したからだ。博士がそう診断した」実はこれは嘘だった。でも、怒りで煮え滾《たぎ》っていたから、もっともらしくみせて押し通した。何年も前のディス・ウィーク誌でその言葉に遭遇したんだが、説明がフェイにぴったりだったので、彼の関心を呼びさましたのだ。「そいつを知るのに、大学の通信講座のお世話になんかならんでもいい。あの女がなにをしているか、そこが鍵だろ? あいつはいつも我がまま全開だ」ネイサンに指をつきつけた。「そして待てない。ちがうか? ガキみたいだろ。いつだって、やりたい放題にしやがる。あれってサイコパスじゃないのか? しかも他人のことなんか屁のカッパだ。あれはサイコパスだろ。そうさ。冗談で言うんじゃないぞ」勝ち誇ったようにうなずき、息を喘がせた。「この世界はな、ほっとけば、あの女がカラッカラに干上がらせちまうぞ。そして世間も――」腹を抱えて笑いだした。「それ自体が証明してるだろ。あいつが他人をいかに横柄に扱うか。よく見てみな」

「彼女に一定の性格障害があることはみとめますが」

「なんで貴様の気を惹こうとしたか、わかるかい? ところで、あの女を誑《たぶら》かしたのは貴様のほうだとでも思っているのか。ちっとはそう思ってるんじゃないのかい?」

ネイサンは肩をすくめた。まだ戸口に立ったままだった。

「あいつは貴様を必要としてる」とチャーリーが言った。「この心臓発作でおれが死ななかったら、じぶんを殺しに戻ってくるだろうってちゃんとわかってるんだ。だから、それを阻む盾が要る。彼女を守ってくれる男がだれか欲しいのさ。まさに、貴様がやろうとしていることだ」しかし、これはじぶんの耳にもこじつけめいて無理筋に聞こえた。「それが理由なんだ」と言ったが、口ぶりがおぼつかない。これじゃあ、ネイサンを納得させられないな。それはわかっていた。一瞬、彼はもう立ち去ったのかと思ったが、つかのま姿を見失っただけだった。「それが理由のひとつなんだ」と言って、チャーリーはさっきのことばを改めた。

「ほかにも理由がある。おれが死んだとき、新しい夫が要るからな、あの女は別の計算もしてるんだ。こいつもまた大きな理由だ。貴様らふたりは座って喋々喃々《ちょうちょうなんなん》だろ。残りの人生ずっとぺちゃくちゃさ。ダイニングルームの椅子に腰かけてる貴様らふたりが、目に見えるようだぜ」瞼の裏にくっきりと浮かびあがった。あのテーブル、パティオや野原を見はるかすあの窓辺……羊たちや馬——おれの馬だ——そして犬も。犬はネイサンに尻尾を振る。まさに彼に尾を振ったように、そっくりの愛嬌をふりまいていた。クローゼットにコートを掛けるネイサンが見えた。そこだっておれのコートがかかっていたところだ。彼のバスルームで顔と手を洗い、彼のタオルで拭くネイサンも見えた。夕食は何かなとオーブンを覗きこむネイサン、子どもたちと遊び、紙飛行機を飛ばし——腕いっぱいに子どもたちを抱きかかえるネイサンも——。

彼の子どもたち、彼の犬、彼の妻といっしょに、ネイサンが彼の安楽椅子にくつろいで、ハイファイ装置の調べを聴く光景が浮かんできた。家じゅうに出没するネイサン、調度を使って楽しんでいるネイサン、夫として、子どもたちの父親として、そこで家を営み、そこで暮らす。「だが、貴様は実の父親じゃない」彼は大音声を発した。突然、フェイへの仕返しに拘泥《こうでい》する気が遠のいた。彼は家に帰り、リビングルームに座り、ゆくりなく生活にどっぷり浸るほかは、なんにも望んでいなかった。馬に乗りたいとか、犬とじゃれあいたいとか、ベッドで妻とヤりたいとか――ちぇっ、鬱陶しいや、そんなことは望まんぞ。彼の願いは、ただ家に座りこんで、窓の外のみんなを眺めることだった。ぼおっと眺めるのは、たとえば、あの最後の日のように、みんなで凧を飛ばしている光景だ。フェイがあの長い脚で原っぱを走り、軽々と駆け抜け、いよいよ速く大地をかすめ飛んで……。

気がつくと、ネイサンが喋っていた。こいつ、なにを喋っているんだろう？　子どもたちの父親ではないという自覚がどうとか。彼は耳を澄まそうとしたが、さっぱり集中できない。頭が朦朧《もうろう》として、くたびれきって聞く耳を持てない。で、ネイサンがまくしたてているあいだは、うなだれてベッドの脚先をみつめていた。

家にもどることさえできたら、と彼は思った。ほかはなんにも要らない。もどるだけでいい。おれのエルシーといっしょになれたら。おれのピックアップ・トラックに乗れたら。買いものをしたり、アヒルの水場にパイプを据えたり――なんでもいい。浴槽や流しやトイレをごしごし磨いたり、生ごみを運んだり……それがなんだろうと、おれはもう構わん。とにかく戻りたい。

　くそっ、と彼は思った。なにもかもパーだ。おれはもどれっこない。わかってるさ。おれは二度とあの家には帰れない。百万年経ったって無理だ。そしてこの野郎が、この鼻垂れ小僧が、のこのこ入りこんで、なにもかもさらっていく。ごっつぁんとばかり、後生安楽でいけるんだ。

　こいつら全員、ぶっ殺すべきだ、と彼は思った。あの女も、この男も、それから、あのひねくれ者のぞっとしねえ兄貴も。ついでに、あのエロい猟奇小説《パルプストーリー》もおさらばだ。切り貼りしてでっちあげ、おれの前で読み上げちゃ、サディスティックにほくそ笑んでいやがる。あのボケナスめ。スカタン一家だ。狂人の世界なんだ。インバネス・パーク(185)にたむろする空飛ぶ円盤の阿呆どもみたいだ。アイゼンハワーとダレス一派のように、徒党を組んで動く連中なんだ。

　ちくしょうめ、と彼は思った。おれはあの家にもどるぞ。もどったら、やつらをとっちめる。たとえ家にもどれないとしても――それでもやつらをとっちめてやる。とにかく成敗してやるんだ。

「よく聞け」と彼は言った。「おれがどんな男か分かってるか？　貴様をあの性悪女から救いだせる、この世でたったひとりの――唯一の男なんだぞ。ちがうか？　貴様も分かるだろ。な？　な？　そうだろうが？」

　ネイサンはなにも言わなかった。

「そんなことができるやつは、ほかにいねえんだぞ」とチャーリーが言った。「貴様にはできん。貴様の女房もできん。あの老いぼれ牧師、セバスティアン博士だって、あの気のふれた兄貴だって、ファインバーグ夫婦だってできねえ――マリン郡やコントラ・コスタ郡[186]やソノマ郡じゅうを探したって、おれ以外にはできねえのさ。あの女を抹殺せにゃならねえからな。貴様だってちゃんとそれは分かってる。おれが殺るんだ。だから、おれのために祈ったほうがいいぜ。貴様は家に帰って、応接間に座って、テレビでも見ながら、待っとればいい。そして、おれが帰宅して殺るまで、長生きするよう祈ってくれ。だって、それで得するのは貴様ひとりなんだから。貴様だけだ。ほかに得するやつはいねえ。今から十年経てば――ふん、十日も経てば――貴様は快哉を叫んでる　ほんとだぞ。貴様の心のなかのなにかがそう告げてるんだ。それが無意識ってもんよ。だから、家に帰れ。貴様にはかかわりのねえことに巻きこまれるな。あの女が電話をかけてきたら、出ちゃいけねえ。家の前に車を乗りつけて、クラクションを鳴らしても、家のなかにじっとしてろ。無視するんだ。一週間は」その一語をまた叫ぶ。「一週間だぞ。そうしたら、だいじょうぶだ！　貴様は今のまま、やがて単位をとり、なんなりと貴様のなりたい職につける――さもなきゃ、貴様がどんな身の上に落ちぶれるか、わかってんだろ？」

　ネイサンはなにも言わなかった。

「言わでもがな、のことさ」とチャーリーが言った。こころの奥では、これすべて、起きていることすべてに、絶大な勝利感と歓喜を味わっていた。ほとんど神がかりの陶酔感だ。いまさら言うまでもないことだ。だって、とうに知ってたという表情が、現にネイサンの顔に浮かんでいる。「意味するところは分かってんだろ？」チャーリーが彼に喚いた。「おれが正しかったってことだよ。正しくなかったら、貴様だってわからなかった。おれの妄想じゃねえ。これは真実なんだ。おれたちふたりとも合点してるんだ。あの女の正体をな。おれたちふたり、貴様とおれ。ほんとにそうだ。あたってるだろ？」

ネイサンはなにも言わなかった。

これではじめて、とチャーリーは思った。おれはくっきりと見とおせる。ほんとにあの女の手管が分かった。これは妄想じゃない。あいつはほんとに、A級の最低のスベタなんだ。この坊やの顔にもそれが書いてある。おれの顔にも。ふたりとも雁首ならべて。ありがたい、と彼は思った。火を見るより明らかだ。

「あたってるだろ？」彼は念を押した。

ネイサンが言う。「彼女に短所があることは気づいていました。初対面のとき、しっくりこなかった。こういう質《たち》だってことは僕も見抜けたんです」

「冗談言うな」とチャーリーが言った。「あの女を一目見たとたんに、ゾッコン参っちまったくせに」

「違います」とネイサンが言って、きっと目を上げた。チャーリーは口が過ぎたと思った。またトチったか、と後悔する。くそっ。

「じゃあ、貴様もそれとなく感づいてたんだ」と言った。さっきの失言を取り消すわけにもいかない。「肚の底じゃ、おれの言ってるとおりだとわかってんだろ。ま、それだけのことさ」

ネイサンが別れを告げる。「ではまた」ドアを開けて病室を出ると、後ろ手に閉めた。

しばらくチャーリーは考えていた。たぶん、彼はこの修羅場を泳ぎ抜くんだろう。あの女にへばりついて。バカなろくでなし野郎め。

おれは病んでる、と彼は思った。それはほんとうだ。彼がおれと真っ向勝負しようと決心したら、おれになにができる？　この心臓発作に襲われるまえなら、ほんの一ひねりでどうにでもできた。だが、いまのおれはひ弱すぎる。じっさい、あのふたりには、女房の鋭い頭脳と油断のなさ、あの男の肉体的な属性がある。そのあいだで、おれははさみ打ちだ。ふたりがかりじゃとてもかなわん。いまのこのありさまではな、ふがいないが。

おれの欠点は、と彼は思った。おツムが鈍いってことだ。おれはやつらみたいに口が達者じゃねえ。ったく、この役立たず。

15

寝室で娘のエルシーの青いスカートの裂け目を繕っていたら、玄関のベルが鳴った。犬のビンが吠えている。ジャックが応対に出てくれると思って、縫う手を休めなかった。とうとう気づいた。兄はじぶんの部屋に引きこもって、ベルの音が聞こえないんだわ。そこで縫い物を下に置き、急いで家のなかを抜けて、玄関にたどり着いた。

ポーチに立っていたのはモード・メイベリーだった。インバネス・パークに住む大柄の血色のいい女で、夫がオレマ近くの木工所で働いている。PTAで知り合った人だ。

「どうぞ」とあたしは言った。「悪かったわ。すぐは気づかなかったもんだから」

ダイニングルームのテーブルで腰をおろして、二人でコーヒーを飲んだ。あたしがエルシーのスカートを縫っているあいだ、ミセス・メイベリーは、北西マリン郡で起きた四方山《よもやま》話に花を咲かせていた。

「空飛ぶ円盤グループの噂、聞いてらっしゃる？」やがて彼女が言いだした。「クローディア・ハンブローの家に集まる連中よ」

「あんなアホども、誰が気にするっていうの？」とあたし。

「世界が滅びるとか予言してるのよ」とミセス・メイベリーが言った。

そこで、あたしは繕いものを下に置いた。「おやまあ、クローディア・ハンブローには敬意を表さなくちゃね」とあたしは言った。「彼女には頭が下がるわ。こっちはじぶんの暮らしでてんてこ舞い、こんな単純なこともお手上げとは、あたしってバカじゃないの、と思い悩んでいるときに、世界が滅びるとかなんとか、高邁なことを聞かされるなんてね。あの連中、精神異常《サイコティック》なのよ。ほんとにそうなんだわ。医者に診せるべきよ」

ミセス・メイベリーは、詳しく細部をしゃべりつづけた。どうせまた聞きなのだが、紛れもない真実と信じているらしい。ほんとうは、ポイント・レイズ・ステーションに住む若い牧師の妻から聞きかじったのだ。空飛ぶ円盤グループは、破滅の日が来る前に、いち早く外宇宙へトンズラする気でいるらしい。あたしのこれまでの全人生で、これほどふざけたホラ話は聞いたことがない。ほんとに戯《たわ》けてる。

「クローディア・ハンブローなんか、さっさと厄介払いすべきよ」とあたしは言った。「あの女、疫病神みたいに世(187)迷い言をまきちらしてる。この次はきっと、北西マリン郡(188)のみんなが、ノーレンズ・エイカーに登って、円盤が降臨してくるのを待つことになるんだわ。つまり、そんなことがやがて新聞に書きたてられるのよ。あんたもそれを読まされる。どうせ十年に一度は起きてるバカ騒ぎよ。でも、現にあたしの知り合いに、まさかこんなことが起きるとは思っていなかったわ。忌々しい——クローディア・ハンブローの小娘、つい先だってここに来たのよ。青い鳥の連中といっしょにね。やんなっちゃう」あたしは首を振った。ほんとに度し難い。おまけに、あたしの兄貴まで片棒を担ぐとは。

「あなたのお兄さん、あのグループに入ってるんじゃないの？」

「そうなのよ」とあたし。

「でも、あなたのほうはシンパとはほど遠いのね」

あたしは言った。「うちの兄貴も、あの連中とおなじくイカれてんのよ。こんな愚痴、だれに聞かれたってかまうもんですか。兄をここに連れてくるんじゃなかった。チャーリーがそうしようって、あたしを説き伏せたんだけど、やめときゃよかった」

ミセス・メイベリーが言った。「あなた、ご存じ？　お兄さんがグループのために書いた物語のこと？」

「なんの物語？」とあたしは聞いた。

「ええとね、ミセス・バロンが言うには——わたしの情報源なんだけど——催眠術をかけられて自動筆記したとか、グループの霊的リーダーが送るテレパシーに感応して彼が書いたとか……そのリーダーって、わたしの理解では、サンアンセルモに住んでいる人だそうよ。とにかくお兄さんが、その物語をグループに持ちこんだの。連中はまわし読みして、そこに隠れた象徴的な意味合いを探ろうとしているんだわ」

「やれやれ」とあたしは言ったが、好奇心をそそられた。

ミセス・メイベリーが言う。「あなたが聞いてないとは驚きね。連中は二度ほど、特別会合を開いてるわ」

「あたしの耳にどうやって入るっていうの？」とあたしは言った。「だって、ほっつき歩ける暇がいつあるのよ？　バカ言わないで。あたしは週に三日、サンフランシスコに出なきゃならないのよ。夫が入院してるからよけい――」

「その物語って、あなたとあの若い男のことよ。つい最近、ここに引っ越してきたひとよ」とミセス・メイベリーが言った。「ネイサン・アンテール。あの古いモンダヴィの家を借りて住んでるでしょ」

その瞬間、全身に悪寒が走った。「なんのこと？　あたしとミスター・アンテールのことって？」と聞き質す。

「いえね、あの人たちったら、グループ以外のだれにも、その中身を明かさないの。ミセス・バロンが知ってるのはそれだけよ」

「あたしとミスター・アンテールのことって、ほかの人からもなにか聞いてる？」

「いいえ」とミセス・メイベリーが言った。「どんなふうなこと？」

「あの糞ったれのクローディア・ハンブローめ」と思わず口走ったが、ミセス・メイベリーの顔に浮かんだ表情を見て「失礼」と謝った。繕いものを放りだす。頭にかっと血がのぼり、ほとんど前が見えない。ハンドバッグに飛びつき、タバコの箱を出して、一本火をつけたが、すぐ暖炉に放りこんだ。「失礼」と言う。「出かけなくちゃ」

寝室に駆けこんで、ジーンズを脱ぎすて、スカートとブラウスに着替えた。髪を梳かし、口紅を塗り、ハンドバッグと車のキーをつかむと、家から飛びだそうとした。ダイニングテーブルの前に、まだあのウスノロ女、ミセス・メイベリーが座っていた。あたしが発狂したのかと思って、目を丸くして見つめている。

「ちょっと出かけなくちゃならないの」と告げた。「さよなら」そのまま私道を駆けて、ビュイックに飛び乗る。一分後、道路を疾走していた。一刻も早く、インバネス・パークへと。

・・・

サボテンの庭で、草むしりをしていたクローディア・ハンブローを見つけた。「いいこと」とあたしは切り口上で告げた。「あんたが社会的責任を感じる人だったら、兄が書いたもの、ジャックが書いたものを手にしたとたん、あたしに電話してくれてもよかったでしょ」そこで息が切れた。車から跳びおりて、いっさんに敷石の私道を駆けてきたからだ。

「渡してくれる？　さっさと」

クローディアは、植木ゴテを手にしたまま立ちあがった。「あの物語のこと？」

「そうよ」とあたし。

「読んでる最中ですの」と彼女がこたえた。「グループみんなで回し読みしてて。だれがいま所持しているのか、わたし、存じません」

「あんたは読んだのかい？」と言った。「あたしとナット・アンテールのこと、なんて書いてあるんだよ？」

クローディアが言った。「テレパシー筆記ではありきたりの形式だから。あなたも読めますわ。お名前を書き残してくれれば、手もとに戻ってきたらお持ちしましょう」おどろくほど冷静だった。あっぱれと言わざるをえない。すっかり落ち着き払っている。

「あんたを告訴してやる」とあたしは言った。「法廷に引きずりだすからね」

「ご随意に」とクローディア。「サンラファエルに大物の弁護士を抱えていらっしゃるとか。でもね、ミセス・ヒューム、いまから一カ月も経てば、だれもそんなこと、覚えていませんわ。これっぽちも気にとめなくなります。どうせなにもかも一掃されてしまいますから」ほほ笑みを浮かべた。まばゆいばかりの美しい笑み。たぶん、北カリフォルニアでは、クローディアほど美形の女はいないだろう。たしかに彼女は怖気づいていない。瞬《まばた》きひとつしなかった。そうよ、これほど腹の立つ、癪に障る女は、あたしの全人生でも遭遇したことがない。つくづく感じたのは、ほんの束の間、彼女といるだけで、たちまち気圧《けお》されてしまうことだ。磁石のようにひとを魅了する彼女の人格と自信がそこにある。ほんとうにパワフルな女だ。あのグループを自在に操るのも不思議じゃないわ。とにかく、こっちは女あしらいがうまくないからね。癇癪をこらえて、できるだけ理にかなった言い方をするしかない。

「あれを返してくれたら感謝するわ」とへりくだる。「たぶん、あんたなら、グループのメンバーそれぞれに連絡をとって、だれが持ってるか、つきとめられるわよね。そしたら、あたしが車で行って取り返せる。正直言って、さほど困難でも不可能なことでもないと思うの。それとも、おたくのグループの方々の名前を教えていただいて、いますぐあたしが電話をかけようか」

クローディアが言った。「もどってきますよ。そのうちに」

教師に叱られた子どものような気分で、すごすごと立ち去った。万事休す、と思った。あの女にはまるで歯が立たない。手も足も出ないのだ。あのおぞましい書きものを回覧する権利が彼女にないことくらい、こっちも分かってる。彼女だってそれは百も承知だ。でも、彼女のあの言いようは、まるであたしがなにか無茶なものを求めているかのようだった。どうしてそんなことになったのか？　いまは怒りというより気が滅入ってきた。怖いとさえ感じない。ただ、じぶんがいかに無能でアホだったか、一身上のこともろくに始末できないかを痛感させられた。

あとから振り返れば、つかつかと彼女の前に歩いていき、あれをよこせ、と迫るだけでよかったのだ。脅したり、声を荒らげたりせず、ただ手を突きだして、なにも言わなければよかったと思った。

車にもどったとたんに決心した。ナットにやらせよう。あたしに代わって、あのおぞましいものを取り返してきて、と言えばいい。

結局、彼だって巻き添えなんだから。

彼の借家まで車を飛ばし、停車してクラクションを鳴らした。だれもポーチに現れない。あたしはエンジンを切って車を降り、ステップを上ってみた。ノックをしても、だれも出てこない。ドアを開けて、なかを覗き、呼んでみた。それでも返事がない。なにさ、こんちくしょう、とあたしは思った。車にもどって、あてどなくあたりを走る。どうすべきか、なんにも思いつかない。一歳の赤んぼ以下だった。

半時間ほど経ってから、あたしは自分の家にもどった。時刻は二時半。じきに娘たちが家に帰ってくる。ミセス・メイベリーは消えていた。せいせいする。ジャックの部屋を覗いてみたが、彼も留守だった。たぶん、あたしとミセス・メイベリーの会話を盗み聞きして、これはヤバい、と家から抜け出す分別が働いたのさ。

キッチンに行って、じぶんで酒のドリンクを一杯こしらえた。

これって地獄のどん底、と思った。町中にバレちゃうわ。それだけじゃない。北米大陸全土で、最低のドアホ、気の触れた、血迷ったプータローどものあいだで、あれが回し読みされるのよ。あの汚らわしいものが、万人の目にさらされる。とにかく、そこにはどんなことが書いてあるのか？　と思った。あのバカはなにを書いたの？　弁護士のサム・コーヘンに電話した。彼に状況を説明すると、こうアドバイスしてくれた。そこにじっと座って、じっさいにその文書かなにか、なんと呼ぶのであれ、現物を見るまで待ちなさい、と。あたしは礼を言ってから、立ってもう一杯、ドリンクをこさえた。それからアンドリューズ博士に電話をかけた。受付嬢がこたえた。四時まで先生におつなぎできません、それまでは患者を診察中でして、電話をおかけ直しください、と。そのころ、娘たちが家に帰ってきた。電話を切って、屋外のパティオに出てみた。小屋のあたりで雌バリケン(189)を追いまわすルーエン種の雄のアヒルを、じっと見まもった。最初に雄アヒルが餌のバケツまでバリケンを追いつめると、バリケンは裏側に隠れ、それから水場に逃げだす。雄がつつっと駆けると、ひらりと雌がかわしていた。

(190)四時十分、アンドリューズ博士をつかまえることができた。彼が言うには、処方したスパリンを一錠服用し、おぞましい物語の現物を目にするまで待て、とのことだった。

「そのころまで指をくわえてたら、岬のはずれの農場まであたしとナットの仲が知れわたっちまうじゃないか」とあたしは食ってかかった。

医師のほうは例によって間の抜けた口調で、ここは冷静になって長い目でごらんなさい、とぼそぼそ諭していた。

「あたしは現にそうしてるんだ、この藪医者め」と言ってやった。「能なし。この町でのあたしの評判は、オジャンになりかけてるんだよ。センセなんか、ちいさな町で暮らしたことがないんだろ。サンフランシスコで暮らしてりゃ、お気楽なことが言えるわね。そっちじゃ、好きなようにどんな女とヤらかしたって、だれも文句はつけないさ。こっちじゃ、センセがズボンのチャックを上げる前から、たちまちPTAの投票があって品定めするのさ。あ〜あ、あたしには青い鳥の会も、ダンス教室のグループもある——あの連中はもう子どもたちをうちに寄越さないよ、手紙も届けてもらえなくなるし、電気も断線——メイフェアじゃ、食料品も売ってくれない。パンが一斤ほしくなったら、ペタルーマまで車を飛ばさなくちゃならない——その車を走らすガソリンさえ買えなくなるんだよ！」

アンドリューズは、あたしが昂奮して支離滅裂になっている、と御託をならべたてた。とうとうあたしはキレて、くたばるがいいと吠えるや、電話をたたき切った。

とにかく、とあたしは思った。それが精神分析医の役目ってもんだろ。鬱憤を晴らすお相手を務めるのがさ。

ある意味で、彼の言うことは正しい。あたしは極度に昂奮している。

六時になった。娘たちとあたしが夕食を摂っていると――兄のジャックはまだどこかに隠れていた――玄関のドアが開いて、ナット・アンテールが家に入ってきた。

「あんた、どこ行ってたのよ？」とあたしは飛びあがって言った。「一日中、あんたを探してたんだから」が、その顔に浮かんだ表情から、彼にも知れたと思いこんだ。「あたしたち、告訴できないの？」とあたしが言う。「名誉毀損かなにかで？」

ナットが言った。「なんの話をしているのか、僕にはさっぱりわからない」

「待って」とあたしが遮った。彼をダイニングルームから書斎に連れだす。娘たちに聞こえないよう、ドアを閉めてから言った。「何なのよ？」

彼が言った。「サンフランシスコに行って、きみの旦那と話したんだ。ジャックが僕らのことを彼に明かしたらしい。とにかく、彼は知ってるんだ」

「ジャックはみんなに言いふらしてるんだよ」とあたしは言った。「ことの次第を書きあげて、クローディア・ハンブローにも手渡してた」

「チャーリーと僕は長いあいだ話しあった」とナットが言いだす。でも、彼が二時間に及ぶ長広舌をふるいだす前に、あたしが割って入った。

「あんたはね、まずクローディアのとこに行って、あれを取り返してこなきゃならないのよ」と彼に告げた。「あの女に言うんだ。代わりに百ドル出して買い取ろうって。あれはあの女から何としても取り上げなくちゃならない」机まで歩いていって、じぶんの小切手帳を取りだした。ベッドに座って小切手を書き殴る。「いいかい？」とあたしは言った。「あんたに任せたよ。あとはぜんぶ、あんたの手に委ねた。これはあんたの責任だよ」

ナットが言った。「僕にできるだけのことはするけど」彼は小切手を持って起ちあがった。が、ぽかんとして動きださない。

「さあってば」とあたしが促した。「取り返しに行ってよ。それとも、こんなつまらない内輪の使いっぱしりに、またも駆りだされて、あんた、むくれてるの？」

「きみの旦那が言ってたんだ。ここに帰ってきたら、きみを殺してやるって」

あたしは言い返した。「ふん、あのクソ亭主。返り討ちにしてやる。銃を買ってこのあたしが撃ち殺してやるよ。さあさ、クローディアからあれを取り返してきな。チャーリーのことなんか心配しなくていい。どうせ家に帰る途中、心臓発作でくたばっちまうさ。あいつ、ここ何年もそれが口癖だったんだ。ある日、タンパックスを買いに行かせたら、帰ってくるなり、あわやその場であたしを殺しかけたよ。ああいう男のこころに浮かぶ解決法なんて、そんなもんさ。ま、こうなることは予想できたよ。彼と結婚した当初から――」

すでにナットは、小切手を手にして、書斎から出ようとしていた。

「やってくれる？」と彼に追いすがって言う。「取り返してきて？　あたしのために？　あたしたちのために？」

「いいよ」とうんざりした声で彼が言った。「やってみよう」

「あんたのセクシーな色目をあの女に使うのよ」とあたしは言った。「あんた、彼女を知ってたっけ？　彼女に会ったことある？　家に帰って、あの素敵な赤錆色のスキー・セーターでめかしこむのよ。あたしがはじめてあんたと出逢ったとき、着てたセーターよ――まあね、クローディア・ハンブローに以前会っていれば、あんたもいい経験を積んでたんだろうけど」外に出て車まで彼についていく。「彼女はあたしがこれまで見たなかでいちばん艶《あだ》っぽい、ドッキリするような美人だからね。ジャングルの王女みたいだよ。鬣《たてがみ》のような髪をふりかざして、鑢《やすり》をかけたような歯の女だからね」

どの道を行けば彼女の家が見つかるか教えてやった。彼はそれ以上、ひとことも言わずに車で走り去った。

あたしはすっかり意気揚々として家にもどった。娘たちはディナーテーブルで、ホウレン草の山を行ったり来たりさせて遊んでいた。あたしは平手で数発ビンタを飛ばすと、座りなおしてタバコに火をつけた。

タバコ、吸い過ぎだわ、と思った。ナットの助けを借りて節煙しなくちゃ。彼ならたぶん、ちょっと譲る姿勢をみせたら最後、完全禁煙をあたしに強いるわ。とにかく彼は、タバコなんて贅沢すぎると考えているんだろう。

しばらく経ってもジャックが現れないので、じぶんでテーブルを片づけ、娘たちに皿洗いを任せた。あたしはリビングルームの暖炉のまえに座って、ナットが言っていたこと、チャーリーのことにあれこれ思案をめぐらせた。

ぜったい、彼なんかにあたしを殺させない、と思った。でも、たぶん本気だわ。保安官かだれかに頼まなきゃならない。だれかに来てもらって、見張っててもらおう。

アンドリューズ博士に電話して、チャーリーのことを聞こうかと思った。これまでにも、チャーリーが何をしそうか、博士が予言できたことがある。それを予測するのが専門のひとつなのだ。でも、あたしはいったい、博士にどう言えばいいんだろう？　心臓発作に怯えるあまり、現実に殺傷沙汰を起こしかねない、とでも言うのだろうか。

玄関のドアが開いた。一瞬、例の文書を持って、ナットが帰ってきたのかと思った。でも違う。ジャックだった。古い軍用レインコートにハイキング用ブーツを履いている。あたしは跳びあがって食ってかかった。「このクソったれ。チャーリーにバラしたところで、あたしは屁でもないけど、こともあろうに、インバネス・パークの空飛ぶ円盤グループに、なんで告げ口しなきゃならないのよ？」

彼は眠そうな目でうつむくと、あの白痴めいた顔でにたりと笑った。

「そのバカげた落書きに、あんた、なにを書いたのよ？」あたしは問い詰めた。「控えを持ってる？　イエスなの？　ノーなの？　兄さん、覚えてるの？　たぶん、なにを書いたか、覚えてもいないんだわ。あんたは——」ふさわしい言葉がみつからない。「ここから出てけ」とあたしは言った。「あたしの家から出てって。さあ、さっさと荷物をまとめて、失せちまえ。荷物を車に積みな。サンフランシスコまで車に乗せてってやるから。本気なんだよ」彼の反応を見ると、どうも真剣とは信じていないようだ。「あんたの顔なんか二度と見たくない」と彼に言った。「このアホタレ」

キーキー声で彼が言う。「ハンブロー夫婦から、いつでも泊まっていいよと招待を受けてるんだ」

「じゃあ、あっちに泊まれば！」と叫んだ。「あんたのガラクタ、あの女に持ってってもらいなさいよ。あんたとガラクタを向こうに運んでくれ、と彼女に頼んでちょうだい」手でなにかをつかんだ——子どもたちの玩具《おもちゃ》みたいな感触だ——それを兄に投げつけた。かっと頭に血が上って、あたしはほとんど正気を失っていた。もし彼がハンブロー家の居候になるんなら、彼を町から追いだせなくなってしまう——彼はあの家に居つづけて、あたしたちの内情を洗いざらいぶちまけ、テレパシー筆記の紙に次から次と書き殴り、数えきれないほどの会合にしょうもない艶聞を垂れ流すのだ。「あんたを車に乗せてやるなんておこがましい」と金切り声をあげると、あたしは走って彼の背後のドアを開け放った。「じぶんの足で行くがいい。今夜じゅうに、あんたのガラクタ、きれいに片づけてよ」

まだあの白痴のようなニタニタ笑いを浮かべながら、彼はあたしの脇を半身になってすりぬけて、出ていった。ひとことも発せず——でも結局、彼になにが言えたろう——車寄せをトボトボ歩いて道路に出ると、糸杉の彼方の暗闇に消えていった。あたしはばたんと玄関ドアを閉めると、急いで家のなかを通りぬけ、兄の部屋に入った。それから、彼のガラクタを残らずかき集めた。

最初、それを玄関前の車寄せまで運ぼうとした。でも、二、三度行き来してやめた。どうしてあいつのために、あたしがせっせと運ばなくちゃならないの？　こんなゴミの山、こっちがへたばっちまう。

いよいよ怒りがこみ上げてきて、あとはぜんぶいっしょくたにして、段ボール箱に放りこんだ。娘たちが飼うモルモットの小屋に使うつもりだった箱だ。片方の端をつかんで、部屋の裏まで引きずり、原っぱに出すと、焼却炉までずるずると引っぱっていった。その時点でいけないことだとは分かっていたが、つい罪なことをしてしまった。ふだんは回転式芝刈機用に使う、白ガソリンの一ガロン入り油差しを手に持って、箱にじゃぶじゃぶ注いだのだ。それから、タバコ用のライターで火をつけた。十分間でガラクタはなにもかも燃えて赤黒い埋もれ火しかなくなった。焼け残りは鉱石のコレクションだけ。すべてが灰塵に帰した。あたしは内心ほっとした。もうやっちゃったんだから、今さら後悔してももう遅い。ざまみろと思った。

夜も更けてから、家の前に乗りつける車の音が聞こえた。すぐにジャックが玄関を開けて「ぼくの荷物はどこだ？」と言った。「家の前にはほんのちょっとしかないぞ」

あたしは大きな安楽椅子に座って、彼と真正面から向かいあった。「あたしがぜんぶ燃やしてやったよ」と告げた。「焼却炉に放りこんだのさ。あのろくでもないゴミクズをぜーんぶね」

彼はあたしを睨みつけた。あのうつけた表情の顔で、ヒヒヒと笑いが漏れる。「あんたがやったんだって？」彼が呟いた。

「どうしてさっさと出ていかないんだい？」とあたしは言った。「ほかに思い残すことでもある？」

なにやらそわそわしていたが、やがて兄は蹌踉《そうろう》と出ていった。玄関のドアは開けっぱなしだったから、あたしが玄関前に放りだしたクズをかき集めて、クローディアの車に積んでいるのが見えた。それから、クローディアがバックで車寄せを逆走して、道路に車を出した。わお、と思った。これで厄介払いだ。

キッチンの食器棚からバーボンの瓶を取りだし、グラスや角氷のトレーといっしょにリビングルームに運ぶと、大きな椅子のそばにその一揃いを置いた。しばし座って酒をあおっているうちに、どんどん気分が良くなった。すくなくとも、あのろくでなしの兄をこの家から追い出したんだわ。これって大したことよ。ネイサンをあたしの助っ人にすれば、ジャックが手助けしてくれたあれこれなんてどうにかなる。娘たちは兄がいなくて寂しがるだろうけど、そこもナットが穴を埋めてくれるわ。

それから考えはじめたのは、ナットとクローディア・ハンブローのことだった。たちまちほろ酔いが冷めて、気持ちが落ちこむ。彼は向こうに行ったのかしら？　いまや、みんなが向こうにいる。兄もナットも二人とも？　ハンブロー家の来賓として？　間違いなくクローディア・ハンブローは、あたしより十倍は魅力的だわ。ナットはこれまで彼女を見たことがない。ひとを惹きつけるあの個性——人に感化を及ぼすあの異能。彼女がどうあたしを手もなく組み伏せたかを見ればいい。ナットはあたしよりずっと気の弱い人よ。それだけじゃない。彼って女が手玉にとりやすいたぐいの男だってことは、いつでもあきらかだったわ。あたしも最初からそれを見抜いていた。あたしみたいに並みの器量の女が、ふつうの知性と魅力をふりまくだけで、彼からこれほどの反応を引きだせるんだもの、クローディアならどれほど彼を誘惑できることか。

それを思うといたたまれず、いつになく杯を重ねはじめた。やがて何杯呑んだか数えられなくなる。脳裡を占めているのは、ナットとクローディアのことだけ。それがすべて渾然となって、チャーリーが帰ってくること、あたしを殺すこと、おそらく娘たちも殺すこと、それが混濁してきて……目交《まなかい》に見えてきた。チャーリーがまた、あたしのために牡蠣の燻製の壜を持って、玄関のドアから入ってくる。あたしは椅子から起ちあがるんだ。彼のほうへ歩いていくじぶんが見えた。夫がプレゼントをくれると知って、ぬか喜びして牡蠣に手を伸ばすんだわ。

彼はきっとあたしを殺す。いま分かった。今度、ドアを開けて彼が入ってきたら、あたしを殴るんじゃなくて、あたしを殺すんだわ。

あたしは椅子からゆらりと起ちあがり、娘たちにベッドに行きなさいと言った。それから家事部屋に行って、いつものように乾燥洗濯機にぶつかりながら、薪割りに使う小さな斧を取りあげた。寝室に入ると、ドアと窓をぜんぶロックしてから、ベッドにへたりこみ、膝に斧を乗せた。

玄関に人がやって来たとき、あたしはまだそこに座っていた。あれは彼？　あたしは思った。あれはチャーリーなの？　ジャックなの？　ナットなの？　彼は今夜、病院を抜け出せないはずよ。あさってまで出られないはずだわ。ジャックは車を持っていない。車の音、聞こえなかったかしら？　窓辺に行って車寄せの様子を透かし見た。が、糸杉が邪魔になってよく見えない。

「フェイ？」と家のどこかから男の声が呼んでいた。

「あたしはここよ」とこたえた。

やがて男がドアの前に来た。「そこにいるのかい、フェイ？」

「ええ」とあたし。

ドアを開けようとして、ロックしてあるのに気づいた。「僕だよ」と彼は言った。「ナット・アンテールだ」

あたしは立って、ドアのロックを外した。

斧に目をとめて彼が言った。「なにか起きたのかい？」あたしの手から斧を取りあげると、空になったバーボンの瓶が目に入った。寝室に持ちこんで呑みほしてしまったのだ。「おやおや」と言って、彼があたしの背に腕をまわした。

「抱かないで」とあたし。「クローディア・ハンブローを抱きにいったら」渾身のちからで彼をふり払った。「彼女はどうだった？」と責める。「ほんとに床上手？」

彼はあたしの肩を押さえると、半ば引きずり、半ば押すようにして、キッチンにあたしを連れていった。そこでテーブルの前にあたしを座らせると、薬缶の水を沸かしはじめた。

「うざったいな」とあたしは言った。「コーヒーなんか飲みたくないってば。カフェインって、夜分に心悸[191]亢進を起こすんだから」

「じゃあ、サンカかなんかをまぜてあげよう」と言って、インスタント飲料のサンカの瓶を下におろした。

「そんなの、コーヒーじゃないわ」とあたしは言った。でも、とにかく彼がそれを一杯まぜあわせるのを眺めていた。

16

その日の午後一時、病院の入口で彼を車に乗せて、妻が家に連れて帰る予定だった。でも前の晩、彼はペタルーマの工場長、ビル・ジェファーズに電話して、朝の九時にピックアップ・トラックで病院まで迎えに来てくれと頼んだ。女房の気が立っていて、とてもおれを車で家に連れて帰れそうもない、とジェファーズには説明した。

午前八時半、彼は病室のベッドを出て、服を着こんだ――ネクタイに白シャツ、スーツとぴかぴかに磨いたオクスフォード靴(192)という出で立ちで――スーツケースに所持品がすべて収まっているのを確かめた。病院の事務棟で治療代の支払いを済ませた。それから外の階段に座りこんで、ジェファーズが来るのを待っていた。冷え冷えとして、陽光の眩しい日だった。霧は流れていない。

やっと工場のピックアップ・トラックが現れて、眼前に停まった。ジェファーズは大柄な黒髪の男で、年のころは三十代前半だった。車から降りてチャーリー・ヒュームのもとにやってくる。

「やあ、ほぼ全快のように見えますよ」とジェファーズが言った。チャーリーのかたわらに積み重ねてある所持品の山を持って、トラックの荷台に載せていく。

「気分はいいんだが」チャーリーはそう言って起ちあがった。弱くなった感じがして、胃の具合もおかしい。ジェファーズが荷を積み終えるのを待って、その手を借りて運転台に乗せてもらった。

やがてふたりはサンフランシスコのダウンタウンを走り抜け、ゴールデンゲート・ブリッジへ向かった。いつもどおり、車が渋滞している。

「急がんでもいい」と彼はジェファーズに言った。彼の計算だと、フェイは十一時ころ家を出るだろう。片道二時間はかかるから、女房が出るまえに家に着きたくない。「おまえが社用で車を走らせるみたいに、カーブでぶっ飛ばさなくてもいいんだぞ。どうせタイヤが擦り切れて取り替えても、じぶんの懐は痛まんからと、気楽に飛ばすんだろうが」気が滅入ってきた。ドアに寄りかかり、飛びすさっていく車列や家並み、街路を眺めた。「とにかく、途中で車を停めて、おれは買いものをしなくちゃならん」と彼は言った。

「なにを買わなくちゃならんので？」とジェファーズが聞いた。

「余計なお世話だ」とチャーリーが言う。「おれが買うんだ」

しばらく後で、マリン郡の郊外の町のひとつにさしかかり、その商業区でトラックを駐めた。ジェファーズを残し、彼はトラックを降りて街路を歩くと、角を曲がって見知りの大きな金物屋に入った。そこで二二口径のリボルバーと銃弾二箱を買った。家には、ライフルも拳銃もたくさん置いてある。だが、フェイは間違いなく、どこかに隠してしまっているだろう。彼は店員に言って、はた目には中身が分からないよう、リボルバーと銃弾をしっかり包装させた。それから代金を払って店を出た。やがて彼はトラックにもどり、包みは膝に載せた。

　車を走らせながら、ジェファーズが言った。「きっとそれ、奥さんへの贈りものでしょ」

「バカ言うな」とチャーリーが言った。

「旦那の奥さん、なかなかですもんね」

「南部人《デキシー》[193]の口笛みたいなお愛想言うな」

　フェアファックスのドライブインで車を駐め、朝食を摂った。ジェファーズはハンバーガー二つをたいらげ、ヴァニラ味のミルクセーキに舌鼓を打っていたが、彼はスープをボウル一杯啜っただけだった。

　トラックがサー・フランシス・ドレイクのハイウェーを通って、パークを過ぎるころ、ジェファーズが言った。「ここはほんとに絶景の田舎だな。あっしら、しょっちゅうここらに来たもんです。よくインバネスまで行って、魚釣りをしたもんでさ。鮭や鱸《すずき》が釣れましたよ」[194]彼は好みの釣り道具の話をしゃべり続けた。チャーリーはうわの空で聞いている。「で、疑似餌についてあっしが感じてることは」とジェファーズは結論づけた。「そうだね、磯釣り向きってことなんです。でも、渓流向きじゃない。あれを使う気が知れませんや。しかも、たまげたことに、いいやつは九十五ドルもするんだ。疑似餌だけの値段ですよ」

「そりゃそうだ」チャーリーは生返事をした。

ドレイクス・ランディングに着いたときは十一時十分だった。女房はもう出かけたにちがいない。彼はそう決めつけた。ところが、トラックが家に先立つ糸杉の道にたどり着くと、木立のあいだからきらっと光って見えたのは、ビュイックのルーフに反射する陽光だった。くそっ、と彼は思った。あの女、まだ出てないのか。

「このまま走り抜けろ」と彼はジェファーズに命じた。

「どういうことで？」とジェファーズが言った。トラックの速度を落として、車寄せの道に入ろうとハンドルを切りかけた。

血相を変えて彼は怒鳴った。「走りつづけろ、この頓馬。走りつづけるんだ。車寄せに入っちゃいかん」

戸惑いながら、ジェファーズは慌ててトラックを路上にもどし、先へ走りだした。チャーリーが後方をうかがうと、家の玄関ドアが開け放たれているのが見えた。どうやら、ほぼ出かける支度ができてるらしい。

「どうも解せないな」とジェファーズがぼやいていた。車寄せに駐まっていたビュイックの光景と、チャーリーが車を停めるなと言って走らせつづけようとしたことが、頭のなかでこんぐらかったらしい。「あっしがお迎えに来たこと、奥さんは知らないんですかい？　おやおや、車で発っちまうまえに、奥さんにそれを知らせたくないんで？」

「四の五の言うんじゃない。さもないとクビだぞ」とチャーリーが言った。「貴様、路頭に迷いたいのか？　お願いだから頼む。でなきゃ、貴様はクビだ。二週間後の解雇予告なら今すぐしてやる」

「オーケー」とジェファーズが言った。「でも、ひでえことするね。フリスコ(195)までずうっと奥さんに車を運転させて、肩すかしでまたずうっと引き返させるなんて」彼はむっつりと塞ぎこんで、車を走らせつづけた。

「ここで停めろ」坂道のてっぺんに達すると、チャーリーが言った。「路肩に寄せろ。いや、トラックをUターンさせるんだ」

インバネス・パークまで、眼下の道路を一望に収めるよう車を停めた。ビュイックが車寄せから出ていけば、ここから走り去るのが見えるだろう。

「タバコ、一服していいかい?」ジェファーズが聞いた。

「ああ」と彼はこたえた。

十五分後、ビュイックが路上に現れて、ハイウェー一号線のほうにまっしぐらに走っていった。

「ほら、出かけたぞ」と彼が言う。「ようし」と意気込んだ。「さあ、引き返そう。待ちくたびれたぞ。さあ、行こうや」

こんどは空になった車寄せが見えた。ジェファーズはトラックを停めると、チャーリーの所持品を家のなかに運びこんだ。彼女が万一なにか忘れものをした、なんてことがないといいがな。チャーリーはそう思った。今さら車を返して家にもどってきても困るだけだ。トラックの座席からジェファーズに支えられて地面に降り立つと、私道を歩いて家に入った。そこのリビングルームで、彼はソファに身を沈めた。

「ありがとう」とジェファーズに礼を言った。「もう行っていいぞ」

「ベッドに横になりたいんじゃないですか？」とまだ去りやらず、ジェファーズが言う。

「いや」と彼は言った。「ベッドに行きたくない。行きたくなれば、じぶんで行くさ。その気なら、いまごろベッドにいる。おれはここに座っていたいんだ。帰っていいぞ」

もうしばらくぶらぶらしていたが、やっとジェファーズが去った。チャーリーはソファに座って、トラックが車寄せを出て、道路を走り去る音に耳を澄ました。

もうまちがいない。いつでもいいんだ。女房は午後一時まで、カリフォルニア大学病院には着けないんだ。それから取って返すにはあと二時間かかる。すると、おれは三時まで時間がある。急ぐことはない。ゆっくり休んで、体力涵養につとめればいい。うたた寝したってかまわないんだ。

足をソファに上げ、頭を枕に乗せると、仰向けに寝そべった。それから横に向きを変え、窓の外の牧草地を眺めた。

ほら、等身大の馬が、そこに立って、草をはんでいる。そして、馬の向こうに、羊が一頭見えた。その羊のそばに、ちいさな黒い形をしたものが寄り添って、ときおりぶるっと身を震わせている。おや、と彼は思った。仔羊か。あの雌羊が産んだんだ。彼はほかの羊にも目を凝らした。別の仔羊が生まれていないか、眺めわたしてみたのだ。が、この一頭しか見えない。どうやら三頭の雌羊のうち、いちばん年上のアリスが産んだものらしい。あれはいい年増の羊だ。彼は内心そう思って、アリスをじっとみつめた。ほぼ八歳になろうとしている。えらく賢い。そこらの人間よりよっぽどソツがない。

別の雌羊がアリスに近寄るのを見ていた。仔牛が側対歩ですり寄っていく。もう一頭の雌羊は、その仔羊を小突いて、母羊のほうに押しやる。それで仔羊はいきり立っていた。おいおい、そんなに突ついたら、仔牛が真っ二つに裂けちまうぞ、と彼は思った。でも、そうはならない。よその仔は角で追い払わなくちゃならないのだ。その母乳はわが仔のために必要だからだ。

黒い顔の大きくて賢い年かさの羊……彼の愛娘《まなむすめ》たちが、手でアリスに餌をやっていたのを思いだした。あの雌羊が身を屈めて、娘たちの広げた掌に鼻面を押しつけるときの、安らかで聡明な顔。指を曲げちゃいけないよ、と彼は娘たちに教えた。馬に餌をやるときみたいに……羊の口に指を入れちゃいけない。噛み切られるぞ。ほんとに顎が強いんだ……回転刃みたいに、草を擦りつぶす。骨の芝刈機なんだ。モンキー・ワードの店(196)で売っているブリキのチャチな機械より、ずっとずっと長持ちするんだから。

ふと思った。もちろん、女房が病院に着いて、おれがもう退院したと知れば、アンテールに電話して、あいつをすぐさまこの家によこしかねない。それはおよそ午後一時ころだろう。となると、結局、おれに残された時間はあまりないことになる。

ソファから起き上がると、しばらく両脚で立ってみた。ああ、なんてひ弱なんだ、と思った。おっと。よろよろと彼はリビングルームからバスルームへ足を運んだ。そこで、ドアを閉め、包みを開けた。トイレの便座に腰かけ、銃弾を装塡する。

コートのポケットに銃を忍ばせ、屋外のパティオに出ていった。日はまだ暖かだった。日射しを浴びて力が蘇ってきた。柵まで歩いてゲートを開け、牧草地に足を踏み入れた。

馬が彼に目をとめ、こちらのほうへ寄ってくる。

なにか食べさせてやろうと思った。角砂糖か。馬は脚を速め、駈足《かけあし》で彼にむかい、昂奮のあまり嘶《いなな》いた。

おお、神よ。馬が彼から数フィート先に立ちどまって、じっと彼をみつめた瞬間、彼は思った。おれはどうすりゃいい？　この忌々しい馬め。やつらが賢いんなら、どうして逃げない？　彼はリボルバーを取り出し、安全装置を外した。まず馬が最初だ、彼はそう決めた。ぐいとリボルバーを持ちあげると――手が激しく震えている――馬の頭に狙いを定め、引き金を引いた。撃った反動はなかったが、その轟音が彼を震撼させた。馬は首を振り、前肢であがくと、くるりと身を翻し、襲歩《ギャロップ》で駆け去った。撃ち損じたと思った。おれはきっちり狙って発砲したつもりだが、仕留め損ねたんだ。が、駆けていた馬が突然、つんのめった。ばったり倒れこみ、ごろりと転がって横になると、びくびく肢をひき攣らせた。馬の悲痛な嘶き。チャーリーはその場に立ちすくんで見ていた。そして、もういちど遠くから弾を撃ちこんだ。馬はもがき続ける。彼は近づいて、至近距離からまた撃った。でも、傍らに寄ると、もがくのをやめた。まだ生きている。目で訴えることはできた。が、瀕死の目だった。頭蓋にあいた傷口から、だらだらと首をつたう血。

牧草地では、三頭の雌羊がそれを見まもっていた。

彼は一頭目の羊にむかって歩いていく。しばらく羊は身じろぎもしない。ほとんど接しそうなくらい彼が前にくると——いつものように——ひょいと首を下げて、小走りで逃げかけた。だぼだぼの横っ腹が、梱包みたいにせりだす。こいつは仔羊がいないな。彼は拳銃を握って撃った。びくっと後肢が撥ね、勢いよく駆けだす。ぐらっと微かに傾き、脚がもつれた。羊の頭が見えたので、狙って撃った。もんどり打って羊が倒れる。脚をばたつかせた。

二頭目の雌羊にはもっと楽に近づけた。寝そべっていたので、彼が歩いていくと、咄嗟に起ちあがろうとしたが、すっかり起ちあがりきらないうちに、どうにか撃ちとめた。その重み、お腹の仔の重みで、羊はのけぞった。

さあ、いちばん年かさの雌羊だ。これは厄介だぞ。仔羊を連れてるからな。彼はわかっていた。あいつは走りださない。だって彼には馴れていて、いつも近寄らせるからだ。羊のほうへのしのし歩いていった。羊は動かない。じっと彼から目を放さなかった。まだ数ヤード離れていたが、メエエーと大きく哀号をあげた。仔羊も細く甲高い鳴き声をだす。仔はどうする？　彼は胸に問い返す。こいつは考えに入れてなかった。ふん、一蓮托生だ。決めたぞ。以前見かけたことのないやつだけど。どうせ、どいつもおれのもんだ。彼はリボルバーを向けて雌羊を撃った。だが、弾切れだった。かちりと撃鉄が鳴っただけだ。

立ったまま、彼はリボルバーに銃弾を装填しなおした。遠くでユーカリの樹が真昼の風にさやさや鳴っている。羊の親子は穴のあくほど彼を見つめていて、彼が弾ごめを終え、銃弾の箱を投げ捨てるのを待っていた。それから彼は狙いを定めて、雌羊を撃った。がくりと膝をついて昏倒する。すぐ仔も撃ち倒した。仔がぴいぴい騒ぎたてる前に始末したのだ。母のように仔は声もなく死んだ。おかげで気が楽になった。彼はのろのろと家のほうへ歩きながら、力を温存していた。もう牧草地に四足の生きものはいない。草をはむ動物は影ひとつなかった。彼はきれいに拭い去ったのだ。

犬はどこだ？　彼はふと思った。女房が連れてったのか？　そう思うと腹が立った。家のなかを突きぬけて、玄関のポーチに出る。ときどきあの犬は、道路をほっつき歩いたり、道路を渡って暇つぶしをしていたっけ。鍵のチェーンにぶら下げた犬笛を、ピーッと吹いて呼んでみた。やっと家のどこかから、くぐもった犬の鳴き声が聞こえた。女房が閉じこめたんだ。たぶん、寝室のひとつだ。

やっぱりそうだ。客用の寝室でコリーをみつけた。彼を一目見ようと、嬉しそうに尻尾を振り、爪先立ちしている。

彼は犬を屋外のパティオに連れだし、耳もとに銃口をあてて撃ち放った。金属のブレーキが軋るような悲鳴。キャイーンと尾をひく高音は、ほとんど聴きとれない。跳びあがって、くるりと旋回し、ばたっと倒れて、断末魔でもがいていた。

次はアヒル小屋だ。彼は歩いていく。

金網越しに、アヒルをせっせと撃ち殺しながら考えた。この鳴りわたる銃声を聞きつけて、だれかがチザム保安官に通報しないかな？　いや、と彼は決めつけた。いまごろはいつも狩猟の季節だ。鶉《うずら》か兎か鹿を猟人が仕留めてら——食べごろなら何でも撃ってる。
アヒルを始末し終えると、つぎは鶏《にわとり》たちを目で探した。群れはどこかに姿をくらましていた。影も形も見えない。ちきしょうめ、と彼は歯がみした。呼んでみる。彼とフェイが餌をやるときに出す音を立てた。一羽も鶏はあらわれない。思いだした。一度、糸杉の葉末に赤い尾が見え隠れしていたな……たぶん、鶏たちも糸杉の木立に隠れてるんだ。あそこをねぐらにして、おれを見ている。きっと銃撃の音に怯えて、身を寄せあってるんだ。しゃらくせえ、と彼は思った。チャボ(197)どもめ。

撃つものはもうなにも残っていない。彼は家に引き返した。

生きものを鏖殺《みなごろし》にする作業のせいで、彼は疲れ果てていた。家にたどり着くやいなや、コートを脱ぎすて、銃を放り投げ、ソファに崩れ落ちる。仰向けになって瞼を閉じた。心臓の壊死が着実に迫っている。鼓動がストップしそうなけはいを感じた。くそっ、彼は祈った。動いてくれ、この役立たず。

しばらくして、気分がよくなった。が、身動きはしない。横になったまま、休んで力を蓄えた。

たぶん、あと二時間、と彼は思った。そのころまでに、おれは死んでるか、両脚で立てるほど回復しているかだ。

屋外のパティオのむこうから、なにか音がつたわってきた。動物が一匹、死にきれないでいるらしい。かすかな呻き声が聞こえる。耳を澄ましたけれど、どの動物か分からなかった。

たぶん、馬だろう。彼はそう断じた。外に出ていって、もういちど、とどめに一発撃ちこむか？　もちろん。でも、おれにできるかな。できない。彼は肚を据えた。おれにはできん。行きか帰りかにばったり倒れて、頓死してしまう。あの動物は勝手に死なせるしかない。彼はソファに横たわっていた。牧草地で死にかけている動物の、かすかに漏らす虫の息が耳に入る。じぶんは死ぬまいと懸命だった。


不意に、車のエンジンの音がして、彼は目を覚ました。

足を床におろして起ちあがる。心臓がどくどく鳴っていた。銃を探して手を伸ばしたが、見つからない。

窓の彼方、屋外に目をやると、パティオにフェイが現れた。長い緑のコートをはおって、庭の原っぱを見わたしている。爪先で立って、目《ま》びさしの手をかざしていた。動物たちの様子をうかがってるな、と彼は思った。

彼女の悲鳴が聞こえた。くるりとふり返って、窓越しに彼と目があう。くそっ、銃だ、と彼は思った。まだ見つからん。さっきそこに置いたはずだ。フェイは腕に荷をかかえていた。ハンドバッグと包みを、どさりと下に落とすと、戛々《かつかつ》とハイヒールを鳴らし、ゲートめがけて逃げだした。そのゲートでもたつく。掛け金を外せないんだ。彼は部屋を駆けぬけ、ドアを押し開け、パティオに飛びだした。

バーベキュー用の窯穴のそばに、長い二叉《ふたまた》のフォークが、上向きに置いてある。ステーキを直火で焼くときに使うやつだ。彼はそれをつかむと、急いで彼女に追いすがった。彼女はやっとゲートを開けた。向こうに脱するや立ちどまって、靴を蹴り捨てる。目に警戒の色がみなぎっていた。追いつかれそうかとみると、たたっと軽やかに駆け出した。肩越しに後ろを見て、彼から目を離さない。いま銃があったら、と彼は思った。あいつをぶち殺せるんだが。やっと彼は柵にたどりついた。開いたゲートを潜りぬけて原っぱに出る。

フェイが劈《つんざ》くような大声を発した。彼に向かってではない。彼の背後にいるだれかに。

「あんたたち、そこから動かないで」

子どもたちがいるんだ、と彼は気づいた。なかば首をひねって振り返ると、彼女らが見えた。家の角に並んで立っている。ふたりとも赤いコートを着て、レースの縁取りをしたきれいなスカートに、二《ツートンカラー》色の靴を履いていた。髪もブラシをかけてある。目を瞠《みは》っていた。まじまじと、穴のあくほど。二人とも喚《わめ》こうともしない。

フェイは後ずさりで彼から離れながら、子どもたちに呼びかけた。「あっちへ行って。道の先のミセス・シルヴァの家に。さ、はやく！」どやしつけるような命令調の声だった。咄嗟に母親に駆け寄ろうとして、娘二人が飛びだしかける。「あっち！　ミセス・シルヴァの家よ！」フェイがそう叫んで、道路のほうを指さす。今度は子どもたちも理解した。家の角をまわってふっと消える。

彼は妻と向かいあった。

「おやおや」と彼女が言った。ほとんど歓喜の表情だ。顔が輝いていた。「そうかい――あんたが撃ち殺したんだ」死んだ馬のほうに後ずさりして、ちらと一瞥する。「ふうん」と言った。「なんてひどい」

彼が数歩じりっと近づくと、彼女も同じだけ後ずさりした。距離が縮まらない。

「この罰あたりが」と彼女が言った。「この見境なしの人でなし。この面よごしの、肥溜めアタマ。この——」立てつづけにまくしたてたが、彼から目をそらさない。罵倒することでしっかり自制していた。彼がにじり寄る。もちろん、彼女も同じだけ退いていく。隙を見せなかった。

「なんとでも好きなようにほざけ」と彼が言った。

「言っとくけど、電話して人を呼ぶからね」と彼女。「チザム保安官を呼んで、あんたを牢屋に放りこんでやる。警察に来てもらうのさ。あんた、もう年貢の収めどきだよ。このアホ、トンチキ、くたばり損ない」

後ろへ後ろへとすさって、十フィート以内に彼を近づけさせない。そこで一息つく。首をひねって後ろに目を走らせた。背後の鉄条網のフェンスまで、あとどれだけ距離があるかと目測するのが見えた。そこにわが家の敷地の境界があった。フェンスの向こうは下りの急傾斜で、木立や藪があって、どんづまりに葦の沼地と早瀬が流れている。一度、バリケンを追いかけて、彼と妻でその沼地に踏みこんだことがある。柳の根元あたりにアヒルが逃げたときだ。そこまで追いこむのに一日がかりだった。あのとき、ひと足ごとに、ずぶずぶと六インチも沈んだが……。

これはしくじったな、と彼は内心舌打ちする。あいつ、さっと身軽に動いて、フェンスを跳びこす気だぞ。動物さながらだな。まず目で見て、たしかめて、ぱっと身を躍らせ、跳び踰《こ》えるんだ。電光石火の早業。

それでもなお、彼女は一歩一歩後ずさりしている。ひょいと向き直って、フェンスを跳びこすには、まだ距離が遠すぎるのか。

彼は歩度を速めた。

「あっ」と彼女が息を呑んだ。その刹那、身を翻して、フェンスを跳びこす。くるりと半回転して、向こう側に着地した。勢い余ったが、バランスを保って膝をつく。はねる泥と牛の糞。すぐ起ちあがって飛びのいた。尻に帆かけて、とっとと逃げだす気だな、と彼は思った。で、彼もフェンスまで走っていって、前かがみに鉄条網の隙間を這いつくばって抜けようとした。

潜りぬけるのに、えらく時間がかかった。やっと反対側に出たが、ほとんど立っていられない。

そこに、十フィートと離れていないところに、彼女が仁王立ちして彼をみつめていた。なぜだ？と彼は思った。なぜ、逃げていかないんだ……。

ふたたび妻に肉薄していく。長いフォークを握りしめて。彼女はまた、ゆっくりと後ずさりしはじめた。

なぜだ？　彼は濡れた斜面にちょっと滑りかけながら、ふたたび自問した。やっと理由がわかった。子どもたちとシルヴァ夫婦が、シルヴァ家の裏庭に立ってこちらを見まもっている。目撃者四人。そしていま、五人目の老人がそこに加わった。なるほどな。女房のやつ、彼らに見せたいんだ。ちくしょう、と彼は思った。やつらに目撃させようとしてる。だから走らない。逃げないんだ。おれにずっと、こうさせていたいってわけだ。すべて証拠になるからな。ほら、このとおりだ。おれは野っ原に飛びだして、フォークを持って、あいつを追いかけてる。そう悟ると、彼は妻にフォークを振ってみせた。

「ハメやがったな、このアマ」と甲高い声になる。

ちらっと反射的に、彼女がほくそ笑んだ。

「ぶち殺してやる」彼は絶叫した。

彼女は一歩一歩後ずさりする。

彼はくるりと背を向け、じぶんの家のほうへ歩きだした。彼女はそこに立ちつくしたままだ。それ以上後ずさりもしなければ、彼を追おうともしない。とうとう彼はまたフェンスにたどりついた。鉄条網をかいくぐって、じぶんの土地に帰る。これまではブラケット家の敷地にいたんだ。彼はつくづく思った。あいつはまだあっちにいる。ボブ・ブラケットの敷地に突っ立ってるんだ。かつておれたちが優先交渉権を持ち、その後手離しちまった四十エーカーの湿地に。

パティオに着くと振り返った。男が三人、道路沿いの家のひとつから出てきて、ブラケット家の敷地を横断して、彼のほうへすたすた歩いてくる。フェイは男たちの後ろで尻ごみしていた。

彼は裏口のドアを開けて、家にすべりこんだ。後ろ手にロックをかけると、バーベキュー用のフォークを放り投げた。死んだ動物たち、と彼は思った。あれが証拠だ。むこうの累々たる死骸の山。そして、みんながおれの怒鳴り声を聞いていた。あの医師。アンテールも。子どもたちはあの日、女房を殴るおれを見た。くそっ。みんな知ってやがる。

ソファのそばの床に、銃が転がってるのがみつかった。それを拾うと、握って突っ立った。もの思いに浸る。それからどっかとソファに腰を落とした。男たちはフェンスの前で立ちどまっている。窓越しにこっちが見えてるはずだ。ソファに座って、銃を握りしめているこのおれが。

彼らにまじって、チザム保安官のすがたが見えた。後ろに下がれ、と言っている。チザム保安官は、家の袖にまわって視界から消えた。彼なら赤子の手をひねるように、おれをふんじばれる、と思った。彼は分をわきまえた男だ。だが、あの愚図の農場主どもときたら。

銃口を口蓋にぐいとつっこんで、引き金を引いた。

閃光。音はしない。彼は見た。はじめて、いっさいが見えた。あの女がおれをこうしたんだ。ここまで追いつめやがった。

そうだ、と彼は言った。

そう、わかったぞ。

死に臨んで、彼はなにもかも理解した。

17

　ぼくのお宝を焼き払っちゃうなんて、あんまりだよ。しかも、これがはじめてじゃない。第二次世界大戦中も、それ以前も、まったく同じ仕打ちをされたんだ。そこには一つのパターンがある。たぶん、いずれこうなるって、ぼくも予測しておくべきだったんだ。とにかく、地質学のコレクションだけはどうにか救いだせた。当然ながら、陳列用の鉱石の標本はひとつも灰になっていなかったんだ。

　チャーリー・ヒュームが自殺したあの日、ぼくは朝起きたときからずっと憂鬱な気分だった。もちろん、その時点では、なんで暗澹たる気分に見舞われたのか、わけが分からなかった。事実、いつになく暗い顔をしてるわね、とミセス・ハンブローに言われたくらいだ。ぼくは屋外に出て、ハンブロー家の段々になった花壇の庭で終日過ごした。居候させてくれるお礼に、手伝うことにした家事のひとつがそれだったんだ。そのほかにも、グループの他の連中から、似たような仕事を請け負っていたのさ。牛とか山羊とか羊とか鶏とか、彼らが飼ってる生きものの面倒を見ることも含めてだけどね。チャーリーの家で動物の世話をした経験からすると、ぼくは生来そっちのほうが向いているらしい。サンタローザ[198]で畜産学でも学びに行こうかと考えたくらいだ。

ともあれ、ぼくはもちろん、グループとの接触を通じて、じぶんの霊的な暮らしの研鑽《けんさん》を積んでいたんだ。ミセス・ハンブローも、ほかの人をぼくに紹介してくれた。湾岸地域に住む感度が高くて強い連中さ。

午後四時ごろ、たまらないほど塞ぎの虫にとり憑かれたので、仕事の手を休め、かわりにふらりと立って、ハンブローの家の玄関ステップに腰をおろし、新聞を読むことにした。ほどなくミセス・ハンブローが帰ってきて車を駐めると、昂奮した面持ちで車から降りてきた。妹さんの家でなにか恐ろしいことが起きたんだって？　そんな知らせ、あなた聞いてる？　って尋ねた。ぼくは、なんにも聞いてないと返事した。なにが起きたか、彼女も知らなかった——人づてに噂を耳にしただけなんだ——でも、チャーリーがフェイを殺したか、二度目の心臓発作を起こしたか、なんかそんなことだろうと思った。チザム保安官が立ち合い、町からたくさんの車が来て、郡の役人らしい人もいたんだそうだ。とにかく、ビジネススーツとネクタイ姿の男たちが、家の前を歩きまわるのが見えたという。

ふと思った。フェイは妹なんだから、たぶんぼくも駆けつけるべきなんだろう。でも、行かなかった。結局、ぼくは妹に放りだされた身だもん。それからあとも、その日はハンブロー家にとどまり、夜も夕食のご相伴にあずかった。

午後八時半、チャーリーとフェイの家の先に住むドロシー・ベントレーから、ことの詳細を聞くことができた。ほんとに鳥肌が立った。ほとんど信じられない。ミセス・ハンブローは、やっぱりぼくもお悔やみに行くべきだと考えた。せめて電話くらいしたら、と促す。ぼくらは議論した。で、この状況全体を考え、今後展開する宇宙のプログラムにとって、この死にどんな意義があるのかをよく見定めるため、グループの特別会合を開きましょう、と言いだしたミセス・ハンブローが一同を招集した。

グループの面々は、あれこれ議論して、ひとつの結論に達する。この死は無秩序と解体の症状であり、地球が廃絶される前にみせる断末魔の端くれなのだ、と。それでも、ぼくが行くべきかどうかは決めかねた。ぼくらはマリオン・レーンを恍惚境に導いた——ほんとうはミセス・ハンブローが催眠術にかけたんだけど——すると、たぶん、まずナット・アンテールに連絡をとって、フェイがぼくと会いたがっているかどうか、探りを入れてみなさい、というお告げがあった。フェイとナットの姦通をめぐるデータは、グループに洗いざらい暴露しちゃったから、あのふたりの状況にグループは格別の関心を抱き、ふたりの密通をひとつの顕《あらわ》れとみなしていた。ある種の地球外の諸力の飛行体が、地上に降臨してくる顕れだというのだ。この諸力の本質が何であり、どんな計画を立てているのか、ぼくらにはだれひとり判然と知れない。終末の日まで、つまり一九五九年四月末まで、その目的が明かされることはない、とぼくらは踏んでいたのだ。とにかく、ぼくらはみんな互いに連絡をとりあっていた。ほかに何が起きようとも、こころを一つにしていたんだ。

ミセス・ハンブローの書斎の電話を借りて、ぼくはナット・アンテールに電話した。この電話を使うと、キッチンやリビングルームに引いてある内線電話とはわけが違って——ずっと声がよく通るのを知ってたんだ。この家ではいちばんラッキーな電話さ。こいつは重大局面だからね、ぼくは万事絶好調で機能してほしかったのさ。

ところが、呼出音が鳴ってもだれも出ない。まちがいなく、ネイサンはヒュームの家に飛んでって留守なんだ。

翌日、ぼくは何度も何度もフェイの番号に電話した。やっと応じた妹は、いま忙しくて話せない、あとで折り返し電話するから、としか言わなかった。そそくさと電話を切ると、それきり返電がない。その次に舞いこんだのは、印刷した葬儀の案内状が一枚、それも郵送で届けられた。

葬儀にぼくは参列しなかった。だって、ピタゴラスが言ったとおり、肉体は魂の墓場だもの。(199)人は生まれることによって、すでに死がはじまっている、とぼくには思えた。壮麗な墓石に飾られるチャーリーの現身《うつしみ》の属性なんて、ぼくのような人間にとってはどうでもいい瑣末なことだった。ぼくが抱く関心は——現世ではなく——真なるもの、すなわち、永遠なるものにある。チャーリー・ヒューム、または彼の本質、その魂、あの生の線香花火はけっして滅びない。もうぼくらの目には見えないけれど、これまでとおなじく、いまでも実在している。ミセス・ハンブローが警句にしてみせたように、さなきだに浮世の命限りあり、知らずや不死の衣だのみ、だってさ。なるほど、なかなか至言だと思ったよ。だから、チャーリーが世を去った感じがしないんだ。彼はまだ、ドレイクス・ランディング近くの中空を漂っている。どうせあと何日も経たないうちに、残されたぼくらも彼といっしょになる——彼が自ら命を絶ったときは、つゆほども知らなかったことだろうけど。

そうこうしているうちに、ポイント・レイズ界隈——トマレス湾一帯でもっぱらの噂は、ナットとフェイがいずれ同棲するようになるか、それともチャーリーの死で後悔に駆られてふたりが別れてしまうのか、という揣摩《し ま》臆測だった。はじめは根も葉もないことに思えた。道路沿いの隣人たち、とりわけミセス・ベントレーの報告によれば、ヒューームの家にナットはあまり長居しなかったからだ。子どもたちもしばらく休学したので、内情を聞きだすわけにもいかない。でも、ナットの車がまた足しげく行き来するようになり、どうやらあのふたり、縒《よ》りを戻したというのが衆目の一致するところだった。

ベイウッド・プレスに載った死亡記事は、単にドレイクス・ランディングのチャーリー・ヒュームが「自ら命を絶った」としか書いていなかった。さりげなく、病身の行く末を悲観してと匂わせている。その記事には、彼が心臓発作に襲われ、退院したばかりだったとも書いてあったが、ナットには一言も触れていない。「未亡人フェイと二人の娘エルシーとボニーが後に残された」とあるだけなんだ。見出しはこうだ。

C・B・ヒューム氏自死

ぼくらのグループは、もっと詳しく説明すべきだと感じたので、このぼくが完璧に事実をそろえ、フェイとネイサンの関係を赤裸々に描き、チャーリーの死の真相は、病身を悲観したこととは全然関係がなく、入院中に妻が夫を裏切って間男したと分かったせいなんだ、と世に知らせる準備をしたんだ。ところが、ベイウッド・プレスは、その掲載を拒絶した。じっさい、投稿文を受け取ったことさえ認めなかった——せっかく彼らに対してフェアに振舞おうと、郵便に投函したことなどが訴訟にならないよう、ぼくらは周到に差出人の名前も私書箱の番号も伏せて、しっかり足跡消しをしたんだけどね。

だけど、ベイウッド・プレスが完璧な記事の掲載に踏み切ろうが踏み切るまいが、どうでもよくなった。だって、どっちにしろ、この界隈のだれもが真相を知っちゃったからね。郵便局や食料品屋では、それが何週間も主たる噂スズメのネタだった。たしかに、デモクラシーの世の中だもの、それが正しいことなのさ。公衆は事実を知らなくちゃならない。さもなきゃ、ちゃんと審判できないだろ。

世論の審判ってことにかけては、この地域の平均的な意見を集約すれば、フェイとナットはかなり顰蹙《ひんしゅく》を買っている、というのがぼくらの見解だった。彼らをなじる言葉は始終耳にしたし——でも、もちろん、あのふたりのどちらもむきつけに面罵されることはなかったよ。たしかに、あの子どもたちの前ではみんな口を慎んでいた。青い鳥の会は相変わらずヒュームの家に集って、フェイの指導を受けている。フェイは依然、ダンスの集まりに加わっていたし、そこに来ている主婦たちはだれも、わが子を引っこめたり、抜けさせたりはしなかった。唯一、フェイとナットを爪はじきするようなあからさまな行為といえば、フェイの車が通りかかっても手を振るのをやめた住民が何人かいたこと、ぼくも知ってる二、三人の母親が、ヒュームの家に午後遊びに来る子をフェイが車で拾いにきても、じぶんの娘たちを行かせようとしなかったことくらいだ。でも、もちろん、そんなことはチャーリーが死ぬ前からはじまっていたことだ。そんな村八分が起きたのは、ぼくがグループの連中に回覧させたあのドラマ仕立ての原本を、グループが外部に広めだしたとたんだった。ミセス・ハンブローはあれをガリ版刷りにして、マリン郡の共和党パーティー[200]で入手した住民リストの宛先にせっせと投函していた。おかげで、遥かノヴァートの先のほうまで、情事が知れわたってしまった。

　こういう世論の逆風にさらされても、ナットやフェイはさほど意識していなかったと思う。彼ら自身、決めなきゃならない問題をたくさん抱えていたからだ。確かに、ぼくは知っていた。二人の子どもが校庭でなにか不快なことを言われて苛められないか、とフェイたちは気を揉んでいたよ。でも、そんなことは起きなかったから、ふたりの心配も薄れていった。それを別にすれば、彼らはじぶんの暮らしをどう立て直すかに懸命のようだった。それに没頭していたからって、ぼくは責めやしないよ。たしかにあのふたりは力をあわせて、道徳的な問題と実生活の問題を克服しようとしていた。

　一週間かそこらあと、ぼくはウォルター・W・サイプというサンラファエル[201]の弁護士から一通の手紙を受け取った。四月六日の午前十時、Bストリートの彼の事務所にお越し願いたいと書いてあった。C・B・ヒュームの遺産に関する用件だという。

　ミセス・ハンブローは、ぜひ行くべきだと強く感じた。行きなさい、とぼくに促すだけでなく、あそこまで車に乗せてってあげる、と約束してくれた。で、その日の朝、ぼくはコートとスラックスに身を固め、ミスター・ハンブローのネクタイを締めて、ミセス・ハンブローの車に乗せてもらい、弁護士事務所のある建物の前で降ろしてもらった。

事務所でぼくは、フェイと二人の娘たち、それにぼくが会ったこともない大人が何人かいるのに気づいた。あとで知ったんだけど、そのうちの何人かはペタルーマのチャーリーの工場で働いている従業員で、あとはシカゴから飛来したチャーリーの親戚だった。

ナットはもちろん、そこにいない。

ぼくらは椅子に座るよう勧められた。てんでに腰をおろすと、弁護士がチャーリーの残した遺言を読み上げた。ぼくにはその意味がほとんど、いや、まるっきり分からなかった。ぼくが何を意味しているかを理解したのは、何日も経ってからだ。法律用語そのもので書かれていたから、いまだにその細部となるとしっかり呑みこめない。とにかく遺産配分の骨子はこうだった。故人が主に慮《おもんぱか》ったのは二人の娘のことで、それは理解できる。フェイのことは年来、不信を募らせていたので――ぼくもとうに気づいていたが――工場から資本を引き揚げて、子ども名義の株や債券に振り替える手続きを始めていた。彼が死ぬ前にこれはすべて完了しており、したがって工場は思っていたほどの評価額ではなかった。事実、赤字で瀬戸際にあったのだ。

カリフォルニア夫婦共有財産法に基づき、結婚中に取得した全資産の半分はフェイに属している。チャーリーは遺言でも勝手には処分できない。しかし株や債券はもはや彼の資産でもフェイの資産でもなく、子どもたちに帰属している。かくて彼は、じぶんとフェイの手から資産を取りあげ、子どもたちの手に渡したのだ。しかも、故人の指示により、資産の大半は、相続人の娘たちのためにミスター・サイプが管理する信託基金に寄託され、二十一歳の誕生日をもって被相続人に引き渡されることになっていた。

娘たちが所有するのはこの株と債券だけではない。ペタルーマの工場の株主にもなる。株と債券は子どもたちのものだが、シカゴから来た彼の兄弟が保管する。子どもたちの必要に応じて、信託基金からカネをおろせることになっていた。子どもたちは母親といっしょに暮らしてもいい。そのことなら、チャーリーは言いたいことが山ほどあった。

フェイに遺贈したのはビュイックだけ――つまり、彼の持ち分であるビュイックの半分ぽっきりだった。他の半分は、すでに彼女が持ち主だったからだ。もちろん、カリフォルニア州法のもとで、彼女は家の半分と、家内にある全私有財産の半分をすでに所有している。チャーリーはそれを勝手に処分できない。ところが、じぶんの半分の持ち分について、彼はあっという離れ業を見せた。家の半分をぼくに遺贈したのだ。

このぼくだよ。万人のなかで、よりによってこのぼくとはね。フェイが家の半分を所有し、ぼくが残る半分の持ち主なんだ。

故人に属す私有財産について、彼は子どもたちに直接遺贈すると遺言していた。

ぼくに対しては、フェイと五分五分の遺産をくれたんだ。ろくに価値のないビュイックを別にすればね。

遺言のなかに、あの家の賃借権について長たらしい条項があった。家を譲渡または使用する場合、フェイもぼくもお互いを強制的に排除できない。けれども、家の譲渡または使用についての取り決めなら両人で合意できる。たとえば、片方が他方に権利を売り渡してもいい。あるいはバンク・オブ・アメリカのポイント・レイズ支店が査定し、相応とみなした家賃で片方が他方に家を貸しだすこともできる。チャーリーはまた、夫婦の共同名義口座から引きだしたさまざまな少額のカネについても、その半分を別途遺言に記していた。ぼくが精神科の治療を受けたいと望むなら、その費用にほぼ一千ドルを援助しよう。望まないなら、一千ドルは娘たちに渡すべしというのだ。彼は葬儀費用もとってあった。

彼は自殺したので、生命保険の契約は無効になり、フェイはそこから一銭も得られなかった。

全容が明らかになってみると、彼は全財産を娘たちに与え、フェイにはなにも遺さなかったことになる。そしてカリフォルニア州法のもとでは、彼女の資産はこの家の半分の所有権しかない――しかも残った巨額の住宅ローンの担保になっている――さらに、彼女が得た工場の半分の所有権についても、工場が何年も赤字をつづけているため、期待したほどの額には達しない。もちろん、弁護士を雇って訴訟を起こし、株と債券の多くはチャーリーの資金と同様、じぶんのカネも投じて購入したものだから、実質的には妻の所有に帰すと主張することはできる。さらにまた、別の方法でこの遺言に挑戦することもできるはずだ。たとえば、あのビュイックは結婚前に購入したものだから、彼が遺贈できないはずなのに、遺言の対象にしているではないか、とねじ込むのだ。その種の規定を含む遺言が無効になりうることくらい、ぼくも分かっている。しかしチャーリーは、彼女がこの遺言に異議を申し立てた場合の但し書き条項を残していた。もし彼女が法的手段に訴えるなら、子どもの相続資産を管理する後見人――すなわち、彼の兄弟のサムは――彼女が母親失格だとの理由で、逆に法廷で訴訟を起こし、子どもたちを母親から取り上げて、保護者をサムの家族にすべし、という条項だった。こんな条項は懲罰的なものだから、おそらく履行できっこない。しかし、この規定を彼女がつつきだすだけで、寝た子を起こすリスクを冒すことになる。明らかにサムは、但し書き条項の要請に従って、しかるべき手続きを行うと自ら宣言するだろう。チャーリーは遺言でも、ある程度は彼女とナットの関係を――もちろん、ぼんやりとだが――ちらつかせていた。そして、とりわけその証人としてぼくに触れていた。ぼくにこの家と資金の一部を残したのは、フェイが遺言に異議を申し立てた場合、「母親失格」条項の履行にばっちり協力するよう、ぼくに人参をぶら下げたようなものだ。そいつは疑いない。すくなくともぼくはそう解釈した。

フェイは異議を申し立てなかった。しばらくナットと話し合ってたけどね。ふたりが家でひそひそ話をしていたの、ぼくは知ってるんだ。だって、そこにいたんだもん。どうしてぼくがいちゃいけない？　ぼくに輸送手段があれば、すぐにもあの家にもどって、フェイや子どもたち、それからナット・アンテールと同居したところさ。ナットのほうは、どれくらい居座るかにもよるけどね。そして今度こそ、ぼくをほっぽりだせない。だって、あそこは彼女の家であるとともに、ぼくの家でもあるからね。ナット・アンテールの家なんかじゃない。彼はぼくと違って、あそこに何の法的権利も持ってないんだ。

だから、クローディア・ハンブローが、所持品といっしょにぼくを乗せて、彼女のステーション・ワゴンであそこにもどったとき、ぼくはわが家に凱旋したってことになる。

・・・

玄関ドアから入っていくと、フェイとナットはぼくを見て、ぎょっとした顔をした。ひとことも口がきけない——彼らはそれほど面食らっていた——ぼくがステーション・ワゴンから荷をおろし、クローディアにさよならと告げているあいだ、ふたりとも立ちすくんでいた。彼らに聞こえるほど大声で、ぼくはわざと言ってやった。クローディアとご主人、グループの仲間たちをご招待しますよ、この家を会合場所に使ってもいいし、ちょっと立ち寄ってくれてもいいよってね。すると、クローディアは手を振って、車で走り去った。

フェイが言った。「あんた、ただズカズカ入りこんでくるだけなの？　とりあえず、このこと全体の話し合いもしないで？」

「話し合うことなんて、なんかあるのかい？」と意気揚々とぼくは言った。「ここにいる法的権利がぼくにはある。そこはおまえと五分だろ」今度は、下男みたいに家事部屋を棲みかにしなくたっていいんだ。こいつらのためにゴミ箱を空にしたり、バスルームの床をモップで拭いたりとか、汚れ仕事をしなくてもいいのさ。

天にも昇る心地だった。

ふたりはリビングルームに残り、ぼくはそのあいだ、書斎を根城にして整理をはじめた。ぼくの寝室にするつもりでそこを選んだんだ。彼らはふたりとも邪魔しに来ない。でも、声をひそめ、苛立たしそうに話しあっているのが聞こえた。

書斎のクローゼットに衣服を吊るしていると、ナットが近づいてきた。「リビングルームに来てくれ。話し合おうじゃないか」と彼が言った。

ぼくはまだ所持品の整理をしていたかったけれど、嬉々として彼についていく。ソファにどっかり腰をおろすのは気持ちがいい。これまでほかの人がなにかしだすと、ぼくはどこか奥のほうに身を潜めたもんだが、これからはそうしなくていいんだ。

フェイが言った。「いったい、あんた、この家の支払いはどうする気なのよ？　ここはね、利子込みで月二百四十ドルかかるのよ。そのうち半分はあんたの支払う分だよ。月百二十ドル。税金や火災保険料抜きでもそれだけかさむんだ。どうやって払えるの？」妹は眦《まなじり》を決して、けたたましく吠えたてる。

実はそのことはよく考えていなかった。気づいてみれば、ぼくのご満悦もいささか萎んでしまう。

「ここの権利を半分獲得すれば」とネイサンが言った。「きみはその負債も半分背負うことになる。きみはフェイと同じく、ここの維持費や公共料金も分担するんだ。ここの暖房にどれほど経費がかかるか知ってるかい？　彼女は全額なんて負担しないよ。簡単な道理だ」

「月五十ドルよ」とフェイが言った。「それくらいが、あんたの分担する暖房費さ。お気の毒さま、公共料金はそれと別に月百ドルかかるんだからね――この家の半分を持ってるだけで、月三百ドルも経費がかさむんだよ。最低でも三百ドルってこと」

「うそだよ」とぼくは言った。「この家を維持するのに、月六百ドルもかかるもんか」

すると、ナットが大きな段ボール箱をひっぱりだした。送られてくる請求書をフェイがしまう箱だ。ナットは小切手帳や給与明細[202]や勘定書も出してきた。「これを見ればわかる」とナットが言った。「きみだってじぶんが文無しと知ってるだろ。きみのほうはいずれ権利失効になる。それを免れられるかい？　きみはここに住めない。不可能だ」

ぼくにできたのは、彼らににっこりほほ笑むことだけだった。なんの心配もしていないよって、態度でそれを見せようとしたんだけど。

「この薄らバカ」フェイが言った。非難の声が上ずってキンキン声になる。ナットに言った。「こいつが得するだけじゃないか。どうせ法廷に引きだされれば、あんたとあたしのこと、嘘八百を並べたてて吹聴するんだから――やれやれ、チャーリーはきっと気が狂ってたにちがいない。最後はパラノイアだったのよ。あそこで、あの病院で、あのクソみたいな話をぜんぶ真に受けて」

「落ち着けよ」とナットが彼女をなだめた。ふたりのうちでは彼のほうが、ぼくの目には理性的に見えた。「きみはいますぐ権利を売ったほうがいい」とぼくに告げた。「損失補償で苦しむ前にね」一枚の紙に数字を書いた。「きみはおよそ七千ドル相当の権利を得たことになる」と言った。「おまけにきみは、この件で相続税も支払わなきゃならない――分かっていたかい？」

ぼくは言った。「要するにあんたたちが、この家の僕の権利を買い取るってことかい？」

「そうよ」とフェイが言った。「でないと、銀行があんたの権利を差し押さえちまう。そうなりゃ、あんたはここから鐚《びた》一文も、ただの一セントも得られないんだよ」ナットに言った。「今度はあたしたち、バンク・オブ・アメリカと同居する羽目になるのさ」

「売る気分にならないな」とぼく。

ナットが説いた。「ほかに選択の余地はない」

そう言われても、ぼくは無言だった。でも、笑みだけは顔に張りつけておく。

「いますぐ支払わなきゃならない銀行決済があるのよ」とフェイが言った。「請求書のうちの一枚だよ。百五十五ドル。あんた、半分出してくれるかい。出さなきゃならないんだよ。あんたの分担だからね。あたしが立て替えるなんて、甘いこと想像してもらっちゃ困るんだよ、あんたは――」信じられないほどひどい言葉でぼくを罵った。ナットですら困惑した顔だった。

ぼくらはすくなくとも一時間、口角泡を飛ばしたが、埒が明かない。フェイが立ってキッチンに行き、じぶんで酒のドリンクをこしらえた。友だちと遊びに行っていた娘たちが、家に帰ってきた。二人ともぼくを見て、すごくはしゃいでいる。そこで、二人と飛行機遊びをしてやった。フェイとナットは暗澹たる表情でそれを見つめていた。

一度、フェイがこう言うのが聞こえた。「……うちの子たちと遊んでくれても、あたしはどうすればいいの？　なんにもならない」彼女は暖炉にタバコの吸いさしを投げつけた。が、外れて向こうの床に落ちてしまう。ナットが吸殻を拾いに歩いていった。彼女はリビングルームをせかせかと歩きまわった。そのあいだも、ナットはむっつりした顔で床を見つめている。ときどき脚を組んではまた組み直していた。

娘たちと遊ぶのに疲れると、テレビを見なさい、と言って子ども部屋に送りだし、ぼくはリビングルームのナットとフェイに合流した。チャーリーのお気に入りだったフンワカした安楽椅子にからだを沈めた。頭のうしろで手を組み、深くもたれてくつろいだ。

しばらく黙っていると、だしぬけにフェイが言った。「さあ、あんたに一つ言っておきたいことがあるんだ。こんなクソったれと、一つ屋根の下に住むつもりはないよ。うちの子と遊ばせてなんかやるもんか」

ナットはなにも言わなかった。ぼくも聞くまいとした。

「それならいっそこの家の権利、手放したほうがましだわ」とフェイが言った。「売るか、放棄するかよ」

「売ることならできる」とナットが言った。「難しいことじゃない」

「いまはどう？」と彼女が言った。「いますぐは？　今夜よ。こんな家であたし、どうやって寝るの？」ちらとナットに目をやって言った。「くそっ、身動きできない。食事も摂れなけりゃ、風呂にも入れない——何もできない」

「おいで」とナットが言って起ちあがり、彼女に身ぶりで合図した。連れだって屋外のパティオに出ていった。ぼくの耳に聞こえないくらい家から遠く離れると、ふたりで立って相談していた。

ふたりが相談した結果、この家を完全に引き払い、ナットが借りている小さな家に引っ越すことに決まった。ナットとグウェンがいっしょに暮らしていた家だ。ぼくのほうは、それでオーライだった。だけど、娘たちはどうする？　あの家は四人暮らしには狭すぎる。たとえ大人二人、子ども二人でも狭すぎるんだ。すくなくとも、ぼくが聞いていた話から、ぼくはそう理解していた。寝室は一つだけ、あとは彼が夜の勉強部屋にしていた小さな家事部屋が一つだ。加えてむろん、リビングルームとバスルームとキッチンがあった。

その晩の午後九時ごろ、娘たちを連れてふたりは車で出ていった。彼らがナットの家に泊まったのか、モーテルに宿をとったのか、ぼくは知らない。どっちにしろ、ぼくはがらんとした家で一人寝する支度をした。

その晩、ぼくが服を脱いでパジャマに着替え、書斎の来客用のベッドに横になろうと用意していると、奇妙な感覚に襲われた。結局、ここはチャーリーが長時間過ごしていた彼の書斎なんだ。いまや彼は死に、その妻は立ち去り、二人の子もいっしょに出ていった。もうぼくしかこの家には残っていない。みんな去ってしまった。一家があれだけ苦労して建てたこの家から、みんな立ち去ったんだ。で、このぼくは何者なんだ？　しばらくベッドに横たわっていると戸惑いを覚えた。ぼく、ほんとはこの家の持ち主の一人じゃない……すくなくとも真の意味ではこの家の持ち主ではない。たぶん、法的な権利を所有しているだけなんだ。確かにここを自分のものだなんて考えたこともない。だれかが映画館やバスの停留所を指さし、あの権利をぼくも共有している、と言うほうがまだましだ。ある意味で子どものころに言われていたこととそっくりだ。アメリカ市民として、ぼくもいつの日か、あらゆる公共の橋やダムや街路を「所有する」ことになるだろう、と……。

ぼくはこの家で、短期間だったけど快適な暮らしをすごした。でもそれはこの家そのもののおかげじゃない。それよりか、ゼイタクなご馳走と暖房のおかげだ。いま暖房しようと思えば、結果として舞いこむ請求書の半分は、身銭を切らなきゃならないんだ。そして食品だって、じぶんで買ってこなくちゃならない。セヴィリアで貸間一間の暮らしをしていたころもそうだったから、火を見るより明らかだ。屋外のグリルで炭焼きにしたTボーン・ステーキを一切れ、ぼくに恵んでくれる人なんてもういない。

動物も死んでしまった。生き残ったのはチャボだけだ。いまごろ、夜分はねぐらにもぐりこんで眠っている。アヒルもいない。馬もいない。羊もいない。犬でさえもいないのだ。やつらの死骸は引きずり出されて、肥料に化けちまった。

周囲の家も土地も、寂莫として音ひとつしない。ときおり糸杉の木立のあたりで、鶉《うずら》のざわめきが聞こえるだけだ。オクラホマの十代の子たちみたいに、鶉がおたがいに呼びかわす声が聞こえる。ア・ホー・ホー。いわば田吾作《オーキー》の鳴き声だな。

そしてぼくは暗闇に包まれた無人の家でひとり横になり、ときおりキッチンの冷蔵庫がぶうんと呻ったり、壁に埋め込まれたサーモスタットが切り替わる音に耳を澄ましながら、ふと感じた。フェイや娘たちや動物たちが去っても、ぼく以外のだれかが残っている。チャーリーがまだこの家にいるんだ。この家を建ててからずっとここにいたように、まだ棲んでいる。作動音のする冷蔵庫だって彼のものだろ。輻射熱設備を備えつけろと指図したのも彼なんだ。彼の所有物が発するいろいろな音の合奏。彼もそこから去っていない。そう、これは単なる思いつきじゃない。彼が目覚めるんだ。物理的な世界に生きていたころ、彼の生前とおなじように、ぼくは彼を感じとった。視覚でも、嗅覚でも、聴覚でも、触覚でも。

一晩じゅう、ぼくは家に臥《ふ》せったまま、彼のけはいを感じていた。彼は一瞬たりとも去ってない。ずっと居つづけている。それが薄れることはない。

18

翌朝の午前七時、電話が鳴って、ぼくは目が覚めた。どっからにしろ、昨夜泊まった場所から、フェイがかけてきたんだ。

「家の権利、うちらがあんたの分を買いあげてやるわ」と彼女が言った。「出す条件はこうよ。即金で一千ドル、残りは振り込みで月々三十八ドル。それを議論して夜半まで起きてたんだよ」

ぼくは言った。「こっちの条件は、ただここにいたいだけだよ」

「いられっこないんだってば」と彼女が言った。「そっちの家にあるものはすべて娘たちか、あたしのもんだって思わないのかい？　こっちがその気になれば、冷蔵庫や流しにはあんたの指一本も触れさせず――バスルームのタオルだって使えなくしてやれるんだからね。水切り台の簀子《すのこ》に載せたお皿から、ものを食べることすらできないんだよ。ふん、椅子にだって座らせてやるもんか。あんたが寝てるベッドも家に置いとけないよ。あれは私有財産の一部だからね。彼があんたに遺したのは、家の権利だけでしょうが。それとベッドのシーツや灰皿くらいさ！」べらべらまくしたてて切り口上になる。「あんた、どうやって食べていくの？　きっと思ってるんでしょ。キッチンにふらりと入って、食品の缶詰と詰め合わせを、二つか三つ開ければいいやってね。その食品、あんたのもんだと思ってんのかい？　違うだろ。一口でも食べたら訴えてやるわ。あんたを法廷に引きずりだし、訴訟漬けにしてやっからね！」

意表をつかれた。妹が言ってることはほんとだ。「おまえの言うことも一理あるな」とぼくは言った。「ぼく専用の家具を買わなくちゃならない羽目になる」

彼女が言った。「フェアファックスから引っ越し屋を呼びつけて、あの家の調度、一切合財運びだそうと思ってるんだ」

「オーケー」と言ったが、あたふたして頭がまわらない。

「このドアホ」とフェイが言う。「あんたがせしめたのは、せいぜい空き家一軒だけなんだよ――いや空っぽの家一軒のそのまた半分さ。こっちは工場からのアガリで、あの家の経費を分担するくらい朝飯前なんだよ」そこで唐突に電話を切った。

ぼくは服を着て、髪に櫛をあて、それからキッチンへ行った。そこに突っ立って、じぶんの朝食をこしらえるべきかどうか、考えこんだ。もしぼくが食べてるさなかに、フェイがひょっこり現れて、チザム保安官かだれかを連れてきたら？　どうしよう。ぼくはある意味で盗み食いの現行犯なのかな？

どっちとも決めかねて、ぼくはとうとう朝食を摂るのをあきらめた。かわりに屋外に出て、チャボに穀粒の餌をやろうと鶏小屋に下りていった。

アヒルがいないので、なんともアヒル小屋はさみしい。水場はそのままだった。チャーリーが置いた陶盤。彼がこしらえた排水口。アヒルのねぐらになっていた草むらに、半ば埋もれて卵が一つ残っていた。ごみ入れの缶には、半分余した産卵促進剤の袋が突っこんである。五十ポンドほど残っていた。

あたりをぶらついて、チャーリーが建てた馬の厩舎《きゆうしや》のほうへ歩いていく。壁に鞍《くら》が掛けてあった。それ以外の馬具はすべて馬とともに影も形もなくなった。優に三百ドルの価値はあったのに。

ぼくは家に引き返すと、暖炉のそばの床にぺたりと座りこんで考えた。午前中の大半は熟慮に熟慮を重ねたが、ようやく結論に達した。ぼくがしなければならないこと、それはこの家の月々の支払いを賄うだけの稼ぎ口を、とにかくみつけることだ。その支払いには税金や保険料の支出も含まれる。おまけに、食品を買うおカネも必要さ。だって、自明だろ。フェイとナットは、もうぼくにタダ飯を食わせてくれないんだ。それまでぼくは半ば甘い考えを抱いていた。いざとなれば、もとの木阿弥でいいじゃないかと高をくくっていたんだ。彼らのために、ぼくがまたベビーシッター役をやれば——汚れ仕事ではないが、拭き掃除程度の仕事さ——その見返りに、彼らもそれと等価の食品やら何やらをぼくに振る舞ってくれるはずと思っていた。でも、それをあてこむのはやめにした。

頭であれこれ計算したあげく、この家のぼくの持ち分を維持するには、およそ月五百ドルは稼がなくちゃという結論が出た。そこには医療代や家の修繕費といった臨時の支出は含まれていない。とにかくそれだけ稼げたら、ぼくは払いを済ませて食事ができ、少々服なども買えて、中古の家具をそろえることができる。

だから、ぼくは路上に立ってヒッチハイクで車を拾い、ポイント・レイズ・ステーションまで乗せてもらった。そこで、仕事探しをはじめたんだ。

最初に試みたのは街角の自動車修理工場だったよ。売りこんでみた。ぼくは修理工じゃないけど、カガク的な素質があるので、分析や診断は得意ですってね。あっさり欠員はないよと断られたので、道路を渡ってスーパーマーケットをのぞいてみた。そっちも空振りだったな。梱包を開けたり、棚に商品を並べる仕事さえないんだ。次に試みたのは大きな金物屋だった。うちで雇えるのは車の運転ができるやつだ、とにべもない。そのあと、職員の口は空いてませんか、と郵便局の戸を叩いたが、連邦公務員試験に合格していることが条件だぞ、と言われた。別の自動車修理工場や、ガソリンスタンド、薬局もあたってみた。すくなくとも、皿洗いの仕事くらいは空きがあるはずだと思って——コーヒーショップやら、衣料品店やちいさな無料図書館やらもあたった。どこでも仕事にありつけない。食品ストアや大きな建築資材置き場、最後に銀行にも声をかけてみた。

銀行の人は役に立った。ぼくがフェイの兄だと知ると机の前に座らせ、長時間話してくれたよ。ぼくは自分の状況を説明した。なぜ仕事を探しているか、どれくらい稼がなくちゃならないか、といったことをね。彼は言った。この界隈の小売業で、お仕事をみつけるのはほとんど不可能ですね。どこも爪に火を灯すような商売ですからねえ。せいぜいのところ、と彼が言う。岬のほうの酪農場か、オレマまで足を伸ばして木工所の仕事、あるいはペタルーマの道路工事で砂利を敷いてる作業員か、灯台の道ばたにあるRCA無線局の用務員くらいなものでしょうかね。車の運転ができれば、と彼は言い添えた。スクールバスの運転手になれるかもしれません。でも、それはどうみても論外だった。夏のあいだは、果物摘みの日雇い仕事があるけれど、いまはまだ四月なのだ。

いろいろな選択肢を勘案すると、ぼくにとって最上と思えたのが、酪農場の一つで働くことだった。だって、ぼくは動物が好きだもん。銀行の人に礼を言って、またヒッチハイクでトマレス湾のインバネス側にもどり、それから何台か乗りついで、やっとどこかの酪農場にたどり着いた。丸一日かかったよ。空いていたのはミルカーの仕事だけだった。チャーリーが最初に言っていたことを思いだした。マリン郡のここらあたりじゃ、乳搾りがいちばんおまえに向いてるな、って言ってたっけ。

だけど、乳搾りって面白そうな仕事に思えるけど、時給一ドル三十セントしかもらえないんだ。それっぽっちじゃ、ぼくの支払いにはとても足りないよ。おまけに、じっさいはあちこちの酪農場に住みこまなくちゃいけない。それじゃ、なんのために仕事をするのか、本末転倒になる。そこで乳搾りもやめにした。夕暮れが近づき、落胆と疲労を覚えたぼくは、またヒッチハイクで町に帰ることにした。幸いなことに一軒の酪農場で親切な人たちにめぐりあい、たっぷり昼飯を食べさせてくれたからよかったものの、そうでなければ丸一日空きっ腹で過ごしたところだ。そのままぼくは、夜の九時半に家にたどりついた。すっかり気が滅入り、もうへとへとで、しかも仕事の見通しはからきしだった。

リビングルームの明かりをつけ、室内が冷え切っていたので、暖炉に火をつけた。その薪も、フェイと子どもたちのものと意識していたけどね。ぼくがいつも付け木がわりに使う古新聞も、ゴミ箱から拾ってきた牛乳のカートン箱も、所詮はじぶんのものじゃない。ぼくの持ち物は、ハンブロー家から持ち帰って書斎に置いてある私物だけなんだ。

つらつら思うに、たぶん空飛ぶ円盤グループのだれかが助けてくれて、月五百ドル稼げる仕事がみつかるかもしれない。そこで一か八か、ミセス・ハンブローに電話をかけてみた。彼女は同情してくれたけど、そんな多額の収入を得る仕事なんてみつかりっこないと考えているみたいだ。農場地帯の給与は一般に都会より低いのよ、でもサンフランシスコだって、月給五百ドルはかなりの高給取りよ、と彼女は指摘した。

午後十時、暖炉の前に座っていると、電話が鳴った。電話を取ると、またフェイだった。どこかしら泊まっている場所からかけてきたのだ。

「日中も電話したんだけど」と彼女が言った。「どこにいたのさ？」

「出かけてた」とぼく。

フェイが言う。「精神科の助けでも借りるつもり？」

「そんなこと、ちらとも考えてないよ」

「たぶん、アンドリューズ博士に診てもらえば、兄さんもじぶんの立場がもっと把握できるようになる。なんで家の権利を売らないのよ？　きょう博士と話をしたんだけどね。博士が言ってたよ。兄さんはチャーリーとじぶんを同一視して、彼が死んだもんだから、あたしらにその復讐をしようとしてるんだってね。彼が自殺したのはあたしらのせいだと思ってるのかい。それが権利を売らない理由なんだろ？　ったくねえ、子どもたちのことも考えてよ。あの家が建って以来、子どもたちはずっとあの家で過ごしてきたんだ……ほんとはあの家を建てたのは、子どもたちのためで、あたしら夫婦のためじゃなかった。なのに、あのクソったれ亭主ときたら、実質的にそれしか遺さなかった。あたしに遺したのはあの役立たずの工場だけ。あれじゃほとんど経費を賄えないよ。あたしはあの家を持ち家にしなきゃならないのさ――権利の半分はあたしのもんだからね。最後の一ドルまで賭けたって、あたしはぜったいに権利の半分を手放さないからね。どっちにしろ、どうせあんたには、あたしの権利を買い取れっこないんだから。できるかい？　ふん、水道代の五十ドルだって払えないくせに」

ぼくは無言だった。

フェイが続けて言う。「あたしら、そっちへ行くよ。あんたと議論しようじゃないの。十五分もすりゃ会えるんだから」

ぼくはすっかりクタクタで、もう寝る支度の最中だと断ろうとしたが、そのまえに電話がカチリと鳴った。フェイが電話を切ったんだ。ぼくが夜分にそんな話をしたいかどうか、都合を聞こうともしない。いつもこうなんだ。ちっともじぶん勝手な性分が変わらない。ますます落ち込んで、ぼくは座ってふたりが来るのを待った。ある意味で妹が言うことはもっともだ。この家の住人には、子どもたちこそふさわしい。いっしょに住むなんてまっぴらよ、と彼女が言い張ってるんだから、ぼくが引っ越さない限り子どもたちもここに住むわけにいかない。妹はもちろん、ここを我が家と思っている。ある程度はそのとおりだ。でも、妹の言う意味では、つまり、ここが彼女ひとりのもので、ほかのだれの持ち家でもないという意味では、たしかにここは彼女の家じゃない。ほんとのことを言えば、この家はチャーリーのものだ。彼が家の権利をぼくと彼女に分け与えたのは、明らかにぼくらが一つ屋根の下に住むのを前提にしたからだった。フェイとぼくは妹と兄なんだから、いっしょに暮らせるとチャーリーは踏んだのだ。その場合、ナット・アンテールはどうすると思っていたんだろう。ぼくには分からない。たぶん、アンテールの妻が夫のもとを去り、とうに結婚が破綻していたとは気づいてなかったんだろう。フェイとナットの仲は、いっときの浮気としか考えていなかったのかもしれない。そう見透かしたのは彼だけじゃない。ぼくらはだれもふたりの火遊びがつづくとは思っていなかった。チャーリーがもどってきて自殺せず――フェイも殺さなかったとしたら、まちがいなくアンテールとの密通は終わっていたさ。秘め事に終止符を打つには――すくなくともふたりが肌を合わすのを阻むには――ただ彼が帰ってくるだけでよかったんだ。もちろん、ふたりの腐れ縁はまだ尾を引いたかもしれない。だからこそ、彼はあんなことをしでかした。妹のしたことを彼は罰したかったんだ。正しかったと思うな。罰がなんであれ、それに値することを妹は犯したんだもの。だけど、結局、妹はまんまと裏をかき、代わりに彼を自殺に追いこんだ。夫の遺産の相続人から妻を外すという遺言があったのに、妹はまだ生きながらえているし、家の半分があり、子どもがいて、家財もある——車まで手にした。チャーリーを偲ばせるものは、家のすみずみに宿る彼の永遠なる存在だけだ。ぼくが家にいるあいだはずっと、その存在のけはいをひしひしと感じていた。

じっさい、いまもこのジレンマから脱出する道を探りながら、こうして座っていると、家の周辺をチャーリーが漂っているのを感じる。肉体がまだ生きていたころ、彼が家のそれぞれに濃密に関わった分だけ、そこに彼の残照を感じるのだ。とりわけこの書斎、彼が夜鍋仕事をしていたここで……ぼくはいちばん強く彼を感じる。子ども部屋や夫婦の寝室はそれほどじゃない。フェイが粘土を捏ねていた工房、彼女が言うところの創造的な仕事部屋では、ひとつも感じなかったが。

彼女を殺したって、幸福な瞬間はだれにももどってこなかったろう。彼はそこに気づいていなかった。子どもにどんな影響を及ぼすかを考えてもみろよ。荒んだ惨めな人生になっただろうな。彼自身だって自殺しようとしなくても、あの心臓の状態じゃあ、早晩死ぬしかなかったんだ。ナット・アンテールもすでに妻を捨て、つかのまの結婚生活に終止符を打っていた。フェイが死んでいたら、彼になにが残ったろう？　いったい、だれが得をしたことになるのか？

チャーリーの行為に潜むニヒリズムは、動物たちの鏖殺《みなごろし》に如実に顕れている。ぼくは心底震撼させられた。いちばん理解に苦しむところだ。

たしかに彼は、フェイを憎悪したほど、動物たちを憎んでいなかった。たぶん、動物たちが彼を裏切るなんて思えなかったはずだよ――もちろん、あの犬はアンテールに吠えつくどころか、尻尾を振ってすり寄ることを学んでいたけどね。でもその理屈に従えば、じぶんの娘だって殺さなかったはずだ。娘たちは二人ともアンテールが好きだからね。ついでにぼくも殺さなきゃいけなかったはずだ。娘たちはこのぼくも大好きだからさ。もしかすると、その肚はあったかもね。とにかく、羊たちは飼い主がどうなろうと我関せずだし、アヒルたちはそのささやかな脳ミソなりに彼に忠実だった。結局、アヒル小屋を建てたのは彼なんだ。

そんなことをじっくり考えたすえに、ぼくが達した結論はこうだ。彼には動物たちを殺している意識がなかった。退院してあの家にもどったとき、なにか大きな変化が起き、それは彼自身がもたらすもので、その変化が家にいるあらゆる生きものに影響する、ということだけを意識していたんだろう。動物たちを射殺したのは、じぶんのやってることが一大事だと見せつけるためさ。取り返しのつかないことができるんだって誇示したんだ。でも、そうと決めつけながらも、ぼくはふと感じた――いまでも感じるんだけど――彼の暴挙の真の理由を突き止めようなんて、ぼくの手に負えないことだってね。彼みたいに非論理的で、半ば野蛮な心理は理解できないよ。あれはカガク的な理性の問題じゃない。野獣の本能だよ。たぶん、彼は動物たちとじぶんを同一視したんだ。彼はすでに自殺の道を歩みはじめていたんだろうな。じぶんの手ではフェイを殺せない、銃弾を撃ちこんで始末をつけるにしても、それは彼女でなく自分のほうだと、心のどこかで分かっていたんだ。いや、おそらく彼はフェイを殺したくなかった。そんな仕草を一度はしてみたかっただけなんだ。たぶん、彼は拳銃を買った瞬間から、ずっと自殺するつもりだったんだろう。
だとすれば、彼女を責められない。少なくとも、つるしあげるわけにはいかない。
でも、非カガク的な個人が絡むと、いつだってこうしてワヤクチャな混乱が生じるんだ。
ホイ・ポロイ（烏合の衆）[203]の非理性に、カガクは途方に暮れちまう。大衆の気まぐれって推し量り難いよ。そいつは事実だな。

ぼくがこうして全体の状況を深く洞察し、フェイとナットが来るのを待っていると、車を乗りつける音がした。で、ぼくは起ちあがって、車寄せの明かりをつけに、玄関のドアへ歩いていく。

車から一人しか降りてこない。ナット・アンテールだった。妹は現れなかった。

「フェイはどこだい？」とぼくは聞いた。

ナットが言う。「だれかが娘たちといっしょにいてやらないとね」家に入って、後ろ手にドアを閉めた。

彼の説明は理にかなっているが、ぼくは納得できない。直感が告げていた。ぼくがここに粘ってる限り、妹は一歩たりとも家に足を踏み入れる気がないんだ。そう思うと、むかっ腹が立ってきた。

「ときには男二人で事務的に話しあうほうが、ことは簡単になる」とナットが言った。「女抜きのほうがね」

「同感だ」とぼくは答えた。

ぼくらはリビングルームに正対して座った。暖炉の前で彼に目をやりながら、ふと彼は何歳だろうと思った。ぼくより年上か、年下か？ およそ同い年、と見積もった。それにしても、見ろよ、彼の人生。ほとんど何の成果もあがってない。結婚は短期間しか続かなかった。人妻との情事も、無邪気だった男の死で幕が下りた。しかも、ぼくが小耳にはさんだところでは、生計もかなり不安定のようだ。彼がぼくより優位に立ってるのは、ごくごく正直に言って、ぼくよりずっと美男だってことさ。うっとりするような屈託のない丸顔で、漆黒の髪のショートカット。背も高いけど、ガリガリでも痩せっぽちにも見えない。じっさい、ぼくにはテニス・プレーヤーに見えた。手足がすらりと長くて、同時に五体は健やかな肉づきを保っている。

さらに、彼の知性にもぼくは一目置いていた。

「さてと」とぼくはもったいぶった。「こいつは難しい状況だ」

「それは間違いない」とナットが言った。

しばらく二人とも黙って座っていた。ナットがタバコに火をつける。

「きみだって、秣桶《まぐさおけ》のうえに座ってどかないイソップの犬[204]になりたいわけじゃないだろ」と彼が言った。「きみがフェイの権利を買い取る資金を調達するのはとても無理だ。論ずるまでもない。たとえできたとしても、ここで暮らせる余裕なんてできっこない。ここを維持する経費は莫大だからね。この家はまるで実用向きじゃないんだ。僕個人としては、フェイがこの家を維持するってことにも気乗り薄でね。暖房に費用がかかりすぎる。ここを売り払ってもっと小さな家、たぶん古い家に引っ越したほうがいいんだけどね」

「でも、妹はここで暮らすことに執着している」とぼくは言った。

「そうだ」と彼が言う。「彼女はここが好きなんだ。でも、いざとなれば、彼女だって匙を投げるさ。月日が経てばここを手放したくなると思うよ。チャーリーなしでここを切り盛りしなければならなくなってはね。ある意味でここは資産というより負債なんだ」彼は起ちあがって、リビングルームをうろつきまわった。「いいところだ。暮らすにはほんとに素晴らしい家だよ。でも、ここを維持するのは、ほんとうに裕福な人でなくちゃ。赤字垂れ流しだもの。維持していこうとすれば、最後は家の奴隷になりかねない。僕はそんな身になりたくないな。じぶんがそんな立場になるのはぜったいご免だ」とりたててこのぼくに諄々《じゅんじゅん》と説いているふうではない。実は胸の思いを声に出して打ち明けている、とぼくは感じた。

ぼくは聞いた。「あんたとフェイは結婚する予定なのかい？」

(205)彼がうなずく。「グウェンとの離婚が成立したらすぐにもね。たぶん、メキシコで離婚手続きをして、再婚することになる。待機の期間なしでいいからね」

ぼくは言った。「チャーリーは彼女に大して遺産を残さなかったから、あの母子を養っていくには、あんたもフルタイムで働かなくちゃならないんだろ？」

「子どもたちの養育費にあてる信託基金がある」と彼。「それに彼女だって、ここを維持するだけなら、工場のあがりやフロリダの不動産収入で十分賄える」

「ぼくは本心からここの持ち分を手放したくないんだ」とぼくは言った。「ここで暮らしていたい」

「どうして?」と彼は言って、ぼくのほうに向き直った。「あきれたな、バスルームが三つ、寝室が四つもあって——そこに一人暮らし、この広大な屋敷にたった一人だ。ここは五人か六人家族用の家屋なんだ。きみなら貸間一室でこと足りるだろ」

ぼくは黙っていた。

「こんな家にいたら気が変になる」とナットが言った。「人里離れて一人ぼっち。チャーリーが入院した当初、孤立無援のフェイはほとんど半狂乱だった。娘たちをずっとそばから離さなかったよ」

「あんたもだろ」とぼくが言う。

それに彼はコメントしなかった。

「ぼくは、ここにいなくちゃならないって感じるんだ」とぼくは話頭を転じた。

「なぜだ」

「だって」と言った。「それがぼくの義務だから」

「何に対する?」

「彼に対する義務さ」とうっかり口を滑らせた。しまったと思ったが、後の祭りだった。

難なく彼は、だれをほのめかしたのかを悟った。「要するに、彼がきみに家の半分を遺してくれたから、ここで暮らさなきゃならないって感じるのかい?」

「そうでもないけど」とはぐらかした。チャーリーの魂がまだ家を徘徊しているのを、知っているとは明かしたくない。

ナットが言った。「どうせきみにはできっこないんだから、義務だろうが、そうでなかろうが、どうでもいいことさ。僕の見るところ、きみの選択肢は、権利を放棄するか否かってことじゃない。権利を売ってその対価を得るか、むざむざ権利を失って捕らぬ狸になるか、のどっちかなんだ。現金一千ドルの蓄えができて、毎月三十八ドルも払いこまれたら、都会で快適な暮らしが営めるよ。素敵なアパートを借り、衣服を買い、いいレストランで外食もできる。夜はお出かけして、羽を伸ばせるんだ。そうだろ？　そのかたわら、きみの精神科治療のために、彼が遺したカネを使ってもいい。精神科治療を受けたら、きみはずっとましになるよ。ぶっちゃけた話、ぶっちゃけた話で言えば」

「ぶっちゃけた話」は妹の口癖だが、彼もつい口にするようになった。ある一人が使いなれた語彙が、他人に伝染していくのは面白い。妹となにがしか袖をすりあわせると、だれもがその口真似をするようになる。「もう金輪際」とか「いい加減にしたら」とか。禁句とされる卑語の乱発はもちろんのことだ。

「ぼくはただ、この家を立ち去りたくないだけなんだ」と繰り返した。そのとき、突然、忘れていたことを思いだした。ナットが知らないこと。彼が知ったとしても、受け入れるはずもないことを。

あと一カ月で世界は滅びるんだ。その後でなにが起きようが、知ったこっちゃない。ぼくはあと一カ月だけここにいればいい。永遠でなくてもいいのさ。どうせ家なんか、雲散しちまうんだから。

決心がつかないから、まだじっくり考えてみなくちゃ、とナットには言った。彼が帰ると、つくねんとリビングルームに座って、ほとんど夜を徹して思案を重ねた。

ついに午前四時ころ、決心がついた。書斎のベッドにもぐりこんで寝る。是が非でも睡眠が必要だった。そして翌朝の午前八時に起き、風呂に入り、髭を剃って、服を着た。ポスト社製の四割麸《ふすま》入りフレークス(206)に、ジャム付きトーストを少々口にする——あまり腹の足しにはならなかったが——それからインバネス・ワイをめざして道沿いに歩きだした。職探しで見落としていた場所が一つあって、そこをあたってみたかったんだ。ワイには獣医がいる。都会で見かける犬や猫の病気を診るペット専門だけじゃない。羊や牛や馬に、もっと小柄な家畜も診療するところだ。ぼくは獣医のもとで一時働いた経験があるから、あそこなら働き口がみつかるかもしれないと思えたんだ。

でも、いざ獣医と話し合ってみると、医師と妻と十歳の子と父親の四人で切り盛りする家族経営と知れた。ぼくが思い描いていたような餌係と掃除係は、十歳の息子の役まわりになっていた。で、ぼくはすごすごと、ドレイクス・ランディングへの帰途についた。

すくなくとも、これであらゆる可能性を試してみたことになる。

正午を回っておよそ十二時半ごろ、ぼくは家に到着した。すぐにナット・アンテールの電話番号をまわす。

電話に出たのはフェイだった。どうやらナットは仕事に出かけたか、家で勉強中らしい。

「決心がついたよ」と妹に告げた。

「よしよし」と彼女が言う。

ぼくは言った。「現金千ドルと残金を分割払いしてもらうという条件で、ぼくはあの家の権利をおまえに売ってやる。ただし、あと一カ月間、家にぼくを住まわせてくれたらだ。そして、家具や食品など、何でも思いのままにできるってことにしてくれなくちゃ。そしたら、ぼくはこの家で暮らせる」

「取引しようってのかい」とフェイが言った。「小癪なスカタン野郎め。冷凍庫に入ってるステーキ肉は食べないでよ。Tボーンも、サーロインも、ニューヨーク・カット(207)も、手をつけちゃだめ。あれって四十ドルはするんだから」

「オーケー」とぼくは承諾した。「ステーキは別にしとくよ。でも、ほかの食品はなんでも構わないことにしよう。それと、いますぐおカネがほしい。明日かあさって中だ。それが期限だよ。それから今月の公共料金、ぼくの支払い分はなしってことにしてくれ」

「あたしらにだって必要なものがあるんだ」とフェイが言った。「子どものものぜんぶだよ。あの子たちの服――くやしいけど、あたしの服もあって、あれやこれや無数にあるからね。それをぜんぶ運びだして、また元にもどすなんて面倒はご免だよ。どうしてあんたは、一カ月も家にしがみついていなくちゃならないの？　あのハンブローの阿呆一家のもとにさっさと帰って、泊めてもらえばいいじゃないか」

妹は取引を呑んだくせに、まだやいのやいのとぼくを追いだそうとしていた。妹と理にかなった同意を得ようとしても空しいと感じる。「ナットに言ってくれ」とぼくは告げた。

「あと一カ月いられるんなら、立ち退きに同意するって。あとは彼とケリをつける。おまえは非カガク的すぎて話にならない」

さらに二言三言やりとりしたあと、妹がさよならと言い、ふたりとも電話を切った。とにかく、書面でなくとも、ぼくは同意したんだ。この家は四月末までぼくのものだ――いや、もっと正確かつ現実的に言えば、四月二十三日までぼくの家なんだ。

19

午前九時、ネイサン・アンテールは、サンラファエル裁判所第三部の外の廊下で代理人の弁護士と落ち合った。証人もいっしょだった。ふっくらした学者肌の風采の男で、ナットやグウェンとは年来の知り合いである。

三人で裁判所を出て、街路を横断して向かいのコーヒーショップに入った。ブースに腰をおろすと打ち合わせをする。法廷ではこうしてほしいとか、こういう手順でとか、弁護士が言い含める。ナットも証人も法廷内に立ち入ったことがなかったからだ。

「なにも神経質になるには及びません」と弁護士が言った。「証言台に立ったら、私がいろいろ質問しますから、イエスと答えればいいんです。たとえば、私がこう尋ねます。貴殿が一九五八年十月十日に結婚したのは事実ですか、と聞いたらイエスと答える。それからまた聞くのは、貴殿が三カ月以上の期間、マリン郡の居住者なのは事実ですか、などといった質問です。さらに、貴殿の妻は冷酷で非情な仕打ちを含む態度で貴殿に接し、公衆の面前および友人の前で貴殿に堪え難い屈辱を与えたのは事実ですか、と聞きます。彼女のその仕打ちが貴殿に心身の窮状をもたらし、貴殿の職務遂行をできなくさせる結果をもたらしたのは事実ですか、その結果、貴殿は生活が営めなくなり、満足のいく形で返済義務を果たせなくなったのは事実ではないですか、ともね」弁護士は右手を素早く鋭くひらつかせながら、だらだら長広舌をふるっている。ナットが気づいたのは、この男の手が異常に生っ白くて小さく、手首には産毛《うぶげ》ひとつないことだった。完璧にマニュキアした爪。ふとナットは思った。ほとんど女の手だな。この弁護士がいかなる肉体労働とも無縁なことは明らかだった。

「私は何をすればいいんでしょう?」と証人が聞いた。

「ええ、貴殿はミスター・アンテールの後から、証言台に立ってください。裁判所が彼とおなじように貴殿にも宣誓を求めます。それから私が貴殿に尋ねる。貴殿がカリフォルニア州に一年以上、アラメダ郡に三カ月間居住していたのは事実ですか。貴殿はイエスと答えます。するとまた私が聞く。被告ミセス・アンテールが、ミスター・アンテールに対し堪え難い屈辱を与えた現場に立ち合い、目撃したのは事実ですか。それゆえ彼が精神的に懊悩し、心身両面の窮状に煩悶したあげく、医師の診察を受ける結果となったのは事実ですか。はた目にも彼が顕著な異変を見せたので、貴殿が声をかけて、まるで――」弁護士が手を宙に舞わせた。「まるで以前のような健康状態とは思えないと言い、彼に対するミセス・アンテールの仕打ちの結果、彼が見るからに消耗していると言明したのは事実でしょうか、と」彼ら二人に向かって言った。「分かりますか。われわれが立証しなければならないのは、ミセス・アンテールの仕打ちの結果です。彼女が貴殿に言語道断の挙に及んだ――たとえば、彼女が何人もの男と不貞を働いたとか、へべれけに泥酔したとかといったたぐいですが――それを陳述するだけでは不十分です。結果として顕著になった夫婦関係の異変に、貴殿がじっさい苦しみを覚えたと陳述することが肝心です」

「最悪の事態をも覚悟する異変とか」証人が言った。

「そのとおり」と弁護士が言った。「最悪の事態をも覚悟する異変です」ナットに顔を向けて言った。「私は貴殿にこうも質問します。貴殿は結婚生活を維持しようと最善を尽くしたにもかかわらず、貴殿の妻は夫の健康にも幸福にも無関心であることを明々白々な態度で示したこと、さらに彼女が長期にわたり外泊し、その間の所在を明かせと質しても露骨に渋ったこと、節度ある配偶者に期待される振る舞いをふだんから見せなかったこと、これらは事実ではありませんか、と」

コーヒーを啜りながら、ナットは胸中で思った。これは空恐ろしい試練になりそうだ。その時がきても、じぶんに言えるかどうか、こころもとない。

「ご心配には及びません」と弁護士が言って、彼の肩に触れた。「これはただの儀式です。法廷で立って、形式どおり適当に唱《うた》い、そして望みのもの——離婚判決を得るだけのこと。イエスと言う以外、貴殿は何も述べなくていい。私が尋ねる質問にイエスと答えるだけでいいんです。二十分で法廷から出られます」ちらと腕時計を見た。「そろそろ裁判所に戻らないと。きょうの判事のことは私も分かりませんが、判事たちはたいがい九時半ぴったりに開廷したがりますから」その弁護士はアラメダ郡から出張してきていて、ナットが彼を知ったのは、不動産をめぐる近所の住人との係争案件で、かつて彼とグウェンの代理人を務めたことがあるからだ。彼も彼女も彼が気に入っていた。ふたりのために不動産の係争を示談に持ちこんでくれたのだ。

　三人は裁判所庁舎にもどった。階段をあがりながら、法廷の決定には経済要因も関わるのかといった瑣事にこだわる証人が、弁護士と議論していた。ナットはうわの空だ。凝然と見つめていたのは、膝に杖を置いてベンチに腰かけた老人や、街路を行き来する買いもの客の群れだった。

　暖かで晴天の日だった。大気はいい香りがする。裁判所のまわりで、塗装の職人たちがキャンバス地の幕を放りあげ、梯子を立てていた。建物は改装中らしい。三人とも建物に入るとき、垂れたロープの下で身を屈めなければならなかった。
弁護士と証人が廷内に入る間際に、ナットが弁護士に聞く。「トイレに行く時間はありますか?」

「急いでもらえれば」と弁護士が言った。

　紳士用のトイレは——見るからに清潔な場所で——彼はフェイからもらった錠剤の鎮静剤を嚥《の》み下した。それから急いで法廷にもどった。ところが、弁護士と証人が法廷から出てくるのに遭遇した。弁護士はナットの腕をつかむと、廊下に連れだす。眉根が険しい。

「廷吏と話してみたところ」と声を落として弁護士が言う。「この判事は、弁護士質問を許してくれません」

「それってどういうことです?」ナットが聞いた。

「つまり、お二人のどちらにも、私から質問ができないわけです」と弁護士が言った。「証言台に立ったら、貴殿ご自身で陳述することになります」

「先生が先導してくれないってこと？」証人が言った。

「はい、じぶんで縷々《るる》説明しなければなりません」弁護士は彼ら二人をまた法廷に連れていく。「おそらくわれわれの審理が最初じゃありません。他の案件によく耳を澄まして、なにを申し立てるべきか、そこから判断してください」彼が法廷のドアを開けた。ナットは証人より先に廷内に入った。

やがて気がつくと、彼は教会の信徒席みたいなベンチに座って、証言台で訥々《とつとつ》と語っている中年の女をみつめていた。ミスター・ジョージ・フェザーズかヘザーズやらが、サンアンセルモで行われたバーベキュー・パーティーの席で、ミセス・フェザーズの服にコーヒーをこぼしながら、謝るどころか、十人の客の面前で妻をバカ呼ばわりし、ドジな母親だと罵った経緯を証言していた。

その証人が押し黙ると、六十代後半で銀髪、細縞《ピンストライプ》のスーツを着たどっしりした体格の判事が、不機嫌そうに顔を歪めながら口を開いた。「で、それが原告にどう影響したんだ？それで彼女になにか異変が生じたのかね？」

証人が言う。「はい、その結果、彼女は不幸になりました。じぶんをそんな風に扱い、惨めな思いをさせる男のそばにいるなんて、もう我慢できないとこぼしていました」

その訴訟が片付くと、第二の訴訟が行われた。前の審理とそっくりで、女性と弁護士を新たに入れ替えただけだ。

「こいつは強情な判事ですね」ネイサンの弁護士が、口の端から囁くように彼に言った。

「ごらんなさい。不動産の示談までケリをつけようとしている。ほんとうはこじれるばかりなんだが」

ナットはほとんど聞いていない。鎮静剤が効きだしたのだ。法廷の窓から外の芝生を眺めていた。街路や商店の飾り窓の前を車が走り去るのをぼんやりと目で追う。

彼に弁護士が囁《かか》いていた。「医者に通わなければならなかったと言ってください。彼女のせいで心身症に罹ったと言うんです。彼女は一週間かそれ以上、ずっと家を空けていたともね」

彼がうなずく。

証言台では、ひどく苛《いら》ついている黒髪の若い女が、夫に殴られたと細い声で語っていた。

ネイサンは思った。なるほど、グウェンが僕を殴ったことは一度もない。けれども、僕が帰宅したあの晩、キッチンにあのバカ男を連れこんでいた。妻にはよその男たちと外出する習慣があったと言えるな。相手はいったい誰で、何をしてるんだ、と問いつめると、彼女は僕に暴言を吐き、僕を侮辱したとも言えるんだ。

彼の証人にもその弁護士は囁いていた。「ミスター・アンテールの証言を聞いて、それをしっかり見習ってください」

「オーケー」と証人が受けあった。

彼女のせいで僕は懊悩し、屈辱を味わったんだ、とネイサンは念じた。体重が減り、鎮静剤を服用しはじめた。夜も眠れず、金策にやきもきした。妻はカネを借りても、僕に打ち明けなかった。夜、妻が帰宅せず、知り合い全員に電話をかけて行方を探さなければならなかった。おかげで妻がどこに出かけて、誰といっしょにいるのか、夫の僕も知らないことがみんなに知れわたってしまった。夫婦のクレジットカードで妻が支払うガソリン代は、うなぎ登りに膨らんでいったこと。彼女は僕を殴り、ひっかき、だれが面前にいようと構わず、僕を糞ミソに貶したこと。僕といるより、他の男たちと一緒のほうがずっとましだと公言し、僕には一片の尊敬も抱いてないと言い放ったこと。

心のなかで彼はリハーサルを重ねていた。

それからほどなくして気づいたのは、いよいよ証言台に上がって、空席の列と数人の人と正対しているじぶんだった。彼のわずか左手、証言台の下に立つのは、全身に緊張感を漲《みなぎ》らせた弁護士だ。書類の束を手に、早口で判事とことばを交わしている。彼の証人は陪審員席の端の椅子に座っていて、不安そうな面持ちだった。

「あなたのフルネームは、ネイサン・ルーベン・アンテールですか」と彼の弁護士が聞いた。

「はい」と彼は答えた。

「あなたはマリン郡ポイント・レイズに住んでいますか？」

「はい」と答えた。

「そしてまた、一年以上の期間にわたりカリフォルニアの居住者で、三カ月以上の期間にわたりマリン郡の居住者ですね？　あなたはマリン郡最高裁にミセス・アンテールに対して提訴したこの離婚訴訟の原告ですね？　あなたとミセス・アンテールの間の結婚生活は、あらゆる実用的な見地から見ても、一九五九年三月十日をもって終了している、すなわち、その時点以降、あなたと彼女は同居していないのですね？」

彼はいずれの質問にもイエスと答えた。

「では、当法廷に理由を申し立てて下さい」と彼の弁護士が言った。「なぜあなたがミセス・アンテールとの離婚を請求しているのかを」

弁護士はいま、わずかに後方に身を退いた。法廷は少しざわついている。後ろの席で別の弁護士が依頼人とぼそぼそ相談していたし、前方の傍聴席に座った二人が私語を交わしながら、がさがさ音を立てていたからだ。ナットが答えはじめた。

「ええ」と彼は言った。「理由はおおよそのところ――」言い淀んだ。例の錠剤のせいで疲労と倦怠感に見舞われる。ずっしりと気が重い。「彼女が家に居ついてくれなかったことです」と言った。「いつもどこか外をほっつき歩いて、帰ってくるなり、私がどこに行っていたのかと聞いても、私をただ非難するばかり。あんたの知ったことじゃない、と言い返すだけでした。私といるより、他の男たちと一緒のほうがいいと、あからさまな態度で見せつける始末でした」

彼は考えようとした。ほかに言うべきことはないのか。話の接ぎ穂をどうつないでいけばいいのか。彼にできそうなのは、窓の彼方に見える芝生、湿気のない温かな緑の芝生を、黙然と見つめていることだけだった。ひどく睡《ねむ》たい。瞼が閉じかける。声が尻すぼみになった。懸命に気を取り直して、やっと陳述らしさを取りもどした。

「私にはこう思えました」と彼はつづけた。「彼女は心中ずっと、私に軽蔑以外のものを感じていなかったのです。いかなることであれ、私は彼女の支援をあてにできませんでした。彼女はとことん我流を貫くのです。既婚女性らしい振る舞いなど絶えてない。最初から結婚などなかったみたいでした。その結果、私の生計は立たなくなった。私は病に罹り、医師に診察を仰がなければなりませんでした。ロバート・アンドリューズ博士です」それから付け加えた。「サンフランシスコの」

判事が聞いた。「それはどんな病かね？」

ネイサンは言った。「精神神経的疾患と呼ばれる症状です」二の矢の問いを待ったが、判事はそれきりコメントしなかった。そこで陳述を再開した。「ふと気がつくと、私は集中もできず、仕事ができなくなっていました。友人たちもみんなその異変に気づきました。こういう状態が長期間つづいたのです。あるとき、彼女は玄関のポーチに立ちはだかり、町からやって来た牧師にも聞こえよがしに、僕を侮辱することばを怒鳴り散らしました。牧師はたまたま、わが家を訪れることになっていたんですが」

あれはグウェンが荷物を運び出した日だった。近所の人たちも明らかに何が起きたか分かっていた。ふたりが破鏡を迎えたと知った隣人が、牧師のセバスティアン博士(209)に電話したのだ。夫婦喧嘩が絶頂に達したまさにその瞬間、一九四九年型ハドソンに乗って老師が現れた。

腕いっぱいタオルを抱えたグウェンは、玄関のポーチに突っ立って僕に金切り声をあげていた。このろくでなしの悪党、言わせてもらうわ、あなたなんか、さっさと地獄に落ちるがいい、と喚《わめ》いたのだ。老師はすごすごとハドソンに舞いもどり、車で走り去った。あきらかに、夫婦の仲を取り持とうなんて考えは諦めたんだ。もう後の祭りで手に負えないと悟ったか、グウェンの暴言にいたたまれなくなったんだろう。単純に気が弱くて、犬も食わないストレスに耐えられなかったせいかもしれない。

温かな芝生と日射し、商店街や人びとをみつめながら、彼は思った。とにかく、彼女は荷造りを終え、僕は彼女を車に乗せて、サクラメントの実家まで送ってあげた。財布に入れて持ち歩いていた彼女のスナップ写真も返したんだ。

法廷は彼の陳述がつづくのを待って、しんと静まり返っていた。結婚生活の破綻について、まだ言うことがあるかどうか、耳を澄ましている。

彼は言った。「ほかの男たちより格下に見られるなんて、そんな仕打ちに私は耐えられません。ときどき自宅の前に、見知らぬ車が駐まっているのに気がつきました。帰宅すると、家に男たちが座っていました。私の人生であんな目に遭ったことはありません。彼らはいったい誰なんだと私が聞くと、彼女は烈火のごとく怒りだし、彼らも困惑するほど悪しざまに私を中傷したのです。男が席を外そうかと言ったのに、彼女は残ってと命じました」

なんて奇妙なことだろう、と彼は思った。この証言台にあがって、こんなことを語っているなんて。

「とにかく」と彼は言った。「彼女は怒ると、(210)わざと私の大切なものを壊すんです」

彼女が荷造りしているさなか、プレイランドの懸賞で当たった石膏の猫の像が出てきた。彼女が手に持って、どう包もうかと考えているとき、それは僕のものだと思う、と彼が口を出したのだ。その瞬間、彼女は向き直って、石膏の猫を僕に投げつけた。背後の壁にあたって、猫は無残に砕け散った。

「かっとして我を忘れると」と彼は言った。「猛烈な癇癪を起こしました」

弁護士がこくりとうなずく——もういい加減に、というサインに思えた——突然、陳述は終わりなのだと悟った。起ちあがって証言台から下りた。弁護士が証人を呼びよせる。ネイサンは陪審員席の端に腰をおろすと、その証言に耳を傾けた。どんな風にアンテールの家を訪れ、家にミスター・アンテール一人しかいなかったか。たびたび夫婦いっしょの場面に遭遇したこともあったが、そこで聞かされる羽目になったのは、ミセス・アンテールの側がどれほど不当で屈辱的な言辞、火のような舌鋒をふるって夫を槍玉に挙げていたか。そんなことを語っていた。

判事が書類にサインした。弁護士と二言三言ことばを交わす。それからネイサンと証人と弁護士は側廊をつたって、法廷の外に出た。

「離婚は認められたんですか？」と彼は弁護士に聞いた。

「ええ、もちろん」と弁護士が言った。「これから書記官のもとに出頭して、暫定判決の写しをもらってきましょう」

階段を下りながら、証人が言った。「ねえ、グウェンって、私の知ってるかぎり誰よりも穏やかな物腰の女性でね。その彼女が『火のような舌鋒をふるって』なんて、われながら変な感じがしましたよ。私の人生で彼女が声を荒らげたことなんて一度もないんですから」

それを聞いて弁護士がくくっと笑った。ネイサンは黙っている。でも、ほっとしていた。法廷という肩の荷をおろした気分がした。彼らは書記官室に入る。広々として照明が眩しいくらいの場所で、職員が机やファイル棚の前に何列も席を並べて働いていた。部屋の端から端まで伸びたカウンターで、書記官たちが大勢の助手に仕事を指図していた。

「ようし。これでおしまいだ」弁護士が書類をもらうと、証人が吠えた。

僕の言ったことに、どれほどの真実があったんだろう。ネイサンは考えあぐねる。いくばくかの真実。一部は真実、一部は捏造か。境目を見失い、雑《ま》ぜあわせるとは奇妙だな。なにが起きたかなんてもう分からない。ただの口先だ。もっともらしいことを語るだけ。大声で彼は言った。「モスクワの人民裁判[21]みたいだな。なんでも思うがままに告白させるなんて」

また弁護士が含み笑いを漏らした。証人も彼に片目をつぶった。

それでも、彼は気が楽になった。あの試練への怯え……それが終わった。学芸会のお芝居みたいだった。議会の演壇で弁士を演じたようなものだ。

「一件落着でよかった」と彼は弁護士に言った。

「それにしても、あのご老体は強情な判事だな」と書記官室の去り際、弁護士が言った。

「私に先導の質問をさせないとは――たぶん、虫の居所が悪くて、八つ当たりしたい気分だったんでしょう」

燦々と陽がふりそそぐ屋外に出ると、三人は別れた。てんでにさよならと告げると、駐めた車のほうへ去っていく。

時刻は十時四十分。法廷の審理に呼ばれてから、まだ一時間と十分しか経ってない。離婚したんだ、とネイサンは思った。これですべて済んだ。天佑だな、これは。

じぶんの車まで来ると、乗りこんで席についた。

奇妙な作り話だったな、と彼は思った。彼女がいつ家を空けた？　あれは僕らの仲が壊れてからにすぎない。

僕は罪の意識を感じるべきなのか、と思った。証言台に立ってあんな嘘っぱち、ミソもクソもいっしょくたに吹聴して、欠伸《あくび》の出るような口述に仕立てるとは。それでも、解放感が罪の意識を凌駕する。しかたがない、と彼は思った。僕はようやく難関を越えて、むしょうに嬉しい。

たちまち、猜疑が胸を嚙む。どうしてケリがつけられよう。僕がもう結婚していないからか？　グウェンはどうなった？　分からない。あれはどうなったんだ。どうしてこんなことが起こりえたんだ？

こんなこと、ありえない、と彼は思った。どういうことなんだ？　僕がもう結婚していないなんて？

彼は車の窓から外を見つめた。こんなの意味がない、と思った。いまにも泣き崩れそうなほど、幻滅が彼の全身に浸みわたりはじめた。四方八方、失意のどん底だ。僕は呪われてる、と思った。こんなこと、ぜったいにありえない。不可能だ。

これは僕の身に起きたもっとも恐ろしい災厄だ、と彼は思った。邪悪すぎる。僕の末路、わが人生の終焉なんだ。いま僕はなにをしようとしているのか。

いったいどうして、こんな窮地に陥ってしまったのか？

彼は座ったまま、人びとの往来を眺めていた。この種のことがどうして起こりえたんだろうと思い悩む。僕はなにかおぞましいことに巻きこまれたにちがいない、と思えた。まるで天空全体が頭上に落ちてきて、僕を搦《から》め捕った蜘蛛の巣みたいだ。おそらくこれを仕掛けたのは彼女だ。フェイがすべてを仕組んだのだ。僕は何の関係もなかった。僕はじぶんさえ制御できず、起きたこともなにひとつ意のままにできない。そしていま、僕は目覚めようとしている。いや、目覚めたんだと思う。なにもかも奪い去られたことがわかった。僕は破壊されたんだ。こうして目覚めたからには、僕にできるのは実感することだけ。なにも行動に移せない。ことを起こすにはもう遅すぎる。ことはすでに起きた。証言台に立って、ああいう陳述をしたショックで、僕はものが見えるようになった。嘘にまぶした真実のかけら。それをいっしょくたに織りこんで。どちらが先か見えなくする。

とうとう彼はイグニッション・キーを挿しこんで、車のエンジンを起動させた。じきにサンラファエルを去り、ポイント・レイズへの帰路をひた走っていた。

彼の家に着くと、前庭にフェイの姿が見えた。グラジオラスとチューリップの球根を入れたバケツが目に入った。グウェンが庭に植えようと、市内からわざわざ持ってきたものだ。フェイはジーンズにサンダルを履き、木綿のシャツをかぶって、せっせと金《かな》ゴテを動かしている。玄関前の小径沿いに球根を植えようと、浅い溝を掘っていた。娘たち二人は姿が見えない。

彼がゲートを開けると、音を聞いて彼女が振り返った。くるりと頭をめぐらす。彼が浮かない顔をしているのを見てとるや、彼女が言った。

「うまくいかなかったのね」

「いったよ」と彼は言った。

金ゴテを置いて、すっと彼女が起ちあがった。「きっと辛い試練だったんだ」と言う。「おやおや、ほんとに顔が蒼ざめてるよ」

彼は言った。「僕は何をすべきかわからない」それは彼が言おうとしていたことではなかった。でも、ほかのことなんて思いつくことすらできない。

「なにを言いたいの?」と彼女が言って彼に歩み寄り、ほっそりしているが強靭な腕を彼に巻きつけた。

彼女の腕の感触に権威と自信がみなぎっていると感じて、彼は言った。「僕を抱き締めてくれ」

「抱いてるわよ」と彼女が言った。「このボケ」

「僕が今いる場所をごらんよ」と言って、彼女の肩越しに残りの球根に目をやった。すでに大半は植え終わっていた。一時、あのバケツは球根で満杯だったが。「きみは僕をとんでもない場所に連れてきた。僕にできることは何もない。きみはほんとに僕を虜囚《とりこ》にした」

「どうして？」と彼女が聞く。

「僕は結婚していない」

「かわいそうな坊や」と彼女が言った。「怖くなったのね」腕をぎゅっと彼に押しつけた。

「だけど判決は出たの？　離婚を認めてくれた？」

「裁判所は認めざるをえない」と彼は言った。「適切な提訴であればね。弁護士はそのために雇われてるんだから」

「じゃ、あんた、離婚したのね！」とフェイが言った。

「暫定判決が出たんだ」と彼は言った。「一年以内に僕は正式離婚する」

「判事がなにか難癖をつけたの？」

「弁護士に先導の質問をさせなかった」と彼は言った。「僕はひとりで陳述したんだ」彼は審理がどんな具合だったかを彼女に説明し始めた。でも、彼女の双眸はうっとりして、どこか遠くをみつめる表情になった。なにも耳に入っていない。

「あんたに言おうと決めてたことがあるの」彼の話の切れ目に、すかさず口を挟んだ。「娘たちがあんたのためにケーキ(212)を焼いたのよ。お祝いよ。蠟燭は一本。最初の離婚でしょ。二人はいま室内にいるわ。糖衣のことで口喧嘩してるのよ。あたし、言ってやったの。あんたが家に帰ってきて、アイシングでケーキを飾るとすればどんなのがいいか、聞くまでは待ってなさいって」

彼は言った。「僕はなにも欲しくない。なにも喉を通らないほどなんだ」

「あたしは百万年経ったって、裁判所に行くのはご免よ」と彼女が言う。「死んだほうがましだわ。あたしは法廷に引っぱりだそうとしても、そうはいくもんか」彼から手を放して、じぶんだけ家のほうへ歩きだした。「子どもたち、とっても心配してたのよ」と言う。「怖がっていたわ。なにか悪いことが起きるかもしれないって」

「何もしゃべるな」と彼が言った。「僕の言うことを聞いてくれ」

彼女は歩みを緩めて立ちどまった。おしゃべりと家へ向かう動作が、両方ともぴたりとやんだ。怪訝そうに待ち構える。緊張している風はない。彼がもどってきたうえ、判決も出たので、ほっと安堵している。さっき彼が言いかけたことに、本気で注意を払っていたとは思えなかった。

「もううんざりだ」と彼は言った。「きみは聞く耳を持ってない。僕が何を言わなくちゃならないかなんて、どうでもいいことなのかい？　言わなきゃならないこと、いま言ってやろうか。僕はね、この一切合財から手を引くつもりだよ。この乱痴気沙汰のすべてからね」

「何ですって？」と彼女がためらいがちに聞き返す。

彼は言った。「僕はできる限りのことはした。もう耐えられない。法廷から出たとたん、そうと気づいた。ようやく分かったんだ」

「おやまあ」と彼女が言った。「なにをほざきだすやら」

ふたりは互いに顔をつきつけて睨みあった。双方とも一言も発さない。サンダルの爪先で、彼女が土くれを蹴った。これほど意気銷沈《しょうちん》した彼女は見たことがない。

「スパリン錠は効いたの？」とうとう彼女が口を開いた。

「効いたよ」と彼は答えた。

「入廷前に服用できた？　だとしたら嬉しいわ。とりわけ、あんたに過大な負担を強いる事柄だけにね」それから気を持ち直して、言いだした。「あんたがどうしてあたしと別れられるのか、どうしても分からない。あんたに何が起きたのよ？　そりゃあ、いまは、考えられる限り最悪の時だよ。この数週間、あんたはトラウマになるような奈落の底をかい潜ってきた。あたしたちふたりともそうだった。この離婚手続き、法廷に出頭しなければならなかったことは、その極限だったわ」いまや相手を気遣うようになっていた。声は落ち着き払い、その表情にも断固とした鋭さが増してきた。彼の腕を摑んで、家のほうへ引っぱりこもうとする。「あんた、なにも食べてないんじゃないの？」

「ああ」と彼が言う。すっと身を引いて、梃子でも動くまいとした。

「あんた、ほんとにあたしに憤ってるんだ。ちがうかい？」とついに彼女が言った。「あたしにこれまで見せた態度じゃ、いちばん敵愾心がむきだしだよ」

「そのとおり」と彼。

「どうせそんな敵愾心はずっと以前から潜在していて、あんたの無意識に埋め込まれていたものにちがいないのさ。アンドリューズ博士が言うには、そういう敵意を感じるんなら、こんな風にあっけらかんと口に出したほうが、黙って抱えこむよりましだってさ」怒りの口調ではない。むしろ観念したような口ぶりだった。「あんたを責めちゃいないよ」彼に目をやりながら言った。ぴったり彼に身を寄せて立つと、彼の顔を覗きこみ、頭をつんとそびやかして、両手を後ろ手にまわした。昼の暑さに滲《にじ》む汗が喉元で光っている。汗の玉が蒸発して、また浮かんでくるのが見えた。鼓動する汗。「このこと、もっと話しあえないの？」と彼女が言った。子どもっぽく我を張る代わりに、彼女はあくまでも理性的になろうとしていた。「こういう重大な決断は、ちゃんと議論すべきなんだよ。家に入って、腰をおろして、昼食を摂ろうよ。とにかくあんた、どこへ行くつもりなの？　誰かが出ていかなきゃならないとしても、やだねえ、ここはあんたの家なんだよ――あんたがあたしのこと、そんな風に感じているんなら、なにもあたしたちをここに泊めてくれなくてもいい。モーテルへ行くよ。つまり、何も遠慮することなんてないのさ」

そう言われても、彼は無言だった。

フェイが言った。「あんた、あたしと別れたら、ろくに浮かばれないよ。たぶん、あたしには矯正すべき性格的特徴があるんだろうさ――だからこそ、アンドリューズ博士のところに通ってるんじゃないの？　あたしに欠陥があるとしても、ちゃんと振る舞うすべをあたしに教えてくれないの？　本来の軌道にあたしを戻してくれないのかい？　なにをすべきか、あんたに言ってほしいんだよ。すぐ小突きまわせるような男を、このあたしが尊敬するとでも思ってるのかい？」

「じゃあ、僕を放してくれ」と彼は言った。

「出てったら、あんたはアホだよ」とフェイが言った。

「たぶん、そうなんだ」と彼は呟いた。背を向けて歩き去る。

背後からフェイが、厳かな声で言った。「娘たちに約束してるんだよ。きょうの午後、フェアリーランド[213]へ連れてってやるって」

彼はほとんど耳を疑った。「なんだって？」と彼は言った。「いったいフェアリーランドって何のことだ？」

「オークランドにある遊園地さ」と彼女は言い、澄ました顔で面と向かいあう。「ポパイの番組で、子どもたち[214]はあそこを隅から隅まで知ってるんだよ。うちの子はファドル王のお城が見たいんだってさ。あんたがもどってきたら、みんなで行くと言ったんだ」

「僕はなにも約束してないぞ」と彼が言う。「きみも僕にそんなことを言ってなかった」

「まあね」と彼女が言った。「あんたが面倒なことをどれだけ嫌がるか、知ってるからさ」

「なんて勝手なことを」と彼は言った。「僕を巻きこむなんて」

「ほんの数時間しかかからないよ。ここから車で一時間だし」

「むしろ二時間近くかかる」と彼が言い返した。

「子どもとの約束は破るべきじゃないでしょ」と彼女が言った。「どっちにしろ、あんたがあたしたちを見捨てて別れるつもりなら、せめて子どもたちの思い出になるようなことをしてやろうと思うべきだわ。あんたの最後の印象が、せっかくの楽しみをぶち壊しにしたってことでいいのかい？」

「子どもたちが僕の最後のご奉公にどんな印象を持とうと、構うもんか。だって、どうせきみは、僕をとんだ弱虫で最低の男に見せようと、後で子どもたちにあれこれ吹きこむに決まってるから――」

「子どもたちに聞こえるよ」と彼女が制した。

ポーチに娘二人がひょいと現れた。大皿に手作りケーキをのせている。「見て！」ボニーが叫んだ。二人してぱっと顔をほころばす。

「いいねえ」と彼も応じた。

「ねえ」とフェイが言った。「あんたにとって、これはそれほど無体なこと？　そうなら、あたしたちを見捨ててもいいけど」

娘たちは明らかに大人ふたりの会話など意に介さず、大声で聞いてきた。「どんなアイシングがいい？　ナットに聞くまで待ってて、ってマミーが言うんだもの」

彼は子どもたちに聞いた。「フェアリーランドへ行きたいのかい？」

それを聞いたとたん、二人ともいっさんにステップを駆け下りてきた。ケーキを手すりに置いたまま放ったらかしだ。

「オーケー」と彼が言う。娘たちの歓声を抑えるような大声を発した。「行くってば。でも、まず支度しよう」

フェイが腕を組んだまま、立って見ていた。「コートを取ってくるわ」と言う。娘たちにも声をかけた。「あんたたち二人とも、コートを取ってらっしゃい」

娘たちはわっとばかりに家に駆けもどった。

彼はフェイになにも言わなかった。車に乗りこんで運転席に着く。彼女はついてこなかった。娘たちが出てくるのを待っている。待っているあいだ、タバコを置いた場所から一本ぬきだし、火を点じた。それから彼女は少しばかり溝を掘っていた。

・・・

子どもたちがはしゃぐ歓声に、彼はもうげんなりしていた。どこもここも、幼児たちが駆けまわり、喚きたて、明るい色のペンキ塗り立ての童話《ストーリーブック》セット[215]から、出たり入ったりしている。それはオークランド市公園部が発案した妖精《フェアリー》ランドの構想を体現したものだった。彼は遊園地の場所をきちんと知らなかったので、かなり遠くで車を駐めてしまった。[216]そこから歩いて入口に達するまでに、[217]早くもくたびれきってしまう。

ボニーとエルシーが滑り台を滑りおりて、彼とフェイに手を振った。上に引き返す段を駆けあがろうと、小走りにほかの子たちの列に加わる。

「ここ、いいところね」とフェイが言う。

フェアリーランドの中央では、「ちっちゃなボー・ピープ」[218]の仔羊が、哺乳瓶からミルクをごくごく飲んでいた。さあさあ、みなさん、一目見に走ってらっしゃい、とラウドスピーカーで増幅した中年の女の声が、子どもたちにがなりたてていた。

「これって、おかしくない？」とフェイが言った。「仔羊がミルクを飲むのを見に、わざわざこんなところまでやって来るなんて。どうして哺乳瓶でミルクをあげるのかしら。そのほうが愛くるしいとでも思ってるのかしらねえ」

娘たちは滑り台を終えると、そこらをうろつきだした。今度は願いの井戸[219]をみつけて、それで遊んでいる。彼は気もそぞろで、ぼんやりとしか見ていない。

フェイが言った。「ファドルのお城はどれかしら」

彼は返事をしなかった。

「くたびれるわね。たぶん、あなたもご苦労さまの一日だったから」

やがて軽食のスタンドに寄った。子どもたちに、オレンジジュースとホットドッグを買ってやった。スタンドのすぐ向こうに、豆電車[220]の切符売り場と駅舎が見えた。狭軌のレールが木立のあいだを縫って、フェアリーランドを出たり入ったりしている。フェアリーランドへ行く途上、車からその軌道が見えたものだから、実は軌道をたどってメーンゲートを探したのだ。ところが、もちろん軌道はメーンゲートと反対側にあったので、ほとんど遊園地を一周する羽目になった。

空しくゲート[221]を探して、地団駄を踏む思いの彼に、フェイが言った。「ねえ、あんたって、よっぽど貧乏クジの男なのね」

「それ、なんのこと？」と娘たち二人が知りたがる。

「貧乏クジってのはね、野球場の切符売り場に並ぶと、いつも鼻の先で最後の外野席券が売り切れちゃう人のことよ。しかも、予約のボックスシートが買えるほどおカネはないの」

「まさに僕のことだな」と彼は言った。

娘たちにフェイが説明していた。「ごらん、彼が車を駐めたのは、入口と反対側だったでしょ。おかげであたしたち、ぐるっと遠まわりする羽目になった。もしあたしが車を運転してたら、ちゃんとした場所に車を駐めて、降りたらすぐそこだったはずよ。入口の目の前に駐めたわ。でも、貧乏クジって常にツキがないの。それが根っからの性分なんだわ」

そのとおり、と彼は思った。ほんとに身につまされる。僕はツキに見放されてるから、望みもしない蟻地獄にはまり、そこから抜けられないんだ。がっちり捕まってしまった。どんなにあがいても脱出できない。

「あたしも運の尽きなのよ」とフェイが言った。「貧乏クジの男と結婚するなんて。でも、たぶん、あたしたちの運不運はおあいこさまってとこね」

いま、彼は、豆電車の切符を買う列に、フェイの親子を連れて並んだ。脚の節々が痛んでしかたがない。最後まで立っていられるかな。切符を買うのに行列して待ち、やっと買えたと思ったら、今度は豆電車を待つ列に並ぶってことか。客を乗せてひと回りする豆電車は、いま遊園地のどこかを走っていて見えない。すでに切符を手にした子どもたちの一隊が、切符売り場の向こうのプラットフォームで首を伸ばして待っていた。

「最低でもあと半時間はかかりそうだ」と彼はフェイに言った。「それだけ待つ価値があるのかい？」フェイが言った。「これがいちばんの目玉よ。みんなが乗ってるのはこれじゃない？うちの子も乗せてあげなくちゃ」

　そこで彼も待った。

　延々と待たされてから、やっと切符売り場の窓口にたどりつき、親子四人の切符を買った。それから彼とフェイと娘二人は、プラットフォームへ押されていく。いま、豆電車がもどってきた。親子連れがどっと吐きだされ、車掌が出口を指さしている。新しい乗客たちが、客車に駆けよって乗りこみ始めた。客車は小さくて不定形[222]だった。乗り手同士の頭がゴツンコしそうになる。客車に乗ったら、みんな居眠りする老人みたいに首をすくめるのだ。

「フェアリーランドって、ちょっと期待はずれだわ」とフェイが言った。「子どもたちの遊べるものが足りないと思うの。あのちゃちな家だって、じっさいは入れないでしょ――せいぜい眺めるだけよ。博物館みたい」

　彼は疲労と無力感に打ちひしがれ、周囲の騒音も動作も、子どもたちの渦も、もはやじぶんとは無縁のものと感じた。

　車掌がプラットフォームに現れて、切符を集めだした。大声で数える。ネイサンの前で立ちどまって言った。「三十三」エルシーの切符を手に取ると、ネイサンに聞く。「みなさん、ごいっしょですか？」

「ええ」とフェイが答えた。

「さてね、全員詰めこめればいいんですが」と言って、フェイとボニーとネイサンの切符三枚を受け取った。

「何人乗りなの？」とフェイが聞く。

「大人の人数によります」と車掌が言った。「子どもなら詰められるんですが。でも、大人は別勘定になりますから」切符を手にして車掌は去った。

「乗れると思うわ」とフェイが言った。「切符は受け取ってくれたもの」

切符を集めるのは彼らが最後になった。後ろの五人家族はあぶれたかと気を揉んでいる。あの家族、乗れないだろうな、と彼は思った。今回は待たなくちゃならない。彼は目をそらす。軽食のスタンド越しに、三匹の子豚のうち三番目の子豚が建てたという煉瓦のおうちに視線を泳がせた。

豆電車がもどってくると、彼とフェイと子どもたちは、ほかの乗客とともにゲートをくぐり、軌道沿いに敷かれた外のプラットフォームに移った。客車が空になると、待っていた乗客が先を争って乗りだす。車掌が客車の網戸をばたりばたりと閉めていった。ゲートでは、切符を握ったさっきの家族が行く手を阻まれている。「ダメです」と係員が制した。「切符をお持ちのかたは乗れません」

なんて珍妙な話なんだ。切符集めから漏れた幼い少年が、豆電車を前に切符をかざしてもの欲しげに立っている。それを見てネイサンは思った。ほら、きみは切符を持っているのに押しとどめられちゃった。でも、持っていなければ乗れるとはね。フェイと娘たちは、ほかの子たちと急いで後方の客車へ駆けていく。彼は足を引きずり、もたついて躓《つまず》いた。子どもたちが彼を追い越して割りこみ、客車に跳び乗ってしまう。

彼が最後尾の客車に追いつくと、フェイとエルシーはすでに席を占めていた。車掌が網戸を閉めかける。ボニーが残っているのを見て、フェイに言った。

「もう一人分、席を詰めて」

ボニーを抱きあげ、車内にいたフェイに渡した。

ネイサンの周囲で、切符を持たない子たちが、客車のなかに消えていく。ほんの数人残っていたが、やがて彼一人だけ、プラットフォームに残された。彼以外はみんな席に着いている。フェイの客車の網戸はすでにロックされていた。車掌も立ち去りかける。突然、彼を見つけて言った。

「あんたを忘れとった」

ネイサンは苦笑するじぶんを意識した。背後では、ゲートの彼方で待つ人びとが、同情して手を振り、わいわい叫んでいた。いや、あれは同情しているのか？　分からないな。車掌の後からついていって、先頭まで豆電車一列分歩かされた。車掌はどうしてうっかり見落としたかをぺらぺら言い訳している。先頭の客車をひょいと覗きこんで言った。

「ほら、ここなら乗れますよ」

ナット(223)が狭い入口に身を押しこめて乗ろうとすると、青い制服を着たボーイスカウトの年少団員四人と鉢合わせになった。座席のベンチに割りこもうとしたが、少年たちがじろりと睨む。とうとう彼は隣の団員に促した。「ちょっと詰めてくれないか？」

団員がすぐ腰をずらしたので、やっと尻をめりこませた。天井に頭がつかえそうだ。側壁が斜めなので、背を丸めなければならない。先客の団員たちの背丈とおなじに座高を縮めたが、図体が大きいだけ場所塞ぎになって恐縮するばかり——車掌が言ったとおりだった。網戸がロックされ、車掌が運転係に合図を送った。

豆電車の列が、がたがた身震いした。

ネイサンの足もとで床がドラムのように鳴りだし、豆電車は規則正しく、ガタンコガタンコと振動しだした。電車はプラットフォームを離れ、手を振って歓声をあげる人々を残して、軌道を走りはじめる。たちまちフェアリーランドから出て、樫の木立と草叢のあいだを縫うように走っているのに気がついた。

豆電車の先頭の客車だったから、機動車の背面と、その前方に広がる風景が見えた。行く手の軌道や、草叢の斜面、右手に道路が見える。道路の向こうはもっと樫の木が密生し、湖面も光っていた。ときおりピクニックの人びとの姿が見え隠れする。彼らもちらと目をあげてこっちを見ている。一度、彼の隣に座る少年団員が手を振りかけたが、気が咎めたのか中途でやめてしまう。車内ではだれも口をきかなかった。車輪の轟音がどこまでも続いて、静寂に浸っていられるとは思えなかったからだ。みんな辛抱強く乗っていて、凝然と外景をみつめながら押し黙っていた。

豆電車は一定の速さでひた走っている。

不変の轟音、律動、そして同速度で揺られているうちに、脚の疲労が遠のいていく。身じろぎもできないまま、安らぎを感じはじめた。樫の木立に気持ちがなごむ。必然の鉄路を邁進する豆電車……常に前方に二本のレール、軌道が敷かれ、その上を運ばれていく以外、だれだって手も足も出ない。狭い不定形の客車に幽閉され、ロックした網戸で隔離され、最初に席に着いた姿勢がどうであれ、そのまま背を丸めて肩を寄せ合うばかり。膝と膝が触れ、頭がぶつかりそうだ。こんな風にたまたま乗り合わすことがなかったら、おたがい顔さえ見合わせなかっただろうに。それでも、だれも異を唱えない。不平を漏らしたり、騒ごうとしないのだ。

この僕の姿、なんて場違いに見えることか。彼は胸中で思った。柄にもなく青い制服の年少スカウト団員にまじって、こんなところに踞《うずくま》っているなんて。なりの大きな、不細工な大人が、お呼びでない場所に押しこめられて。本来、ここは子どものための遊園地だ。子ども豆電車なんだから、子どもが乗るべきだ。オークランドの市当局は、僕みたいな大人を想定していたのだろうか。ぜったい想定してない。これぞ貧乏クジの不運の極めつけだ。フェイと娘たちから離れ、先陣を切って僕は進まされている。三人は後ろの車両でいっしょなのに、僕だけぽつんと一人ぼっちだ。

でも、彼の内面ではなんの実感も起きない。肉体的な緊張がほぐれるのを、ただ経験しただけで、ほかはなにも感じない。

これはすべて間違ったことなのか？　と彼は胸に問う。緊張と懸念と恐怖が重なっただけではないか？　一貫した節操なんて、そもそもないのでは？　子ども豆電車の小止みない振動に揺られていると、僕の苦悩は和んでいく。なんであれ僕が敵対するものは、帳消しにしてもらえるのではないか？　この幻滅も悲運も……。

彼はもう身を苛むものを感じなかった。じぶんの意に反して、他人に翻弄され、ただの駒にされてきたという直感は消えた。

彼は思った。たしかに、この境遇を脱出する望みはもう残されていない。でも、そう惨めでもない。そうだとしても、たぶん滑稽ってことなんだろう。そりゃみっともないさ。でも、それだけのことだ。もはやじぶんの人生が思いのままにならないこと、変化が生じたという自意識が芽生えるよりずっと以前に、すでに主たる決定はなされてしまったこと、それに今さら気づくというのはちょっとみっともないだろうが。

僕が彼女と邂逅したとき、いや、むしろ彼女が車の窓越しに、僕とグウェンを見かけたとき……あれがその決定のなされた瞬間、いずれこうなることが見えた瞬間だったんだ。彼女は僕らを目にするやいなや、行動に移した。あとは否応ない成り行きだ。

たぶん、彼女は良妻になるだろう、と彼は思った。僕にまめまめしく仕える女房になって、僕がしたいことを手助けしようとする。僕を牛耳りたがる彼女の激情も、最後は席を譲るだろう。彼女のなかで奔騰するあの悍馬のエネルギーもすべて薄れていく。僕も彼女を実質的に変えてしまう。僕らはおたがい変わるんだ。どっちがどっちの手を引いたか、見分けがつかなくなる日がいつか訪れる。その理由も分からなくなるんだ。

残る事実は、と彼は思った。僕らが結婚し、ともに暮らしたということ、僕が生計を立て、連れ子の娘二人を抱え、たぶん僕らも子宝に恵まれるってことなんだ。そこで意味があるのは、僕らは幸せか？　という問いだろう。でも、時がそれに答える。フェイだって、その答えを裏書きできない。最後の最後は、彼女も僕とおなじく他人次第だから。

彼は思った。彼女は望むものをなんでも手に入れられるかもしれない。それでも不幸だろう。僕はこの境遇から、裕福な男、穏やかな人物に変わるかもしれない。が、たぶん、明日どうなるかは僕らふたりとも分からない。

豆電車が一周をまわり終えて、プラットフォームに帰ってくると、次の乗客たちが順番待ちする列が見えた。隣の年少スカウト団員が、やっと勇をふるって手を振る。ぱらぱらと何人かが、お返しに手を振ってくれた。それに気を強くして、ほかの団員たちも手を振る。

ネイサンも手を振った。

20

あの家の権利を売った代金として妹からせしめた現金で、ぼくはバンク・オブ・アメリカのポイント・レイズ・ステーション支店に当座預金の口座を開いた。できるだけ急いで——滅亡の日まで時間はあまり残されていないから——ぼくは必要なものを買いに出かけた。まず二百ドルの大枚をはたいて馬一頭を購入し、トラックに乗せて家まで運ぶと、家の裏の牧場に放った。チャーリーの愛馬とほとんど同色で、たぶんちょっと色が濃いな。でも、ぼくの見たところ、体格といい、肢体の良さといい、似たりよったりだった。昂奮して一日かそこら、牧を走りまわっていたが、やがて落ち着いて草を食《は》みはじめる。それからはすっかり慣れちまったよ。

次は羊を買いに出かけた。顔が黒い種類さ。こいつは馬より難渋したな。結局、羊を買いに、ペタルーマまで遥々遠征する羽目になったんだ。一頭あたり五十ドル払って、三頭の雌羊を買い入れたよ。仔羊を買うかどうかは最初、決めていなかったんだけどね。結局、ぼくが達した結論は、彼はあの仔羊をじぶんのものとは考えていなかったってことさ。だから、仔羊は買わないことにした。

ビンによく似たコリー犬を買うのは、ほんとに骨だった。バスに乗ってサンフランシスコまで出て、おなじ種類のコリー犬をみつけるまで、何軒ものペットショップをハシゴしたよ。ありとあらゆる種類のコリー犬がいて、値段もまちまちだった。ビンによく似たコリー犬は、二百ドル近い値段でさ、実質的に馬に見合うような高値だったよ。

アヒルは一羽一ドル半しかかからない。これは地元で仕入れた。なにごとも元通りにしたいっていうのが、ぼくなりの理由づけさ。四月二十三日、チャーリー・ヒュームが生き返る公算は大きい、とぼくは睨んでいた。もちろん、確実じゃないよ。未来なんてどうなるか分からないからね。とにかく元通りにしておけば、彼がよみがえる可能性が強まると感じたんだ。聖書によれば、この世が終わるとき、最後の喇叭《らっぱ》が鳴り響くと、墓穴から死者が起ちあがるだろ。じっさい、死者が起ちあがれば、終末の日が来たとわかる。それがひとつの目安なんだ。そういう説を強力に証明する一例なのさ。ぼくがこの家で暮らした一カ月、彼の生き返る瞬間が近づいてくるにつれ、ぼくはいよいよ切実に彼の存在を感じるようになった。

とりわけ夜だ、そのけはいを感じるのは。まちがいなく、彼はこの世の実在を回復しつつある。彼の遺灰は——故人の遺志に従って火葬に付されたので——粗忽にもメイフェア・マーケットに誤配されてしまった。そこで牧師のセバスティアン博士が回収して（メイフェアの職員が牧師(224)に電話して状況を説明したんだ）、フェイのもとに車で届けてくれた。彼女はそれを海に散骨したんだよ。だから、彼がもどってくるとしたら、レイズ岬界隈だろう。彼の家をそっくり元通りにしておけば、馬も犬も羊もアヒルも、彼に属していたものすべてを元通りにしておけば、きっと彼はここで生き返るよ。

午後、岬から風がいちばん吹きすさぶころ、戸外のパティオに出たら、天がいちめん灰に覆われる光景を目にすることができるかもしれない。じっさい、近所の人が何人も証言してるんだ。夕暮れが近づくと、異常なほど大気に灰が充満してるって。おかげで落日が黝《くろず》んだ血の色に染まるのさ。なにか空恐ろしいことが起きようとしている。そいつは間違いない。たとえ予め警告を受けていないとしても、きみだって感じられたはずだよ。

日に日に、ぼくは頭が火宅になった。月末が近づくにつれ、ほとんど眠れなくなる。四月二十三日がやってきた。ぼくはまだ仄暗いうちに目を覚ました。しばらくベッドに横たわっていたが、緊張のあまり、ほとんどいたたまれない。午前五時三十分、ぼくはベッドを離れ、服を着て、朝食を摂った。どうにか喉を通ったのは、たまたまあったシリアルの「小麦チェックス」[225]の一椀だけだ。それとアップルソースが一皿。リビングルームの暖炉に火を入れて、家のまわりを歩きだす。チャーリーが最初どこに出現するのか、正確には分からなかったので、家の隅々まで目を配ろうとした。どの部屋も最低十五分おきに覗いたよ。

正午になって、ぼくはひりひりするほど彼を意識して、肩越しに振り返ったり、目の隅からちらっとでも彼の姿を捕らえようとしつづけた。ところが、午後二時になって、急にがっくり気落ちした。チーズ・サンドイッチとミルクを一杯飲んで、胸がすっきりした。でも、彼が現れるけはいは、ちっとも強まってこない。

六時になった。彼はまだ生き返らない。ぼくは不安になってきた。で、ミセス・ハンブローに電話する。

「ハロー」と嗄れ声で彼女が応えた。

ぼくは言った。「こちらジャック・セヴィリアです」（むろん、ジャック・イジドアって意味なんだけど）「なにか決定的な兆しありました？」

「私たち、いま瞑想中なの」と彼女が言った。「あなたも合流するかと思っていたわ。私たちがテレパシーで送ったメッセージを受信してないの？」

「いつ発信したんです？」とぼくは聞いた。

「二日前よ」と彼女。「感度がいちばん強い真夜中にね」

「ぼくには届いてない」と動揺して言った。「とにかくぼくはこの家にいなくちゃならない。チャーリー・ヒュームが生き返るのを待ってるんだから」

「そうかしら、あなた、こっちにくるべきだと思うけど」と彼女が言った。その声に正真正銘の苛立ちがまじっているのに気づいた。「なぜ思ったような結末にならなかったのか、相応の理由があるのかもしれないわ」

「つまり、ぼくのせいだと？」ぼくは食ってかかる。「ぼくがそちらにいないせいだ、とでも？」

「なにか理由があるはずよ」と彼女が言った。「分からない人ね。あなた、どうしてそこにいなくちゃならないの？　ある特定の人物が生き返るのをなぜ待ってなきゃならないの？」

しばらく応酬したのち、電話を切った。とてもうちとけたとは言えない蟠《わだかま》りが残ってしまった。ふたたびぼくは家のなかをうろつき、今度はクローゼットを残らず覗きこんでみた。もし彼が生き返って、クローゼットのなかだと気づいても、戸が閉まっていたら出られないだろ。

午後十一時三十分、ぼくは焦燥に駆られた。またミセス・ハンブローに電話したが、今度はだれも応えない。十二時十五分前、ぼくは身悶えせんばかりで、ほとんど半狂乱になった。ラジオのスイッチを入れて、ダンス音楽とニュースの番組を聴いた。とうとうアナウンサーが告げた。あと一分で深夜の十二時です。ユナイテッド・エアラインズのコマーシャルを挿んでから、十二時の時報が告げられた。チャーリーは生き返らなかった。そして四月二十四日。世界に終末は来なかった。

ぼくの全人生でこれほど落胆したことはない。

思い返してみて、ほんとに悔しくてならないのは、タダ同然であの家の権利を手放してしまったことだ。妹のやつ、だれもかれも出し抜いてきたように、まんまとこのぼくも出し抜いて、あの権利をかっさらいやがった。このぼくが馬や犬や羊やアヒルを買って、穴埋めをしたんだぞ。なのに何を得た？　ほとんどスカだ。

リビングルームの大きな安楽椅子にへたりこんで、ぼくの人生で本物のどん底に落ちたと感じていた。すっかり気が滅入って、ほとんど考えることすらできない。ぼくの心は文目《あやめ》も知れぬ混沌に沈んでいた。頭のデータが空回りするだけで、意味をなさない。

このすべてから思い知ったのは、火を見るより明らかなことだ。あのグループの言ってることはデタラメだったんだ。

チャーリー・ヒュームが生き返らなかったばかりか、世界の滅亡も遂にやって来ない。ずっと以前にチャーリーがぼくを評して言ったこと、あのとおりだったんだな、といまさらながら思う。つまり、ぼくは戯《たわ》けもんなのさ。ぼくが学んできたもの、すべてがただのクソだった。

そこに座りこんで、じぶんは痴《うつ》けと思い知った。

なんてしょうもない自覚なんだろう。過去の歳月がことごとく徒労だった。それがありありと透けて見える。サルガッソー海だの、失われたアトランティス大陸だの、空飛ぶ円盤だの、地球内部の異界から出現する地底人だの——あれやこれやはただの絵空ごとばかり。だから、このぼくの告白録の皮肉なタイトルは、皮肉でもなんでもない。いや、むしろ二重に皮肉だろうな。現に戯《たわ》けた絵空ごとなのに、書く当人も知らぬが仏じゃ、よけい戯《たわ》けてら。

どっちにしろ、ぼくは背筋が寒くなった。インバネス・パークに集まってる連中は、みんな心のねじけたやつらだ。ミセス・ハンブローも精神異常《サイコ》かなんかだ。たぶん、ぼくよりずっと重症の。

チャーリーが精神科の治療代として、ぼくに千ドル遺してくれたのも不思議じゃない。ぼくはほんとに崖っぷちに立たされている。

ちぇっ、天変地異のはずが、地震ひとつ起きなかったとはね。

いまとなっては、ぼくのすることに何が残っているんだろう。あと数日はこの家に居残れる。フェイとネイサンがくれた現金数百ドルもあるし。それだけあれば、湾岸地域にもどって、品のいいアパートへ転居するのに十分だろう。たぶん、なにか仕事くらいみつけられるさ。「一日即席ディーラーズ・タイヤサービス」に再就職して、ミスター・ポイターの下で働くこともできる。ぼくみたいなへッポコから搾りとれるものは、彼ならとことん搾りとってるだろうけどね。

だから、それほど尾っ羽打ち枯らしたわけじゃない。

むろん、じぶんを責めすぎるのは賢くないな。そりゃあ、ぼくは四月二十三日が来るまで、証明できるはずもない世迷い言を信じちまったさ。だからといって、その日が来るまで奇天烈な話を信じてたからって、それだけでぼくの気がふれていたとは言い切れまい。結局、この世に終末が来たかもしれないだろ。とにかくそうはならなかったけどね。フェイやチャーリーやナット・アンテールのような連中が正しかったのさ。

正しかったけど、彼らの言い草を考えると、ぼくがとっくり考えて達した結論は、彼らだってぼくと比べてそう褒められたもんじゃないってことだ。つまり、彼らが口にせずにはいられなかったことだって、ろくでもない台詞が多々あるのさ。彼らもそれなりに狂人連中と五十歩百歩だよ。おそらくぼくほど目立たないだろうけど。

たとえば、自殺するやつなんかだれだって狂人だろ。ぶっちゃけた話（こいつはフェイの口癖だ)。あの時だってぼくは意識したよ。なんにも抗おうとしない動物たちを鏖殺《みなごろし》にするなんて、彼の頭がトチ狂っていた証拠だろ。それから、とっても素敵な女の子と結婚したばかりなのに、ぼくの妹と浮気したとたん、さっさと新妻を捨てちゃうなんて、ナット・アンテールもとんだフーテン野郎さ……必ずしも理屈に合わないことだろ。きれいで無邪気な女性を見限って、フェイみたいなアバズレとツルむなんて。

ぼくに言わせれば、狂人中の狂人はあの妹さ。依然として最悪の鬼女だ。よく聞いとけよ。あいつはサイコパスなんだ。あいつにとって、どんな他人も自在に操る対象でしかない。彼女には三歳児の心しか宿っていないのだ。それが正気と言えるか?

だから、だれの目にも滑稽な説を信じたからといって、ぼくが一身にその咎を負わなければならないとは思えないんだよ。ぼくの望みは、人を責めるなら広く公平にやってもらいたいってことだ。一日かそこらぼくは考えた。サンラファエルの新聞に手紙を書き、編集者に書簡体でこの物語を投稿してやろうかとね。結局、新聞社も印刷せざるをえないだろうよ。公共に奉仕するのが新聞の義務だからね。でも最後に、投稿はやめようと肚をくくった。新聞なんてクソ食らえだ。投書欄なんてだれも読まない。読むのはぼくより痴《う》けたやつだけだ。事実、世の中全体が痴《う》けだらけなんだ。気を腐らすだけでもう十分だ。

そうしたことをすべて考え合わせ、あれこれ考慮に入れたうえで、チャーリー・ヒュームの遺言状にあった条項にしたがって、精神科の治療代一千ドルをいただくことに決めた。そこで、家の周辺にあった私物をぜんぶかき集め、荷造りしてから、隣人の車に乗せてもらい、グレイハウンドのバス停に立ったんだ。チャーリーとフェイが建てたあの家――いまはフェイの家――を立ち退いて、湾岸地域にもどらなければならない期限まで、あと数日は残っていた。

バスに揺られながら、どうしたら最上の分析医がみつかるかを考えた。結局、湾岸地域で開業している分析医全員の名を調べ、ひとつひとつ虱《しらみ》つぶしに訪ねてみることにした。頭のなかで、分析医たちに埋めてもらう質問状の項目を練りはじめる。これまで診た患者の人数、治癒した患者数、治療に完全に失敗した症例数、治癒に要した日数、部分治癒の件数などを聞いていこう。それを土台に、ぼくにいちばん手を差し伸べてくれそうな分析医がだれかをグラフに描きだし、解答を算出するんだ。

せめてぼくにできるのは、チャーリーのおカネを賢く使おうとすることだと思える。どっかの藪医者に毟《むし》られっぱなしじゃ、いただけない。これまでの選択に鑑みると、どうもぼくの判断が最善でないことはご明察のとおりだからね。

訳注

（1）ディックの三番目の妻アンによれば、この書き出しは当初、「ぼく自身の正体、語らせてくれよ。最初に告げよう。ぼくは病的な騙り手なんだ」となっていた。《補注2》参照。

逐語訳で「ぼくは水からできている」（I am made of water）の書き出しになったのは、ディックの作品に通奏低音のように流れるメルヴィル『白鯨』第一章、イシュメールのモノローグを下敷きにしていると思われる。「わたしを『イシュメール』と呼んでもらおう。何年かまえ——正確に何年まえかはどうでもよい——財布がほとんど底をつき、陸にはかくべつ興味をひくものもなかったので、ちょっとばかり船に乗って水の世界を見物してこようかと思った」（『白鯨』八木敏雄訳）

この「水の世界」part of water こそイシュメールの鍵で、マンハッタンの埠頭で何をみるともなく海の彼方を見ている群衆をメルヴィルは描きだし、「瞑想癖がある人物に、深い夢想にふけらせ——両足で立たせ、脚を動かすようにしむけてみよう。あたりに水があるかぎり、かならずやその男は、きみを水辺へいざなうだろう」と書いた。イジドアも「瞑想と水は永遠に結ばれている」男として、ディックは巻頭に登場させたかったのだろう。

（2）米国のハワイ現地時間十二月七日（日曜）午前七時四十九分、東京時間八日午前三時十九分に、オアフ島真珠湾基地の米太平洋艦隊に対し、南雲忠一中将の指揮する空母機動部隊から発進した零戦などの航空隊が奇襲を開始、旗艦「赤城」に「トラ・トラ・トラ」を打電した。ハワイとサンフランシスコの時差は二時間だから、緊急放送は日曜正午過ぎに流れたのだろう。

（3）ディック自身は一九二八年十二月十六日生まれだから、開戦時は十三歳の誕生日が目前の十二歳だった。中学時代の友人レオン・リモフの回想によれば、その日のディックはリモフの家で戦争ごっこをして遊んでいたが、隣家の女性がラジオを聴いて、恐怖とヒステリーに襲われて駆けこんできた。本人は開戦を予想していたのか、冷静に聞いていたという。真珠湾攻撃当日の回顧の別バージョンは、ディックの『市に虎声あらん』にもある。

(4) もちろん実在しない。ディックはバークレーのガーフィールド中学から、四二年にロサンジェルス近くのオジェイにあった私立予備校（カリフォルニア・プレパラトリースクール）の寄宿生になったあと、不適応でバークレーに帰り、四七年に地元のバークレー高校に進学している。

(5) 受信した電波をいったん中間周波数に変換する方式で、高感度を確保できる。

(6) All American Five の愛称で呼ばれ、一九三〇年代半ばから六〇年代初めまで北米で大量生産された廉価版のラジオ受信機。変圧器を使わず、標準は真空管を五つ使っていた。

(7) サンフランシスコ市内のサウス・ヴァン・ネス・アヴェニューの近くにあった「オールド・ホームステッド・ベーカリー」のこと。現在もレンガ建ての旧社屋が残っている。

(8) ドイツ皇帝ヴィルヘルム二世の乗船である「SMY（Seiner Majestät Yacht）ホーエンツォレルンII」号のことで、一八九二年に建造され、皇帝の外遊などに使われたが、第一次大戦前に退役している。この快走船の雄姿をあしらった図柄は一九〇〇～一九年に三ペニヒ切手から五マルク切手まで使われ、上辺にドイツの各植民地の地名が印刷されている。ディックも皇帝船の植民地切手を揃えようと蒐集に熱中したのだろう。

(9) 実際は四カ月近く後である。四〇年までに日本人二十七万五千人がハワイと米国本土に移民し、カリフォルニアの農業生産の一割を日系人が占めていたが、フランクリン・D・ローズヴェルト大統領が、敵性外国人強制移動の権限を定めた「大統領令九〇六六号」に署名したのは四二年二月十九日。サンフランシスコでは同年四月一日、「日本人の先祖を持つ市民全員への指令」と題するビラが貼りだされた。戦時中は十二万人の日系人が十一カ所の強制収容所に収容され、九〇六六号が正式に撤廃されたのは戦後の七六年だった。

(10) スタンフォード大学からシリコンバレーの地にかけてのあたりが想定されている。

(11) 真珠湾攻撃に参加した空母「飛龍」所属の零戦がハワイのニイハウ島に不時着、搭乗していたパイロット西開地重徳（一等飛行兵曹）を、ハワイ在住の日系人、原田義雄がかくまった（住民とのいざこざで西開地は死亡、原田は自殺）ため、日系人への警戒心が強まった。カリフォルニア州知事や州司令長官が、日系人は日本軍の米本土上陸を手引きする獅子身中の虫と発言、カリフォルニア州住民をパニックに陥れた。

(12) 原文はsquash。日本の食卓に載る果皮が緑のカボチャのこと。北米では、pumpkinは果皮が黄色のものだけで、それ以外はすべてsquashとされる。

(13) 米国のファンタジー、「オズの魔法使い」シリーズの第二巻『オズの虹の国』に出てくる。ハロウィーンの夜に飾るカボチャのランタンを頭にした木製の人形のこと。悪戯少年チップが老婆の魔術師モンビを脅かそうと、木の棒とカボチャを組み合わせて人形を仕立てると、魔法の粉の力でそれに生命が与えられる。チップとこのカボチャ頭は、案山子に支配されているエメラルドの都に向かうと、美少女たちの反乱に見舞われる。

(14) 原文はMr. Watanaba。『高い城の男』の「田上」Tagomiと同じく、ディックの日本人名表記はいささか怪しい。

(15) ライマン・フランク・ボームが書いたオズのオリジナル・シリーズ本篇は、一九〇〇年に出版された第一巻『オズの魔法使い』から、一九二〇年の『オズのグリンダ』まで十四巻ある。ディックは小学校高学年で『オズ』に夢中になり、図書館で司書から邪険にされたという。

(16) ディックが五〇年代に蒐集したSFパルプマガジンの厖大なコレクションは、六〇年代に一時、ロサンジェルス近郊に住んだ際、カリフォルニア州立大学フラートン校に寄贈されている。

(17) オズマは魔法の国オズを支配するお姫様。カンザス州から竜巻で吹き飛ばされた少女ドロシーが、愛犬トトとともにオズの国に来て、頭のない案山子、心のないブリキ男、臆病なライオンとともに、願いをかなえてもらうため、オズの魔法使いに会いにエメラルドの都をめざす。

(18) 一九四五～四八年にSFパルプマガジン「アメージング・ストーリーズ」に掲載された『シェイヴァー・ミ

ステリー』の作者。一九〇七年にペンシルバニア州で生まれ、前半生は自動車の溶接工などだったとされるが不明。四三年にアメージング・ストーリーズ編集部宛に「未来人への警告」と題する一万語の文書を送りつけ、古代の言語の源であるマンタング語を発見したと主張した。有史以前に高度文明を持ち、地下洞穴に都市を築いていた古代種族が、太陽の有害な放射線を避けるために他の惑星に移住した後、地球に残された一部が高潔なテロ族と邪悪なデロ族に分かれ、地底のデロ族は地上の人間を誘拐し、特殊な「光線」で邪悪な考えや奇矯な声を発しているという荒唐無稽な内容だった。編集長レイ・パーマーがそれをリライトして終戦直前に『レムリアの記憶』として掲載、たちまち完売するほどの人気を博した。

そこにUFOブームが起き、地下のエイリアンが異星のエイリアンに置き換わった。四七年六月二十四日、米北西部ワシントン州のカスケード山脈上空で、行方不明の輸送機を懸賞金めあてで探索していた自家用機のパイロットが、信じ難い速度で飛び去る九機の飛行物体を目撃、三日月状だったにもかかわらず、地元紙がそれを「空飛ぶ円盤」と名づけて大騒ぎになった（ケネス・アーノルド事件）。

(19) 一九二六年に出版された『失われたムー大陸』などで英国のジェームズ・チャーチワードが唱えた伝説の大陸。プラトンのアトランティス伝説を下敷きに、一万二千年前の太平洋上に大陸が存在し、太陽神の化身、帝王ラ・ムーをいただく高度な文明があったが、地震と津波で一夜にして海に呑まれたという。十九世紀以降、アトランティス実在説が広がり、ムー大陸はその太平洋版とも言える。

(20) プラトン晩年の対話篇『ティマイオス』『クリティアス』に書かれたジブラルタル海峡の外の大西洋上にあったという伝説の大陸。古代文明が栄えていたが、海底に没して文明も滅びたという。プラトンは明らかに『国家』に続く続篇を意識していて、寓話として書かれたとの見方が多い。

(21) 冷戦時代の一九五七年十月、ソ連が初の人工衛星スプートニク一号を搭載したロケット打ち上げに成功、同年十一月には、犬のライカを乗せたスプートニク二号が軌道飛行し（犬は死亡）、米国に「スプートニク・ショック」を引き起こした。米国は対抗して有人宇宙飛行のマーキュリー計画を立て、五八年にエクスプローラー一号を打ち上げ、米ソの宇宙開発競争が始まった。

(22) 全長千三百キロのサンアンドレアス断層でしばしば地震が発生する。一九〇六年四月十八日のサンフランシスコ地震（マグニチュード七・八）では、住民三千人が死亡、二十二万人が住居を失う大災害となった。同断層では一九八九年、九四年、二〇〇四年に大きな地震が起きている。

(23) サンフランシスコ・ルネサンスを主導したゲーリー・スナイダーや、そのもとに転がりこんだ『路上』のジャック・ケルアックが観音信仰と仏教に熱中していたことは、ケルアックの『ザ・ダルマ・バムズ』に詳しい。ビートニクの仏教ブームに対するディックの批判が反映されている。しかし彼も一知半解の『易経』に凝って自ら卦を占い、それを『高い城の男』で日本人、田上にたびたび卜筮させている。

(24) ムー・シリーズ『失われたムー大陸』『ムー大陸の子孫たち』『ムー大陸の聖なるシンボル』『ムー大陸の宇宙力』『ムー大陸の宇宙力第二の書』の計五冊を書いた作者（一八五一〜一九三六年）。インドで英国陸軍大佐だったと称していたが詐称。

(25) ディックが本作の翌年に書いた主流小説『オークランドのハンプティ・ダンプティ』第九章でも、中古車ディーラー、アル・ミラーが同じように廃品同然のタイヤを彫り直している。

(26) タイヤは路面に接するゴム層のほか、ベルトやワイヤなどから構成されているが、カーカスはタイヤの骨格を形成するコード層の部分で、タイヤの受ける荷重、衝撃、充塡空気圧に耐える役割を持っている。

(27) サンフランシスコから百二十キロ南の太平洋岸モントレー湾に面した町。

(28) 一九三六年発刊のフォト週刊誌。前身となる一八八三年創刊の同名誌を刷新、写真を中心に編集され、ロバート・キャパらのカメラマンが活躍、フォトジャーナリズム、フォトエッセイなどのジャンルを開拓した。六〇年代後半が最盛期で、テレビに押されて七二年に休刊。月刊誌や無料誌として再出発したが、二〇〇七年に休刊。

(29) ベンジャミン・フランクリンが創刊した「ペンシルベニア・ガゼット」紙がルーツだとする総合週刊誌。ジャック・ロンドン、フィッツジェラルド、スタインベックなど一流作家の小説を載せた。表紙にはノーマン・ロックウェルら優れたイラストレーターを起用。漫画家テッド・ケイが画くメイドが主人公の一コマ漫画「ヘイゼル」（一九四三〜六九年連載）のほか、アーウィン・カプランら有名漫画家が腕を競った。五〇年代以降テレビに押されて六九年に休刊。

(30) 一九五三年にヒュー・ヘフナーらが創刊した男性専科のマガジン。プレイメイトの上品なヌード写真が売り物で、七〇年代のピーク時には七百万部を記録した。

(31) 一九三三年の大恐慌のさなかにシカゴで発刊された男性専科のマガジン。ヘミングウェイ、フィッツジェラルド、ジイドらが寄稿した。四〇年代、エロチックなピンナップ・ガールの挿絵で人気を博した。

(32) ロサンジェルスの北十五キロにある郊外都市。一九五〇年代まで西海岸の空路のハブであるグランド・セントラル空港があり、チャールズ・リンドバーグら著名な飛行家が利用した。

(33) F・D・ローズヴェルト大統領が戦時中、大統領令を発して米国と海外間の郵便、海底電線の通信などを検閲する権限を検閲局長に持たせた。郵便検閲は陸軍、通信検閲は海軍が担当、国内郵便についても開封されたため、ポルノなどの郵送も露見する恐れがあった。

(34) 正式には「ビッグ・ベイスン（大盆地）・レッドウッド州立公園」という。サンタクルーズ郡にある自然保護地域で、鬱蒼とセコイアの巨木が茂り、数多くの滝がある。

(35) 一九五七〜五九年にフォードが生産した最高級車「フェアレーン500スカイライナー」のこと。オープンカーにするときは、ルーフが折りたたまれて、後部のデッキリッド下に格納する複雑な構造だった。

(36) カジノと離婚で有名な「世界最大の小都市」。カリフォルニア州都サクラメントから州間道八〇号線でシエラ・ネヴァダ山脈を越えると、砂漠性気候のネヴァダ州に入る。リノはディックの実父ジョゼフ・エドガーが、農務省を辞めて全国復興庁（NRA）の支所に転職した際に勤務先があった場所で、一時はサンフランシスコへ〝通い婚〟状態だった。

(37) 一九二〇〜三〇年代に新聞のコミック・ストリップを本にしたコミック本が流行し、「ティップ・トップ・

コミックス」もその一つで、一九三六年にユナイテッド・フィーチャーズ・シンジケートから刊行された。「ピーナッツ」「ターザン」などを掲載。

(38) 一九三六〜四九年に「ポパイ」を掲載したデヴィッド・マッケイ社のコミック本。五〇〜五二年にはスタンダード・コミックスのもとで出版された。

(39) 一九三六〜四八年に刊行されたコミック本。「スマイリン・ジャック」や「テリーと海賊」「黒猫フィリックス」などが載っている。

(40) 一九四〇〜四三年に刊行されたSF雑誌で、パルプマガジンのひとつ。フレデリック・ポールを初代編集長として創刊、アイザック・アシモフやロバート・ハインラインらが寄稿した。

(41) 一九二六年にヒューゴー・ガーンズバックが創刊した米国SF草分けのパルプ雑誌。「SF」なる語彙は、ガーンズバックの造語 Scientifiction が起こりとされる。二九年に破産、その後オーナーが転々として二十一世紀に入っても断続的に刊行が続いている。一九四五年から「シェイヴァー・ミステリー」を掲載した。

(42) 「アメージング・ストーリーズ」を乗っ取られたガーンズバックが一九二九年に新たにSF雑誌を創刊、何度か誌名を変えるが三六年にネッド・パインズ社に売却、五五年まで「スリリング・ワンダー・ストーリーズ」として発行される。三〇年に創刊されたライバル誌「アスタウンディング・ストーリーズ」が三八年以降、ジョン・W・キャンベル編集長のもとで黄金期を迎えたのに比べ後塵を拝した。

(43) 水痘帯状ヘルペスというウイルスに飛沫や接触によって感染して発症する。全身に赤い発疹が生じ、それが水疱になり、数日たつとカサブタに転じる。八割が学齢期までに発症するが、成人では「帯状疱疹」となる。

(44) 新聞王ウィリアム・ランドルフ・ハーストが、「ニューヨーク・ジャーナル」紙で一八九六年から始めた日曜版特集。カラーの絵入りで、肌もあらわなショーガールなどのイラストで人目を引き、中身は殺人などサスペンス物が多く、シンジケート経由で一時五千万人の読者がいると豪語した。

(45) 大西洋上の「魔の海」と呼ばれる海域で、長さ三千二百キロ、幅千百キロにわたり、時計回りの大きな渦を形成するため、浮遊性の海藻サルガッスム（ホンダワラ類）の漂う海域となる。コロンブス航海誌でも記されているが、帆船が出るに出られなくなるという「船の墓場」伝説が生まれた。風が吹かず動けぬ帆船に海藻が絡みつき、水と食糧の不足で乗組員が死に絶え、無人となった船は幽霊船となってこの海域を永遠に漂流するという伝説である。

(46) 一九三三〜五一年まで続いたラジオの連続ドラマ番組（十五分）。スポーツマン高校生のジャック・アームストロングが、友人のビリー・フェアチャイルド、その妹のベティー、その伯父の企業家ジム・フェアチャイルドに連れられて、世界を冒険してまわる。広告マンのサミュエル・ゲールがシリアルの宣伝のためにジャック・アームストロングを創造したが、ラジオでこの冒険ドラマが人気を博してから、ジャックは少年たちのアイドルになった。四七年には映画化され、コミック本も出版された。

(47) 架空の地名だが、「イリノイ」州はディックと双子の妹ジェーンが生まれたシカゴを暗示する。

(48) 一八六五年設立の鉄道会社（略称SP）。二十世紀初頭にはニューオーリンズからテキサス州エル・パソへ、ニューメキシコ州からツーソンを通ってロサンジェルスへ、サンフランシスコやサクラメントなどカリフォルニア州の大半を占める巨大鉄道網を築いていた。さらにセントラル・パシフィック鉄道を吸収して、ネヴァダ州からユタ州のオグデン、オレゴン州を通ってポートランドまで伸び、ピーク時は子会社分も合わせ全長二万四千キロに達した。その後は鉄道の退潮により、一九九六年にユニオン・パシフィック鉄道に買収された。

(49) シリコンバレーの大半が含まれるカリフォルニア州サンタクララ郡の南端の町。サンタクルーズの東六十キロにあり、サザン・パシフィック鉄道が通っていた。

(50) 一八六五年創刊の日刊紙。一八八〇〜二〇〇〇年までハースト傘下。スキャンダルや諷刺などで人気を博し、イエロージャーナリズムの旗頭だったが、アンブローズ・ビアス、マーク・トウェイン、ジャック・ロンドンらの作家も執筆陣に加わった。一九六五年からライバルのサンフランシスコ・クロニクル紙と棲み分けし、エグザミナーは夕刊紙となった。

(51) デウィッド・ウォレス夫妻が一九二二年に創刊した月刊の総合ファミリー誌。多くの大衆雑誌の要約記事を載せることから「ダイジェスト」と銘打ったが、保守的で反共の論調があたり、ピークの六〇年代には二千三百万部、四十カ国十三カ国語で出版される巨大雑誌になった。二〇〇九年に米国首位の座を「ベター・ホームズ・アンド・ガーデンズ」に明け渡した。日本では一九八六年に休刊している。

(52) 地理学の普及団体、ナショナル・ジオグラフィック協会が一八八八年に創刊した月刊高級誌。現在は三十七カ国語、百八十カ国以上で八百五十万人が定期購読。日本語版は日経BPグループが発行元。

(53) 一九二四年にシカゴ・トリビューン紙のオーナーだったマコーミックと従兄弟のパターソンが創刊した週刊誌。四〇年代にサタデー・イブニング・ポストに次ぐ部数を誇ったが、しだいに落ち目となって五〇年に休刊となった。ガンジー、ローズヴェルト、チャーチル、スターリン、アインシュタイン、グレタ・ガルボらが寄稿。

(54) 一八八五年創刊の婦人月刊誌。グッド・ハウスキーピング協会が試験した商品の記事が中心で、日本の「暮しの手帖」のお手本。一九一一年にハーストが買収、一九六〇年代初めには五百万部に達した。

(55) 米軍の沖縄上陸作戦（アイスバーグ作戦）は一九四五年三月二十三日から六月二十日にかけて。太平洋地域では最大の陸上戦闘になった。米軍の死者・行方不明者は二万人余、戦傷者は五万五千人余。イジドアは十九歳で参戦したことになる。

(56) 知識の普及を目的としてエドワード・ユーマンスが一八七二年に創刊した月刊誌。ダーウィン、パスツール、エジソンらが寄稿している。出版社は転々としているが、一九二四～六七年はポピュラー・サイエンス・パブリッシングで、その後、タイムズ・ミラー傘下を経て、現在はボニア・マガジン・グループの傘下にある。

(57) 一九四〇年から年々一万ポンドずつ重くなるとしたら、執筆当時の一九五九年には累計で十九万ポンド。ディックはイジドアの愚かさを強調するために一ケタ計算違いさせたのだろう。

(58) 一八五〇年、ザカリー・テイラー大統領の急逝に伴い、副大統領から昇格した第十三代大統領。米墨戦争で得た新領土で奴隷制反対論者を宥めようと「一八五〇年の妥協」を実現したが、対立は鎮静せず、五三年までの任期中、めぼしい業績を挙げていない。マシュー・ペリー提督の「黒船」を日本に派遣した大統領である。カリフォルニアにミラード・フィルモアの名を冠した小学校は存在しない。

(59) もとはアメリカ西部のお菓子で、スターチやガム、コーンシロップでつくる金平糖のように硬いキャンデー。レモンなどのフレーバーがあり、色もカラフルだった。ドイツ系の移民ヘンリー・ハイデが一八六九年に創業したハイデ・キャンデー・カンパニーが売り出してヒットした。

(60) サンフランシスコの北西、太平洋岸のポイント・レイズ半島の突端にある岬。スペイン人の探検家セバスティアン・ビスカイノが十七世紀はじめに到達、Punto de los Reyes（王の岬）と命名した。岬の周辺に断崖がある。当時、ディックが住んでいたポイント・レイズ・ステーションは半島の根元にある廃駅跡の新興住宅地だった。

(61) フェイのモデルとなった三番目の妻アンとディックは、ポイント・レイズ・ステーションの家で羊やアヒルなどをペットにして飼っていた。

(62) 本書の原題であるcrap artist。直訳すれば「クソを捏ねまわすアーチスト」。口から出まかせの戯言を言ってばかりの詐欺師を指す。

(63) サンフランシスコの真北、マリン郡よりは内陸のソノマ渓谷にある都市。サンフランシスコ湾北岸のサンラファエルから一〇一号線を北上する。

(64) 白地にコバルトブルーの絵付けをした皿で、「ウィロー・パターン」と呼ばれる松や楊柳、楼閣などを描いた山水画の絵柄。十八世紀に欧州各国に景徳鎮の磁器が大量に輸入され、中国趣味（シノワズリ）が流行したのをきっかけに、景徳鎮を真似て軟質の陶器に絵柄を転写する技術が英国で生まれ、多くの家庭でディナーセットの皿で異国情緒を愉しむようになった。その模造品がダイムショップで売られていたのだろう。

(65) カリフォルニア大学バークレー校のフットボール・チーム「ゴールデンベアーズ」とスタンフォード大学のチーム「スタンフォード・カーディナル」が地元対決する試合のことで、一八九二年から続いている。毎年十一月か十二月に行われるが、それを盛り上げる行事を「ビッグゲーム・ウィーク・ラリー」と呼び、バークレー校では試合前夜にキャンパス内のギリシャ式円形劇場で「ミシシッピー以西では最大」の篝火を焚く。

(66) サンフランシスコ北方のソノマ郡の太平洋岸にある町。かつてロシアの植民地があり、砦もあったため Fort Ross と呼ばれる。アラスカなど北米開発のため十八世紀末にロシア帝国は、国策勅許会社「露米会社」を設立したが、勅許を受けたのが長崎に一八〇四年に来航したロシア人ニコライ・レザーノフである。イワン・アレクサンドロビッチ・クスコフが一八一二年、スペイン領(のちメキシコ領)のカリフォルニアに上陸、河口から十マイル遡った地に砦を築いたが、一八六七年にロシアは米国にアラスカを売却し撤退した。

(67) サンフランシスコ内湾のマリン・シティから分岐し、太平洋岸沿いにポイント・レイズ・ステーションを経て、メンドチーノ郡のレジェットで一〇一号線と合流する州道。

(68) 現在は Cañon City と表記される。ゴールド・ラッシュが過ぎたあとはさびれた中西部の田舎町。当時は世界一高いところにある吊り橋ロイヤル・ゴージ・ブリッジがあった。

(69) ディックの事実誤認。第二次大戦前に乗用車用として採用されており、メルセデス・ベンツが一九五四、五五年のF1レースで使用したレーシングカー「メルセデス・ベンツ196」も直列八気筒エンジン。V型八気筒エンジンを実用化したのはアメリカのキャデラック一九一四年型から。三二年にフォードもV8を採用、戦後はスチュードベーカーが中級車にV8を採用したのを機に、他の米車が競ってV8に走り、大型化とパワーの競争になった。欧州車は三〇年代にホルヒがV8を採用したくらいで、直列八気筒か直列六気筒が主流だった。

(70) フォードが一九五五年から発売した高級志向のスペシャリティーカー。初代(リトル・バード)は二人乗りだったが、五八~六〇年の第二世代(スクエア・バード)から四人乗りになる。十一代目までモデルチェンジが行われたが、二〇〇五年に生産を中止した。

(71) シヴォレーが一九五四年に生産を開始したスポーツカー。サンダーバードと同じく当初は二人乗りで、コルベットC1は出力一五〇馬力、排気量三八六〇ccと非力だった。が、直後に水冷式V8エンジンの採用で難点を克服、現在も七代目のC7の生産が続けられている。

(72) 一九〇六年に英国で創業したロールス・ロイスは、第二次大戦後の四七年に自動車生産を再開、最高級リムジンのほか、四九年に量産型の「シルバードーン」の生産を開始。それまではアメリカ車が積極的に採用していた流線型車体でなく、「ナイフ・エッジ」と呼ばれる直線主体のデザインだったが、「シルバードーン」の後継車である五五年の「シルバークラウド」から初めて流線型のデザインを採りいれた。

(73) 英国のジャガーは五〇年代にレーシングカーの開発で名を売り、スポーツカーのXKシリーズや大型サルーンのほかに、五五年から二・四リッターのスモールサルーンのマーク1（Mk1）、五九年から三・四リッターのマーク2（Mk2）を生産した。車体をモノコックにして、流線型デザインを採用している。

(74) 装飾クロムメッキ（ニッケルクロムメッキ）は耐食性が高く、硬く、耐候性、光や熱の反射性が優れている。ロールス・ロイスの場合は、半透明の膜を幾重にも重ねたパール塗装（三コート塗装）になっている。

(75) 現在もサンフランシスコの中心街、ヴァン・ネス・アヴェニューに実在する British Motor Car Distributors。一九四六年に創業、四七年にMGのスポーツカーを米国で初めて輸入し、その後はロールス・ロイス、ジャガー、ロータス、ベントレー、ポルシェ、デ・トマーソ、マセラーティを販売した。四九年にサンフランシスコに移り、五二年には強化ガラス繊維の車体を持つ車を開発した。

(76) MGと双璧をなしていた英国のスポーツカー。一八九七年創業の由緒あるブランドで、一九三〇年にトライアンフ・モーター・カンパニーの商号となる。四四年にスタンダード・モーター・カンパニーの傘下に入り、五三年のTR2を皮切りにスポーツカーのTRシリーズが人気となる。六〇年にスタンダードがレイランドと合併、七〇年代には国有化などを経てトライアンフは次第に凋落した。

(77) 「ビッグ3」との競争に敗れて一九六七年に姿を消した米国の自動車メーカー、スチュードベーカーが五六～五八年に生産した二ドアのハードトップ・クーペ。

(78) ディックが同棲し三番目の妻としたアン・リューベンスタインの家がモデル。離婚家庭に育ち広場恐怖症のディックにとって、アン一家が住むモダンなカリフォルニア風ランチ様式の邸宅は居たたまれなかったろう。大西部の牧場主の簡素な建物を模して二〇年代に登場した屋根の傾斜の緩い平屋のデザインだが、ガラス張りで極端に装飾が少ない。寝室五、バスルーム三、裁縫室、家事部屋、家族団欒室があり、カスタム・キッチンに洗濯乾燥機のコンボと、住宅展示場のモデルハウスのような内装だった。

(79) ディックとアンの家は五エーカーもある広大な敷地のなかに建っていて、冬の豪雨に見舞われると一面泥の海になり、一家で「ディック湖」と呼んだほどだった。子どもたちは嵐の合間にオタマジャクシ掬いに夢中になり、夜空に蛙の合唱が鳴りわたった、とアンはのちに回顧している。

(80) ドレイクス・ランディングとは「ドレイク船長上陸地」という意味で、恐らくディック自身が住んでいたポイント・レイズ・ステーションに彼が与えた架空の地名だろう。一五七九年、世界一周航海中の英国のフランシス・ドレイク船長がアルタ・カリフォルニア（北カリフォルニア）のどこかに上陸し、新英国領（Nova Albion）とした証に、ドレイクの名を記した真鍮プレートと英国女王の肖像を刻印した六ペンス硬貨を埋めた、という同行者の記録がある。その上陸地がポイント・レイズ半島のドレイクス・エステロ（潟）だったとされ、そこで先住民ミウォーク族と遭遇したという。半島の南の湾口はドレイク湾と命名されている。

(81) アンによれば、ディック一家は犬や猫以外に羊やホロホロ鳥、鶏といったペットを飼っていた。ディック自身、羊の一頭にはマミー・アイゼンハワーと命名して、ときどき抱きしめるほどかわいがったという。飼い犬が羊を追いまわすと怒って、パチンコで追い払っていた。そこからのちに『電気羊』のアイデアが生まれた。

(82) ディックが飼っていた犬の一匹は、ロシアン・ウルフハウンド（現在はボルゾイ）と呼ばれる大型の猟犬で、コリー犬ではなかった。毛が長く貴族的な外見をしていて、走るのが速く、また人懐こい。

(83) フレーバーのついたチューインガムの先駆け。一八六四年にテキサス独立戦争に敗れ、亡命したメキシコ大統領のアントニオ・ロペス・サンタアナ将軍が持ち込んだチクル一トンを、ニューヨークの発明家トーマス・アダムスが購入。ゴムの代用品にする計画は失敗したが、将軍がマヤ人のようにチクルを好んで嚙んでいたことから、チューインガムのアイデアを思いつく。一八七〇年に「チクレット」と名づけたガムの大量生産を始めた。

八〇年代にアダムスはフレーバーをつけたガムを試みて「アダムス・ブラック・ジャック」と命名した。
(84) 米国の生理用品のブランドで、「タンポン」と「パック」の合成語。一九三一年にアール・ハース博士がパテントを取り、三三年にガートルード・テンドリッチがパテントを買って販売、世界百カ国以上に広がった。
(85) かつてカリフォルニア州全域で展開していたスーパーマーケット網。
(86) ポイント・レイズ・ステーションの南三・六キロ、ラグニタス・クリークに合流するオレマ・クリーク河畔の小さな町。オレマとは先住民ミウォーク族の言葉でコヨーテを意味する。
(87) タマルパイス山の北側に発し、ポイント・レイズ・ステーションの南を迂回してトマレス湾に注ぐ川で、銀鮭の生息地。ゴールドラッシュ時代にカリフォルニア最初の製紙工場を建てたサミュエル・テイラーに因んで「ペーパー・ミル・クリーク」と呼ばれたが、現在はラグニタス・クリークと呼んでいる。ラグニタスとはスペイン語で「小さな湖」という意味。
(88) 原文は out of my cottonplucking mind。ふつうは out of one's cotton picking mind という黒人差別表現。綿摘みの重労働を担う奴隷を「ゲス」＝下衆と蔑んでいる。
(89) ジンをベースに、ジンジャー・ビールまたはエールと、柑橘系ジュースをまぜるカクテル。
(90) 一九〇三年、英国系アメリカ人、デヴィッド・ビュイックが創業したビュイック・モーターズが、オールズモビル、キャデラックと統合して一九〇八年にGMが誕生する。戦後はビュイック・ロードマスターが人気車種となり、いかにも戦後アメリカ車らしいのがフェイの愛用車になったのだろう。
(91) いわゆるサブリナパンツだろう。一九五四年の映画『麗しのサブリナ』でオードリー・ヘップバーンが流行らせた八分丈の女性用パンツ。
(92) モデルの保安官がポイント・レイズ・ステーションにいて、ディック一家の友人兼相談役だった。ビル・クリステンセンといい、国際旅団の義勇兵となり、スペイン内戦でフランコ軍と戦った経歴を持つ。
(93) ゲテモノ食品の一種だが、オオアリをチョコレートにくるんだ菓子は実在する。中国のサソリクッキーみたいなものと思えばいい。

(94) イタリア統一運動の英雄である軍人ジュゼッペ・ガリバルディ（一八〇七～八二年）。前半生は「青年イタリア」や秘密結社「カルボナリ党」、マッツィーニの「ローマ共和国」などさまざまな独立運動に関わって波瀾万丈の生涯を送った。一八六〇年に千人隊（赤シャツ隊）を組織してシチリアの反乱を助け、両シチリア王国滅亡後、征服地をサルデーニャ王ヴィットーリオ・エマヌエーレ二世に献上してイタリア王国建国に寄与した。アメリカの南北戦争では、リンカーン大統領から「自由のために戦ってくれ」と北軍司令官に誘われたこともある。

(95) サンフランシスコ東岸、オークランドの南のアラメダ島西端にあった海軍基地。太平洋戦争中、日本を空襲したドゥリットル隊の爆撃機B25はここに駐屯した。一九九七年に閉鎖された。

(96) ドイツ系米国人ヘンリー・ジョン・ハインツがピッツバーグで創業し、一八七六年にトマト・ケチャップを考案して台所の必需品として普及させた。ただし、サンノゼに一八九三年、最新式の果物缶詰工場を建てたのは、ハインツのライバルで、カリフォルニアの地元食品大手デルモンテの前身の一つ、サンノゼ・フルーツ・パッキング・カンパニーである。

(97) 鐘状の洋梨のこと。「ウイリアムズ・ピア」または「バートレット・ピア」と呼ぶ。

(98) ドメニコ修道会のトマス・アクィナスが一二六五年ころから書きだした『神学大全』。本来は初学者向けに、命題集や註解などにばらばらに記述されていた命題を体系化したもの。アクィナスは七三年、見神体験をしたのを機に執筆を中断、そのまま翌年死去する。完成させたのは弟子たちで、厳密には『大全』は未完の書である。

(99) サンノゼからサンフランシスコ半島を北上してゴールデンゲート・ブリッジへ向かうフリーウェーは、西側を走る州間道二八〇号線（ジュニペロ・セラ・フリーウェー）と東の湾岸沿いを走る州道一〇一号線（ベイショア・フリーウェー）の二通りある。チャーリーは恐らくベイショア・フリーウェーのルートを走っている。

(100) 原題はBy Love Possessed。ピューリッツァ賞作家ジェームズ・グールド・コッツェンズが一九五七年に書いた小説で、同年九月にニューヨーク・タイムズのベストセラー・リストの首位になった。初版は五十万部以上、リーダーズ・ダイジェストの抄録版は三百万部も売れた。

ペンシルバニアの小さな町の法律事務所を舞台に、エスタブリッシュメントの欺瞞の諸相を描いた内容で、主人公アーサーの「人生の報いは多くの人びとにとって不当なものだったが、とうとう僕にも不当な報いがきた」という述懐で終わる。六一年に映画化され、ラナ・ターナーとエフレム・ジンバリストJr.が主演した。

(101) ゴールデンゲート・ブリッジからレッドウッド・ハイウェーを北上して、サンフランシスコ湾の内湾に面している郊外タウンで、マリン郡の郡庁所在地。

(102) 一九二九年にサンフランシスコで創業、北はフォート・ブラッグから南はフレスノまでの太平洋岸で展開している食料品店チェーン。七二年に清算された。

(103) サンフランシスコ市内を北西に斜めによぎる目抜き通りマーケット・ストリートの南側の地区(略称はSOMA)。ディックの小説ではしばしば登場する地域で、五〇年代当時は倉庫や軽工業の工場などが立ち並び、労働者階級の住宅が密集し、売春宿やクラブなども多かった。

(104) 空から蛙や魚や蛇が降ってくる怪現象のこと。『漢書』や『後漢書』の「五行志」参照。またポール・トーマス・アンダーソン監督の映画『マグノリア』(一九九九年)でも、ラストシーンでこの蛙の雨が降ってくる。

(105) 一八九七~一九〇五年に建設されたフォート・ベイカー。ゴールデンゲートの海峡防衛のため、スペイン植民地時代からブリッジの手前、プレシディオに駐屯地があった。

(106) サンラファエルの市街の入口、タマルパイス川の河口でレッドウッド・ハイウェーを左折し、サー・フランシス・ドレイクス・ブールバードに入ると、ロスを通ってサンアンセルモの町に入る。海岸沿いに北上する州道一号線はまだ道がよくなかったので、こちらがメーンルートだったのだろう。

(107) フェアファックス川沿いを登っていくと、左手に「ホワイト・ヒル開放保護区」に指定されているC字型の小山がある。ハイキングコースやマウンテンバイクのコースが縦横に走り、ほとんど樹木のない草地の山である。

(108) サー・フランシス・ドレイク・ブールバード沿いの山間に、ウッドエイカー、サンジェロニモ、フォレストノールズ、ラグニタスの四小村が並ぶ渓谷。サンジェロニモの地名はここにあった牧場に由来する。サラブレッドの生産牧場で、有名な種牡馬マンデーなどを輩出した。

(109) Vintage Books 版に従って the live oak trees と読む。

(110) 州立公園。ラグニタスの西にあり、サー・フランシス・ドレイク・ブールバードのつづれ折りの道の北側に位置する。セコイアのこんもりした森と空の開けた草山があり、キャンプやハイキングには恰好。製紙工場を建てたサミュエル・テイラーがこの地を購入し、今は廃線になったノースパシフィック・コースト・レイルロード沿線にリゾート・パークを建設した。テイラー没後に製紙工場もリゾートも売却され、一九四五年に税金未払いにより州に差し押さえられた。

(111) サミュエル・テイラー・パークから南東へ二十キロ、タマルパイス山の東麓にある国定公園で、セコイアの大木が鬱蒼と茂っている。命名は、シェラ・ネヴァダ山脈の景観を保護し、「国定公園」を制度化したナチュラリスト、ジョン・ミューアに因んでいる。

(112) サンアンドレアス大断層が分岐した地溝帯にできた細長い入江。ポイント・レイズ半島の北端の岬トマレス・ポイントから、湾奥のインバネス・パークまで、南東に約二十五キロ、幅一・六キロの入江が、半島の根元に深く切り込んだ形をしている。

(113) インバネスはもともとスコットランドの地名で、「インバ」は河口、「ネス」はネス湖のこと。カリフォルニアのインバネスは、地主がスコットランド人だったため、祖国の地名になぞらえ、細長いトマレス湾をネス湖に見立てて名づけたという。ここにはまた、ディック一家が通った聖コルンバ・エピスコパル教会がある。

(114) 白サギの一種のダイサギ（Ardea alba）だろう。全身の羽毛が白く、世界の熱帯や温帯に広く生息している。

(115) Ardea herodias。北米とガラパゴス諸島にのみ生息し、目の上から頭頂部にかけては黒色、それ以外の頭部は白色である。後頸は淡く赤みがかった灰色、背中と翼は青灰色である。ひとまわり小さい日本の青サギ Ardea cinerea（grey heron）は、ユーラシアとアフリカにいて北米には生息しない。

(116)「ポイント・レイズ半島の南側にあって、海岸が太平洋に深く浸食された潟になっている。エステロとはスペイン語で「潟」という意味。ドレイク船長はここに上陸したとされる。

(117)背や頭が青い玉虫色、胸が橙色の美しい水辺の小鳥で、ブッポウソウ目に属する。日本の古名で鴗（そにどり）と呼ばれるAlcedo attisとは違い、北米に棲んでいるのはショウビン亜科（Cerylidae）。十三世紀の英国の哲学者ロジャー・ベイコンが『大著作』第六部で書いているように、「カワセミと呼ばれる鳥は卵を産み雛をかえすまで、真冬に荒れ狂った海を静めさせてじっとしている」（高橋憲一訳）との言い伝えがある。

(118)elkは欧州ではヘラジカ（Alces alces）を意味するが、北米と東北アジアに生息しているのはCervus canadensisで、欧州人探検家が誤って「エルク」と呼んだ。現在ではアメリカ赤鹿、または先住民の呼び名でワピチ（白い尻）と呼ばれている。

(119)サンフランシスコに連邦政府の造幣所があり、そこで打刻されたニッケル、銀、金の硬貨のなかに、「自由の女神」Lady Libertyの像がある。ギリシャ・ローマの彫刻に見るような端正な横顔だった。ほかに先住民やリンカーンの横顔を刻印した貨幣があるが、いずれも男性の顔である。

(120)たとえば、『ツァラトゥストラかく語りき』の「老いた女と若い女」で語られる女性論だろうか。「真の男性ならば、かれのなかには子どもが隠れている。それは遊戯をしたがる。さあ、女性たちよ、男性のなかの子供を発見してごらん！」（氷上英廣訳）「女性は玩具でありなさい。きよらかな、美しい玩具でありなさい。まだ存在していない世界のもろもろの徳がある。そのかがやきを移した宝石にひとしいものでありなさい」（同）

(121)ディックは猫好きで、バークレー時代やポイント・レイズ・ステーション時代に愛猫のタンピ（Tumpi）を抱いて撮った写真が残っている。タンピは「耳のないひどく老いた雄猫で、汚らしいグレーと白の生きもの」だったから、本作の猫のモデルだろう。アンの家から姿を消してディックを落胆させた。

(122)Porkyとは「豚みたい」「デブの」「食いしんぼの」という意味だからである。

(123) デーヴ・ロジャーズ夫妻が一九四八年に創刊した週刊ローカル紙で、六〇年に「ポイント・レイズ・ライト」(レイズ岬灯台に因む名)に改称した。七九年に弁護士の殺害未遂を犯したカルト団体「シナノン」の報道でピューリッツァー賞を受賞、全米の注目を集めた。

(124) 一九一二年にトマレス湾西岸のサー・フランシス・ドレイク・ブールバード沿いに開設されたヨットクラブで、財政危機で四〇年にいったん活動を停止したが、四九年に不動産業者のアドルフ・オコが新クラブを結成した。オコは海軍のチェスター・ニミッツ提督の友人で、四八年、英国の海上封鎖を破ってベッサラビアからイスラエルまで、ユダヤ人難民七千人を運んだ貨物船(レオン・ユリス原作の映画『栄光への脱出』のモデル)の船長だった。

(125) 米国の標準女性サイズで中肉中背。平均身長一六〇センチ台で、バスト八九センチ、ウエスト六六センチ、ヒップ一〇五センチ。

(126) 英国原産の牧羊犬ボーダー・コリーの毛色は青みがかったものがある。原産地がイングランドとスコットランド、ウェールズの国境地帯にあったことから「ボーダー」と呼ばれ、あらゆる犬種でもっとも知能が高い。

(127) サンフランシスコ・ソラノ伝道所。サンフランシスコ湾の北、ソノマ市内にある。一八二〇年、スペインのバルセロナから三十三歳のフランシスコ会修道士ホセ・アルティミラが、北方のボデガ湾を拠点とするロシアに対抗するため、湾北岸に新伝道所を進出させることを考え、一八二四年に完成した。ソノマ初の葡萄畑はアルティミラ神父が設けたもので、この地のワインの父でもある。

(128) スペインとの第二次独立戦争を率いたメキシコの将軍、アントニオ・ロペス・デ・サンタ・アナが政権を握った翌年の一八三四年、メキシコ議会がスペイン人追放を徹底させようとカリフォルニアの全伝道所の閉鎖を決めたため、サンフランシスコ・ソラノ伝道所も無人となった。その後、伝道所の煉瓦などが住民に持ち去られたため廃墟となった。四一年に伝道所跡に煉瓦建ての教会が再建されたが、礼拝堂は木造だった。

(129) 探検家メリウェザー・ルイス(一七七四〜一八〇九年)。ヴァージニア出身でフリーメイスンの会員だった。

トーマス・ジェファーソン大統領の補佐役となり、一八〇三年にフランスからルイジアナを買収した後、さらなる新領土探索のため、ジョージ・クラークとともに「発見隊」を率いて米国北西部を探検した。一八〇四年にセントルイスを発ち、ミシシッピー川を遡ってロッキー山脈を横断、スネーク川やコロンビア川を通って、一八〇五年に太平洋岸（現在のオレゴン州）に出た。この探検は「ルイスとクラークの探検」と呼ばれている。

(130) 探検家ウィリアム・クラーク（一七七〇～一八三八年）。ヴァージニア出身で、ケンタッキーでは民兵組織を率い、先住民と戦った。その後、自らの農園に戻っていたが、ルイスの北西部探検隊の副隊長として加わった。この隊の貢献により、北西部山岳地帯から太平洋岸にかけての正確な地図を入手でき、米国政府は欧州列強より早くオレゴン州を自領と主張できた。本作の初訳者である飯田隆昭の晶文社版は、独立戦争の英雄であるアンドリュー・ルイス（一七二〇～八一年）とジョージ・クラーク（一七五二～一八一一年）のコンビと解しているが、三十二歳も年齢が異なり、劇的な邂逅があったかどうかは怪しい。

(131) 十九世紀ビクトリア朝で大当たりを取り、今日のミュージカルの元になった軽歌劇「サボイ・オペラ」の創始者コンビで、劇作兼作詞家のウィリアム・S・ギルバート（一八三六～一九一一年）と作曲家のアーサー・サリヴァン（一八四二～一九〇〇年）。「艦船ピナフォア」「プレザンスの海賊」、日本に材を取った「ミカド」は今日でも上演される人気演目である。二人の出会いは一八七五年で、二十年以上も協力して十四作品を世に送った。

(132) 西マリン・スクールの教師ボブ・アレンのことだろう。ディックの他の作品でも顔を出す。

(133) Harper's Magazine は現在の大手出版社ハーパーコリンズの前身、ハーパー&ブラザーズが一八五〇年にニューヨークで創刊した月刊総合誌で、「サイエンティフィック・アメリカン」に次ぎ米国で二番目に古い老舗雑誌。メルヴィルの『白鯨』は創刊間もない一八五一年にこの雑誌に掲載された。

(134) ディックの母ドロシーは、最初の夫ジョセフ・エドガー・ディック（P・K・ディックの実父）と離婚した後、一九五二年に妹のマリオン（五一年に死亡）の寡夫で、八歳の双子の娘がいる彫刻家ジョセフ・ハドナーと再婚した。ハドナーはインバネスに別荘を持っていて、ディックとクレオはたびたび使わせてもらった。

（135）インバネスから南へ下り、ポイント・レイズ半島の根元にある牧場だが、本作執筆当時はすでに閉鎖されていた。一八五〇年代のゴールドラッシュとともに、湿気が多く、水と草がふんだんにあるこの一帯は放牧の適地として注目を浴び、サンフランシスコの法律事務所がピアース岬からボリナス湾までの地域を購入。三十三の区画に分けて牧場主に貸し出し、シャフター・ハワードの酪農企業の乳製品生産牧場とした。イングランドの封建制の応用で、二十世紀に入ってサンフランシスコ大地震などもあり、次第に衰退した。一九三七年のゴールデンゲート・ブリッジ開通で、サンフランシスコ郊外開発と投機が始まり、また自然保護団体「シエラ・クラブ」（ジョン・ミューアが創設）との提携で景観保全を試みた。ベア・ヴァレー牧場は保存地域の一つ（旧区画ではW地区）で、現在は旧牧場の敷地内に観光客用のビジターセンターがある。

（136）オレマでサー・フランシス・ドレイク・ブールバードと州道一号線が合流する地点から分岐する、細いベル・ヴァレー・ロードのことだろう。牧場跡地につながっている。

（137）フラウィウス・スティリコ（三六五～四〇八年）。父は蛮族のヴァンダル族、母はローマ人で、皇帝テオドシウス一世のもとで頭角を現し、皇帝の養女で姪のセレナを妻とした。皇帝臨終の床でその二子と帝国の世話を託された。西ゴート族のアラリック王がローマとの同盟を破棄、トラキアなどに侵略を始めた。スティリコは塹壕戦術によってアラリックを何度も敗走させたが、とどめを刺すにはいたらない。ついに讒言によって、テオドシウス大帝の子で西帝国の皇帝ホノリウスに処刑されてしまう。

ディックはギボンの『ローマ帝国衰亡史』からスティリコの名を知ったのだろう。

ジャック・イジドアの〝元祖〟であるセヴィリアのイシドルスもまた、六～七世紀に西ゴート王に仕え、兄レアンデルの後を継いで、アリウス派からカソリックに改宗した西ゴート王国の王を支えた。《補注1》参照。

（138）統一ローマ最後の皇帝（在位三七九～三九五年）。ゴート族の侵入と内戦を制圧、東西に分裂していたローマ帝国を最晩年に統一して「大帝」と呼ばれる。キリスト教正統のアタナシウス派の敬虔な信者で、キリスト教を三九二年に国教に定めると、アリウス派など他宗派を徹底的に弾圧。

(139) アスピリンとカフェインを成分とする大衆向けの頭痛薬兼鎮静剤の代表的商標。

(140) 英国の詩人兼小説家、ロバート・グレイヴス（一八九五～一九八五年）が一九三四年に書いた小説『この私、クラウディウス』(I, Claudius) だろう。グレイヴスは大学入学直前に勃発した第一次大戦の志願兵となり、何度か戦傷を負う。戦後はオクスフォード大学に入って詩集や詩論を書き、『さらば古きものよ』（一九二九年）や友人T・E・ロレンスの評伝『アラビアのロレンス』（一九三四年）を書く。『この私、クラウディウス』は、ローマ皇帝クラウディウスの自伝という体裁をとり、初代皇帝アウグストゥスの一族で、歴史著述などを手がける聡明な男でありながら、吃音や足を引きずるなどの身体的な欠陥を抱えて傍流を歩み、ついにカリギュラ帝が暗殺されたため第四代皇帝にのぼりつめた一代記。英米でベストセラーになった。

(141) chaise longue。フランス語で「長椅子」の意味だが、背もたれに対して座面が長く、デッキチェアのように脚をのばして寝そべることができるソファを指す。アメリカの成金のあいだで流行した。

(142) インバネスから半島をピアース岬へ向かうポイント・ピアース・ロードを北上すると、太平洋岸に面した半島西岸に、断崖に三日月状に囲まれた砂浜があって、満潮時には水没する。「スニーカー・ウェーヴ」と言われる大波が寄せ、白鮫が多いため、サーフィンや水泳は禁じられている。

(143) ここだけ突然実名になる。不動産屋アドルフ・オコのこと。

(144) イタリア語で豆は fagioli（ファジョーリ）だが、borlotti, cannellini, cece, garbanzo, fava, lentils と種類は多い。

(145) クランベリーやブルーベリーと同じくツツジ科で、北米にのみ見られる。ブルーベリーより濃い紫色の小さな実がなり、食用になる。

(146) 白く精製した柔らかな小麦粉（粒子は粗め）を、沸かした水や牛乳と混ぜて粥状にした朝食用のシリアル食材の商標。チョコレートで甘味を付け、朝食料理の「グリースコッホ」Grießkoch を作るためにも使われる。

(147) プレーヤー二人で行う北米のボール遊び。金属ポールのてっぺんから下げたロープにバレーボールをぶら下げ、二人のプレーヤーが時計回りと反時計回りに打ち返しあう。打ち返し損ね、相手が先に触れば一点というルール。相手側に踏みだしたり、ロープに触れば反則となる。
(148) 一九五五年からテレビ放映された西部劇の人気番組(ラジオは五二年から)で、二十一年間の長寿番組となった。一八八〇年代のカンザス州ダッジ・シティーが舞台で、日本では五九年からフジテレビが放送している。
(149) 芝刈り機は電動式でなくエンジン式なのだろう。自家発電機のように、気化器の混合比を調整しながら、ロープを何度か引っぱって起動させる。混合気における空気と燃料の比率を「空燃比」と呼び、ガソリンの場合は一四・七が理論比。ただし環境条件によって異なる空気密度に応じて燃料を送る量を調整する必要がある。
(150) 現在はカリフォルニア大学サンフランシスコ医療センター(UCSFメディカル・センター)と呼ばれ、サンフランシスコ市内には四カ所ある。チャーリーが入院しているのは、このうちゴールデンゲート・パークの南隣にあるパルナッサス・キャンパス内の施設である。ディックの妻アンがのちに強制入院させられたラングレー・ポーター精神医療研究所も同キャンパス内にあり、医療センターの隣に建っている。
(151) サンフランシスコの高台、パルナッサス・ハイツから俯瞰できるのは、ゴールデンゲート・パークの東端部分。太平洋の海岸線までは三キロ余ある。
(152) 米国のCBSが一九五六~六一年に放映した一時間半枠で一話完結のテレビドラマ番組。一三三本制作された。映画『明日なき十代』『影なき狙撃者』などのジョン・フランケンハイマー、『猿の惑星』『パピヨン』などのフランクリン・シャフナーのほか、シドニー・ルメット、ジョージ・ロイ・ヒルら後にハリウッドで名を挙げる監督たちが演出を競った。エミー賞を受賞したこともある。
(153) 一八八七年、女性クリスチャン禁酒同盟(WCTU)が、サンラファエル市内に創設したコーヒールーム兼無料読書室が前身。建築家ゴードン・A・フィリップスの設計による別館の拡張工事は一九六〇年二月に竣工している。
(154) 米国タバコ大手、フィリップ・モリス製の紙巻きタバコ。L&Mはフィルター付きシガレットの草分け。

(155) 現在はサンフランシスコ都心のマーケット・ストリートに面したラーキン・ストリート一〇〇番地にあるが、九六年に移転する前は隣の区画に建っていた(旧館は現在、「アジア芸術博物館」に改装されている)。
(156) Ameerican Pekin Duck。原種は中国の南京地方の真鴨だが、一八七三年に中国からロングアイランドに輸入され、交配によって育成された一般的な白いアヒル。米国のアヒルの九五%はペキン種とされている。
(157) 原種はフランス。青首アヒルに似て、雄の頭は濃緑、首に白い首輪状の斑があり、胴は灰色をしているが、雌は茶褐色で真鴨に似ている。産卵は少ない。
(158) アーロンとはモーセの兄で、祭司の祖とされる。旧約聖書「出エジプト記」には、八十歳のモーセを助けてユダヤ人を荒野へ導く八十三歳のアーロンの姿が描きだされる。「エホバ、モーセとアロンに告げて言ひたまひけるは、パロ〔ファラオ〕、汝等に語りて汝ら自ら奇跡を行へと言ふ時には、汝、アロンに言ふべし。汝の杖をとりてパロの前に擲てよと。其は蛇とならん」(第七章)。エジプトの十の災い――水を血に換え、魚を死なせ、蛙や蚋や虻を大量発生させ、モーセが紅海を割って、民を連れて対岸に渡る際もアーロンの杖が振るわれた。
(159) Sightingとは一般には「目撃」の意味だが、ここでは十八世紀のスウェーデンの神秘思想家エマヌエル・スヴェーデンボリの『神秘な天体』全八巻や、出口王仁三郎の『霊界物語』のような霊界を見てきた体験を指すので、その Geistsecher(視霊者)から「視霊」と訳した。
(160) アウグスティヌスは、『善の本性』で、彼がかつて信者だったマーニー教の「アルコーンの誘惑」を語っている。光の粒子を救済する使命を帯びた「第三の使者」が、その美しい姿を顕現させると、闇の息子たちのアルコーンが、捕えていた光の粒子を射精するという教説である。
(161) 一九五七年にグスタフ・ルネ・ホッケがマニエリスムの浩瀚な美術批評『迷宮としての世界』を出版、その諸言でフランチェスコ・マッツォーラ(イル・パルミジアーノ)が一五二三年、凸面鏡を前にして描いた奇怪な自画像を取りあげている。二十世紀にマウリッツ・エッシャーが掌に載せたガラスの鏡球として描いた絵の先蹤で、ディックもそれを連想していたのだろう。

(162) ディック自身もブリタニカの第十四版（恐らく改訂版）全二十四巻を持っていて愛読しており、彼の神話や哲学、歴史その他の知識の多くはブリタニカやマクミランの哲学百科事典の孫引きだった。《補注1》参照）

(163) アメリカ建国に参加した教育者ノア・ウェブスターが編纂、一八二八年に出版した見出し語七万、二巻組の英語辞典が起こりで、一八九〇年からは百科事典に近い「ウェブスター国際辞典」を刊行する。ディックが持っていたのはこれだろう。

(164) TRF（tuned radio frequency）とは「高周波同調」のこと。TRFはいくつかの高周波同調増幅回路と検波回路と音響信号増幅回路という構成だが、操作が難しい。スーパーヘテロダイン方式に取って代わられた。

(165) 一九三一年、ディック母子はバークレーに引っ越し、幼いディックは進歩的な保育園、ブルース・タトロック・スクールに入園した。そこは後に共産党のシンパとなる保育士たちが、粘土の工作など幼児の創造性を育てる自由教育を実施しており、ディックのSF趣味や早熟な文才を刺激したことは想像に難くない。

(166) アンとの同棲当初、ディックも朝食をつくる役を引き受けていたらしい。

(167) ジャガイモをみじん切りにしたり米粒状にふるいにかけたりして丸め、油で揚げたもの。

(168) 太平洋に突きだす半島のため、冬でも七～一二度と比較的温暖だが、風が強く霧が多い。晴れれば、蒼穹に壮麗な雲海が広がるのを見ることができる。

(169) 一八八九年、アイルランドから米国へ移住した大工、ジェイムズ・マクルーアの子孫。ジェイムズはポイント・レイズ半島で農場労働者として働き、のちにもとの地主が三十三区画に分譲した牧場のうち、半島南部のドレイクス・エステロに面したR牧場を購入した。その子ジムは北のピアース牧場（ピアース岬に名を残す）のパートナーとなり、一九三九年に太平洋岸でアボッツ・ラグーンの北側にあるI牧場を買って移っている。

(170) 一九三〇年から新聞連載が始まった漫画「ブロンディ」のヒロインの夫の名。ブロンディは名前のとおり金髪でしっかり者の美人で、食いしん坊で寝ることが好きな怠け者のダグウッドが一目ぼれして結婚する。家庭ドラマ（シットコム）の原型となり、五七年一～九月にNBCが『ブロンディ』のシットコムを放映した。

(171) ハマミズナ科のMesembryanthemum crystallinumで耐塩性が高い。表皮に塩分を隔離する塩嚢細胞があるため葉の表面に霜がついたように見える。アイスプラントはフランス料理の食材になり、日本でも最近、塩味のある新野菜として栽培され、「クリスタルリーフ」「ソルトリーフ」として店頭で売られるようになった。
(172) ヒトデの多くは五芒星形だが、タコヒトデのように数十本の腕があるものもいる。
(173) 二枚貝で貝殻の表面に放射状の肋（蝶番から放射状に広がる畝）があるのが特徴。分類ではマルスダレガイ目のザルガイ（Cardidae）科に属し、鳥貝もこの科である。
(174) ポイント・レイズ半島の南岸にあるドレイクス・エステロの潟では、いまも名産の牡蠣の養殖場がある。
(175) 一九三五～六九年に全米の新聞の日曜版用の折り込み雑誌となり、ピーク時には全米四十二紙、千四百六十万部に達する。記事の多くはフィクションの読み物で、漫画も売り物だった。
(176) アンの回想録には、「私が彼のことを『バークレーのビートニク』と呼んだら悦に入っていた。彼はそれを褒め言葉と思っていた」とある。
(177) 「アメージング・ストーリーズ」の編集者だったレイモンド・パーマーとカーティス・フラーが一九四八年に創刊した超能力やテレパシー、UFOなど超常現象の専門誌。ピーク時十万部に達した。
(178) ポイント・レイズ・ステーションから一号線沿いに十二キロほど北上、トマレス湾東岸にある小村。
(179) RCAは一九一九年創業のアメリカの真空管・半導体メーカー。北米では「蓄音機に耳を傾ける犬ニッパー」の商標（もとはグラモフォンの商標）を使用していた。トランスミッターは無線の伝送装置。
(180) アンの家で飼っていた羊をディックが抱いた写真が残っている。抱いているのは頭と四肢の先が黒いサフォーク種。電気羊のグルーチョもおそらくサフォーク種のシミュラクラで、ハヤカワ文庫版の『電気羊』のカバーにある渦巻状のアモン角は生えていなかったろう。
(181) トウモロコシを原料とするコーンスターチを、酵素などで分解したコーンシロップの一種。
(182) 呼吸が止まり、心臓も動いていない場合に施す心肺蘇生法（CPR：Cardiopulmonary Resuscitation）は人も動物も同じで、アンが最初に試みたのは胸骨圧迫による心臓マッサージである。それでも蘇生しない場合の補助手段として人工呼吸がある。

（183）一九三七年創刊のスポーツ、冒険、ミステリーなど「事実」と銘打った娯楽読み物の総合誌。一九五〇年一月号に海兵隊出身のUFO研究家ドナルド・キーホーが「宇宙人がUFOを操縦している」という記事を載せたところ売り切れになった。一九七五年に廃刊。

（184）他人に対する思いやりに欠け、罪悪感も後悔の念もなく、社会の規範を犯し、人の期待を裏切り、自分勝手に欲しいものを取り、好きなように振る舞うと定義されるが、精神病とは別。日本の「精神保健及び精神障害者福祉に関する法律」五条では「精神障害者」だが、差別語忌避の観点から一般には「反社会性パーソナリティー障害」と呼ばれている。

（185）冷戦時代にドワイト・アイゼンハワー大統領のもと（一九五三～六一年）で、五九年まで国務長官を務めたジョン・フォスター・ダレスと、六一年まで中央情報局（CIA）長官を務めたアレン・W・ダレスのこと。

（186）サンフランシスコ湾の東岸、オークランドやヘイワードの後背地にあたる内陸の郡。サンフランシスコの反対側にあるため、コントラ・コスタ（対岸）と改称した。

（187）インバネス・パークはもとイタリアやポルトガルから来た移民労働者が住みついた寒村だったが、一九五〇年代にデベロッパー業者が「ノーレン・エステート」と呼ばれる分譲地を開発して失敗。ノーレンズ・エイカーの丘は人家の少ない西方の高台の一つとみられる。

（188）一九五八年、八十三歳でカール・ユングが書いた生前最後の著作『空飛ぶ円盤』を、ユングに傾倒していたディックも読んだのではないか。心的現象としての空飛ぶ円盤は、古代にまでさかのぼる元型の一つと見なされ、UFOの待望はキリスト教原理主義でいう「ラプチュア」（空中携挙）の変形とされている。

（189）Cairina moschata。鴨科の「バリケン」。鴨より大きく、体長七十～八十センチになる。顔に褐色または赤い裸出部があるのが特徴で、ときに瘤状になる。飼育種は南米産のバリケンを家畜化したもので食肉用。

(190) 中枢神経の機能を抑制するフェノチアジン系のトランキライザー（精神安定剤）。「プロマジン」とも呼ぶ。
(191) カフェインレスのインスタント・コーヒーのブランド名。一九〇三年にドイツで製品化され、フランスで「サンカ」の商標になった。
(192) 靴の甲を靴紐で結ぶクラシックな形の革靴。正装時に履く。
(193) 原文は Not just a whistling Dixie。アメリカの南北戦争で、南部十一州が結成したアメリカ連合国の国歌（ディクシー）を嘲り、どうせ実現しない戯言を言うなという意味である。
(194) 原文は Spinner（lure ともいうが、こちらは鷹の調教に使う鳥の羽や動物の毛皮の細工物が語源）。生きた餌を使わないで、小魚や虫などに擬した金属や木、プラスチックや皮などを組み合わせた人工の餌を釣糸につけ、ひらひらした動きで魚を騙して食いつかせる。スポーツフィッシングとして人気が高い。
(195) サンフランシスコの俗称。
(196) 一八七二年にシカゴで創業した通販業者、モンゴメリー・ワードの愛称。一九二〇年代に通販専門から小売りの店舗展開をはじめ、クリスマスの宣伝用に作曲されたのが「真っ赤なお鼻のトナカイさん」である。
(197) インドネシア原産の小柄な鶏。その名はインドネシアの地名バンタムに由来する。日本では「チャボ」（語源はベトナムの地名チャンバから）と呼ばれ、天然記念物に指定されている。
(198) ペタルーマの北方、一〇一号線沿いにあるサンタローザ市（ソノマ郡郡庁所在地）のサンタローザ・ジュニア・カレッジだろう。一九一八年創立の二年制の公立単科大学。農学や畜産学を教えている。女優キャサリン・ロスがここを中退している。
(199) 数学者兼哲学者ピタゴラスは、「肉体（sôma）は墓場（sêma）である」と語った。晩年のディックは、『釈義』一三・四六や八三・四五で、ピタゴラスの宇宙（コスモス）と「ヴァリス」が同じものだと論じている。
(200) サンフランシスコの内湾、サンパブロ湾に面した人口五万人ほどの市。
(201) サンラファエルの中心街で、ボイド記念公園の丘からアルバート・パークレーンの角まで南北に走る通り。

現在はウェルズ・ファーゴの銀行支店、セイフウエーのスーパー、コミュニティーセンターなどが沿道にある。

(202) 原文は past stub だが pay stub だろう。

(203) 古代ギリシャ語で冠詞の hoi と「多数」を意味する polloi のことで、「大勢」「大衆」を意味する。そこから転じて「烏合の衆の空騒ぎ」も意味する。ツキュディデス『戦史』のペリクレスの弔辞で、アテネの民主主義と対比して使われた。

(204) イソップ物語で、馬小屋のなかの飼葉桶に座りこみ、馬に飼葉を食べさせない意地悪な犬の挿話から。

(205) ディック自身のアンとの結婚手続きは一九五九年三月、アンを連れてメキシコ国境の町ティファナを通り、人口三十万人の港町エンセナーダのモーテルで泊まって、あてずっぽうに裁判所に飛びこんで済ませた。

(206) 一八九五年にミシガン州バトルクリークでC・W・ポストが創業したシリアル食品メーカー、ポスト社の製品。同社はその後、ゼラチン、チョコレート、インスタント・コーヒーのメーカーと次々に買収して、一九二九年に食品コングロマリット「ゼネラル・フーズ」となる。

(207) 一ポンド（四百五十三グラム）相当の分厚い赤身のステーキ肉で、ニューヨーク州の形状から命名されたという。

(208) マリン郡の郡庁所在地サンラファエルには、中心街の四番街にギリシャ建築風の郡裁判所があった。

(209) ハドソンは一九〇九年にデトロイトで創業した比較的廉価な自動車メーカー。一九二〇年代末に全米第三位のメーカーとなったが、「ビッグ３」にシェアを奪われ、五七年型を最後にハドソン・ブランドも消えたから、この当時の四九年型ハドソンは十年前のオールドカーだったはずだ。

(210) サンフランシスコ市西部の太平洋岸にあった十エーカーの「海浜プレイランド」（Playland at the Beach または「ホイットニー・プレイランド」）。ウォーターシュート（Shoot-the-Chute）、回転木馬、ビッグ・ディッパー（ローラーコースター）などの娯楽施設が人気だったが、次第に衰え、七二年に閉鎖された。

(211) スターリン支配下のソ連が党内の粛清に使った「反革命分子」を摘発する公開裁判。ほとんどがやらせで、被告に涙ながらに自らの反革命加担を自白させ、厳格な刑の執行を希望させるのを特徴とした。
(212) 焼き菓子を覆う甘いクリーム状のペーストのこと。卵白と粉糖に食用の色素を入れて泡立て器でよく混ぜてから、ケーキに塗って装飾にする。
(213) サンフランシスコ東岸、オークランドの潟湖レイク・メリット湖畔に今もある四ヘクタールの小さな遊園地「チルドレンズ・フェアリーランド」。一九五〇年九月開業で、マザーグースやアンデルセン童話などを題材にしたテーマパークの先駆け。評判を聞いてウォルト・ディズニーも視察に訪れ、五五年にアナハイムで開業したディズニーランドのモデルにしたという。現在も残っているが、米国版の浅草「花やしき遊園地」のような郷愁が漂っている。
(214) 「お喋り童話ボックス」というセットに、五セント硬貨を入れるとマザーグースの歌が鳴る蓄音機を備えつけたところ、始終故障するため、タグのついたプラスチックの「マジックキー」をプレゼントで配り、それを挿しこんで回すとテープ録音が鳴る新しい装置を五八年に導入した。アイデアは、人形遣いブルース・セドリーの示唆からだった。セドリーはフェアリーランド内のパペット劇場に出演、遊園地のアトラクションに協力していて、「ファドル王」とはそのセドリーが一人二役で語らせる相棒の人形の名。テレビでこのマジックキー商法が当たったためセドリーが特許を取り、ニューヨークのブロンクスなど全米二十カ所の動物園でも採用された。
(215) 長い人気を誇るのは、マザーグースの「お靴に住んでるお婆さん」の物語セットだろう。
(216) フェアリーランドは潟湖レイク・メリットの北岸に突き出た岸にあり、公園内を大きくカーブする道沿いの西側にあるが、メーンゲートが北側にあるため、奥の南側に車を駐めるとゲートまで遠い。
(217) 「ドラゴン・スライド」と呼ばれる龍の形をした滑り台のこと。大人は滑れない。
(218) これもマザーグースの主人公。オピー夫妻の『オックスフォード童謡辞典』によれば、「ボー・ピープ」は中世の子どもの遊びの名に由来する。シェイクスピア『リア王』第一幕第四場では道化の歌に現れる。
(219) 古代のゲルマン民族やケルト民族由来の伝承にある「願いのかなう井戸」。泉を聖なる場所として供物を捧げた風習の名残。オークランドのフェアリーランドにも、コインを投じると願いがかなう井戸がある。

(220) フェアリーランドの南側にある「ジョリー・トロリー」。五四年にできた乗り物で、小さなホウズキ状の客車五台が、オールド・ウェスト・ジャンクションやトンネルを通って遊園地を一周する。

(221) 原文はSchlimozl (Schlimazel)。イディッシュ語で「不運」の意味。ついていない人のことをいう。

(222) 席は矩形だが、窓の部分は上が先すぼまりになり、屋根が乗って、茸の形に似ている。

(223) ボーイスカウトのうち七〜十一歳の年少団員で、カブスカウト (Cub Scout) と呼ばれる。

(224) 自然葬の一つで、遺骨を灰状にして海に散布すること。カリフォルニアでは人口の三〇%が散骨だという。

(225) 一九三七年にセントルイスで生まれたシリアルのブランド「チェックス」の一種で、小麦が主体になっている。コーンやライスなどもある。ラルストン・ピュリアがメーカーだったが、現在はゼネラル・ミルズ傘下のブランドになっている。

《補注1》

ブリタニカ11版

セヴィリアのイシドルス、またはイシドルス・ヒスパレンシス（五六〇年頃〜六三六年）スペインの百科全書家にして歴史家。カルタヘナ出身の名家の士、セウェリアヌスの息子。父はイシドルスの誕生前後にセヴィリアに来た。セヴィリア大司教レアンドルは彼の兄である。若くして父母を失い、修道院で教育を受け、やがて蛮族との論争で名を挙げた。五九九年、兄の没後、セヴィリア大司教に選ばれた。夥しい神学、歴史、科学の著作を残すとともに、司教座の運営にも成功したため、その麗名はヒスパニア全土に鳴り響いた。セヴィリアに学校も創設、自ら教鞭を執っている。地方および王国の宗教会議でも重要な役割を演じた。顕著だったのは六一〇年のトレド、六一九年のセヴィリア、六三三年のトレドの宗教会議で、スペインの教会組織を大規模に改組したことだ。しかし、彼の功績は別の領域にある。キリスト教文献とともにラテン語の著作にも精通していた彼は、飽くなき知的好奇心に駆られ、広汎な読書から渉猟した果実を、百科事典の形式で凝縮し、筆写する道を歩んだ。彼の作品はあらゆるテーマを含むが——科学、教会法、歴史、神学など——系統立ったものではなく、ほとんど校訂もせず、手あたり次第に出典を孫引きした単なる寄せ集めだった。適切とは言えぬ方法だが、古代の文化と学問の知識のいくばくかを暗黒時代に保存することに寄与した。彼の著作でもっとも精緻なのは『起源または語源の書』Originum sive etymologiarum libri 全二十巻である。六二二〜六三三年に書かれた遺作であり、友人で弟子のブラウリオが修正の筆を加えている。それぞれの語彙に説明を付すかたちで、あらゆる学を網羅した百科事典となっている。これは中世の主要文献の一つである。（ディックは知るよしもないが、二十一世紀初頭にイシドルスはローマ教皇庁から「インターネットの守護聖人」に祀りあげられた。《補注4》参照）

《補注2》

ディックの三番目の妻アンの証言

フィルの人生設計のことを議論してからほどないある日の午後、私たちは腕と腕を相枕しあって書斎のベッドに横になっていました。愛を交わした直後で、私は満ちたりてゆったりした気分でした。不意にフィルが笑いだし、いつまでも笑い転げていたのです。そして言いました。「小説の傑作アイデアを思いついたのさ。ジャック・イジドアって男の話でね。その名を思いついたのは、草創期の百科事典を編んでいながら、ろくでもない雑学ネタを蒐集したセヴィリアのイシドルスからなんだ。小説は一人称になるだろうな。最初の一行でジャック・イジドアはこう語りかける。『ぼく自身の正体、語らせてくれよ。最初に告げよう。ぼくは病理的な騙り手なんだ』（公刊されたバージョンでは『ぼくは水物なんだ』になっています）。それからフィルはまた笑いが止まらなくなりました。なんだか理由は分からないけれど、私はちょっと不安を覚えました。でも、励ますような笑みを浮かべました。フィルがこの小説

『ジャック・イジドアの告白』を書きはじめたのは、私たちの関係が蜜月だった時期からなのです。
（アン・R・ディック『フィリップ・K・ディックを探して』）

《補注3》

一九七五年一月十九日付　ロック評論家ポール・ウィリアムズ宛のディック書簡

手もとにある『告白』のゲラに僕は誤字をみつけた。出版社から届いたんだが、ページ番号を振っていなかったので、順番を狂わせないよう用心してるんだ。

〔書いてから〕十六年余も経って読み返してみて、この小説に対する僕のコメントはね、ポール、これを書いたときは、とことん白痴の主人公を創造しようとしていたってことだ。無知蒙昧で常識知らず、バカげた妄論や珍説ではちきれんばかりの歩くチンドン屋……社会に爪弾きされ、完璧なはぐれ者、なにごとも外から傍観するばかりで、現に何が起きているかは想像することしかできない。中世の暗黒時代、スペインのセヴィリアにはイシドルスなる男がいて、史上最短の百科事典を書いた。僕の記憶では、およそ三十五ページ。途方もなく長い歳月、このセヴィリアのイシドルスの百科事典が、知の宝庫の傑作と思われていたと知るに及んで、当時の人びとがいかに無教養だったか、やっと僕も気がついた。で、あれは一九五〇年代だったけど、僕はふと思った。現代版のイシドルス、カリフォルニア州セヴィルのイジドアを創造したらどうかってね。スペインのセヴィリアのイシドルスが編纂した事典みたいに、僕らの時代のためにこのイジドアにちょっとなにかを書かせるってのはどうだろう？　二人はどこが相似形になるのか？　明らかに分裂質〔原文はschoidだがschizoidの誤記か〕の人間で、僕の主人公みたいに孤独なんだ。でもその裏側でなにより大事なことは、ポール、この無学なアウトサイダーもまた、僕らと変わらぬ一人の人間だってことだよ。彼も僕らと同じこころを持ち、ときには善人にもなるんだってことを世に示したいのさ。

いま、この小説の再読を終えて、われながら驚いたことに、ずっと素直にみとめる気になったのは、カリフォルニア州セヴィルのイジドアが、けっして木偶の坊なんかじゃないってことだ。いやはや、驚いたね。ひっきりなしに彼が喋り散らす、根も葉もない駄ボラの一枚下には、たぶん物事の本質をぼんやりと見抜く、ある意味で犀利な無意識の眼が働いているんだよ。でもね——今度、この小説を読み終えて、僕は愕然とした。たぶん、ジャック・イジドアは正しい！　彼は僕らのようなものの見方こそしていないけど、実は——信じ難いことに、ほんとうは——多少なにかを僕らよりずっとよく見抜いているんだ。言いかえれば、五〇年代にこの作品を執筆していたとき、僕は彼に共感していたんだな。でも、いまはもっと深く深く共感を覚える。あたかも、時が経てば経つほどジャック・イジドアが正当化されだしたみたいにね。艱難辛苦の末に彼がたどりつく結論は先入観が欠けていて、それがどこか奇妙で美しいんだ。彼以外の人間にとって、先入観とはなにが真で、なにが真でないかを告げる尺度であり、なにが起きようと不動のものなんだが、彼にはそれがない。ジャック・イジドアは先入観なしにスタートする。手あたり次第に情報をかき集め、ケッタイだけれども、妙にもっともらしい結論をでっちあげてしまう。地球とはまるきり異なる惑星から観察しに来た宇宙人のように、彼は僕らのなかに紛れこんだ陋巷の社会学者みたいなんだ。でも、僕は好きだな。そんな彼に賛同するよ。今からさらに二十年も経てば、彼の意見はいよいよまっとうに見えてこないだろうか。

彼はある意味で優れた人間なんだ。

たとえば作品の終章で、彼はじぶんが間違っていて、この世の終わりは来ないと悟る。この尋常ならざる（彼にとっての）目覚めのあとも、彼は生き延びられる。彼は順応するんだよ。もし、僕らのほうが間違っていて、彼のほうが正しいと知ったとしよう。僕らは彼みたいに潔く順応できるだろうか。でも、おそらくもっとも大事なことは、ジャック自身が観察しているように、すべての健常な人間たち、正気で教養豊かで分別のある人びとが、見るも無残に自らを破壊している一方で、実はジャックは人倫に悖ることに終始手を汚していないってことだよ。僕らにはそれが見えてないんじゃないか。物事のありようとか、じぶんに何ができて何ができないかについて、彼がもっている常識や実際的な判断力なんて、糞の役にも立たないとしたところで、彼が犯罪や邪悪な行為に断じて手を汚すまいとしていたことをどう見るんだい？　彼は束縛されていない。現実的な観点からみれば、とうに焼きが回って呪われた身だけどね。でも、道徳的な観点からみれば、お望みなら精神的観点と言ってもいいけれど、彼は最後まで潔白なんだ…

…これは確かに彼の勝ちだし、その抜け目ない判断力の尺度でもある。本人もそれを自覚しているし、ちゃんと指摘してもいるよ。だからジャックは、自身のことも周辺の世界も、途方もなく深く洞察が行き届いていたんだ。彼は木偶の坊じゃない。純粋に生き残れるかどうかの観点からみれば、たぶん彼は生き延びるつもりだし――生き抜くはずだよ。おそらく、ローマのクラウディウス帝みたいに、あるいは『白痴』〔のムイシュキン公爵〕みたいに、神に愛でられし阿呆のひとりであり、中世伝説の無邪気な愚か者、パルシファルの真正な分身かもしれない……もしそうなら、われわれも彼を活かせるし、もっと好きにもなれるだろう。この寛容な男は〈煎じつめれば〉偏見を持たずに同胞の心情や行動を評価できるから、僕にとっては一種のロマンチックなヒーローなんだ。たしかに執筆中、僕が心中で思い浮かべていたのはじぶん自身だけれど、いま、風雪を経て読み直してみると、僕の内的なモデルで、かつ分身でもあるカリフォルニア州セヴィルのジャック・イジドアに声援を送りたくなるね。僕よりわがままじゃないし、僕より親切だし、深い意味でもずっと善良な人間だからさ。

（『フィリップ・K・ディック書簡集第四巻　一九七五―七六年』）

《補注4》

「インターネットの守護聖人」イシドルス

ポーランド出身の教皇ヨハネ・パウロ二世が一九九七年、紀元六世紀のセヴィリアに生まれた聖職者イシドルスをコンピュータ設計者やプログラマ、そしてユーザーの守護聖人にしようと言いだした。ソ連崩壊の大混乱がようやく収まって、ウィンドウズ95が世界を制覇したころである。ヴァチカンも世相に遅れをとるまいとして、「コンピュータやインターネットも信徒を導く手段になるから、その守護聖人を定めよう」と提唱したのだろう。教皇庁司教協議会の委託によるインターネット投票ではイシドルスが選ばれたが、教皇庁はまだ正式決定に至っていないとされている。

訳者解説

一日違いの「滅亡の日」——『ジャック・イジドアの告白』とウェイコの霹靂

ありえない。いくら想像を凝らしても、パルプマガジンのイラストのようで、現実にはチグハグで滑稽すぎる容姿なのだ。それでも、『ジャック・イジドアの告白』に現れる「空飛ぶ円盤カルト」の女教祖は、一読忘れ難い印象を残す。

女はかなり小柄で、やけに大きな黒いポニーテールを下げていたが、ひどくずっしりした髪なので、異邦人にちがいないとぼくは思った。顔もイタリア人みたいに浅黒い。でも鼻梁はアメリカ先住民さながら、つんと骨ばっている。かなりがっしりした顎をしていて、大きな褐色の瞳でぼくを睨みつけていた。その眼差しがあまりに怖くて、穴のあくほどみつめているので、こちらがいたたまれなくなった。ハローと言ったあと、彼女は一言も発しなかったが、微笑を浮かべていた。野蛮人みたいな尖った鋸歯《のこぎりば》で、それがぼくを不安にさせた。男物のような緑のシャツを着て、裾を腰の外にひらつかせ、ショーツ姿で金色のサンダルをつっかけている。肩にハンドバッグを提げ、手にはマニラ紙の封筒、目にはサングラスをかけていた。車寄せを見ると、真っ赤な塗装のフォード製ステーション・ワゴンが停まっている。見ようによっては、はっと息を呑むほど美しい女だが、同時にぼくは気がついた。どこかプロポーションが変テコなのだ。肩幅に比べると、頭がちょっと大きすぎる――ずっしりした黒髪のせいかもしれないが――しかも、胸がいくらか凹んでいて、実際に胸郭が空洞なのか、女らしい胸のふくらみがまるでない。また臀部は肩幅に比べて不釣り合いに小さく、それにつれて脚も尻から先細り、足先も脚から寸詰まりになっている。つまり、彼女は倒立したピラミッドに似ていた。

幼形成熟《ネオテニー》のような、逆三角形の美女クローディア・ハンブローが登場するこの作品は、SFではない。娯楽作家に飽き足らないディックが一九五九年に書いた主流小説で、自身を生々しく投影した準私小説だが、それでも現実と妄想の反転、逆流に事欠かない。紛れもないディックがここにいる。三番目の妻アンの回想録『フィリップ・K・ディックを探して』*The Search for Philip K. Dick* によれば、この女教祖にはモデルが実在したらしい。

ディックがマリン郡のポイント・レイズ・ステーションに引っ越してから知った地元の女性（氏名不詳）で、農場主の娘だったという。紹介したのは、ディックの新居の筋向いに住んでいたクレシー夫妻である。夫のジェリーは牛乳の味見を職として、一九四九年からポイント・レイズの住人だった。はじめは引っこみ思案のディック夫妻を敬遠気味だったが、やがて親しくなってその読書指南を受けている。ジェリーはディック夫妻に奨められて、プラグマティストながら心霊学や超常現象に関心を寄せたウィリアム・ジェームズを読んだ。「ジェームズはアメリカの進歩教育の父だ」とディックが断言したのを覚えている。

この夫妻は近所の同好の士の集い「空飛ぶ円盤グループ」にも加わっており、ディックは誘われてその集いに出た。最初は哲学の話だったが、やがて主宰する女性を教祖とするカルトと知れた。宇宙外の知られざる御霊《みたま》と交信し、この世の滅亡の日が来たら、選ばれた人びと、すなわちこのグループを救うため、家が空飛ぶ円盤に変じて宇宙の彼方に逃れ去ることができる、という典型的なラプチュア（空中携挙）の救いを信じていたのだ。

誰もが冷戦に怯えていた。一九五六年のスエズ動乱を機に米ソが軍拡競争に走り、五〇年代後半は第三次世界大戦と熱核戦争への恐怖が米国全土に蔓延していた。庭に本気で核シェルターを設ける家庭が増え、ネヴィル・シュートの小説『渚にて』がベストセラーになり、五九年に映画化されている。ディックも焦燥に駆られた一人だが、本作では空飛ぶ円盤カルトに「この世が滅びる」という不安を置き換えている。

『告白』の滅亡の日は、五九年四月二十三日だった。アンによれば、この実在のカルトのドゥームズデー（最後の審判の日）は同年四月二十二日で一日違いだった。さらにアメリカの再臨派最大の宗派、セヴンスデー・アドヴェンティスト教会（第七日安息日再臨派、SDA）の一分派がテキサスにあり、おなじ二十二日を終末の日としていた。

これは単なる偶然だろうか。

このSDA分派は、もともとブルガリア移民でロサンジェルスのSDA教会に属していたヴィクター・ホウテフが、分派活動に走って一九二九年に教会から追放され、独立して興した「羊飼いの杖」運動である。クローディアが口にする「アーロンの杖」は、モーゼがファラオのエジプトに天変地異をもたらし、紅海を切り裂いた杖のことだが、マリン郡のカルトがこの「羊飼いの杖」運動に属し、ディックが作中で変形させたとも考えられる。

ホウテフの祖国は中世までトラキアと呼ばれた地で、司祭ボゴミールの異端宗派（ボゴミール派）が東方正教会に背を向け、神の息子サタナエルとキリストが相克する善悪二元論と烈しい現世否定の教説を広めた。ホウテフにもその異端の血が流れていたのかもしれない。彼は一九三五年に十二人の信者とともにテキサス州ダラス南方のウェイコ近くに移り、変哲もない草原にマウント・カルメル集落《コンプレックス》を建てた。

本物のカルメル山はイスラエルのハイファ南方にある台状の山地で、山麓のナハル・メアロット洞窟群には、東アフリカを出た人類が有史前から住んでいた遺跡がある。旧約聖書の列王紀略では、カルメル山はヤーウェとバアル神が霊能を競った舞台である。イスラエル王国第七代の〝悪王〟アハブ（『白鯨』エイハブ船長の名の由来）が、隣国フェニキアから迎えた王妃の言いなりとなり、バアル神の神殿を建ててヤーウェを蔑《ないがし》ろにしたため、怒った預言者エリヤが国境のカルメル山上にバアル神の預言者たち四百五十人とアシラ神の預言者四百人を呼び、たった一人で対決したのだ。生贄の犢《こうし》二頭を剖《さ》いて薪の上に載せ、「天に祈ってどちらの神が火を放つかを比べよう」と挑んだ。本来、ヤーウェの祭儀は幕屋で行われるから、野外の燔祭はバアル神の流儀である。いわばアウエーの試合でもヤーウェが勝つと言ったにひとしく、先攻もバアルの預言者たちに譲った。

この「鳴神合戦」、雨乞い（祈雨）の呪礼に似ている。論語先進第十一の「舞雩《ぶう》」といい、雄略紀や日本霊異記劈頭の小子部栖軽《ちいさこべのすがる》といい、栄花物語巻二十九で陀羅尼《だらに》を行じた「雨僧正」仁海《にんかい》といい、鏡花『夜叉ヶ池』の龍神の村に至るまで、旱天の片隅にイカヅチが閃くか否かは、神を試す不遜の荒行にひとしい。バアル神聖職者たちも、朝から午《ひる》まで神の名を呼び、壇のまわりを踊り狂い、ついには「刀剣と槍を以てその身を傷つけ血を流す」にいたる。神の沈黙への恐怖は、空飛ぶ円盤カルトとおなじである。

ついに雷のひとつも鳴らず、エリヤは嘲った。「大声で呼べ。バアルの神は考えているのか、よそに行ったのか、旅に出たのか、居眠りしているのか」と満を持して交代する。

エリヤ近よりて言けるは、アブラハム、イサク、イスラエルの神エホバよ、汝のイスラエルにおいて神なること、および我が汝の僕にして、汝の言に循《したが》ひて是等《すべて》の諸の事をなせることを今日知らしめたまへ、エホバよ、我に応へたまえ、応へたまえ、此民をして汝エホバは神なること、および汝は彼等の心を翻したまふといふことを知らしめ給へと。時にエホバの火降りて燔祭と薪と石と塵を焚《やき》つくせり。

天が応えた。雲間に稲妻が走り、雷火が祭壇を撃つ。その故事をウェイコの「羊飼いの杖」カルトも意識していたろう。その功によってエリヤは、死を経ずして直に天に召された、と旧約聖書にあるからだ。その最終巻マラキ書は「視よ、エホバの大なる畏るべき日の来るまへに、われ預言者エリヤを汝らにつかはさん。かれ父の心にその子女《こども》をおもはせ、子女の心に父をおもはしめん。是は我が来りて詛《のろひ》をもて地を撃《うつ》ことなからんためなり」と新約にバトンタッチするように終わっており、ディックも『聖なる侵入』で引用している。かくてエリヤは、救世主に先立って地上に再臨する存在となった。だからこそ、「エリ、エリ、ラマ・サバクタニ」（神よ、神よ、我を見捨てたまひしか）と叫んだ十字架上のイエスのかすれ声を弟子たちが聞き違え、「エリ」を「エリヤ」と解したのだ。

十字軍侵攻後の十二世紀、この山に修道院が建てられ、修道会カルメル会発祥の地となった。その名にあやかってコミューンを設けたテキサス州ウェイコの「羊飼いの杖」は、旧約エゼキエル書のエルサレム陥落の預言に基づいて「滅亡の日は近い」と信じ、自らの分派こそ神に選ばれた教会で、神はホウテフを通じて語りかけると主張した。

一九五五年にホウテフが六十九歳で卒《しゅっ》し、妻のフローレンスが継ごうとしたが、神から啓示を授かったと主張する信者の一人ベンジャミン・ローデンと衝突した。結局、ローデンは「生ける水の分派」（リビング・ウォーター・ブランチ）を率いて離脱。フローレンスが残った信者の前で、五九年四月二十二日にこの世は終わると予言したのである。

それが『告白』の滅亡の日と一日違いだったのだが、フローレンスの予言も外れ、何も起きずその日は過ぎた。「羊飼いの杖」は神に見放されたのだ。

デジャヴである。終末の日到来とキリスト再臨を予言する再臨派が、予言を外して必然的に迎える破局は、説教師ウィリアム・ミラーが率いた一八四〇年のミラニズム運動から何度も繰り返されてきた。一八四四年にキリストの再臨があるとの予言が外れて面目を失ったミラーを救ったのは、「女預言者」エレン・グールド・ホワイト（一八二七～一九一五）だった。彼女が「安息日厳守の教義を守らなかったがゆえに再臨がなかった」と理由を転嫁したおかげで運動は生きのび、SDAとして再出発することができた。

ホワイトは夫の死後、サンフランシスコの北方、ナパ郡のセント・ヘレナで最晩年を過ごしたから、近くのマリン郡にその信者が残っていたとしても不思議ではない。現に生前のホワイトは、霊能あらたかなSDA中興の祖ホワイトに深く帰依していた。

クローディア・ハンブローほど、ぼくを震撼させた女はいなかった。陽の光が彼女の瞳に達しても、常人のように反射せず、飛散して光の塵になってしまう。ぼくは魅入られた。彼女の真向かいに座って、ほど遠からぬ位置にいると、その瞳に部屋の一部が映っているのが見える。それは原像とおなじではなかった。一枚の鏡に映った現実ではなく、断片と化していた。彼女がしゃべっているあいだ、ぼくは鱗片に砕けた光の飛沫をじっと見まもっていた。一度たりと、しゃべっているあいだもずっと、彼女は目ばたきをしなかった。

かっと瞠《みひら》いたまま、まじろぎもしない眼は、ガラスの義眼か爬虫類の眼を想わせる。ドストエフスキーがバーゼルの美術館で見た、ハンス・ホルバインの絵画『墓の中の死せるキリスト』の死んだ眼である。「眼は開いたままで、瞳は藪睨らみになっている。大きな開かれた白睛《しろめ》は何だか変な如何にも死人らしい、硝子の反射のような光を放っている」と『白痴』で描かれたが、そこにアンドロイドの原イメージがある。

結局、予言が外れたクローディアと同じく、フローレンス率いる「羊飼いの杖」カルトも解体に瀕した。そこにローデンが帰ってくる。ダヴィデ王の後裔を自称し、自らの派を「ダヴィデ分派（ブランチ・ダヴィディアン）ＳＤＡ教会」と改称していた彼は、彼女の権威失墜に乗じて、まんまとこの古巣を乗っ取ってしまう。ここから異形のカルト「ブランチ・ダヴィディアン」が頭をもたげるのだ。

オウム真理教の地下鉄サリン事件が起きる二年前の光景を覚えているだろうか。一九九三年二月二十八日、「ブランチ・ダヴィディアン」教団本部のマウント・カルメル・センターで起きた銃撃戦の実況映像が世界を震撼させた。

終末の日に備え、教団が大量の武器弾薬を貯蔵しているとの情報を得たＡＴＦ（アルコール・タバコ・火器及び爆発物取締局）が強制捜索に踏み切ったところ、バビロンの侵略が始まったと信じた信者たちと銃撃戦になり、捜査官四人、信者六人が死亡した。

信者たち九十人はその後も教団本部に五十一日間立て籠もり、司法長官ジャネット・リノの決断で四月十九日、ＦＢＩ（連邦捜査局）が十九台の戦車、装甲車、武装ヘリなどを動員して強行突破を図った。そのさなかに爆発音とともに本部が炎上、教祖と子供十七人を含む信者七十六人が焼死する惨事となった。この作戦の是非をめぐって米議会で追及されたリノ長官は、「強行策は失敗だった」と後に述懐している。ただこの悲劇が集団自決だったのか、銃撃戦による引火爆発だったのかはいまだに諸説ある。

ブランチ・ダヴィディアンはどこで変質したのか。

ケイトー研究所が二〇〇〇年に発表した「一九九三年ウェイコ事件最終報告書」（通称「ジョン・ダンフォース報告書」）によると、当初の教団は信者五十人程度の小カルトだったが、七八年に教祖のローデンが七十六歳で死に、三歳年下の妻ロイスが教団を継いでから潮目が変わった。神は男かつ女であり、聖霊は女であり、キリストが再臨するときは女になる、との変性男子説《へんしょう》をロイスは唱えた。そして八一年、入信したばかりの三十三歳の男に七十代半ばの女教祖は心を奪われる。ヒューストン出身のヴァーノン・ハウエルだった。やがて彼女のツバメになり、ともにイスラエルを旅して見神を体験したという。

ハウエルの生い立ちは不幸だった。生年は奇しくも「終末の日」が来るはずだった一九五九年である。十五歳の未婚の娘が産み落としたが育児を放棄、捨てられた彼は聖書を暗唱し、自分がキリストだという妄想を抱く少年になる。ハンサムで音楽の才もあり、ロックスターをめざしたが、失読症で高校を中退、職を転々として芽が出なかった。その果てに、老残の情欲に駆られた女教祖の稚児、という屈託がどこかにあったのではないか。

償いに暴走を始めた。ひとつは幼な妻との重婚である。じぶんを捨てた母への怨みからか、少女凌辱に近いポリガミーにのめりこみ、八四年に十四歳の少女と結婚、八六年に娶《めと》った第二の妻も十四歳、第三の妻は十二歳、八七年には十七歳の第四の妻と二十歳の第五の妻を抱えた。マウント・カルメルは彼のハーレムと化してしまう。

もうひとつは、教祖ロイスの実子ジョージとの衝突である。ジョージは「母の情人」を毛嫌いし、「母をレイプして洗脳した」と主張して訴訟を起こしたため、ハウエルもいったん教団を離れざるをえなかった。八六年にロイスが八十歳で死ぬと、ジョージとの間に跡目争いの銃撃戦が起き、ジョージは負傷して逃亡した。ハウエル一派が本部を占拠、彼はデヴィッド・コレシュと改名して（デヴィッドはダヴィデ王、コレシュはバビロン捕囚を大赦したペルシャ王キュロスに因む）、自らを第二のキリストとみなし、聖書書き換えも辞さなかった。この粗暴な新教祖を阻む者はいなくなったのだ。

やがて教団は信徒数千四百人に膨れあがり、マウント・カルメルの教団本部には子ども連れの信者が共同生活を営んで、上九一色村サティアンの様相を呈した。終末の日に七つの封印を解くという「神の仔羊」（ヨハネ黙示録）を自称するコレシュは、大量の武器弾薬を不法所持して食料を備蓄し、施設内では児童虐待などが常態化していたという。

銃撃戦後も生き残ったオーストラリア人信者の十年後を、二〇一四年三月三十一日号のニューヨーカー誌がルポしている（マルコム・グラドウェル「聖化と冒瀆」）。この信者はなおコレシュの復活を信じていた。無残な焼死体の画像は今もネット上に垂れ流しで、教団を焼尽させた再臨の悪夢が去りやらないのは、テキサスのカルメル山にも霹靂のごとくヤーウェの火が降り、教祖ごと信者たちを燔祭《ホロコースト》にしたと思いこんでいるのだろう。ディックは早くから再臨派の新宗教に執着していた。事実上の処女作に、SDAがモデルとおぼしきカルトが登場する。否応なく引き込まれていく小市民ウェークフィールドの回想は、おそらくディックが幼時に父と見たその野外集会だろう。

ウェークフィールドを慄然《ぞっ》とさせたのは、信仰復興論を叫ぶ弁士ではない。名状し難い信者の豹変ぶりだった。変哲もない燻んだ褐色の髪の婦《おんな》も、瘦せこけた田舎の壮佼《わかもの》も、おそらくは皰面《にきび》の娘も——日曜の田舎町で買い物をするような庶民や、夕暮れに農家のまわりで車座となり、べたつくタフィー菓子の細片をつまんでいるような連中までもが——実際、誰もかれもが、だしぬけに跳びあがり、目を血走らせ、誓約してみせようと、壇上に突進するのだ。

その誓言ほど、彼を怯えさせたものはない。人を踊り狂わせて死をもたらす（と言われる）毒蜘蛛《タランチユラ》に咬まれたみたいに、一種の狂疾と思えたからだ。幼かった彼は、父の前で身を縮めていた。その狂気にじぶんも憑かれるのを恐れて、ぎりぎり唇を嚙み、拳を固く握りしめ、からだを硬直させた。いまにも跳びあがり、跟蹌《よろ》けては、びくっと飛び退き、やがて彼も側廊を倒《こ》けつ転《まろ》びつ、演壇にたどりつくと、友人や隣人たちの眼前で耳をつん裂くばかりに絶叫し、衣服やなんかをびりびり破りだしかねなかった。咆哮し、歔欷《きょき》し、ついには、古き魂が新たに蘇るという盥《たらい》の水を、がぶ飲みしそうな気がしたの

（ディック『市に虎声あらん』）

だ。

前世紀の一八三一年、同じような光景を目撃したフランス人がいる。ノルマンディーの古い貴族の出であるアレクシ・ド・トクヴィルだ。友人とともにアメリカ北東部を旅して、メソジスト派の大がかりな野外集会に遭遇、恍惚に陥った群衆を目にした。

一人の若い男の雷のような声が建物の天井まで響き渡っていた。その髪は逆立ち、目は炎を放っているように見えた。私は人込みをかき分けて進み、この不幸な人を救いに行こうとした。だが、そのなかに一人の説教師がいるのを見つけて思いとどまった。……女たちのある者は子どもを腕に抱えながら嘆き声をあげ、またある者は地面に顔をたたきつけていた。男たちは、椅子に座って身をよじらせながら大きな声で自分の罪を告白したり、地べたに身を転げたりしていた。

（トクヴィル『アメリカ旅行記』／高山裕二『トクヴィルの憂鬱』より）

名著『アメリカのデモクラシー』はその記憶をよみがえらせ、第二部第十二章で「欧州では例をみない熱狂的でほとんど野蛮なスピリチュアリズム」と評しているが、もともと十六世紀の宗教改革当初から、欧州のプロテスタントは再洗礼派という鬼っ子を抱えてきた。彼らは幼児の洗礼拒否とともに、終末の日を予言してキリスト教を純化しようとした。一五三四年には北ドイツのミュンスター全市が再洗礼派に支配され、一夫多妻制など過激な要求を掲げた末に首謀者が処刑されている。その狂気が大西洋を渡ったのだ。

ロンドンのバプテスト派が、ニューイングランドでその種を播き、アメリカでは何度も信仰復興運動が起きている。一八二〇〜三〇年代の第二次復興運動で、メソジストとバプテストが爆発的に広がったのは、教会正統の保守的な長老派とは違い、鎌倉末期の時宗の私度僧のように無学な説教師が大衆を熱狂させたからだった。折からのジャクソニアン・デモクラシーに乗って、反知性の風潮とキリスト教の俗化が進んだのである。

SDAの源となった説教師ミラーも、バプテスト派説教師から身を起こし、独自の再臨運動を形成している。終末の日の予言は、おそらく他のリバイバル派とせりあって過激に走ったものだろう。その予言が外れた屈辱を受け入れず、もっと厳格な宗教倫理に転化し、宗派解体を防ごうとするのは珍しいことではない。

アメリカもまた、敗者の神ヤーウェから脈々と受け継いだ啓示宗教の〝負け惜しみの病理〟を宿している。大衆伝道師ビリー・サンデーをモデルとした映画『エルマー・ガントリー』のような現代版の野外集会カルトのいかがわしさは、五〇年代マッカーシズムから二〇一六年のドナルド・トランプまで、暗い乱反射をつづけている。トクヴィルの旅から百八十年経ってもアメリカの精神風景は変わらないのだ。

ディックは終生、そのカルトの生理に惹かれ、また畏怖しつづけた。晩年の膨大な手稿『釈義』*The Exegesis* のように「野蛮なスピリチュアリズム」の崖っぷちすれすれを歩いたのだ。『告白』のバイオレンスはディックの他の作品では類を見ない凄絶なシーンだが、これは彼のエピファニー（顕現）でもある。いかなるSF、いかなる黙示録も到達できなかった極北――寂として音なき究極の日常という終末（タ・エスカータ）にたどりつくからだ。

> 午後十一時三十分、ぼくは焦燥に駆られた。またミセス・ハンブローに電話したが、今度はだれも応えない。十二時十五分前、ぼくは身悶えせんばかりで、ほとんど半狂乱になった。ラジオのスイッチを入れて、ダンス音楽とニュースの番組を聴いた。とうとうアナウンサーが告げた。あと一分で深夜の十二時です。ユナイテッド・エアラインズのコマーシャルを挿んでから、十二時の時報が告げられた。チャーリーは生き返らなかった。そして四月二十四日。世界に終末は来なかった。
>
> ぼくの全人生でこれほど落胆したことはない。

いつもと変わらぬ日常と、絶望に爪先立つ狂信との、この索漠たる乖離。ディック本人は、実在のカルトグループから距離を置いて、居留守を使っていたとはいえ、ハルマゲドンが来ない失望から、異形の信仰が生まれるのを直感していたはずだ。ジャック・イジドアも、コレシュのようにミセス・ハンブローの愛人になっていたら狂暴な内訌《ないこう》が起きたかもしれない。いや、滅亡の妄想の証しのように、その狂気の胚芽が遠くヒューストンで十五歳の少女の子宮に着床していたのかもしれない。処女懐胎のマリアのように。

マウント・カルメル集落の跡はいま無人の草莽《そうもう》に返り、死亡者全員の名を刻んで、教団の正式名 The Seven Shepherds of the Advent Movements（再臨運動の七人の羊飼い派）と大書した墓碑を、茫々と風が吹きぬけていく。マリン郡にあったカルトも、五九年四月が何事もなく過ぎ去ると、女教祖が髪をばっさり切り、娘二人を連れて姿をくらましたという。まさかブランチ・ダヴィディアンと合流？　いや、行方は杳《よう》として知れない。

おそらく『告白』はSF、非SFを問わずディック最愛の作品の一つであり、内面をさらけだした自信作だった。生前、出版にこぎつけた唯一の主流小説だが、日の目を見るまでに十六年を要した。むろん、執筆時点のディックが、その三十四年後に起きる「ウェイコの悲劇」を予見できたはずはない。しかも自身の死の十一年後の惨事である。だが、外れたかに見えた予言の少数報告《マイノリティー・リポート》だったとしたら、あなたは信じるだろうか。

＊本書は、『戦争が終り、世界の終りが始まった』の書名で、一九八五年に晶文社より刊行された作品の新訳版です。（編集部）

訳者略歴　1948年生，東京大学文学部社会学科卒，翻訳家・作家・総合誌〈FACTA〉発行人　訳書『市に虎声あらん』『あなたを合成します』ディック，著書『イラク建国』他多数

HM=Hayakawa Mystery
SF=Science Fiction
JA=Japanese Author
NV=Novel
NF=Nonfiction
FT=Fantasy

ジャック・イジドアの告白《こくはく》

〈SF2158〉

二〇一七年十二月二十日　印刷
二〇一七年十二月二十五日　発行
（定価はカバーに表示してあります）

著者　フィリップ・K・ディック
訳者　阿《あ》部《べ》重《しげ》夫《お》
発行者　早川　浩
発行所　株式会社　早川書房
郵便番号　一〇一－〇〇四六
東京都千代田区神田多町二ノ二
電話　〇三－三二五二－三一一一（大代表）
振替　〇〇一六〇－三－四七七九九
http://www.hayakawa-online.co.jp

乱丁・落丁本は小社制作部宛お送り下さい。
送料小社負担にてお取りかえいたします。

印刷・星野精版印刷株式会社　製本・株式会社川島製本所
Printed and bound in Japan
ISBN978-4-15-012158-7 C0197

本書は活字が大きく読みやすい〈トールサイズ〉です。